Maximilian Narbeshuber

Josef Werndl – Der Pionier von Steyr

Maximilian Narbeshuber

Josef Werndl
Der Pionier von Steyr

Historischer Roman

Das Schicksal
eines großen Erfinders und Industriepioniers

ENNSTHALER VERLAG STEYR

Wir danken der Firma Mannlicher GmbH & Co KG, Steyr,
für die freundliche Abdruckgenehmigung des in ihrem Besitz
befindlichen Ölgemäldes von Josef Werndl, das bei der Collage
des Umschlagbildes Verwendung fand.

www.ennsthaler.at

3. Auflage 2008

ISBN 978-3-85068-049-3

Maximilian Narbeshuber · Josef Werndl – Der Pionier von Steyr

Ennsthaler Gesellschaft m.b.H. & Co KG, 4400 Steyr, Österreich
Satz: Ennsthaler Verlag
Umschlaggestaltung: Die Besorger, mediendesign & -technik, Steyr

INHALT

Erstes Buch
DER LETZTE HANDWERKER

Zweites Buch
STEYR KONTRA ILION

Drittes Buch
DAS ZAUBERLICHT

Erstes Buch

DER LETZTE HANDWERKER

1. Kapitel

DIE HEIMKEHR

Schwerfällig holperte die Postkutsche der Stadt Steyr zu. Eine knappe Stunde vor dem Ziel unterbrach ein Radbruch die Fahrt. Das bedeutete stundenlanges Warten, möglicherweise gar bis zum folgenden Tag.

Der Postillion und die verärgerten Fahrgäste scharten sich um das Hinterrad, betrachteten und beklopften das niederträchtige Ding, als könnte so der Schaden heilen. Da schlug jemand dem Fahrer so energisch auf die Schulter, dass er ächzte und ausrief: »Holla! Muss man mir gleich die Achsel ausrenken? – Ich hin unschuldig an dem Malheur!«

»Ich wollte Euch nicht weh tun. Hab doch nur so hingetippt«, entschuldigte sich der junge, gut zwei Meter lange Attentäter. »Ich warte hier nicht, Postschwager. Wenn Ihr in Steyr seid, so bringt das Meine nach dem Wieserfeld, Nummer 37.«

»Zum Armaturen-Werndl?«

»Genau zu dem. Und gute Fahrt auf allen vieren!«

Er schwang ein Ränzel über die Schulter, wie es die Wanderburschen damals trugen, und nahm den Weg unter die langen Beine.

Mit weitem Sprung setzte er über den Straßengraben, stürmte einen grün bewachsenen Steilhang hinan, um auf der Höhe zu stehen, als banne ihn dort ein Zauber. Der Anblick der Heimat …

Wie lange hatte er die Türme und Dächer der Heimatstadt nicht gesehen? – Der feine Dunst des Sommernachmittags hing über den Dächern, zart stieg der Pfarrkirchenturm in die Sonnenhelle, strebten Bauten und Türme des Steyrer Schlosses in die Höhe, der ranke Kirchturm der Vorstadt und oben am Tabor der uralte Wehrturm.

Der Wanderbursch schickte einen hallenden Jauchzer voraus, sprang den jenseitigen Hang hinab und lief die Haagerstraße oberhalb des Ennsflusses dahin, als gelte es, ein Rennen zu gewinnen. Seine Gedanken waren schon daheim in der alten Eisenstadt. Da rief es von einem schwer einherknarrenden Frachtwagen herab: »Ist das nicht der lange Sepp? He, Sepp Werndl!«

Der Angerufene stutzte, ließ das Fuhrwerk herankommen. »Wer erkennt mich denn da?«

Ein eisgrau bebartetes Gesicht lugte vom Sitz unter der Plache hervor. »Hab erst geglaubt, es ist wer vom Zirkus. Der längste Mann der Welt oder so was; aber dann, der Schritt und dieses Gestell – das kann nur der lange Sepp Werndl sein!«

»Und du bist der Fuhrmichl.«

»Weißt du gar meinen Namen noch?«, freute sich der Alte. »Willst aufsitzen? Oha – jetzt heißt du ja Sie, Herr Sepp.«

»Ich werde wohl die Leute meines Vaters noch kennen. Lass es aber ja beim Du, Michl! Ich hab jetzt nicht Zeit zum Fahren. Per pedes geht's geschwinder. Auf Wiedersehn daheim!«

Ehe die Häuser der Langen Gasse ihm die Sicht raubten, blieb er wieder stehen und durchforschte die Dächer der Steyrer Vorstadt. Unmöglich aber, das eine Dach zu erkennen, das des Elternhauses; doch die Steyr sah er, deren grüne Wasser mehr als einmal pflichtig waren, Räder zu treiben, deren schwere Achsen in die Werkstätten des Vaters ragten. Bald würde auch er dort etwas gelten …

Er lachte auf, als er dies dachte. Dann kam plötzlich ein harter Zug um seinen Mund; die nächste Zeit durfte er wohl nur tun, was der Herr Vater wünschte …

Wieder strebte er ungestüm vorwärts, mit nagelbeschlagenen Schuhen auf dem ungefugten Pflaster klirrend. Da und dort lugte jemand aus dem Fenster, aus der Tür, um zu sehen, wer da so derb und rasch einherkam. Nun trabte er über die Bohlen der Ennsbrücke, schaute zum Wasserturm und zu dem auf der Felsenhöhe thronenden Schlosse auf, überquerte die Steyrbrücke, grüßte das Gotteshaus Sankt Michael und stürmte die Kirchengasse hinauf.

»Sepp! Hallo, Sepp!«

Den riss es herum.

Ein schlanker Bursch streckte ihm beide Hände entgegen. »Sepp! Dass du nur endlich wieder da bist!«

Wie den jungen Riesen dieser warme Willkommensgruß freute! »Ja, Gustl! Endlich komm ich wieder her.«

»Und läufst am Gschaider-Geschäft nur so vorbei?«

»Nimm mir's nicht übel. Ich muss erst heim – zur Mutter.«

»Ja, ist das nicht der Sepp?!«, rief da jemand aus und kam würdevoll lächelnd näher. Es war der Kaufmann und Ratsherr Joachim Gschaider. »Donnerwetter! Man muss ja aufschauen zum Junker Hochhinaus!«

»Grüß Euch Gott, Ratsherr Gschaider!« Herzhaft ergriff Sepp die dargebotene Hand, ließ sie aber nach leisem Wehlaut des Begrüßten erschrocken los. »Hab ich Euch weh getan? Das wollte ich nicht!«

»Es ging«, lachte Herr Joachim. »Für dein Handwerk taugt ja so zünftige Muskelkraft. Dein Vater wird Freude an dir haben.«

»Hoffentlich. Jetzt entschuldigt mich aber. Die Mutter –«

»Erdrück sie nicht!«, rief Herr Gschaider dem Enteilenden nach.

Josefa Werndl ließ die Näherei in ihren Schoß sinken. »Wer schlägt denn da so das Tor zu? – Mein Gott –!«

Schon stand der Riesenjüngling vor ihr. »Frau Mutter …«

Er sank ins Knie, ergriff, so zart er's nur imstande war, ihre Hand und drückte seine Lippen darauf. »Liebe Frau Mutter …«

»Sepp! Mein lieber Sepp …«

Strahlend hing Aug in Aug. Sie fanden keine Worte vor Glück.

»Bist brav geblieben, Bub?«, flüsterte nach einer Weile die Frau.

»Ja, Frau Mutter.«

Da ragte er nun vor ihr auf, strotzend vor Gesundheit und baumlanger Mannesjugend. Sein gebräuntes, ausdrucksvolles Gesicht strahlte.

»Du blutest ja auf der Stirne«, sagte Josefa erschrocken.

Er wischte mit dem Handrücken über die Schramme. »Ah, nichts. Der Türstock ist ein bisserl niedrig.«

»Dir wird die Stubendecke zu niedrig. Bist noch immer so wild. Wirst dir noch oft den Kopf anstoßen, nicht nur am Türrahmen.«

Drei Mädchen trippelten zur Tür herein.

»Deine Schwestern«, sagte Josefa und lächelte.

Den Finger im Mund, staunte das kleine Roserl an dem Riesenkerl hinauf und begann beinahe zu weinen. Flugs ließ sich der Longinus neben dem kleinen Ding nieder, zog es sachte an sich. »Rosele, bin ja dein großer Bruder, der Sepp«, flötete er so fein, wie es ihm möglich war. Da das Püppchen noch immer scheu dastand, versuchte er mit schnippenden Fingern, zuckender Nase und wackelnden Ohren das Herz des Schwesterchens zu gewinnen. Nicht viel später kugelten der lange Bruder, Finerl, Mariele und Roserl auf den Dielen umher, der Riese immer zuunterst, und bald rupfte das zierliche Roserl jauchzend das Haar des neuen Spielgefährten.

Gleich nach dem Abendläuten stapften die Brüder Leopold und Franz, nun Gesellen in Vaters Werkstätten, in die Küchenstube. Das gab ein Hallo und Debattieren.

»Teufel, bist du lang geworden!«, staunten Leopold und Franz. »Legst es wohl darauf an, dass die ganze Familie zu dir aufschauen muss?«

Josefa, die den anzüglichen Unterton gar wohl vernommen hatte, rief energisch: »Heut wird nicht gestänkert, bitt ich mir aus!«

Vater Leopold war erst in später Nachtstunde aus Letten zu erwarten. Deshalb setzten sich Mutter, Kinder und die Mägde um den Tisch zum Abendessen. Und dann musste Sepp erzählen.

Er hatte vieles zu berichten von der Lehre beim hochberühmten Gewehrmacher Fruhwirt zu Wien, von der Gesellenarbeit in der Prager Waffenfabrik – doch das interessierte nur die Brüder –, darum erzählte er von der mächtigen Kaiserstadt Wien, der prächtigen, schier endlos langen Fronleichnamsprozession zu St. Stephan, von den großen Auffahrten im Prater mit den wunderschön geschmückten Kutschen, von Schönbrunn und wie er, um eine Ecke haushoher, schnurgerade beschnittener Taxushecken biegend, beinahe mit dem Kaiser zusammengeprallt wäre. Auch sei er schon mit einem ganz neuartigen Beförderungsmittel gefahren, Eisenbahn geheißen, weil ihre Wagen auf parallelen Eisenschienen dahinfegten, voran ein fahrbarer, mit Wasser gefüllter Kessel, unter dem ein entsprechendes Feuer angefacht werde. Sie stinke und poltere ganz entsetzlich, wenn sie daherbrause. Ihm aber sei's nur Spaß gewesen und er möchte lieber zehn Tage in dieser Bahn als einen Tag in so einem Postkutschenmarterkasten fahren, der einem die Seele aus dem Leib rüttle. Anschaulich schilderte er auch das schöne alte Prag, den Graben, den prächtigen Pulverturm und die ehrwürdig alte Karlsbrücke.

Erst lange nachdem in dieser Nacht der mattrötliche Schein des Lampenlichtes im Hause Wieserfeld 37 erloschen war, kam Herr Leopold heim; voll Freude berichtete ihm Josefa: »Der Sepp ist gekommen!«

Müde und kühl fragte Meister Werndl: »Hat er sich brav aufgeführt?«

»Sehr, Leopold. Das Gute leuchtet ihm aus den Augen.«

»Will's hoffen. Morgen seh ich ihn mir an.«

In den letzten Tagen hatte ihn wieder so manche unangenehme Erinnerung geplagt. Die lockere Zunge des kleinen Gschmeidlers Kargl hatte ihm gestern den Abendtrunk im »Goldenen Löwen« vergällt, sodass er mürrisch sein Zechgeld auf den Tisch geworfen, Hut und Stock ergriffen hatte und mit fast unverständlichem Gruß aus der Gaststube geschritten war. – Zu allem ärgerte er sich auch über sich selber. Wie durfte er, der als geruhsam und gerecht bekannte Armaturenfabrikant, sich so gebärden, nur weil ihn ein boshafter Geselle wegen eines Geschehens gestichelt hatte, das ihm und den Seinen vor Jahren üble Wochen beschert hatte. Ja, auch damals war ihm die schmerzende Angelegenheit im »Goldenen Löwen« von diesem Bösmaul zugetragen worden.

Er wusste wohl, dass im fernen Amerika das Handwerk immer mehr von Maschinen abgelöst wurde. Seiner Meinung nach entseelte die Maschine alle Arbeit, zerstampfte, zerfraß den Menschen, erniedrigte ihn zum Sklaven der Materie. Der Gruß vom »gottgesegneten ehrsamen Handwerk« war in ihm von den Ahnen her zutiefst eingewurzelt. – Und da hatte damals dieser Kargl behauptet, Herrn Leopolds ältester Sohn Josef, zu dieser Zeit noch ein Knabe, habe auf der vom grünklaren Steyrfluss umströmten Insel Pufferau ein Wasserrad hingebaut, das eine kleine Maschine antrieb, wovon ein Werkstück automatisch bewegt werde. Und habe dazu vor der Bubenschar seines verbohrt rückständigen Vaters gespottet. Vater Leopold prügelte deswegen den Sohn kräftig. Der Junge gab keinen Laut von sich, sah ihn nur seltsam an. Erst vor der Mutter löste sich Sepps Leid in Tränen, indem er ihr immer wieder versicherte, wie er aus einem ihm selbst rätselhaften inneren Zwang heraus die kleine Maschine hatte formen müssen, nie aber auch nur mit einem Wort des Vaters gespottet habe.

Gestern nun erinnerte man Herrn Leopold boshaft an jenes Vorkommnis und fragte, ob er seinem Sohn, der nun beim gerühmten Meister Fruhwirt zu Wien das Waffenhandwerk erlerne, Augen und Ohren zeitlebens so verkleben könne, dass er nicht doch noch Maschinen sehe und vielleicht, wenn er einmal selber Herr der Werke sein würde, diese auf Maschinenbetrieb umstellen werde.

Ja, das war es gewesen, was ihn so getroffen hatte: denken zu müssen, er liege am Tabor oben im Grabe und unten, in Sichtweite des Friedhofs, werde sein Lebenswerk vom Sohne hohnlachend zerstört.

Die kraftvolle und geradlinige Art des Herrn Leopold, sein grobknochiges Wesen schoben solche Gedanken wieder mit einem Ruck von sich. Jäh wandte er sich um und schlief bald mit tiefen Atemzügen.

Zeitig am nächsten Morgen glättete Sepp draußen am Brunnen energisch seinen höchst widerspenstigen Haarschopf und kleidete sich dann sonntäglich. Deutlich war zu sehen, wie er von den Brüdern vorteilhaft abstach, die im Arbeitskleid steckten.

Festlicher Frohsinn aber fehlte diesem Morgen. Der Heimgekehrte trat offenen Blickes vor den Vater hin, beugte sich, wie es damals Sitte, über seine Hand und berührte sie leicht mit den Lippen.

Nur scheinbar flüchtig musterte Leopold Werndl den Sohn und sachlich klang seine Stimme: »Bis gegen zehn Uhr inspizier ich die Werkstätten. Komm dann in die Schreibstube. Leg aber ein anderes Gewand an, damit du gleich zugreifen kannst.«

Dann sprach er, wie jeden Tag, laut das Morgengebet, währenddessen er verstohlen zweimal die Runde der Seinen musterte, und seine Stirnfalten kerbten sich unversehens tiefer. Auch die Söhne Leopold und Franz waren hochgewachsen, doch bisher hatte die breite Gestalt des Vaters alle überragt. Nun war ihm der junge Sepp über den Kopf gewachsen. Das störte, obwohl er es sich selber nicht eingestand, sein Selbstbewusstsein.

Pünktlich, wie vom Vater geboten, hatte sich Sepp in der von dicken Mauern beengten kleinen Stube vor dem Hauptkontor eingefunden, in der zwei Schreiber vor ihren hohen Pulten standen. Wie Gliederpuppen bewegten sie automatenhaft Arme und Hände, tunkten den Federkiel ins Tintenfass, um mit wie gestochen hinziselierten Buchstaben und Ziffern die Briefblätter, die den Aufdruck »Leopold Werndl, Armaturenwerk« trugen, mit violetter Kopiertinte zu beschreiben oder mit roten und schwarzen Tinten die Soll- und Habenseiten dickleibiger Geschäftsbücher zu füllen.

Gemessene Würde in jeder Bewegung, durchschritt Herr Leopold Werndl den Raum, dankte mit leichtem Neigen seines

Hauptes den Grüßen der Angestellten und des Sohnes und bedeutete diesem, ihm zu folgen. Sein Kontor war klein und nüchtern wie das seiner Schreiber. Ein Stehpult und ein von Stühlen umstandener, mit Papieren bedeckter Tisch bildeten das gesamte Mobiliar. Als einzige Zierde hing ein grob geschnitztes Kruzifix an einer Wand und oberhalb der Tür, in grellem Buntdruck, ein Bild des Kaisers.

Meister Leopold stützte die Arme auf das Pult, reckte sich unwillkürlich und sprach, herber als er es eigentlich gewollt hatte, zu dem jungen Sohn hinauf: »Der Fruhwirt war mit dir zufrieden. Nun sollst du dich im Schleifen und besonders im Feilenhauen noch vervollständigen. Deine Brüder verhalten sich ordentlich. Dasselbe erwarte ich von dir.« Er schwieg eine kurze Weile. Dann aber hatte seine Stimme jene unerbittliche Schärfe, die in der Familie wie im Werk gefürchtet war: »Ich weiß aber auch von deinen Umtrieben in Wien …«

»Herr Vater …«

»Schweig! Ich will nichts weiter davon wissen. Wenn es der Fruhwirt im großen Wien erfahren hat, musst du dich eben auch außerhalb der Werkstatt besonders hervorgetan haben. Sollte ich in Zukunft dergleichen hören, so hörst du auch was von mir! Gott, Ehre und Arbeit, so steht es als Leitspruch über meinem Leben. Ich wünsche, dass auch du dich nach ihm richtest.«

Stumm blickte ihn der Sohn an. Seine Augen verkniffen sich leicht.

»In Letten lass ich jetzt nur Armaturen machen«, klang die kühle Stimme wieder. »Du bleibst also fürs Erste im Werk in der Sierningerstraße. Für Kost, Quartier und Gewandung sorge ich. Extra erhältst du in der Woche fünfundzwanzig Kreuzer ausbezahlt; und – dass du's nur klar verstehst – irgendwelche Sondersachen gibt es nicht! Auch nicht hintenrum. – Nun geh mit Gott dein Wirken im Vaterwerk an.«

2. Kapitel

ZWISCHENSPIEL

Die Werndlsöhne hielt der Vater an straffem Zaum. Auch hier war ein Spruch Meister Leopolds der haltsamste Riegel: »Wer patzt, wird von seinem Meister gescholten oder entlassen. Bei meinen Söhnen darf der genaueste Meister nichts auszusetzen finden. Es muss heißen: Der ist verlässlich wie ein Werndl!«

Im Laufe der folgenden Jahre enthob er zwei seiner Söhne der strammen Werkspflicht und nahm den jungen Franz zu sich ins Kontor; der ältere musste Jurisprudenz studieren. Verwunderte sich wer darüber, so entgegnete er: »Wächst der Betrieb so weiter, kann einer allein es nimmer ermachen. Weiß mir nichts Besseres, als das eigene Fleisch und Blut zur Leitung der drei Hauptadern meines Unternehmens zu bestellen. Das sind Technik, Kaufmannsklugheit und Rechtswissenschaft.«

Oftmals ging Josefa ihren Gatten an, doch auch dem Sepp höhere Bildung angedeihen zu lassen: »Wie soll er sich später einmal durchsetzen, wenn du ihm die Grundlagen verwehrst? Letzthin erst hörte ich's wieder bereden: Wer nicht die polytechnische Schule hat, wird keinen modernen Betrieb führen können und bleibt bestenfalls sein eigener Werkmeister.«

»Er hat die Rebellion im Leib«, wies sie der Gatte ab, »vor lauter Muskelkraft und Übermut. Aber wer den Funken hat, braucht keine technische Schule. Fürchte nicht, Sefa, dass er hinten bleibt ohne Professoren. Nötiger ist ihm der straffe Zügel. Er bleibt unter meiner Hut.«

Nur ein Riese wie Sepp konnte all den väterlichen Wünschen und Anordnungen nachkommen. Es wurde ihm keinerlei selbstständiges Tun zugewiesen, überall schaffte ein Meister an. Doch kommandierte ihn der Vater jeweils immer wieder dorthin, wo arbeitsmäßig nicht alles zur Zufriedenheit Herrn Leopolds klappte und es ihm nötig schien, einen hinzustellen, dessen Leistung die Langsamen zu schnellerem Schaffen anregte. Vater und Sohn wechselten über dieses manchmal widersinnig scheinende Anordnen kein Wort. Es empfanden aber beide ab und zu ein großes innerliches Schmunzeln, der Ältere aus Genugtuung, der Jüngere, weil er bald erkannt hatte: ›Wo er mich hinbefiehlt, ist eben immer der schwächste Punkt im Werk. Ich tu ihm aber nicht den Gefallen, dass er sagen kann: Der Sepp hat versagt.‹

Beinahe schüchtern schlug er dem Vater die oder jene Verbesserung im Werk vor, fand aber dafür weder Lob noch Zustimmung, sondern hörte sich nur sarkastisch angeknurrt: »Was? So viel Zeit zum Tüfteln hast du? Mir scheint, dich muss man mehr beschäftigen.«

Sepp aber genoss dennoch zuweilen die Genugtuung, dass stillschweigend dies oder jenes so geändert wurde, wie er es vorgeschlagen hatte.

Nach und nach wurden ihm auf solche Weise die Arbeitsumstände in allen Werkstätten so vertraut, dass er imstande war, bei jedem Arbeitsvorgang noch unbeholfenen Händen das Werkzeug fortzunehmen und energisch-gutmütig zu erklären: »Bei welchem Pfuscher bist denn du in die Lehre gegangen? Da, so wird das gemacht.« Und er hämmerte, bohrte, schmiedete, feilte dem Verdutzten ein Musterstück vor, dass es bald von Letten bis Wieserfeld hieß: »Der Sepp! Teuxl! Der versteht jeden Griff besser als ein Meister!«

Manchmal gab es Krach im Werndlhause, und zwar immer dann, wenn einer Herrn Leopold zugetragen hatte, wie sein langer Sepp wieder unbekümmert den letzten Sonntag verbracht hatte, auch schob dann und wann der Riesenjüngling seiner Mutter ein zerrissenes Kleidungsstück hin, weil es eine Rauferei gegeben hatte. »Aber, Sepp«, seufzte da Mutter Werndl, »ein anständiger Mensch tut so was nicht. Könnt dir auch einmal was geschehen …«

Er lachte: »Hie und da muss einer trocken abgerieben werden.«

»Wenn's aber der Vater erfährt ...?«

»Das sollte er freilich nicht«, seufzte Sepp. »Der Mittervater fragt immer am Montag beim Frühmahl den Hans nach seinen Heldentaten vom Sonntag und schilt ihn nur dann, wenn sein Bub mehr einzustecken gezwungen gewesen war, als er ausgegeben hat.«

»Der Mitter ist eben grob veranlagt«, erklärte Josefa.

»Da irrt die Frau Mutter. Er tut nur grob, damit man nicht weiß, wie weich er im Gemüt ist.«

»Vielleicht ist das bei deinem Vater auch so.«

»Nein«, erwiderte Sepp, »er ist, wie er tut.« Er wandte sich dem Fenster zu und sah in den Hof hinaus. »Einmal nur möchte ich mit dem Herrn Vater auch so vertraulich reden dürfen wie der Hans mit seinem ...«

Josefa begann eifrig am Herd zu hantieren.

Am nächsten Morgen fand Sepp in seiner Tasche ein silbernes Pflaster, wie er die Viertelguldenstücke nannte, die ihm die Mutter heimlich zusteckte, wenn sie diese vom genau bemessenen Wirtschaftsgeld abknappen konnte; denn Werksherr Leopold Werndl berechnete selbst die kleinsten Beträge.

Josefa war noch immer fraulich anmutig, obwohl sie ihre Jahre an den Kindern hätte abzählen können, falls ihr das nicht so schmerzlich gewesen wäre. Dagegen wurde ihr Leopold im Laufe der Jahre immer ungeselliger; selten zeigte er ein freundliches Gesicht, zusehends wurde allein die Pflicht der Regent seines Daseins.

Dann und wann fragte Josefa fast schüchtern, ob er nicht wieder den Stammtisch im »Goldenen Löwen« aufsuchen wolle. Doch nicht häufig nickte er ihr daraufhin zu: »Sollst recht haben, Sefa«, griff nach Hut und Stock und wanderte der altvertrauten Stätte zu. Meistens wehrte er ab: »Hab nicht Zeit noch Lust, die Stunden zu vertrödeln.«

Immer stiller wurde Josefa und war daher selber kaum noch zu bewegen, an einem Kaffeekränzchen teilzunehmen. Nur wenn ihre Sorgen sie schon erdrücken wollten, ließ sie ihre vertraute Freundin Rosalia, Herrn Joachim Gschaiders Frau, in die Not ihres Herzens blicken: »Der beste und familientreueste Mann ist mein Leopold. Nur sollte er der Freude in und um sich mehr Raum lassen. Manchmal schüttelt's mich frostig und ist doch brühwarm in der Stube. Da hast du's besser. Deiner ist freundlich zu jeder Zeit …«

Da seufzte auch Rosalia: »Freundlich ist jeder gute Geschäftsmann, als kostenfreie Zuwaage für den Kunden. Dass der Deine gar so knurrig geworden ist, das klagt aber auch Joachim. An Tüchtigkeit ist er uns allen über; wir neiden's ihm nicht. Deine drei Mädeln aber, gelt, die bringen dir doch das Lachen ins Haus.«

»Das wohl«, nickte Josefa, versank aber gleich wieder in ihre Sorgen: »Am End wird der Sepp mir noch sauertöpfisch …«

»Wegen dem kränk dich nicht!«, entgegnete Rosalia lachend. »Eher kriegt dein Leopold ganz Steyr klein als seinen Sepp. Der setzt sich überall durch. Verlass dich drauf.«

Einmal saß Sepp mit seinen Freunden an einem schönen Sonntag draußen in Christkindl auf der Gasthausterrasse und behauptete, dass er, falls er jetzt durch Steyr zurückginge, schneller nach Sierninghofen marschiere als die Freunde von da auf direktem Weg. Lachend wettete man: Pro Stunde früher gewinne der Sepp von jedem der Freunde einen Viertelgulden. »Auf also zum Kirchenwirt in Sierninghofen! Und wer zuerst dort ist, der sagt ihm die Zeit.«

Die Freunde, erst leicht unmutig über den kuriosen Einfall des geldknappen Werndlsohnes, schlenderten allmählich wieder gutgelaunt dem Ort Neuzeug entgegen, wo es die Steyrbrücke zu überqueren galt; als sie in deren Sichtnähe waren, bummelten sie noch mehr. Dass der Sepp diese Wette verlor, war so sicher wie dass er sie bezahlte, wenn er dann auch monatelang nicht einen Kreuzer mehr für sich hatte.

»Sakra, die vielen Leut dort bei der Brücke!«, rief plötzlich der junge Alois Heindl aus. Daraufhin gingen alle doch rascher und wie staunten sie, als inmitten der Brücke ein breiter Spalt klaffte; die hohe Flut hatte ein Mitteljoch herausgerissen.

»Jetzt lange Füße gemacht, sonst wird das ein Konkurs!«, riet der junge Gschaider.

»Der Himmelherrgottsackeramenter! Er hat's gewusst!«, brummte humorig der junge Mitter.

Als sie dann endlich gegen Abend in Sierninghofen beim Kirchenwirt einzogen, begrüßte sie dieser mit leicht impertinentem Lächeln: »Der Herr Sepp erwartet Sie schon hübsch ein paar Stunden; er hilft nur einstweilen unten bei der Brücke.«

Nie vorher hatten dem Listigen so viele Silberlinge in der Tasche geklimpert. »Und so ehrlich verdient!«, sagte er tiefernst, bevor er ins Gelächter der Gefoppten einstimmte. »Erinnert mich an diesen Tag, wenn ich erst was zu reden hab im Werndlwerk. So viele Kreuzer ihr heut an mich verloren habt, so viele Gulden lass ich mir dann die Revanche kosten. Kaufherr Gustel, schreib dir's auf! Kriegst meinen Namen unter das Dokument!« –

Ein andermal saßen die Freunde nach einer gemütlichen Wanderung in einer freundlichen Wirtsstube zu Gleink. Scherz und Lachen beglückten sie.

Da kam es, dass der Sepp plötzlich verstummte und steifen Blicks nach einem anderen Gasttisch hinsah.

»Hast am End das starre Geschau, Sepp?«, forschte Freund Gustl.

»Mja – und bald noch was dazu!«, schnob er den Verblüfften an.

Das bewirkte in der Wirtsstube eine jähe Stille, in die es scharf und boshaft kläffte: »... der Herr Vaterspötter und Erfinder – mit der leeren Tasche ...«

Dem Sepp wurden die Lippen schmal im erblassten Gesicht. Langsam erhob er sich, schritt zu jenem Tisch hin und fragte gewittrig: »Vaterspötter ...? Oder hab ich mich verhört? Will man mir's wiederholen ...?!«

»Was – was – wollen Sie – von – mir?«, krächzte die vorige Stimme ängstlich.

»Nichts von Bedeutung, Erich Kargl. Bin zufrieden, wenn mich so wer siezt.« Der Sepp langte, während er dies sprach, mit dem rechten Arm – wie ein Kran – über den Tisch, fasste den Rockkragen des kläglich Kreischenden, hob das zappelnde, schimpfende Bündel zur Tür und schleuderte es hinaus in den Hof.

»Ich mache mir die Hände nicht gern schmutzig, sonst kämen Sie nicht so gut davon!«, rief er nach. Dann setzte er sich wieder zu den halb verdutzten, halb lachenden Freunden.

Als Sepp später zum Heimweg in den Hof trat, fielen ihn plötzlich wohl ein halbes Dutzend rüder Burschen an. Er erwehrte sich ihrer, hatte aber, als sie schließlich ins nächtliche Dunkel flüchteten, ein Messer tief im linken Arm stecken; das ließ sich allerdings vor dem Vater nicht verbergen …

Dieser hieß den Sohn einen Lumpen und nichtswürdigen Raufbold, der ihm nur Schande mache.

Da schwieg denn auch Sepp nicht mehr. »Nennt Ihr mich einen Lumpen, der tückisch lügt und trügt?!«, schrie er. »Nehmt das zurück, Herr Vater! Sonst werd ich's noch …«

Da lief das Gesicht des Älteren rot an. »Halt's Maul!«, schrie er. »Hinaus, du Lümmel!«

Dieser hässliche Auftritt hinterließ zwischen Vater und Sohn eine tiefe Kluft, die sich nie mehr völlig schloss.

3. Kapitel

KAROLINE

In letzter Zeit fuhr Frau Josefa immer wieder aus Träumen auf; tränennass war das Kissen unter ihrem Haupt, schweißgebadet wie von Fieber ihr Körper. Still und reglos blieb sie liegen, den Gatten nicht zu stören, dessen laute Atemzüge die Kammer füllten. Wenn nur der Gegensatz zwischen ihrem Eheherrn und ihrem liebsten Buben nicht noch heftigere Formen annahm. Sicherlich versuchten beide einen Zusammenprall zu verhüten. Der Ältere gab seine Anweisungen in milderem Ton, der Jüngere befolgte auch ihm unverständliche Anordnungen, die vielleicht nur einem Augenblicksimpuls des Vaters entsprangen. In einem Moment plötzlicher Einsicht verdoppelte Herr Leopold sogar das Taschengeld des Sohnes und zeigte sich auch bei den häuslichen Abrechnungen toleranter. Manchmal wollte es der grübelnden Josefa scheinen, als nähre sie ihre Bangnis ohne Grund – bis ein barscher Befehl des Gatten neue Befürchtungen in ihr weckte.

Eines Sonntagnachmittags, als sie von der Segensandacht heimkam, trat sie zufällig in den Hof hinaus und sah in der Schattenecke den Sepp mit einem Buch in der Hand auf einer Werkstattschwelle hocken, ganz verloren auf das Hofpflaster starrend.

»Ja, Seppl! Im Schatten? Wo doch heut endlich die Sonne wieder scheint!«

»Was brauch ich die?«

»Bist du uneins mit den Freunden?«

»Ach wo.«

»So hast du wohl kein Geld?«

»Der Herr Vater lässt mir jetzt jede Woche einen halben Gulden auszahlen.« Er griff in die Tasche und hielt ihr die offene Hand hin. »Da – einen ganzen Gulden hab ich schon erspart! Vielleicht, dass er doch einmal sagt: Es ist gut.« Gesenkten Kopfes hockte er wieder da, die Ellenbogen auf die Knie, den Kopf in die Handschalen gestützt.

»War denn wieder was zwischen dem Vater und dir?«

»Nichts, Frau Mutter. Er schafft an – und ich gehorche. Ein Lastesel muss zufrieden sein, wenn man ihm eine Handvoll Disteln gönnt.«

»Disteln? Hab ich das Kochen verlernt?«, scherzte sie.

»Nein – nein!« Er ergriff ihre Hand. »Will Euch nicht kränken. Seid ja das Beste, was ich habe, Frau Mutter ...«

Er ließ ihre Hand frei, stand langsam auf und lehnte sich an die Hofmauer. »Ich seh's ja ein«, sprach er beinahe melancholisch, »es kann nur einer anordnen. Und wären die Befehle des Herrn Vater nicht gescheit, so würde sein Werk nicht als das größte weitum gedeihen. Ich neide dem Franz seinen Schreiberposten keine Minute. Dem Poldl sein Studium?« – Maskenhaft erstarrte sein Gesicht. »Man braucht nicht zu fragen, wer nach dem Herrn Vater die Werksleitung übernimmt. Sonst dürfte der Poldl nicht so viel Zeit verschwenden zum Juristendoktor. Der Sepp bleibt dort, wo andere ihn hinstellen. Ein verlässliches Lasttier. Zieht für zweie. Das hat wohl auch mein Herr Vater schon bemerkt. Vielleicht werd ich gar als Aufpasser über ein halbes Dutzend Leute noch bestellt – oder gar über ein Dutzend! Nur zum Planen, zum Anschaffen, dazu sind andere da ...«

»Aber, Sepp! Gerade dich will der Vater zum Nachfolger ...«

Zu ihrem jähen Erkennen, dass sie etwas, das ihr geheim anvertraut worden war, dem Sohne gesagt hatte, gesellte sich ein Schreck, da Sepp nun laut und spröde lachte: »Das glaubt die Frau Mutter wohl selber nicht! Ihr sagt mir das zum Trost ...«

»Sepp! Meinst du, ich belüge dich?«

Verlegen stammelte er: »Verzeiht, Frau Mutter. – Aber warum behandelt er mich dann so? Wie ein Nichts, einen Feind? Geht an mir vorbei, als wäre ich gar nicht da. Für den jüngsten Lehrbuben hat er manchmal einen freundlichen Blick.«

»Vielleicht, Sepp, weil ihr zwei Welten seid – und der Vater seine Welt vor deiner schützen will …«

»Ja«, nickte Sepp. »So könnte es sein. Wie soll das aber werden? – Ich wünsch dem Herrn Vater hundert und mehr gesunde Jahre. Aber ich kann doch nicht, bis ich vielleicht achtzig bin, der Niemand bleiben. Will auch selber etwas tun und verantworten … Liebe Frau Mutter! Ich bitt Euch, sagt mir einen Ausweg …«

»Alles wird recht, musst dich nur gedulden«, bat wehen Herzens die Mutter, »und den Vater respektieren. Siehst ja, wie er beladen ist mit lauter Pflicht und Sorgen, je mehr er vorwärtsbringt. So ein gescheites Bemühn und so ein gutes Gelingen, das ist keine Kleinigkeit.«

Jetzt brach es aus dem Sepp wie eine Sturzflut: »Ja, ja! Ist mir alles bekannt, Frau Mutter, und entweder bleibt es, wie es ist, dann zerbreche ich daran – oder ich geh fort. Der Fruhwirt nimmt mich zu jeder Stunde auf. Dort würde ich gleich Vorarbeiter und bald Meister und ist es beim Fruhwirt nicht, so trau ich mich überall was zu werden. Nur daheim, da geh ich noch zugrund!«

»Sepp, das dürftest du mir niemals antun! Es kann anders nicht sein, als dass du nach dem Vater Werksherr wirst. Schau, nicht nur an der Kraft und am Verstand liegt es. Du musst das Aushalten auch üben – je Größeres du anstrebst, desto mehr. Und meinst du, es geschieht dir Unrecht, so merke dir, wie weh das tut, für dann, wenn andere deinem Willen unterstehen …«

Nun wollte Sepp den Sonntag doch noch nützen. Er ging bis dahin, wo die Mittere Gasse vom Wieserfeld abzweigt, um seinem Freund Heindl zu pfeifen. Als ihm niemand antwortete, ließ er den Türklopfer einige Male kräftig gegen die Metallplatte prallen.

Ein Schlüssel knarrte im Tor.

Sepp schaute so verblüfft das hübsche Mädchen an, das ihm nun hell entgegenlachte und fragte: »Seh ich aus wie ein Gespenst oder wie eine Hexe?«

»Aber, Fräulein Karoline, ganz im Gegenteil. Wie das leibhafte Leben, so frisch und blitzsauber. Mir ist, als sähe ich Sie heute zum erstenmal.«

»Jetzt hören S' aber auf! Sonst mach ich die Tür gleich wieder zu.«

Indes hatte der junge Mann schon einen Schritt in den Hausflur getan und lachte. »Wenn Sie's nur könnten, Fräulein Karoline«, scherzte er. »Könnte aber ich, wie ich wollte, so müsste der Maler, der jetzt die Gschaiders pinselt, auch Sie konterfeien.« Er sah ihr in die Augen und schmeichelte: »Ein Unsinn, so eine Red, denn so schön kann ja gar keiner malen …«

Eine Röte schoss ihr in die Wangen. Sie lachte wieder und lenkte schnell ab: »Sie wollten sicher nur nach meinem Bruder fragen.«

»Eigentlich schon.«

»Er ist gleich nach dem Essen fortgegangen.«

»Hm …« Eine Stille lag zwischen den zwei jungen Menschen. Was soll ich nur sagen, dass ich noch weiter mit ihr reden kann?, dachte Sepp und forschte dann interessiert: »Und was tun Sie?«, sodass das Mädchen, ohne es zu wollen, antwortete: »Ich sitz im Hofgarten beim Stickrahmen.«

»Darf ich mich auch ein bisserl zu dem Rahmen setzen?«

»Zu dem Rahmen …«

»Und zu Ihnen … Ach, Fräulein Karoline! Erst seit ich Sie sehe, weiß ich so richtig, wie schön heut der Himmel ist.«

»Die Mutter ist bei einer Nachbarin. – Bitte, gehen Sie jetzt!«

»Bin ich ein Fremder, den Sie nicht einlassen dürfen? Hätte Ihre Frau Mutter die Haustüre geöffnet, hätte sie mich schon lange ins Haus geladen. Fräulein Linerl, bitte …«

War es der leichte Druck, mit dem seine Hand die ihre umfing, war es der warme Klang seiner Stimme, das Erglänzen seiner Augen? Karoline behauptete wohl: »Das gehört sich aber wirklich nicht …« Dennoch schritten sie durch Flur und Hof zum Gartenhaus. Dort erst merkten sie, dass sie sich noch immer an den Händen hielten. Sie machte ihre Hand frei und wies auf eine Bank: »Da ist immer mein Platz, Herr Sepp.«

»Warum nicht gleich Herr Werndl?«

»Ich nenne Sie ohnedies beim Vornamen.«

»Aber Herr …«

»Sie sagen ja auch Fräulein zu mir«, schnippte Linerl zurück.

Da lachte Sepp so recht aus voller Brust und das Mädchen mit.

»Warum lachen wir nur so?«

»Bäume könnte ich ausreißen vor Freude …«

»Echt männliche Logik. Bloß weil Sie lustig sind. – Die armen Bäume!«

»Es war nur so hingesagt. Wenn Sie es wollen, Linerl, pflanze ich ein paar. Seit ich Sie sehe, ist mir so ganz anders und wenn Sie mich nicht zurückhalten, dann flieg ich in die Luft wie ein Ballon – so leicht ist mir. Linerl, ich muss Ihnen zum Dank wenigstens ein Busserl geben – oder zwei?«

Fluchtbereit sprang das Mädchen auf und rief empört: »Soll es mich reuen, dass ich Sie hereingelassen habe, obwohl die Mutter nicht daheim ist, Herr Werndl?«

Gleich war aller Frohmut Sepps wie weggeblasen. »Richtig, nur immer tüchtig losgescholten. Es fehlte mir sonst die schöne Abkanzlerei. Ich war so unverschämt, zu glauben, auch ich dürfte einmal reden, wie mir ums Herz ist …« – Betont kühl trat er zurück und verbeugte sich gemessen. »Ich bitte vielmals um Entschuldigung, Fräulein Karoline.«

Betroffen sah das Mädchen ihn an und fragte unsicher lächelnd: »Geht das bei Ihnen immer so, eben noch glühheiß vor Übermut und im Handumdrehen eiskalt?«

Jämmerliche Hilflosigkeit befiel ihn. Er knetete und presste seine Hände ineinander, sah verlegen darauf nieder und redete wie zu sich selber: »Wie soll man den goldenen Mittelweg finden? Ich kann nicht wie ein kleiner Bub zur Mutter laufen, wenn mich was quält. Wie oft hab ich den Toni schon beneidet, der kann seinem Vater sogar sagen: ›Da hast du dich geirrt!‹ Mein Herr Vater kommandiert nur, im Werk wie zu Hause. Ihr Bruder ist schon Vorarbeiter, wird wohl bald Meister, kriegt seinen gerechten Lohn, muss nicht katzbuckeln und handküssen, weil sein Herr Vater ihm gnädigst einen halben Gulden auszahlen lässt wie meiner mir – seit drei oder vier Monaten gar einen ganzen Gulden! Und verlangt großzügigerweise nicht einmal eine Abrechnung, wie ich das viele Geld verwende. Tagaus, tagein hau ich elf Stunden lang Rillen in Feilen, eine wunderbar geistreiche Sache! Am Abend – ich darf nichts vergessen – hab ich eine ganze Stunde frei, dürfte sogar ins Wirtshaus, wenn ich das Geld dazu hätte. Niemals eine Anerkennung, nur Fron. Wäre die Mutter nicht, hielt's mich schon lange nicht mehr in Steyr.«

Eine fremde Beklemmung beengte sie, tröstend und leis klang ihre Frage: »Ist es denn wirklich so arg?«

Mehr noch sank Sepps Kinn gegen die Brust. »Dass man's nicht sagen kann, so peinigt es mich.« Zum erstenmal gestand er sein Leid einem anderen Wesen als der Mutter. Doch nun blickte er auf und deutete nach einem am Hausfirst sitzenden Schwalbenpaar: »Die sind gescheiter als wir. Sitzen im Sonnenlicht und zwitschern sich was Lustiges vor.«

»Jetzt flunkern Sie wie ein Dichter.«

Das entlockte dem Sepp einen Lacher und die Versicherung: »Davor bleibt von mir aus die Welt bewahrt. Aber freuen möcht ich mich können, Linerl, so recht aus ganzem Inneren.« Von ungefähr hielt er wieder des Mädchens Hand. »Ja, Linerl«, raunte er, »erst jetzt weiß ich ja, wie tief man sich freuen könnt – für immer. Nur müsste ich fort zuerst …«

»Fort?!« Es klang ganz bange.

»Wär's Ihnen leid?«, fragte er weich.

Da war Linerl gleich wieder ganz Abweisung. »Warum sollte es mir leid sein? Sie tun nur immer gleich so wild.« Es war aber doch wieder die Bangnis in ihrer Stimme, als sie wissen wollte: »Warum müssten Sie fort?«

Da leuchtete es freudig in seinen Augen. »Hab ich gesagt, fort von Steyr? Fort von daheim, meine ich.«

»Aus Ihrem Elternhaus fort? Wie ist das wieder zu verstehen?«

»Was fällt einer Mutter schwerer: zuzuschauen, wie ihr Kind daheim verdirbt – oder wie es anderswo gedeiht? Ich weiß jetzt, was mir fehlt: ein Heimgang, auf den man sich freut. So ein echtes und rechtes Daheim! Hätte ich das, hielte ich auch die Arbeit im Vaterwerk aus.«

»Wie meinen Sie das? Einen Heimgang, auf den Sie sich freuen.«

Fast strahlend sah er sie an und meinte dann gedämpft: »Ist das so schwer zu verstehen? In ein Heim gehen, das man selbst aufschließen und zusperren kann. Heimgehen – zur liebsten Frau …«

Ein Zittern durchlief das Mädchen, es umkrampfte mit der freien Hand eine Weinranke. »Und warum sagen Sie gerade mir das alles?«, fragte es leise.

»Warum?« So verlegen war nun auch er, dass er ihre Hand freiließ. »Warum? Ja«, stotterte er, »begreifen Sie denn rein gar nichts …?«

Eine Stille folgte, jedes fühlte sie vom eigenen Pulsschlag durchzittert. Dann war es, als wüchse Sepp, so hoch richtete er sich auf. Metallen klang seine Stimme: »Ich hab mich noch nie nach einem Mädel umgetan. Hab gelacht, wenn einer eine anhimmelte und die Augen verdrehte. Hab die Verliebtheit für eine Schwächlingskrankheit gehalten. Wie aber Sie in der offenen Haustür gestanden sind, hat's mir einen Stich gegeben im Herzen wie noch nie. Nicht einmal mit der Mutter kann ich so vertraut reden wie mit Ihnen. Hab noch keinen in meine Gefühlskammer schauen lassen, außer meiner Mutter – und jetzt Sie. Mir ist aber, als könnt ich vor Ihnen überhaupt kein Geheimnis haben, müsst Ihnen alles sagen, alles mit Ihnen teilen, das ganze Leben lang. Karoline! Würde ich mich selber nicht gewaltsam zurückhalten, ich hätt dich schon lange in die Arme genommen, dich geküsst …« Jäh unterbrach er seine Rede.

Alle Farbe war aus den Wangen des Mädchens gewichen; es bebte am ganzen Leib. Schnell und so zart, wie er's vermochte, umfing er Karoline, führte sie zur Bank, ließ sie sorglich darauf nieder und stammelte währenddessen immerfort: »Fräulein Karoline! Linerl! Was ist denn geschehen …?«

Diese aber barg ihr Gesicht in den Händen und schluchzte: »Einen Menschen so verspotten! Sich so lustig machen über ein Mädchen …«

»Ich?« Es währte eine Weile, bis er seine Fassungslosigkeit überwand. »Dich verspotten? Linerl! Es ist mir heiliger Ernst! Bitte, werde meine Frau …!«

Da erhob sie sich plötzlich, stand vor dem sie kopfhoch Überragenden und verlangte: »Gehen Sie! Gehen Sie! Wenn Sie nur einen Funken Gefühl in sich haben.« Sie stampfte mit dem Fuß auf. »Gehen Sie – und schämen Sie sich, wenn Sie das überhaupt können.«

Wie einer Kranken sprach er ihr zu: »Aber, Linerl! Wie könnt ich denn so unmenschlich scherzen? Ja, du kannst mich aus dem Haus weisen – aus dem Herzen nimmer. Ich kenne nicht zweierlei Wahrheit und die eine Wahrheit heißt: Linerl, ich hab dich lieb, will dich zur Frau …«

Das Mädchen ließ die Hände vom Gesicht sinken und blickte fassungslos zu dem siegesgewiß vor ihr Stehenden auf. »Das gibt's doch nicht, so mir nichts, dir nichts! Wir kennen uns kaum. Ich bin auch so viel älter …«

»Die paar Jahre machen nichts aus. Innerlich bin ich der Ältere. Vielleicht war ich zu schnell, aber unsere Familien kennen einander doch seit Urväterzeiten.« Wieder griff er nach ihrer Hand, die sie ihm willenlos überließ. »Du musst doch fühlen, wie mir ist.« Und wieder sprach er ernst: »Linerl, wehre dich nicht. Nicht gegen dich und nicht gegen mich. Ich schwöre es dir: Wir werden ein Paar.«

Sie vernahm es kaum, flüsterte nur wiederholt vor sich hin: »Es ist unmöglich, ganz unmöglich …«

Da erfasste er auch ihre andere Hand und der Klang seiner Stimme zwang sie, in seine Augen zu sehen: »Linerl – wenn ich es aber doch ermögliche?«

»Wie das …?«, lispelte sie halb unbewußt.

Auge in Auge mit ihm, wie gebannt, lauschte sie seiner Antwort: »Merk es gut! Sieben Tage geb ich uns Bedenkzeit. Am nächsten Sonntag, nach dem Segen, erwart ich dich auf dem Dachsberg. Brauchst dich nicht zu fürchten, ist ja heller Tag. Dort sagst du mir, ob du die Meine werden willst oder nicht. Kommst du nicht, so geb ich dir am übernächsten Sonntag vor allen Leuten vor der Michaeierkirche den Verlobungskuss.«

»Das trau dich ja nicht!«

Doch wieder erklang seine bezwingende Stimme: »Du irrst dich. Ich treibe gerne manchen Unfug, wenn ich aber einmal mein Wort gebe, so gilt's.«

Das Geräusch eines im Schlosse knirschenden Schlüssels ließ das Mädchen zusammenzucken. »Die Mutter kommt«, flüsterte es.

Unbeirrt flüsterte Sepp zurück: »Also – Dachsberg oder Michaelerplatz. Du hast die Wahl.«

Behäbig trat die Heindlin in den Hofgarten. »Na, Linerl …« Ihre Augen wurden groß und rund. »Ja, was seh ich denn? Der Sepp Werndl hockt beim Linerl? Hab geglaubt, er ist mit dem Toni fort.«

»Bin zu spät gekommen. War aber froh, dass ich mit dem Fräulein Tochter plauschen durfte.

»Und habt ihr euch gut unterhalten?«

Da lachte Sepp: »Ich schon, Mutter Heindl. Aber das Linerl?« Er seufzte und sagte scheinbar bekümmert: »Woher sollt ich denn wissen, wie man sich mit einem Mädchen unterhält?«

»Hast du deinem Besuch mit einer Jause aufgewartet?«

»Nein, Frau Mutter. Wir sind nur so dagesessen.«

»Ach je«, seufzte die Heindlin, »hast wohl nie gesehen, dass ich einen Gast fürs Erste stets bewirte? So kommt nur mit hinauf zum Kaffee. Sonst heißt's noch, bei den Heindls muss man hungern und dürsten.«

Bald unterhielt man sich in der traulichen Wohnstube in ungezwungen freundschaftlicher Weise und der Gast gab sich so springlustig und lebhaft, dass Mutter Heindl gar nicht merkte, wie unruhig ihre Tochter umherblickte, wie Röte und Blässe auf ihren Wangen wechselten. Als Karoline dann nach der Mutter Geheiß dem scheidenden Sepp das Haustor aufschloss, erinnerte er sie nochmals: »Also – Dachsberg oder Michaelerplatz.«

Kaum gelang es dem bärenstarken Jüngling, seine Erregung zu verbergen, um wie viel schwerer wurde dies dem zartnervigen Linerl. Von der Minute an, da sie morgens aus ihrer Kammer trat, bis zum Abend, wenn sie so bald als möglich wieder in ihr Stübchen flüchtete, sagte sie sich wie eine Gesundbeterin unablässig vor: »Es darf's niemand ahnen! Es darf's niemand bemerken! Es darf's niemand wissen ...«

Mutter Heindl hätte blind und taub sein müssen, um nicht zu gewahren, dass ihr Linerl zur Traumwandlerin geworden war, denn so viel Geschirr war bei den Heindls in sieben Jahren nicht zerschlagen worden wie in den sieben Tagen zwischen der jähen Werbung Sepps und dem von ihm bestimmten Termin. Am schlimmsten war das gewesen, als Karoline ein Tablett voll frisch gereinigtem Festtagsgeschirr von der Küche ins Wohnzimmer trug und ihr Bruder sie unvermutet mit dem Zeigefinger auf die Schulter tippte. Ein Schreckensschrei und unter wildem Geschepper zerklirrte auf dem Estrich das von der Hausfrau seit ihrem Hochzeitstag heilig gehaltene Service. Die herbeigelaufenen Eltern wussten nicht, ob sie lachen sollten oder sich ärgern, so grotesk war der Anblick, der sich ihnen bot.

»Ich bin schuld«, stotterte Toni, »ich habe sie erschreckt.«

Linerl aber schluchzte fassungslos.

Der Mutter aber war es unmöglich, dies alles länger mit anzusehen. »Jetzt heraus mit dem Übel«, verlangte sie. »Was hat's am Sonntag gegeben zwischen dir und dem Sepp, he?!«

Das Mädchen versuchte zu sprechen, aber seine bebenden Lippen hinderten es. Auch befiel es nun ein solches Zittern am ganzen Leib, dass die Heindlin Angst überkam. »Heiliger Himmel«, klagte sie, »das tut wie bei fiebrigen Nerven ...« Sie musste die Tochter in ihre Stube führen und entkleiden, denn des Mädchens Hände flogen hin und her, als durchrüttelte es ein Frostschauer. »Nichts war – gar nichts. Was soll denn gewesen sein?«, zitterte es ihm endlich über die blassen Lippen.

Die Heindlin rieb ihr Linerl kalt ab, steckte sie unter gewärmte Daunenbetten und flößte ihr Baldriantropfen ein. Endlich verebbte das Schlottern, das Mädchen schlummerte ein. Auf den Fußspitzen schlich die Mutter hinaus.

Am folgenden Morgen war Karoline wohl noch ziemlich blass, jedoch wieder völlig ruhig und auch während der nächsten Tage sehr bemüht, keinerlei Anlass zu Aufsehen oder Tadel zu geben. Das gelang ihr so gut, dass die Heindlin an ihrem ersten Verdacht wieder irre wurde. Was hätte auch geschehen können, am hellichten Tag und im eigenen Garten? Vom Sepp hatte man hinsichtlich Mädchen noch nie was gehört. Seufzend schüttelte sie den Kopf und murmelte: »Das ist dir was mit der heutigen Jugend! Zu meiner Zeit hätt ich mit solchen Faxen den Eltern kommen sollen ...«

Linerl hielt sich auch am nächsten Sonntag äußerlich ruhig, befand sich innerlich aber in einem bemitleidenswerten Dilemma. Der Verstand sagte ihr: So wirbt keiner, der es ernst meint. Eine derbe Fopperei mehr, wie man sich ausgefallene Spaße zu Dutzenden vom Sepp erzählt. Sonst war er wohl vor allem zuerst zu den Eltern gegangen ...

Dagegen rebellierte indessen ihr Gefühl mit ganz entgegengesetzten Gedanken: Kann denn aber ein Lügner jemanden so herzhaft klar anschauen und so reden? Hatte der Bruder nicht oft gesagt: ›In ernsten Dingen ist er goldverlässlich, der Sepp.‹

Während des Kirchganges noch dachte sie unablässig: Nein, nein, nein! Da hörte sie die Stimme Sepps ihren Eltern einen »Guten Morgen!« bieten, hörte ihren Bruder wegen eines Ausflugs nach Sankt Ulrich fragen und die beziehungsvolle Antwort: »Zuvor hab ich was ganz Privates zu erledigen. Ich schätz, das dauert so etwa bis eine Stunde nach dem Segen. Wird mir das zum Segen, so komme ich euch nach.«

Sich verabschiedend, reichte Sepp allen Heindls die Hand, zuletzt dem Linerl, dem er einen kugelig klein zusammengefalteten Zettel in die Hand schmuggelte. Als sie ihn daheim entfaltete, fand sie darauf geschrieben: Dachsberg? Oder Michaelerplatz!

Am Nachmittag geschah dem Linerl Unheimliches. Sie wollte nach der Segenandacht mit der Mutter heimgehen, doch ein ihr Fremdes zwang sie, sich in den Arm einer Freundin einzuhaken und zu sagen: »Ich begleite nur die Dora heim.« Vor dem Haus der Freundin und von ihr dringlich zu Gast geladen, sprach wieder dieses übermächtige Fremde aus ihr: »Heute nicht, hab keine Erlaubnis von den Eltern.«

Darnach zwang sie die gleiche Gewalt gar, am Elternhaus vorbeizuschleichen und die steile Gleinkerstraße hinaufzulaufen wie über eine Ebene. Sie spürte nicht, wie sie oben nach dem Schnallentor der Sturm anfiel, hastete den schmalen Dachsbergweg entlang.

»Nein!«, rief sie laut und verzweifelt, als endlich Sepp aus einer Gebüschwand hervor ihr entgegentrat. »Nein!«

Doch als er seinen Arm in ihren fügte, verging ihr Widerstandswille wie ein Hauch im Sturm. Endlich hielt sie ein, machte sich von ihm frei und flehte mit erhobenen Händen: »Sepp! Treib keinen Spaß mit mir …«

»Linerl!« Aus weiten Augen sah er in ihre.

Nein, dachte sie, so klar, so treu kann keiner blicken, der's nicht auch ist. Ihre Meinung wurde noch gestärkt, als sie ihn weiterreden hörte: »Die ganze Woche hab ich nur an dich gedacht. Ich schwör es dir: Eher lass ich von Vater und Mutter als von dir. Ich schaff uns irgendwo Recht und Brot. Hier meine Hand, Linerl, leg deine hinein – zum Versprach für unser beider ganzes Leben.«

Sie standen sich frei gegenüber auf freiem Feld. Er hielt ihr seine Hand hingestreckt, doch schlaff hingen ihre Arme herab und wieder sprach jene fremde Macht aus ihr: »Und ich hab mich die ganze Woche gewehrt gegen diese Stunde, gegen dich – und gegen mich. Hab alles zusammengedacht, was sich gegen uns stellt …« Ihr scheuer Blick hing in seinem, als wollte sie das Geheimnis seiner Seele enträtseln, und dann bebte es über ihre zuckenden Lippen: »Ich habe Angst, Sepp! Furchtbare Angst! Wenn du es aber ehrlich meinst …« Jäh umklammerte sie mit beiden Händen seinen Arm und stammelte: »Darfst mich aber nie verlassen! Nie – nie verlassen …«

Da riss er die Wankende an sich, umfing sie mit seinen kraftvollen Armen – und ihre Lippen fanden sich im ersten Kuss.

4. Kapitel

EISEN AUF EISEN

Der Alltag zwang den langen Sepp wieder in seine Fron, doch änderte dies nichts an seinem der Geliebten zustrebenden Wollen und Sehnen. In einer Stunde nüchterner Selbstprüfung schien es ihm dennoch, als habe sich sein Empfinden geändert. Ihm war, als bedrücke ihn eine bisher ungewohnte Bürde.

Es galt, Reales zu erzwingen: ein Heim, in dem er sein junges Glück bergen, und so viel Verdienst, dass man damit einen Haushalt zu zweit führen konnte.

Das stürmische ›Bald‹ musste er nach einigem Überlegen durch ein kühlbedächtiges ›Überhaupt‹ ersetzen. Sicher war nur, dass er ein Versprechen gegeben und eines erhalten hatte und dass es an ihm lag, die Erfüllung zu betreiben. Zum ersten Mal in seinem bewussten Erdendasein lag er stundenlang wach in der Nacht und erwog alle Möglichkeiten, wie er dem Linerl und sich den sich immer höher türmenden Wall von Hindernissen aus dem Wege räumen oder ihn umgehen könnte.

Mit keinem Hauch deutete er während ihrer seltenen und kurz bemessenen, ihnen selber noch kürzer erscheinenden Begegnungen an, wie vage auch ihm zumute war. Denn je mehr er alles bedachte, desto klarer wurde ihm, dass er bisher noch völlig im Ungewissen tapste. Manchmal schien ihm, als drohe ein völliges ›Aussichtslos‹. Doch dann warf er den Kopf zurück und schalt sich selber: »Was? Aussichtslos? Es heißt nur richtig wollen. Los also, Sepp Werndl, beweise, dass du der bist, von dem du immer träumst, der Kerl, der alles durchsetzt!«

Nicht zu sagen, wer schwerer unter den Schleichwegen und Ausreden litt, der gerne geradlinig anstürmende Sepp oder Linerl, die bisher nur klare, behütete Pfade gegangen war. Mancher der Freunde wunderte sich: »Möchte wissen, was in den Sepp gefahren ist. Der harmloseste Scherz löst ein Gewitter bei ihm aus, als wollte er ganz Steyr zerdonnern.«

Dem Linerl liefen manchmal Tränen über die Wangen, ohne jeden ersichtlichen Grund. »Das Weibsbild spinnt!«, erklärte ihr Bruder schlichtweg und fügte meistens seufzend hinzu: »In dem Zustand nimmt sie uns keiner mehr ab. Die kann sich heute schon ins Jungfernstift einkaufen.« Schon ein einziger falsch gedeuteter Blick löste in ihrem Gewissen einen Schock aus: »Wir sind ertappt!« Es war auch fast ein Wunder zu nennen, dass sie in der kleinen Vorstadt ihr Geheimnis monatelang zu wahren vermochten.

Von allen Möglichkeiten, die Sepp erwog, blieb vorerst nur eine übrig: Der Vater allein konnte dem Unmündigen die Eheerlaubnis erteilen. Nur an ihm lag es, dem heiratslustigen Sepp einen Verdienst zuzuerkennen, der genügte, einen Haushalt zu bestreiten. Dieser gerade Pfad schien ihm auch der beste. Nur empfand er eine würgende Befürchtung vor einem schroffen »Nein«, denn er wusste, dass der Vater niemals noch ein Nein in ein Ja gewandelt hatte.

Dennoch musste er eine Entscheidung erzwingen, da Linerl dieses zwielichtige Dasein nicht mehr ertragen zu können vermeinte. Mitten im zärtlichsten Getändel fiel sie ein bebendes Weinen an: »Es kann nicht gut ausgehen! Der Herrgott zürnt uns, Sepp ...«

»Ich bitt dich, Linerl«, lachte der junge Riese gezwungen, »er hat anderes zu tun, als auf uns zwei zu schauen.«

»Spotte nicht, Liebster!«, entgegnete sie beinahe fiebrig. »Ich fühl's, er straft uns ...«

Kaum war es ihm gelungen, sie etwas zu beruhigen, so weinte sie aufs Neue: »Hält doch auch sicher niemand zu uns. Alle sind dagegen ...«

»So werde ich trachten, deinen Bruder als Verbündeten zu gewinnen.«

»Ach, was kann der uns helfen?«

»Vor allem dir, dass du dich wem anvertrauen kannst.«

Seinem Wesen nach suchte Sepp sein Vorhaben schnellstens auszuführen und schon am nächsten Tag gegen Abend pfiff er, trotz strömenden Regens, nach Linerls Bruder und fragte, als dieser aus dem Fenster schaute: »Hast du etwas Zeit für mich?«

Verwundert folgte Toni seinem Freunde, der stumm und mit langen Schritten durch die gegen Gleink hin liegenden Felder stürmte, bis er schließlich Sepps Arm fasste und protestierte: »Langsamer, wenn ich mitkommen soll. Und sag gefälligst – wohin bei diesem Sauwetter?«

»Kannst du schweigen?«, forschte unvermittelt Sepp.

»Das solltest du eigentlich wissen.«

Der andere blieb reserviert: »Gib mir dein Ehrenwort.«

»Wenn dir unsere Freundschaft nicht genügt ...«

»Ich verlange es von dir wegen deiner Schwester.«

»Wegen dem Linerl ...?!« Höchst verwundert klang es.

»Wir haben uns vor Kurzem verlobt.«

»Verlobt?! Du und das Linerl? Verlobt? Und du sagst es mir erst jetzt?« Er trat zurück und musterte den ihn fast kopfhoch Überragenden: »Der lange Sepp – mein Schwager! Und wann ist Hochzeit, Herr Ehekandidat? Seit wann haben die Eltern zugestimmt?«

Sepps Mienen blieben verschlossen: »Die wissen noch nichts. Hochzeit ist, sobald ich einen Hausstand gründen kann.« Er zuckte die Achseln. »Aber dazu brauch ich den Herrn Vater ...«

»Dein Vater?«, erschrak jetzt Toni, »wird der sein Ja überhaupt geben?«

Da wurde Sepps Gesicht finster. »Verweigert er's, so hat er keinen Sohn mehr, der Josef heißt. Dann such ich mir irgendwo so viel Verdienst, dass ich mein Versprechen einlösen kann.« Er umspannte die Hände des Freundes wie mit Schraubenzwingen und fragte gedämpft: »Stehst du zu uns, auch wenn es übel kommt?«

»Ja, Sepp. Hier meine Hand darauf.«

An den Brunnen, in den Geschäften, auf der Straße, in allen Gässchen, in Wirtsstuben und Werksräumen zu Steyrdorf raunte und schwatzte man von einem Liebespaar, von zwei jungen, bisher ehrenwerten Leuten, denen man so etwas niemals zugetraut hätte. Die Frauen bedauerten die schandbar hintergangenen Eltern und das arme Mädchen, von dem solche Unmoral nie zu erwarten gewesen sei, ohne einen gewissenlosen, die Ärmste ins Unglück stürzenden Unhold. Manche wussten gar, dass die Schande ja bald öffentlich kundwerden würde. Einzelne verdrehten die Augen himmelwärts und seufzten weltschmerzlich: »So was hat's früher doch nicht gegeben! Das ist die Jugend von heute!«

Von den Männern wurde meistens mehr die männliche Hälfte des interessanten Paares bedauert: »Muss der sich von einer Älteren erwischen lassen! Die Jüngste könnte er haben und die Reichste!« Und fast immer fand sich einer, der hoffte: »Er wird sich noch rechtzeitig besinnen. Hat ja auch sonst die Augen offen, der Sepp.« Nur die Hauptbeteiligten wie auch ihr Sippen- und Freundeskreis wussten von dem allem nichts, denn vor den vielvermögenden Angehörigen der Familien Werndl und Heindl wagte niemand diese Gerüchte zu erwähnen.

Während sie sich den Werktagsschmutz abwuschen, rühmte sich ein Lehrjunge vor dem anderen Grüngemüse großmäulig, dass er den langen Sepp und das Linerl am Vorabend zur Dämmerzeit ins Föhrenwäldchen habe huschen gesehen.

Nicht einmal den Mund brachte es mehr zu, so entsetzt war das Bürschlein über den plötzlichen Griff einer nervigen Hand, die es beim Rockkragen packte und durch die Tür in den Hof hob. Käsig wurden seine Wangen, als er den Werksherrn erkannte. Auch die anderen Buben erblichen, die nach einem dumpf grollenden »Heraus mit euch!« aus der Waschstube schlichen; und selbst dem Frechsten saß ein Zittern in den Kniekehlen.

In Herrn Leopolds finsterem Gesicht zuckte keine Miene, doch in seinen Augen wetterleuchtete es. Jeder der Lehrjungen dachte: ›Wenn der nur nicht zuschlägt … ‹

Jetzt funkelte Herr Leopold den vor ihm stehenden jungen Frechling an. »Wen hast du Lausejunge im Föhrenwäldchen gesehen?!«

»Ich – ich hab gar nichts gesehen. Aber die anderen …«

»Welche anderen?!«

Der Junge druckste herum: »Alle sagen's …«

Da grollte es von neuem grimmig: »So! Ihr alle?«

Die Bürschlein schielten nach dem Hoftor. Nur fort, ehe er einen anpackt und vielleicht halbtot schlägt … Einer um den anderen wimmerte: »Hab's nur gehört so.« – »Man hat's gesagt.« – »Gesehen hab ich nichts.« Ängstlich machte der und jener eine Bewegung, als wollte er zum Tor laufen, aber da donnerte es schon wieder: »Es wird hiergeblieben!« – Die sonst so Zungenfertigen wagten kaum zu atmen.

Herr Leopold wandte sich und sein Bass dröhnte in die Werkstätten: »Ist noch wer da?«

Einzelne riefen: »Ja …!«

»Dann heraus mit euch!«, forderte der Werksherr und im Nu versammelte sich um ihn herum eine Gruppe verwunderter, meist nur halb bekleideter Männer.

Wieder flackerte der Blick Herrn Leopolds von einem der Lehrjungen zum anderen. »Haben die auch so was erzählt?!« – Alle kleinen Burschen blickten vor sich nieder und schwiegen.

»Vorhin hattet ihr die Mäuler weit offen.« Wieder nahm er grob den ertappten unglücklichen Schwätzer her und fauchte: »He, du Schmutzfink?!«

Der schwitzte von den Haarspitzen bis zur kleinen Zehe, denn schwieg er, so walkte ihn der Herr, redete er, so die Verratenen.

Da fühlte sich der arme Schelm auch schon emporgerissen, wie ein leerer Sack geschüttelt und hörte sich angebrüllt: »Mach's Maul auf – oder ihr geht mir alle miteinander zum Teufel!!«

»Ja«, zeterte der Fürwitz, »die auch, alle …«

Herr Leopold hob das bebende Bündlein Mensch hoch. »Von wem und was haben sie geredet? Die Namen sag!«

»Vom langen Sepp und seinem Linerl«, bekannte schrillstimmig das Bürschlein.

Herrn Werndls zürnende Augen überflogen die Männergruppe. »Stimmt das?« – Da starrten auch die Werksleute vor sich auf den Boden und schwiegen.

»Steh ich vor Mannsbildern oder vor Waschweibern? Welchen langen Sepp und welches Linerl habt ihr schimpfiert?« Einen Schritt trat er der Männergruppe näher. »Hintenrum tapfer und vornweg feige!«

»Die Rede war«, erwiderte stockend ein Graukopf, »von Eurem langen Sepp und von der jungen Heindlin.«

Unwillkürlich öffnete der Werksherr die Hand, der Fürwitz plumpste auf sein mageres Hinterteil, raffte sich auf und schlich zu den beinahe versteinten anderen Lehrlingen.

»Hast du sie selber gesehen?!«

Der Alte zuckte die Achseln: »Ich hab halt so reden gehört …«

»Von wem?« – Wieder das verlegene Achselzucken.

»Soll etwa einer wegen diesem Unsinn sein Brot verlieren?« Ein Kahlkopf sprach's.

»Nennst du die Ehre eines Menschen Unsinn?! Wer von euch hat meinen Sohn mit dem Heindl-Linerl gesehen?!«

Wohin Herr Leopold blickte, sah er nur verlegene Gesten.

»Nicht einer von euch hat gefragt, was an dem gemeinen Gerücht wahr ist. Hintenrum einen Mann verleumden, einem Mädel die Ehre besudeln … Ich nenn so was ein Lumpengeschwätz! Hinaus – mir aus den Augen!«

Wie vom Erdboden verschluckt, so schnell waren alle verschwunden, Männer wie Buben.

Mit unbewegtem Antlitz stapfte Herr Leopold den Steig vom Wehrgraben zur Sierningerstraße hinauf, seinen Werkstätten zu. Niemandem bot er Gruß noch Dank. Dumpf hallte sein Schritt über den feierabendleeren Hof.

»Sepp!« Es klang wie ein Hammerschlag.

»Ja!«, scholl es zurück und gleich darauf trat der Gerufene vor den Vater. Ohne den Sohn auch nur eines Blickes zu würdigen, überquerte Leopold Werndl den Hof.

Sepp verharrte noch. Jede Faser an ihm war gespannt. Aus zusammengekniffenen Augen sah er dem Vater nach, bis dieser hinter der Tür zum Kontor verschwand. Er tat ein, zwei schwere Atemzüge und vermutete beklommen: ›Hat ihm eine Giftnatter was zugezischt?‹ Er reckte sich. ›Ich glaub, Linerl, jetzt gilt's.‹

Anscheinend gelassen betrat er das Kontor, doch bis in den Hals fühlte er sein Herz klopfen. Nun war er also da, der gefürchtete und ersehnte Augenblick der Entscheidung. Nun brauchte er nur zu sagen, was er sich schon längst ausgedacht. Ein jähes Drehen befiel ihn, indes er die Türklinke niederdrückte; aber als er die Schwelle überschritt, war sein Sinn wieder klar und er sah erschreckend deutlich die mühsam nur gebändigte Wut im Angesicht des Vaters. Und so sprach er hastig, überstürzt: »Hab dem Herrn Vater was Ernstes zu sagen, Euch um Ernstes zu bitten. Die Linerl Heindl und ich haben uns gern und möchten heiraten. Ich hoff den Herrn Vater mit meiner Leistung zufrieden und bitte um die Heiratserlaubnis …«

»Hat Meister Heindl dieser Ehe schon zugestimmt?«, fragte sarkastisch der Ältere mit einem tückischen Blick auf den Sohn, den eine nie gefühlte Unruhe zu peinigen begann. Es kribbelte in seinen Füßen, als liefen Ameisen darüber. In seine Kehle stieg ein Würgen. »Mit dem – muss ich erst reden«, brachte er rau heraus.

Blanker Hohn schlug ihm entgegen: »Er wird sich außerordentlich geehrt fühlen, der Heindl, über deine wohlwollende Zumutung.« Und mit kaum mehr beherrschter Wut keuchte Herr Leopold: »Ein als makellos bekanntes Mädchen um Ehre und Ansehen bringen …«

Stumm wischte sich Sepp über die Stirne.

»Das Hintenrum scheint dir wohl ehrenwert?« Und wie verzweifelnd brüllte Leopold Werndl auf: »Und so ein Schuft – ist mein Sohn!«

Vor den Augen Sepps wallten rote Schleier. »Der Herrgott kann bezeugen …«

Laut lachte Herr Leopold auf: »Ein Idealzeuge, der Herrgott. Weil er ein Lügenmaul nicht gleich verpappt!«

»Herr Vater, ich lüge nicht!«

»Halt's Maul, du achtzehnjährige Rotznase! Du Nichts, du Garniemand! Mit einem Mädel herumzigeunern ...«

Auch Sepp konnte sich nun kaum mehr beherrschen. »Das Linerl hat mein Wort. Ich heirate sie!«

»Heiratest sie!«, spottete der Ältere. »Heiratest sie! Klingt wunderbar tragisch – wie in einer Kreuzerkomödie. Der Heindl wird mit offenen Armen so einen bargeldlosen Schwiegerlumpen empfangen.«

»Will der Herr Vater bei mir vergessen, was rechtlich ist? Seit Jahren schaff ich Euch für zwei ...«

»Von mir aus für dreißig! In meinem Unternehmen bestimm aber immer noch ich, an welchem Platz wer zu stehen hat und wie lange meine Geduld noch reicht mit so einem großmauligen Schürzenjäger und Lumpen!«

Zu Fäusten die Hände geballt keuchte Sepp: »Und mit dem Lumpen, dem Schürzenjäger, meint Ihr mich ...?«

Die letzte Hemmung verließ Herrn Leopold. »Wer an meinem Tisch isst«, schrie er, »hat sich mir zu fügen. Meine Kinder haben Gottes und der Eltern Gebote zu befolgen. Ein Kerl, der ein Mädel in die Schande bringt, der sich nicht in Sitte und Zucht fügen will, für den ist nicht Platz, weder in meiner Werkstatt noch in meinem Haus ...«

Was sich Vater und Sohn weiterhin in unsinniger Wut entgegenschäumten, hüteten der weite Hof und seine Mauern. Nur einzelne unartikulierte Laute drangen darüber hinaus.

»So habt Ihr keinen Sohn mehr, der Josef heißt«, rief in aller schmerzhaften Wut verzweifelt der lange Sepp.

»Hinaus, du Schandfleck! Noch in dieser Stunde! Aus Werk und Elternhaus ...!«

Voll Entsetzen riss sich Sepp zurück, im Wahnbild sah er sich auf den Vater stürzen. Abgehackt kam es über seine vor Erregung wie gelähmten und farblosen Lippen: »Ihr braucht mich nicht hinauszuweisen … Ich geh von selber … Es gibt wohl noch Menschen, die keinen Stein in der Brust tragen, die einem geben, soviel man verdient, einen nicht abwürgen …«

Krachend schlug die Tür hinter ihm zu. Mit drei Sprüngen toste er die Treppe hinab, rannte durch die Mittere Gasse, ins Wieserfeld. Er riss die Türe der Wohnstube auf.

»Frau Mutter …«

»Sie ist zum Gschaider – einkaufen«, erklärte Franz, der jüngere Bruder, und stotterte hierauf ängstlich erstaunt: »Was ist denn, Sepp? Was tust du?«

»Nichts ist, gar nichts …«, schrie Sepp in kaum gebändigter Wut. »Schweig, sonst, sonst …« Mit fliegenden Händen holte er sein Wanderränzlein aus der Kammer, riss eine Kommodenlade auf, entnahm ihr Wäsche und Kleidungsstücke und stopfte sie in das Ränzel.

Finerl, die ältere Schwester, zog das furchtsam aufweinende Roserl an sich und suchte es flüsternd zu beruhigen: »Sei still, Roserl, es ist ja nichts geschehen …«

»Fast gar nichts«, knirschte Sepp.

Da kreiste jäh die Tür auf. Meister Werndl trat ein, blieb aber neben der offenen Tür stehen, die Lippen zu einem schmalen Doppelstrich zusammengepresst und auf das erst halb gefüllte Ränzel starrend.

Sepp ruckte sich gerade und erklärte eisig: »Hab nur Selbsterworbenes eingepackt. Will's der Herr Vater kontrollieren?«

Einen Moment begegneten sich hassglühend ihre Blicke. Der Jüngere schloss die Augen, kniete nieder und verschnürte mit unsicheren Händen das Ränzel. Dann stand er auf, umfing mit den Blicken die in hilfloser Angst vor ihm kauernden Schwestern, strich über das Köpfchen der Kleinsten und sprach halb vor sich hin: »Lebt wohl … Lebt wohl … Und grüßt mir die Mutter …« Er schwang das Ränzel über die Schulter, hob Mantel und Hut vom Haken und kehrte sich der Tür zu. »Nun sind der Herr Vater hoffentlich mit mir zufrieden«, sprach er herb.

»Warte noch!« Herr Leopold griff in die Tasche, zog den Geldbeutel heraus, suchte betont bedächtig ein Guldenstück und legte es auf den Tisch: »Hier, dein Wochengeld.«

Eine heiße Blutwelle schoss in Sepps Gehirn und ein gefährlicher Zorn entstellte sein Gesicht. Da sog er tief den Atem ein, straffte sich in seiner alle überragenden Höhe. Auch er zog seine Börse. Mit ruhiger Hand entnahm er ihr zwei Geldstücke, ließ sie auf die Tischplatte fallen und erinnerte: »Ich habe nicht die ganze Woche gearbeitet. Da kriegt der Herr Vater zwanzig Kreuzer noch heraus.« Erst dann verwahrte er gelassen das Silberstück in seiner Börse.

Blick in Blick standen Vater und Sohn, drei, vier schwere Atemzüge lang, als prüften Feinde vor dem Waffengang ihre Kräfte.

Stumm und entsetzt sahen die Geschwister dem allem zu. Schließlich schritt Sepp der Tür zu, umfing, sich zurückwendend, noch einmal Raum und Geschwister mit weiten Blicken, die bekundeten: ›Weiß nicht, ob ich euch wiedersehe.‹ Schwerfällig ging er über die Schwelle und die Treppe hinab. Dumpf fiel hinter dem Enteilenden die Tür des Vaterhauses ins Schloss.

Eine kurze Weile später kehrte Josefa zurück und stellte die hochgefüllte Einkaufstasche auf den Tisch. »Ich hab nur geschwind beim Gschaider was holen müssen«, erklärte sie ihrem Gatten, gewahrte aber jetzt seine erstarrte und die verstörten Mienen der Kinder. »All ihr Heiligen … Was ist geschehen?« fragte sie beklommen.

»Mit den Heiligen hat das Vorgefallene nichts zu tun. Es ist nur gekommen wie bei allen Rebellen, die den Anstand mit Füßen treten und den Gehorsam verweigern«, entgegnete düster und knapp Herr Leopold. »Ich hab den Sepp aus unserem Haus gewiesen. – Besser jetzt, eh Ärgeres geschieht«, fügte er hinzu, wie um das Unfassbare zu erklären. Darnach trat er an die Schmalseite des Tisches. Mit gesenkten Köpfen kamen die Kinder herbei.

»Rück einen Platz herauf, Franz, und ihr anderen nach«, gebot ihr Vater leeren Tones. Unsicher schob sich Franz auf den

Platz des verstoßenen Bruders. Mechanisch sprach der Hausherr das Tischgebet.

Als Josefa die Suppe auf die Teller gab, zitterten ihre Hände so, dass die Schöpfkelle überschwappte und das Tischtuch befleckt wurde, und obwohl dergleichen sonst nie vorkam, schien es niemand zu bemerken. Alle löffelten gesenkten Hauptes ihre Suppe, niemand bat, dass die Mutter ihm nachgebe. Man schob halb geleerte Teller wieder zurück, aber auch das schien diesmal niemand zu sehen.

Erst in der Schlafkammer und nachdem die Öllampe ausgepustet war, berichtete Herr Leopold erbittert: »Mit der Linerl Heindl hat er was ... Gibt das Mädel dem Gespött der ganzen Vorstadt preis ... Von rotznasigen Lehrbuben muss ich die Infamität erfahren ... Ein kaum achtzehnjähriger Lauser – schleicht krummwegig zu einem ehrbaren Mädel ... Eine Schande! Für die Heindls und uns ...« Der Zorn erstickte ihm einen Moment lang die Rede.

»Ist nichts, hat nichts«, schalt er dann weiter, »aber hochzeiten will er ... In sechs Jahren ist er großjährig, dann mag er tun, was er sich zahlen kann ... Ich will seinen Namen vergessen. Sorg dafür, Josefa, dass man ihn nimmer hört bei uns. Ist besser, auch deinetwegen ...«

Josefa lag in dieser Nacht und in vielen folgenden Nächten schlaflos; all ihr Denken und Fühlen haderte mit ihrem unerbittlich starrsinnigen Eheherrn. Doch bald vernahm sie auch sein unruhiges Atmen und manchen mühsam nur unterdrückten Seufzer. Auch er lag also wach, kummerbeladen wie sie. Da wurde ihr um ein Weniges leichter. So ist sein Gemüt doch nicht ganz versteint, dachte sie und suchte sich vergeblich auszudenken, wo ihr Herzensbub nun wohl weilte. Sie faltete die Hände und empfahl ihn der Allmacht Gottes, an dessen weises Walten sie unbeirrbar glaubte.

Der Sohn des Armaturenfabrikanten Leopold Werndl aber zog, neunzig Kreuzer in der Tasche, im mageren Wanderränzel all seine Habe, hinaus in die Welt ...

5. Kapitel

LEICHTE KAVALLERIE UND WERKZEUGMASCHINEN

Zum vierten Male nächtigte Sepp in einer Scheune, nährte sich auch seit seinem Abschied von Steyr ausschließlich von Brot und Quellwasser. Das wollte weder Gaumen noch Magen genügen.

Zum mitgeschleppten Leid gesellte sich die Ungewissheit seiner Zukunft. Sein Geldbesitz – noch ganze fünfzig Kreuzer! Und die vermeinte Sicherheit, er brauche nur bei Meister Fruhwirt anzuklopfen, um gut bezahlte Arbeit zu erhalten? Die hatte ihm ein jäher Gedanke geraubt: Der Vater ist mit dem Fruhwirt befreundet und die Eilpost braucht von Steyr bis Wien nicht mehr als einen halben Tag. Wie, wenn der Vater dem Fruhwirt etwa geschrieben hätte: Sollte mein Sohn bei Euch vorsprechen, so wisset, ich habe ihn wegen steter Widersetzlichkeit hinausgeworfen …

Das Heulager im Wienerwald musste Sepp mit einem teilen, den es, wie er ungefragt bekannte, nur im Sommer über die Landstraßen trieb, der im Herbst aber nach vieljähriger Erfahrung eine genau taxierte Straftat beging, die ihm winterüber Freiquartier in einer geheizten Zelle sicherte; und als Sepp dem Gesprächigen kaum Antwort gab, räsonierte dieser: »Gehab dich nicht so groß! Was auf den Landstraßen vaziert, gehört zur gleichen Gilde. Oder läuft dir vielleicht gar Seilermeisters halspeinliche Tochter nach?« Und nach einem misstrauischen Seitenblick rückte er plötzlich von dem Schweigsamen ab.

Endlich brummte der: »In drei, vier Tagen kann ich mir, wenn ich keinen Verdienst finde, die letzte Brotscheibe kaufen …«

Der Walzbruder lachte. »Und so was härmt dich? Ist noch keiner verhungert, der fleißig an die Pforten klopft und die offene Hand hinhält.«

»Betteln …?«‹

»Vorsprechen heißt das, vorsprechen«, grinste der Vagant und musterte eingehend den Heukollegen. »Bist noch nicht viel getippelt, he? Ich wüsste dir ein Geschäft, das dich mit eins aus der Schlamastik hebt.«

»Und …?«, forschte Sepp nicht eben vertrauensvoll.

»Nach so langen Burschen luchsen sich beim Kommiss die Werber die Augen aus. War auch ein Zeitlang bei dem Verein – und schon Zugsführer.« Er schnalzte mit der Zunge. »Da war man wer!«

»Und warum bist du es nimmer?«

Der Vagant schupfte die Schultern. »Weil … Hol's der Teufel! Jeder taugt eben nicht zum untertänigsten Gehorsam. Die Landstraße, Bruder, die Freiheit …!« Er hob die Schnapsflasche aus dem Ränzel, nahm einen tiefen Schluck und hielt sie dem anderen einladend hin. »Wenn du gehorchen kannst … Ein Kerl wie du könnt's zu was bringen beim Militär …«

Sepps erster Weg in Wien führte zu Meister Fruhwirt. Der Meister, hieß es, sei nicht da, reise Aufträgen nach und werde wohl erst in einigen Wochen zurückkommen; im Übrigen würden derzeit Werksleute eher entlassen.

War ihm, wie befürchtet, ein Schreiben des Vaters zuvorgekommen? Hatte man ihn ehrlich beschieden? Dem betrübenden Anschein nach schon, denn überall, wo er weiterhin um Arbeit vorsprach, wurde er mit ähnlicher Begründung abgewiesen.

Unmöglich wollte es ihm scheinen, dass er für sein Können keine Stätte fände. »Ich ergebe mich nicht!«, knurrte er dem tückischen Schicksal entgegen, hielt aus bei schmälster Kost und lief von früh bis abends von Werkstatt zu Werkstatt. Vergebens; und als er sich wieder hundsmüde in einem Heuschober verkroch, hatte er sein letztes Kupferstück in Brot verwandelt. »Die Werkbank scheint mir vorläufig verrammelt. Also …« Lange lag er bekümmert wach. Nichts anderes blieb ihm, als sich dem Vater unterzuordnen, Karoline zu verraten, oder – der Rat des alten Vaganten? – »Gehorchen? Das bin ich gewohnt. Ein schwereres Dasein als daheim wird's bei den Soldaten auch nicht geben. Soll's nicht anders sein, also dann auf zum Militär!«

So viel der schönen Worte hatte er in seinen achtzehn Jahren nicht vernommen wie von den Werbern in einer Stunde. Immer wieder wurde ihm versichert, dass er nun die klügste Wahl treffe. Seine Gestalt wurde nicht minder gepriesen als sein Verstand. Man ließ es dabei nicht bewenden, sondern tischte auch dem langbeinigen Rekrutenanwärter eine Portion Schweinsbraten auf, nebst entsprechenden Zuspeisen, die vier normalen Erwachsenen gereicht hätte. Und der Boden des mit süffigem Rotwein gefüllten Glases wurde nie trocken.

Zuerst hatte sein Empfinden den jungen Mann vor allzu dickem Lob und allzu verlockender Zukunftsmusik gewarnt; aber die Werber verstanden ihr Geschäft. Auch der Wein tat das Seine und schon glaubte man den großen Kerl geangelt. Da stellte er eine Frage, die selbst dem ausgekochtesten Werber noch nicht vorgekommen war: »Wann wäre mein Sold so hoch, dass ich heiraten könnte?«

Alle Anwesenden riss es herum und verblüfft sah der Umworbene in lauter dummstaunende Gesichter.

»Ja … Ich muss heiraten … Hab mein Wort gegeben«, erklärte Sepp so treuherzig, dass die anderen das Lachen im Hals kitzelte. Ein Rekrut, der ernstlich an den Ehestand denkt! Das war ein Novum, an dem man sich nach Jahren noch belustigen würde. Einer wollte schon losprusten, doch gerade rechtzeitig noch stieß ihm der Wachtmeister den Ellenbogen in die Seite, sodass jenem das Grinsen verging, zwirbelte seinen martialischen Schnurrbart und entgegnete selber treuherzig ernst: »Selten hört man einen Rekruten so gescheit fragen. Bei meiner Seligkeit! Ich weiß nur einen, der auch als Rekrut schon so mannhaft gesetzt dachte – und das war ich.« Er klopfte dem Jüngling gegen die Brust. »So ein Prachtbursche wie Ihr hat im Handumdrehen sein Wachtmeisterpatent in der Tasche. Prosit! Eure Braut soll leben!«

Sosehr er auch bagatellisiert wurde, ein Punkt des zu unterfertigenden Vertrages ließ Sepp mit Handschlag und Unterschrift noch zögern: Auf vierzehn Jahre müsste er sich verpflichten, des Kaisers Rock zu tragen! Alles also, was er bisher gesonnen, erhofft, erlernt hatte, wäre zunichte …

Doch wieder sprach bieder der Wachtmeister: »Jeder muss in jedem Beruf einen sauren Anfang durchbeißen. Aber – beim Marschall Radetzky schwör ich Euch: In nicht einem Viertel von vierzehn Jahren seid Ihr Offizier und lacht auf das schäbige Zivil herab. Glaubt einem alten Haudegen: Hier beginnt, so Ihr es wollt, Euer Glück, Kamerad!«

Handschlag und Unterschrift besiegelten Sepps künftiges Schicksal. Das Handgeld gab seinem Gemüt den ersten Auftrieb und das Wissen, dass er nun nicht mehr für Quartier, Kost und Kleidung zu sorgen habe, ließ ihn befreit aufatmen.

Ein kräftiger Schlag traf die Schulter des jüngsten Rekruten seiner Majestät, indes der Wachtmeister riet: »Hol nur tief Luft – und fest angepackt nachher! Dann kann es dir an nichts fehlen. Auf dein Wohl, Kamerad!«

Im nüchternen Morgenlicht, das ins stickige Mannschaftszimmer schlich, verstoben die gleißenden Werbersprüche, aber die Zahl vierzehn blieb, plusterte sich breit und groß auf: Vierzehn deiner Jahre sind jetzt Militärgesetzen unterstellt!

»Aufstehen!«, hallte ein Kommando und löste ein Getöse aus, das alles Sinnieren zertrampelte. Josef Werndl war Soldat, war gemeiner Rekrut der glorreichen kaiserlich-königlichen Armee …

Seine reichliche Zweimeterlänge brachte den Unteroffizier, dem das Einkleiden der Rekruten oblag, in ärgste Verlegenheit, denn an den größten, im Magazin der leichten Kavallerie vorhandenen Uniformstücken barsten die Nähte, sobald der Riese sie über den Leib zog. Es war ein Bild, worüber jeder, der es sah, sich vor Lachen bog. Es lief jeder militärischen Tradition zuwider, dass ein Rekrut beim ersten Rapport in Zivil antrat, doch blieb keine andere Möglichkeit, als im Instanzenweg die Zubilligung einer speziell angefertigten Uniform zu erreichen.

In der Reitschule entsetzte sich der Wachtmeister: »Ein Ross auf Stelzen braucht der himmellange Kerl! Oder aus dem Tiergarten ein Kamel! Dem seine Reiterei wird ein Volksfest.«

Der ungeschlachte Rekrut Josef Werndl war indessen so rasch auf einem elastischen Pferderücken daheim, dass ihm niemand glauben wollte, er habe früher noch kein Ross zwischen den Beinen gehabt. Bald war er Flügelmann der ersten Schwadron.

Als er das erste Mal auf ebenem Boden vor seinem Rittmeister stand, der selber von guter Mittelgröße war, staunte dieser: »Du also brauchst die Extrasachen? Mehr so übernatürliche Gewächse und man müsste dem Zeughaus ein zusätzliches Uniformbudget bewilligen. Wie heißt du?«

»Zu Befehl! Josef Werndl, Herr Rittmeister.«

»Werndl? Wie der Steyrer Armaturenfabrikant?«

»Zu Befehl. Der ist mein Vater.«

»Dein Vater? Ja, hast du denn sein Handwerk nicht erlernt?«

»Zu Befehl, ja, aber –« Gegen jede Vorschrift zuckte der lange Soldat die Achseln. »Es ging eben nicht mehr mit uns zweien.«

»So, es ging nicht mehr?« So eindringlich sah der Offizier dem jungen Soldaten in die Augen, dass diesem eine helle Röte in die Wangen stieg. »Melde dich nach dem Dienst in meiner Kanzlei.«

Wie befohlen und in strammer Vorschrifthaltung baute sich der junge Reitersmann vor dem Schreibtisch des Rittmeisters auf und schnarrte: »Gemeiner Josef Werndl meldet sich gehorsamst zur Stelle.«

Der Offizier konnte ein Lächeln nicht unterdrücken und schmunzelte: »Ich will mir den Kopf zu dir hinauf nicht ausrenken.« Er wies auf einen Sessel nahe seinem Schreibtisch. »Da, setz dich.«

Es wurde dem lebensklugen Rittmeister nicht schwer, von dem freimütigen jungen Mann zu erfahren, was ihn auf diese Lebensbahn getrieben hatte. Das umso weniger, als es Sepp selber drängte, sich jemandem zu eröffnen. Nachdem er die letzte Frage seines Vorgesetzten beantwortet hatte, nickte dieser nachdenklich vor sich hin und äußerte: »Von einem Erbe hat dir dein Vater eine Sonderportion zugeteilt, von seinem Dickschädel nämlich. Welcher Unsinn, so viel Können und Wissen brachzulegen. Man sollte von Staats wegen so etwas verbieten. Na, Junker Hitzig, wollen sehen … Kannst jetzt abtreten.«

Am Tage, nachdem er Soldat geworden, hatte Sepp seinem Freund, dem Heindl-Sohn, etliche Zeilen geschrieben, die aber nichts anderes besagten, als dass er zu anständigem Verdienst gekommen sei. Anton möge »der betreffenden Person« die allerliebsten Grüße sagen und ihr entrichten, dass ihr getreuer Sepp unwandelbar zu seinem ihr gegebenen Wort stehe. Nur müsse sie sich in Geduld fassen, die zu erlernen auch er sich ehrlich mühe. Auch möge Anton der lieben Frau Mutter im Werndlhaus ehrerbietige Grüße entrichten.

Endlich schrieb er auch dieser: »Liebe Frau Mutter!

Hab ehrlich versucht, in einer Werkstätte unterzukommen. Es war aber, so schnell als ich Verdienst brauchte, keiner zu finden. So ließ ich mich als Soldat anwerben. Diene bei der leichten Kavallerie und komme mit allen gut aus, ja selbst mit meinem Rittmeister, der mich einmal sogar in seine Kanzlei rufen ließ und sich freundlich nach meinen Umständen erkundigt hat. Musste mich für vierzehn Jahre verpflichten, doch sei die Frau Mutter unbesorgt. Ich beiße mich auch durch diesen nicht leichten Anfang und werde eben als Soldat meinen Weg machen. Die liebe Mutterhand küsst Euer dankbarer Sepp.«

Im Werndlhaus hatte die Mutter eines Tages etwas in ihrem Wesen, das selbst den Kindern auffiel. Ihre Augen waren tränenfeucht und doch wie erleuchtet von stillem Glück. So seltsam war ihr Gehaben, dass keines der Kinder nach dessen Ursache zu fragen wagte. Auch nicht, als sie gleich nach dem Abendessen ihnen allen gebot, sofort die Schlafstuben aufzusuchen, was alle auch ohne Widerrede befolgten.

Verwundert streifte Herrn Leopolds Blick ihr Gesicht, doch erst als sie allein waren, fragte er: »Warum hast du ihnen so frühe Nachtruhe verordnet, Sefa?«

»Ich dachte, du wolltest sicher das hier lieber ungestört lesen.« Sie legte ein Blatt Papier auf den Tisch.

Die Schriftzüge erkennend, zuckte schon der Zorn aus seinen Augen, er wollte den Brief zerknüllen, doch eilends nahm ihn Josefa wieder an sich und rief leise: »Halt, Leopold! Das Schreiben ist mein. Es steht nur drinnen, was auch dich interessieren wird: Der Sepp hat sich auf vierzehn Jahre verdingt – als Soldat.«

»Was …?!« So laut schrie er dies, dass die jüngsten Kinder erschrocken aufweinten und von den älteren erst wieder beruhigt werden mussten.

»Ja, Leopold, so ist es geschehen«, betonte herb Josefa. »Weil er in keiner Werkstatt Verdienst gefunden, hat er sich verdingen müssen auf vierzehn Jahre … Vierzehn Jahre als Soldat …!«

»Der Sepp? Vierzehn Jahre Soldat …« So bleich und einsammüd hatte Josefa das Gesicht ihres Gatten noch nie gesehen. Sanft griff sie nach seiner Hand und fragte: »Hat es dich so gepackt, Leopold?«

Dieser sprang auf und schritt in dem kleinen Raum schwer auf und ab. »Das hätte er nicht tun sollen«, grollte er dumpf. »Wenn schon ich ihn nicht will, das Werk wird ihn brauchen. Kommt der Sepp nicht nach mir, so hab ich mich umsonst geplagt. Vierzehn Jahre! Ob mir der Herrgott noch vierzehn Jahre schenkt? Nein, Sefa, das hätt er nicht dürfen …«

Doch schon am nächsten Morgen zeigte Leopold Werndl wieder sein abweisendstes Gesicht und erwähnte den verstoßenen Sohn mit keiner Silbe mehr. Er stand aber jetzt oft vor seinem Pult und schrieb, schrieb mehr Briefe als jemals zuvor. Alle waren in die Haupt- und Residenzstadt Wien adressiert und die Antwortschreiben waren fast ausnahmslos mit dem Vermerk ›Persönlich‹ oder ›Streng vertraulich‹ versehen.

»Werndl, zum Rittmeister!«

Mit langen Schritten folgte Sepp diesem Befehl, nicht ohne eilig zu überlegen, ob er an oder in sich einen dunklen Punkt fände, den der Rittmeister vielleicht zu putzen gedächte. Doch sein Gewissen strahlte ihm fast verdächtig rein entgegen.

»Niedersetzen!«, befahl sogleich der Offizier.

›Gefahr droht mir also nicht‹, dachte der junge Riese. ›Was kann er aber sonst von mir wollen?‹

»Im Interesse kaiserlichen Dienstes«, sprach jetzt der Rittmeister freundlich, »glaubte ich es nicht verantworten zu können, Sie weiterhin auf Pferdebuckeln durch die Landschaft reiten zu lassen, statt Sie hinzubringen, wohin Sie gehören ...«

Weiten Auges schaute Sepp den Sprechenden an, jede Sehne seines Leibes spannte sich.

»Also, Josef Werndl«, hörte er seinen Vorgesetzten lächelnd sagen, »mit der kavalleristischen Zeit ist es vorbei. Ab morgen tragen Sie nur zum Ausgang noch die Uniform, tagsüber ein Werksgewand. Sie sind transferiert – in die Währinger Waffenfabrik.«

»In eine Fabrik ...?« Ein Leuchten überflog Sepps Antlitz. »Ich darf wieder an eine Werkbank? Herr Rittmeister ...!«

Der Offizier erhob sich. »Na, Werndl, hab ich's erraten?«, fragte er lächelnd. »Hoffentlich sind Sie nun auf der rechten, auf Ihrer Bahn. Würde mich freuen, Ihren Namen oft und ehrend zu hören.«

Hüne Werndl wollte schon die ihm entgegengestreckte Hand des Rittmeisters seinem stürmischen Glücksgefühl entsprechend kräftig pressen, besann sich aber und sänftigte den Druck. »Gehorsamsten Dank, Herr Rittmeister. Will meiner Braut diese glückhafte Wendung gleich melden.«

»Schreiben Sie der Braut auch einen Gruß von mir! Und nun Gott befohlen.«

Noch in derselben Stunde schrieb Sepp der Mutter, schrieb an Karoline, an ihren Bruder und in jedem dieser Briefe stand das gleiche: In eine Werkstatt befohlen! Stehe schon morgen wieder an Amboss und Schraubstock! Juchhe!!

Er entnahm seiner Geldbörse ein vom oftmaligen Entfalten und Zusammenlegen rissig und schmuddelig gewordenes Papier und las laut die einzige Schriftzeile darauf, obwohl er sie schon längst auswendig wusste –, las so andächtig, als gälte es ein fremdsprachiges Brevier zu erlernen: »Auf dich, Liebster, wartet auch jahrelang dein getreues Linerl.«

Kaum ein Zweiter hatte die farbenprangende Kavallerieuniform so gerne ausgezogen und war so begeistert den ärarischen Werkstätten zugeeilt wie der gemeine Soldat Josef Werndl.

Die Pritsche in der neuen Kaserne war zwar genauso hart wie die bei der Kavallerie. Doch nachdem er sich, wie bereits erprobt, ein Zusatzgestell gezimmert hatte, damit er seine Beine lang ausstrecken konnte, rekelte er sich so behaglich darauf, als läge er daheim in seinem für ihn besonders gezimmerten Bett.

Der folgende Morgen zeigte keine Merkmale kommender besonderer Ereignisse. Die Zichorienbrühe war um kein Jota schmackhafter als bei der Kavallerie und das Kommissbrot weder saftiger noch größer. Der Torposten am Fabrikhof wies ihn zur Kanzlei. Dort wurde ein Unteroffizier angewiesen, den ›Neuen‹ in die Schmiede zu führen. Unterwegs vernahm Sepp ein fremdes Gepfauche und sah zugleich aus einem Dach ein Blechrohr ragen, aus dem in rascher und regelmäßiger Folge helle Dampfwölkchen flogen. Neben dem Gebäude ragte ein hoher dünner Schornstein, dem dicker Rauch träge entquoll.

»Was pufft denn da so?«, fragte er den Unteroffizier.

»Unsere Dampfmaschine.«

»Dampfmaschine?« Als wäre ihm ›Halt!‹ befohlen worden, blieb Sepp stehen und forschte dringlicher: »Dampfmaschine? Und was betreibt die?«

»Amerikanische Werkzeugmaschinen. Wird einem wirbelig im Kopf, so geht es in der Halle zu.« Der Korporal bekam ein verzwicktes Gesicht und erklärte: »Mir ist es unheimlich. Wie von selber arbeiten die Maschinen.«

Josef Werndl hörte es nicht, stand im Geiste nicht mehr auf dem staubigen Hof der ärarischen Fabrik. Seine Gedanken flogen nach Steyr, in die grünwellig umspülte Pufferau. Seinen Wehrgraben sah er und seine funktionierende Maschine. Das war also doch nicht nur ein Bubentraum gewesen, entsprungen seiner von aufgeschnappten Worten entzündeten Phantasie und mündend in das ihm jetzt noch peinvolle Zerwürfnis mit seinem Vater. Er hatte also damals schon erfühlt, geahnt, was er als Wirklichkeit nun sehen würde, die Erfüllung seines Maschinentraums. Die ärgerliche Stimme des Unteroffiziers entriss ihn seinem Sinnen: »Geh schon weiter! Vorwärts! Mir pressiert's!«

Da geschah das Unerhörte … Statt sich dem Vorgesetzten zu fügen, fasste der lange Sepp dessen Arm. »Herr Korporal«, rief er, »ich wünsche mir, dort Dienst machen zu dürfen.«

Da wurde dieser ungemütlich: »Bist du verrückt?! Wir sind nicht bei einem Wunschverein, sondern beim Militär. Vorwärts!«

»Herr Korporal! Ich muss sie sehen, die Maschinen!« Sepp tat zwei, drei Schritte zu der ihn faszinierenden Halle hin, da scholl es hinter ihm drohend: »Halt! Oder ich zeig dich an wegen Subordination! Dann kannst du dir Maschinen auf die Kotterwand malen! Marsch – geradeaus!«

Der gemeine Soldat Josef Werndl ließ sich nachher nichts mehr zuschulden kommen, was ihn mit den Disziplinargesetzen in Konflikt gebracht hätte. Mit gewohnter Genauigkeit arbeitete er und ist beim Militär ohnehin das Lob nicht üblich, so zog er sich doch auch keinen Tadel zu, denn seine Vorgesetzten waren mit seinen Leistungen zufrieden. Nur er selber war es nicht und hing in allen dienst- und schlaflosen Stunden seinen Maschinenträumen nach. Wohl waren es immer dieselben Gebilde. Er aber meditierte wie ein Fakir über den einen Umstand: wie man sich über ein unverhofft erreichtes Ziel so freuen konnte und wie ihm dies in der ersten Stunde so gründlich schon verdorben worden war.

Kaum zwei Dutzend Schritte trennten ihn von dem ersehnten Wunschziel – vor dem, wie ein Cherub vor dem Paradies, das unüberwindliche Hindernis eines Wachtpostens stand und niemanden einließ, der keinen Passierschein hatte. Josef Werndl fühlte sich nicht eben zum Soldatentum berufen, war aber doch schon so weit geschult, um zu wissen, dass man mit Bitten beim Kommiss höchstens das Gegenteil vom Gewünschten erreicht. Deshalb dachte er aber keinen Moment daran, sein Traumziel aufzugeben. Er schwor sich vielmehr: »Und wenn sie eine ganze Kompanie vor die Maschinenhalle stellen, ich muss hinein!«

Er begann Umschau zu halten nach Leuten, die in der Halle Dienst zu tun hatten, setzte sich mit einem von ihnen gemütlich zusammen, wenn er dafür auch eins seiner wenigen Silberstücke opfern musste. Denn der Wein schien ihm ein Schlüssel zu überraschend vielen Schlössern. Es ging ja nicht um ein Dienstgeheimnis. »Wenn du in der Maschinenhalle Verwendung finden willst«, unterrichtete ihn der Kamerad, »musst du dich an John Pall, den Amerikaner, wenden, der dort montiert. Der kann sich die Leute aussuchen. Er ist nur ziemlich arrogant. Na, ich zeig ihn dir.«

Sooft Sepp Ausgang hatte, richtete er sich nun so schnell wie möglich ausgehfertig, um sich in einen Winkel zu begeben, von dem aus er den Hof überschauen konnte, selbst aber verborgen blieb. Manchmal kam der Amerikaner gar nicht, dann wieder in Begleitung. Das ging etliche Wochen so, für Sepp eine unendliche Wartezeit.

Eines Abends aber, da die Luft noch vor Hitze flimmerte, der Mund staubtrocken dürstete, glückte es dem Sepp, mit dem Ersehnten zugleich das Haupttor zu durchschreiten. »Diese Hitze! Macht die einen Durst!«, bemerkte er halbhin zu dem neben ihm Gehenden.

»Viel Durst«, stimmte jener zu.

»Ihr seid nicht von hier?«, heuchelte Sepp.

»Ich montiere amerikanische Maschinen.«

»Maschinen …« Beinahe andächtig klang das. »Wollt Ihr mir davon erzählen?« So flehend blickte der Riese, dass es dem

Amerikaner auffiel. Misstrauisch hielt er sich zurück: »Erzählen? Verstehen muss man Sprache und Maschinen.«

»Ich werde Euch schon verstehen. Bitt Euch, erzählt mir von Euren Maschinen.«

»Wenn nicht verstehen – Schluss. Ich werde nicht bezahlt für Erzählen ...«

Längst schon flackerte auf dem Wirtshaustisch ein Windlicht. Die Weinkrüglein standen auf einem Stuhl, denn der Tisch war bedeckt mit Papierblättern, auf die John Pall Maschinenteile skizzierte. Mit glühenden Wangen hörte Sepp zu, zwei Stunden lang nun schon. Unermüdlich zeichnete und erklärte John Pall, der da endlich jemanden gefunden hatte, der nicht nur täppisch herumfragte, sondern einen richtigen Maschinenverstand zeigte, sodass er sich selber inmitten einer Darlegung unterbrach und bezweifelte, ob dieser Sepp wirklich heute zum ersten Mal mit jemandem fachlich und sachlich über Maschinen rede. Er solle den Schwindel nur zugeben.

Es sei durchaus kein Schwindel, versicherte der Verdächtigte und es klang so überzeugend, dass John kopfschüttelnd murmelte: »So hast du es geboren mitbekommen.« Dann war es, als lese er das geheimste Wollen des anderen aus dessen Augen, denn er erkundigte sich: »Willst du bei mir arbeiten?«

»Ja!« Sepp jauchzte es beinahe.

»Dann fang morgen früh an.«

»Das darf ich nur, wenn ich in die Maschinenhalle befohlen werde«, erwiderte der Riese betrübt.

»So werde ich dich hinbefehlen lassen.«

Am nächsten Morgen erwartete Josef Werndl aufgeregt das Kommando ins Maschinenparadies. Doch es verging der Vormittag ohne den erwünschten Befehl und er urteilte schon bitter: »Ein Dampfplauderer mehr, halt nur einer aus Amerika.« Da rief eine Ordonnanz: »Gemeiner Werndl – in die Kanzlei!«

Dort händigte ihm ein Schreiber einen Zettel aus. »Du bist ab morgen in die Maschinenhalle versetzt. Na«, wunderte er sich, denn der lange Soldat hatte ihm den Schein aus der Hand gerissen und las leuchtenden Auges. »Laufen etwa die Maschinenteile bei dir schon da?« Er rieb mit dem Daumen über die Stirne.

Da lachte der Gemeine Josef Werndl und nickte: »Zwei Dutzend ungefähr. Du merkst doch alles. Servus!«

So stand denn der Sohn des Maschinenfeindes am nächsten Morgen inmitten eines von Transmissionen durchsurrten, von ganz unbestimmbar vielfachen Maschinengeräuschen durchschrillten und durchdröhnten Raumes. Verwirrend waren Formen und Bewegungen der Maschinen. Da rotierten Werkstücke, die so glatt gehobelt wurden, wie es handwerklich nicht möglich gewesen wäre. Nicht zu erkennen war die Durchbildung der rasend rotierenden Fräsen, die sich automatisch gleichmäßig durch Stahl oder Holz schoben. John Pall rühmte überdies, dass durch Schablonen diese Wundermaschinen nicht nur glatte, sondern auch geschwungene Flächen in immer gleich bleibender Präzision herzustellen imstande seien.

Der dürre John Pall hatte nicht geflunkert! Mit diesen Maschinen erzeugte man Bestandteile, die einander so glichen, dass sie nach Belieben ausgetauscht werden konnten.

Die Kunde vom Maschinenwunderland Amerika war also nicht nur so hingeschwatzt. Hier war die bestätigende Wirklichkeit in sinnverwirrender Fülle und ließ Josef Werndl erkennen: ›Das allein hat Zukunft bei der Waffenerzeugung. Wer da nicht mitgeht, wird überrollt, vernichtet. Aber‹, schoss es schmerzlich durch sein Hirn, ›der Vater wird beim Handwerk bleiben – und wenn er daran zugrunde geht.‹ Unwillkürlich presste er Hand in Hand und sprach laut in das Getöse: »Ich aber will nicht hinab, ich will hinauf! Voran!«

»Hallo, Sepp! Noch krank von vorgestern?« John Pall zwinkerte mit den Augen, indes er dem anderen grüßend die Hand hinstreckte.

Sepp bewegte verneinend den Kopf. »Nicht krank.« Er blickte benommen rundum. »Aber davon könnte man's werden. Bis ich das alles verstehe …«

Der Amerikaner tröstete lächelnd: »Das wirst du bald. Go on!«

Josef Werndl hätte am liebsten auch die Nächte im Maschinensaal verbracht, obwohl er in kurzer Zeit Funktion und Leistung jeder Maschine kannte und sie auch perfekt zu bedienen wusste. Kaum hatte sein reger Verstand all dies aufgenommen, so entdeckte er mehr und mehr die Mängel des Betriebes. Eine Anzahl von Maschinentypen stand ungenützt, weil andere nicht in genügender Anzahl vorhanden waren, um die anfallende Arbeit bewältigen zu können. Wieder andere, wie John Pall ihm erklärte, waren noch nicht angeschafft. Als er das in seiner temperamentvollen Art vor dem Amerikaner kritisierte und ihn aufforderte, hier für Abhilfe zu sorgen, lachte dieser: »Du sein ein heller Kopf, Sepp. Hier bestimmen aber nicht du oder ich – sondern der Werkskommandant. Bis dem von höchster Stelle ein Gesuch für Neuanschaffungen bewilligt wird, kriechen noch fünf, sechs weitere Vorschläge und Gesuche über die Instanzentreppe.«

»Unverständlich!«, schalt Hüne Sepp. »Warum gibt man nicht dem Werkskommandanten die nötigen Vollmachten und lässt ihn einen Misserfolg verantworten? Hätt ich da etwas zu sagen …«

John Pall wiegte nachdenklich den Kopf. »Vielleicht würdest du mehr Befehle geben als gut! Und das sein sehr übel. So in zehn Jahren kannst du haben die rechte Mischung zwischen Temperament und der Erfahrung. Dann …«

Jetzt überschattete düsteres Gewölk Sepps Antlitz. »Wenn ich jemals überhaupt etwas zu bestimmen habe«, knurrte er.

Jeden Abend, an dem der Soldat Werndl Ausgang hatte, verbrachte er mit dem schlaksigen Amerikaner. Musste er abends in der Kaserne bleiben, so rechnete und zeichnete er und wurde von seinen Kameraden längst schon als »der Maschinentepp« bezeichnet und in Ruhe gelassen, da ihrer Ansicht nach mit ihm nichts mehr anzufangen war.

Längst auch waren ihm die Namen der amerikanischen Waffenerzeuger Samuel Colt, Eli Whitney und Remington geläufig und deren Fabriken dank der Zeichnungen und Erklärungen

John Palls so vertraut, als wäre er in jeder gewesen. Einmal aber saß er so verloren da, dass auch der Amerikaner verstummte. Er bemerkte, wie sein Kumpan das Weinkrüglein an den Mund führte, obwohl schon längst kein Tropfen mehr drinnen war. Er schenkte beide Gläser wieder voll, kniff dann den andern und rief laut: »Hallo! Prosit, Sepp!«

Dieser tat ihm mechanisch Bescheid, stieß aber sein Trinkgefäß unvermittelt auf den Tisch und betonte überlegen: »Und doch seid ihr steckengeblieben – in Amerika.«

»Wo?«, verwunderte sich John Pall.

»Immer noch müsst ihr einpassen, nachhelfen. Jedes Stück müsste mit jedem anderen zusammenpassen … Dann wäre alles austauschbar …«

Mitleidig betrachtete ihn der Amerikaner. »Du bist nicht klar im Kopf. Was Colt und Remington nicht können, schafft niemand. Also sein es unmöglich.«

Josef Werndls Hand umfasste das Trinkgefäß, dass es sprang, er merkte es nicht.

»Kraft hast du größte«, anerkannte der Amerikaner.

»Ach was, Kraft«, seufzte Sepp. »Ließe man mich nur freiweg schaffen. Ich legte dir einen Austauschbau hin, dass deine Landsleute die Maulsperre kriegten!« Der Tisch ächzte unter seinem vom Zorn veranlassten Fausthieb. »Bin ich dümmer etwa als dein Remington?«, rief er, »dein Colt? Nur mich selber rühren können müsste ich …« Ganz finster wurde sein Gesicht. »He, Wirtshaus!«, schrie er, »ich verdurste …«

»Werndl, in die Kanzlei!« – kündete einige Tage später wieder eine Ordonnanz.

›Die werden mich doch nicht in eine andere Abteilung versetzen?‹ Das war Sepps größte Befürchtung, aber dann las ihm der Kanzlist den Befehl vor: »Josef Werndl«, hieß es darin, »ist abkommandiert – beurlaubt nach Steyr in das Armaturenwerk Leopold Werndls. Marschtag morgen.«

»Was? Ich soll heim? Wer hat das veranlasst?«, forschte er fassungslos.

»Bin kein Hellseher. Da sind Fahrscheine und restliche Löhnung.«

An diesem letzten Abend war der unversehens aus allen Maschinenhimmeln gerissene lange Sepp so verstört, dass John Pall ihn tröstete: »Du hast eine Fabrik. Mach dort, was du haben mir gesagt. Dann heißt es nicht mehr Colt oder Remington – sondern nur noch Josef Werndl ...«

6. Kapitel

MASCHINE KONTRA HANDWERK

»Sepp!«, sagte Mutter Werndl und hatte Tränen in den Augen. »Mach uns ja nimmer solchen Kummer. Ich würde es nicht mehr ertragen.«

Betreten stand der Heimgekehrte. Graue Strähnen durchzogen Mutters Haar und es war doch noch völlig nussbraun gewesen, als er hatte fortmüssen. »Hat mich der Herr Vater ja hinausgewiesen«, erwiderte er. »Für die Heimkehr hat wohl die Frau Mutter gesorgt.«

»Nein, Sepp, der Vater …«

»Wie? Der Vater hätt aus sich heraus seine Meinung geändert?«

»Du hast ihm mit deinem heimlichen Tun an seiner wundesten Stelle getroffen – an seinem Ehrsinn. Dass er dich zurückerzwungen hat, zeugt dir von seinem Einsehen. Nun sei auch du einsichtig.« Flehentlich und bestimmt zugleich bat sie: »Bezwing dich, Sepp! Das Linerl ist in Linz bei der Tante. Dort ist sie gut aufgehoben. Hat am meisten auszuhalten gehabt; aber auch wir alle hatten genug zu tragen an deinem damaligen Fürwitz. Lass jetzt das Mädel in Ruh. Will's Gott, so wird für euch zwei auch noch alles recht. Kannst es nicht erzwingen, Sepp. Ich bitte dich, lern warten …«

»Will es ja, Frau Mutter.« Es klang gepresst. »Doch bitte ich Euch, helft mir aushalten. Nur muss ich ihm sagen …« – er schwieg und sah an der Mutter vorbei zum Fenster hinaus.

Das ängstigte sie aufs Neue. »Sepp«, verlangte sie, »schieb nicht schon wieder was zwischen euch. Denk, er ist dein Vater …«

Wie um seine Stirne zu kühlen, lehnte er diese gegen das Fensterglas und redete schlaff: »Ja, Mutter. Ich werde es immer bedenken. Will alles zu vergessen suchen, was ich gesehen habe und erlernt.«

»Und was hast du denn gar so Großartiges gesehen?«

Voll Unrast presste er seine Hände ineinander. »Die Maschinen – aus Amerika. In den kaiserlichen Werkstätten. – Solange der Fruhwirt und die anderen Waffenschmiede bei uns noch mit der Hand werken, kann man es hier auch noch, bis …« Er zögerte, sprach aber dann wie gejagt: »Es hebt eine neue Zeit an! Sie kommt aus dem großen Amerika. Ich habe sie kennengelernt, war schon beschäftigt bei den neuen Maschinen. Sie sind da, lassen sich nimmer verleugnen oder wegtun. Mit- oder untergehn heißt es.«

»Alle Heiligen!«, stöhnte Josefa. »Was du sagst, ist ja gerade das, was dein Vater als höllisch verabscheut …«

»Ich weiß, ich weiß. Er glaubt, die Zeit steht still, wenn er sie's tun heißt. In sein Werk, ja, kann er sie nicht einlassen, die Maschinen. Wenn es aber auch noch eine Zeit dauern wird, bis sie überall eindringen – aufhalten kann das niemand mehr. Wir sind am Ende mit dem Handwerk. Ein neues Zeitalter hebt an …«

Der Mutter rannen Tränen über die Wangen. »Ich ahne es«, klagte sie leise, »es wird nicht besser zwischen dir und dem Vater.«

»Weint doch nicht, Frau Mutter«, flehte Sepp. »Ich verspreche Euch ja, mich zu beherrschen. Kann aber mein Wissen nicht auslöschen – und ich weiß, die Maschine erzeugt billiger. Kein Mensch wird fragen, ob eine Ware Hand- oder Maschinenwerk, ob sie vom In- oder Ausland kommt. Man wird nur fragen: Was ist billiger? Und dann, Frau Mutter, werden nicht mehr vierhundert, nicht mehr fünfzig Leute im Werndlwerk schaffen. In dem halten Mäuse und Ratten dann Konferenz und die Werksleute gehn betteln um ein Stück Brot. Not und Verzweiflung wird es geben überall, wo man sich gegen die Maschinen stemmt.«

»Aber, Sepp! So schrecklich kann es doch niemals kommen.«

»Es wird so! Ich verspreche Euch aber, allen Befehlen des Herrn Vaters zu folgen, selbst wenn sie den Untergang bedeuten.«

Die Mutter umfing seine Hand und bat: »Geh jetzt zu ihm, Sepp. Ich bete derweil – für uns alle.«

Die Schreibstubentür öffnend, war es dem Burschen, als müssten die Schreiber das tönende Pochen seines Herzens hören, wie er selber es vernahm. Er bezwang sich, grüßte ruhigen Tones und fragte: »Ist mein Herr Vater da?«

»Ja, Herr Sepp.«

Im Kontor des Vaters vermeinte er einen Augenblick lang wütende Stimmen zu vernehmen, ein hassverzerrtes Gesicht zu sehen. Doch wieder bezwang er sich, beugte sich demütig über des Älteren Hand und suchte seiner Stimme Wärme zu geben: »Gottes Gruß dem Herrn Vater! Ich sag Ihnen Dank für die Heimberufung und bitte, mir meine Arbeit anzuweisen.«

»Du fängst dort wieder an, wo du aufgehört hast – in der Feilenhauerei.« Meister Werndl wies dem Sohn kühlfreundlich einen Sitz an, setzte sich aber selber an die andere Seite des Tisches. »Hast du Neues gesehen, gelernt?«

»Wünscht der Herr Vater, dass ich erzähle?« Wie Bitte und Warnung klang es.

Herrn Leopolds Stirnfalten vertieften sich. Wie einander abwägend, tauschten sie einen langen Blick. Raukehlig forschte nachher der Ältere: »Ist dir Besonderes untergekommen?«

Der Jüngere senkte den Blick auf die Tischplatte, als lese er dort ab, was er nun leise sprach: »Weil es der Herr Vater wünschen … Ich bin in die Währinger Fabrik kommandiert worden. Dort sind Werkstätten wie bei uns, dazu noch Gießereien.« Er hielt inne und fügte dann noch leiser hinzu: »Man richtet aber dort jetzt eine große Halle ein mit neuesten Maschinen aus Amerika.«

Kein Zucken in Herrn Leopolds Antlitz verriet, was er empfand oder dachte. »Und …?«

»In diese Halle bin ich auch kommandiert worden. Musste einem Amerikaner montieren helfen, auch die Bedienung der Maschinen erlernen ...« Er stockte wieder in seiner Rede, doch wieder forderte sein Vater: »Na, und?«

»Die Währinger Fabrik steckt noch in den Anfängen, in maschinellem und handwerklichem Gemisch. Wie mir aber der Amerikaner glaubhaft dargetan, wird in den amerikanischen Fabriken alles nur mehr maschinell hergestellt. Und jeder Bestandteil wird so perfekt, dass es, wenn man einen austauschen, ergänzen will, nur einiger Feilenstriche mehr bedarf.« Wie sich entschuldigend, erklärte er noch: »Es ist so, Herr Vater! Habe es selbst gesehen und vielmals erprobt.«

Seine aufsteigenden Blicke begegneten denen des Älteren; forschend blieben sie ineinander hängen, als wollte jeder hinter der Stirn des anderen dessen Denken lesen. Überrascht hörte Sepp jetzt den milden Klang der väterlichen Stimme: »Man sieht vieles, mein Sohn. Es kommt darauf an, was man dabei denkt, welche Lehren man daraus zieht. Die Maschinen?« Er sprach lauter: »Es ist sicher manches an dem, was du sagst, und unklug wäre es, dem Unbeseelten die größere Schnelligkeit und Genauigkeit abzusprechen. Es kann auch sein, dass wir vor einer neuen Epoche stehen. Was die ihren Menschen an Leid und Glück beschert, wird man erst nach ihrem Ablauf abzuwägen wissen. Ein rechter Mann, will er führend sein, muss sich zu einer ihm klar verständlichen Richtung bekennen. Und mein Bekenntnis ist das Handwerk. Handwerkliches Schaffen fordert vom schöpferischen Geist, dass er die Tätigkeit der Hände beseelt und lenkt. Die Maschine, ersonnen vom Verstand, fordert nur noch geistlose Handgriffe ... Einmal aber könnte auch die Stunde kommen, wo die Maschine dem Menschen entwächst, ihn so völlig beherrscht, dass nicht sie ihm, sondern nur noch er ihr dient. Ich verharre nicht auf meiner Ansicht, weil ich blind allem Altgewohnten nachtappe, sondern eben weil ich die Augen offen halte.« Er erhob sich, achtungsvoll stand auch der Jüngere auf. »Ich habe um diese Erkenntnis mit mir und dem

Herrn gerungen, von dem Geist und Seele stammen. Und du, Sohn, weißt nun, in welchem Sinne ich auch künftig unser Unternehmen zu lenken gedenke.«

Nie zuvor hatte Sepp so ehrfürchtig nach der Hand gegriffen, die ihm der Vater jetzt mit bedachter Würde entgegenstreckte; und es schwankte ihm die Stimme, als er erwiderte: »Auch ich hoffe zu Gott, dass sich alles zum Besten anlässt für die Werndlwerke.«

Nach einer Weile forderte Herr Leopold ziemlich kühl: »Nun geh zu den Heindls und bring in Ordnung, was du angerichtet hast – soweit du es kannst.«

Als aber der Sohn das väterliche Kontor verlassen hatte, kniff Meister Werndl die Lippen schmal. Die Rechte auf die Tischplatte gestemmt, stand er gereckt und blickte durch das Fenster in den Hof hinab, den Sepp nun mit langen Schritten unbekümmert durcheilte und von wo er bald im dunklen, tiefen Tor verschwand. Der junge Mann ließ schon den Türklopfer am Heindlhaus erschallen, indes Leopold Werndl noch immer ins Tordunkel starrte. »Er hält es mit der anderen Seite«, sprach er vor sich hin. Sein Haupt senkte sich. Siegt die Maschinenwelt, so ist nicht Raum für mich. Ist es keine Sünde, Herr, so bitte ich: Lass es mich nicht mehr erleben, wie das in deinem heiligen Namen gegrüßte Handwerk untergeht.«

In den kommenden Wochen mied Sepp seine Freunde, trieb sich am Sonntag in Gegenden umher, wo sich außer Jägern, Förstern und Bergbauern niemand hinwagte. Einige Holzknechte behaupteten, sie hätten den langen Sepp zur Mittagszeit auf einem Baumstrunk sitzen gesehen. Als man abends dort wieder vorbeigekommen, sei er noch immer so dagehockt. Es hätte ihn einer angerufen, da habe er so verloren aufgesehen, als sei er irren Geistes. Wer ihm in diesen Wochen in Haus oder Werkstatt begegnetete, bemerkte gleichfalls an ihm ein ganz absonderliches Gehaben. Das eine Mal arbeitete er wie gehetzt, das andere Mal stierte er auf einen unsichtbaren Punkt und lachte ohne ersichtlichen Grund sonderbar auf. Dann gab er sich eine Zeitlang äußerlich wieder gleichmütiger, suchte auch die Gesellschaft der Freunde.

Wieder einmal saß er eines Sonntagnachmittags daheim vor einem der kleinen Stubenfenster und sah mit undeutbarem Gesichtsausdruck hinaus. Josefa, die leise hereingekommen war, ging hin zu ihm, legte lind die Hand auf seinen Scheitel und fragte: »Könnte ich dir helfen, Sepp?«

Wie aus Fernen zurückkehrend, lächelte er verloren. »Ihr seid es, Frau Mutter – und wollt mir wieder helfen? Es gibt aber Umstände, in denen man sich nur selber helfen kann.« Er sah sie voll an und ein Flehen um Verständnis klang in seiner Stimme: »Habt Dank – für alles! Und denkt bitte, was auch geschehen mag, dass es sein muss.« Schwerbetont wiederholte er: »Muss, Frau Mutter.«

»Was hast du wieder vor?«, bangte sie.

»Fragt nicht, Frau Mutter. Vielleicht würdet Ihr mein Vorhaben nicht begreifen …«

»Sepp! Willst du wieder fort von daheim?«

»Nicht fragen«, wiederholte er mit langem Blick in ihre Augen. »Ich habe mich all die Monate her Vaters Willen unterworfen. Jetzt kann ich es nicht mehr. Lange und ernst habe ich mit mir gerungen. Bitte, Frau Mutter, schenkt mir Vertrauen, damit ich das Kommende bestehe.«

Wieder strich Josefa über den dunklen Scheitel des liebsten Sohnes und sprach leise: »Wie könnte ich anders, Bub, als dir vertrauen und hoffen, dass du einen Pfad durch alle Wirrnis findest?« Darnach griff sie in den kleinen, kupfernen Weihbrunnkessel und zeichnete ihm still ein Kreuz auf Stirne, Mund und Brust.

Von dieser Stunde an fiel alles Unsichere von dem jungen Josef Werndl ab. Stolz und hoch trug er sein Haupt, als hätte er einen großen Sieg errungen. Er war auch wieder froh; nur das urkräftige Lachen scholl nicht mehr aus seinem herb gezeichneten Mund.

An einem der ersten sommernahen Tage schwenkte Sepp, der zu diesem Ausflug nur seine engsten Freunde gebeten hatte, von der Straße nach Sankt Ulrich ab und wies nach einer Bank am Waldessaum. Dort bat er die Freunde, sich niederzusetzen. Er selber aber blieb vor ihnen stehen.

»Ich weiß, ihr habt mich im vergangenen Winter manchmal nicht mehr begriffen. Entschuldigt meine Narreteien! Hab mir aber anders nimmer zu helfen gewusst, ich musste hie und da gründlich ausschlagen. Ich habe versucht, mich meinen Vater gänzlich unterzuordnen. Täte ich es weiterhin, so ginge ich zugrunde. Nun habe ich alles bedacht und erwogen und bin mir klargeworden, dass es für mich nur ein Vorwärts gibt – bei den Maschinen.«

»Doch nicht gar in Amerika …?«

»Ja – in Amerika. Ich will und muss sehen, was von dort zu uns herüberkommt, Segen oder Unheil. Ich fühle die Verpflichtung dazu in mir, meiner selbst wegen – und vor der Heimat. Aufhalten kann ich das unvermeidlich Kommende nicht, will es aber kennenlernen, um es vielleicht zu meistern, wenn es über uns hereinbricht.«

»Es zu meistern? Du hast viel vor, Sepp.« – »Bescheiden ist er nicht.« – »Du phantasierst schon wieder!« – So und ähnlich kommentierten die Freunde, konnten aber nicht hindern, dass es sie wie Lähmung vor Übermächtigem überkam. Da wollte einer – allein! – bis nach Amerika!

»Kann mir denken«, entgegnete Sepp ernst, »was ihr sagen möchtet. Lasst es! Morgen früh schon scheide ich von Steyr. Meiner Mutter habe ich es schon angedeutet. Dem Lincrl sendest du, Toni, diesen Brief und ihr behaltet vorläufig bei euch, was ihr nun von mir wisst. Es wird vielleicht später nötig sein, dass ihr mit guter Meinung für mich eintretet. Sagt meiner Mutter nochmals von mir Dank und Grüße …« Bei den letzten Worten schwankte seine Stimme merklich. Mit schmal geschlossenen Lippen reichte er den Freunden die Hand, kehrte sich plötzlich um und eilte steyrwärts davon.

Am folgenden Morgen gelang es ihm, sich so straff zu halten, dass nicht einmal die Mutter Besonderes an ihm bemerkte. Wie gewohnt verließ er gemeinsam mit den Eltern das Haus und wandte sich seiner Arbeitsstelle zu, doch ging er an ihr vorbei ins Kontor des Vaters, um einen Brief auf dessen Schreibtisch zu legen, schritt dann wieder heimzu und legte auch der Mutter ein Schreiben auf den Küchentisch, nahm alles an sich, was er für sein abenteuerliches Vorhaben schon bereitgelegt hatte, und verließ zum andern Mal das Vaterhaus. Doch diesmal war der Reiseplan bedacht. Er fuhr zunächst nach Linz, und zwar mit dem Postwagen, der an diesem Tag Anschluss nach Passau hatte. Von dort aus wollte er ins Deutsche Reich reisen, in die Neue Welt.

Wie Seeleute ihren Kurs nach einer der vier Himmelsrichtungen nehmen, so hatte Sepp seinen Reisekurs nach vier Orten eingepeilt, von denen zwei diesseits, die anderen jenseits des Ozeans lagen: Suhl – Hamburg – Neuyork und Ilion – Letzteres als Hauptzielpunkt, weil dort die sagenhafte Waffenschmiede Remingtons zu finden war, die fortschrittlichste Waffenschmiede der Welt.

So heiß es ihn vorwärtstrieb, er musste sich nach den Möglichkeiten halten, die ihm sein kleiner Geldvorrat gestattete. Die fruchtreichen fränkischen Lande hatte er durchwandert, hatte sich mit den Grenzhütern der vielen deutschen Kleinstaaten abgefunden und war in vielen Herbergen mit zunftgetreuem Handwerksgruß eingekehrt. Sein Wanderbuch zeigte schon neu eingeheftete Seiten und war bereits mit vielen Stempeln und Schnörkelschriften versehen. Fand er kein Quartier, so schlief er in einem Heuschober.

Am liebsten wäre er gleich bis Hamburg gereist, aber sein leer gewordener Geldbeutel zwang ihn, wie daheim schon vorbedacht, sich in dem im romantischen Lautertal gelegenen Suhl nach Verdienst umzutun. Diesmal hatte er Glück. Gleich im ersten Werk wurde er eingestellt. Bald hatte ein anderer Meister das Handwerkstalent des langen Österreichers erspäht und versprach ihm höheren Verdienst, sodass er den Arbeitsplatz wechselte. Nicht lange, so bot man ihm einen Vorarbeiterposten an, machte ihm Aussicht auf eine Meisterstelle. Doch zur ärgerlichen Verwunderung des Werkinhabers akzeptierte Sepp dieses Angebot nicht. »Menschenskind«, schalt jener, »mir scheint, die Athletengröße lässt den Verstand verkümmern. In Ihrer Jugend hätte ich mit allen Fingern zugegriffen.«

Da reckte sich der lange Sepp, dass ihm die Gelenke knackten. »Sie wahrscheinlich. Ich will erst die Welt kennenlernen. Bis auf nachher also – vielleicht.«

Die letzten Worte verstand der Werksherr erst am Morgen nach der nächsten Lohnzahlung, als statt des langen Österreichers dessen Zimmerfrau kam und ihm einen Zettel brachte, auf dem geschrieben stand: »Bis auf nachher also – vielleicht!«

Die Welthafenstadt Hamburg fiel ihn an wie ein Fieber. Magnetisch zog es ihn ins Hafengebiet. Einen einzigen Hafen hatte er sich vorgestellt und nun irrte er von Hafen zu Hafen; überall reckten sich hohe Maste in die Lüfte, auf vielen Schiffen zwei, drei sogar. Aus anderen, und nicht wenigen, ragten Schornsteine. Es waren Dampfschiffe, Produkte der Technik, die all sein Denken beherrschte.

Glücklich pries er sich, als er schon am nächsten Morgen einen Schiffer fand, der ihm zuerst ein obskures Subjekt dünkte, sich aber als Kapitän eines Schoners entpuppte, der schon anderntags mit Kurs Neuyork in See gehen würde. Wäre Sepp nur ein wenig lebenserfahrener gewesen, so hätte ihn die hochtrabende Lobeshymne dieses Kapitäns auf seine ›Seeschwalbe‹ und dass ihn der alte Seebär freihielt, stutzig gemacht.

Der Zweimaster imponierte ihm gar nicht, denn ein nicht geringer Teil der Mannschaft war ständig damit beschäftigt, das durch die alten, undichten Planken eindringende Wasser dem Ozean zurückzugeben. Wie es zuging, dass die ›Seeschwalbe‹ trotz manchem Sturm und Ungewitter bis Neuyork nicht auseinanderfiel, schien selbst dem versoffenen Kapitän ein Rätsel, der angesichts des Landes humorig grölte: »Da sauf, scheint's, eher ich noch ab als meine alte Segelkiste. Na, denn man tau!« Und zufrieden genehmigte er sich einen tiefen Schluck aus der Rumflasche.

Neuyork! So stark und laut hatte des jungen Weltfahrers Herz nicht beim stärksten Orkan gepocht wie jetzt, da er durch die sturmgepeitschten Nebelschwaden schemenhaft die Häusermauern von Neuyork sah. Am liebsten wäre er dem Schiff vorausgeschwommen, so gewaltsam zog es ihn in das gelobte Maschinenland. Er bezwang sich aber, bis die ›Seeschwalbe‹ festgemacht hatte. Dann forderte er eilends vom Kapitän seine Heuer. Doch dieser dachte nicht daran, den anstelligen Riesen aus dem Dienst zu verlieren, und hatte wegen der Auszahlung eine Ausrede nach der anderen.

Nach einer Nacht aber, in der die Heckbordtrosse mit peitschendem Knall zerriss und größte Gefahr bestand, dass von den rasenden Böen auch die Bugtrosse zerbarst und das hilflose Schiff dann wer weiß wohin getrieben würde, war auch die halb zerlotterte Rettungsschaluppe verschwunden – und mit ihr der Leichtmatrose Josef Werndl. Überzeugt, dass dessen Hünenleib nun schon im tiefen Hudson schwebte, malte der Kapitän ein dickes Kreuz neben den Namen des Verschwundenen und soff zu dessen Gedenken ein doppeltes Quantum Rum.

Die alte Schaluppe war indessen wirklich versunken, jedoch erst, nachdem sich der lange Sepp an Land gerudert hatte. Mit zerschundenen Händen, triefend wie ein aufgetauchter Neptun, konnte er eben noch seine Habseligkeiten aus dem absackenden Boot fischen und Müdigkeit, Sturm und Wogen verloren ihre Schrecken vor der Wonne, die ihn durchrieselte, da er nun in Amerika gelandet war.

Triumphierend reckte er sich auf zu seiner ganzen imposanten Größe und hatte wahrlich Anlass genug, stolz und glücklich zu sein. Denn ganz nur auf sich gestellt, hatte er halb Europa durchmessen und den Atlantik überquert. Nun war er vor allem bedacht, rasch eine Unterkunft zu finden, in der er sich trocknen und wärmen konnte; und nach diesem beseelte ihn nur der

Wunsch, endlich die Stadt mit dem mythischen Namen Ilion zu erreichen, die freilich in ihrer amerikanischen Ausgabe nichts anderes war als die geographische Ortsbezeichnung für Remingtons größte Waffenschmiede in der Neuen Welt.

Benommen irrte er durch unendliche häuserummauerte Straßen, stand auf dem Broadway, der Hauptschlagader der Metropole, und dort endlich antwortete ihm einer von vielen, die er unterwegs um Auskunft angesprochen hatte. Es war ein Deutscher, der ihn freundlich zu einem Bahnhof wies. Wenig später saß Sepp in einem Zug, der ihn Ilion entgegentrug.

Statt, wie er es verlangt hatte, zu Mister Remington geführt zu werden, stand er dann vor einem Mister Miller, der reserviert wissen wollte, was den jungen Mann zu ihm führe. Geradeweg, ganz seinem Wesen entsprechend, erklärte Josef Werndl, sein Vater sei Inhaber einer Waffenschmiede zu Steyr, und er, der Sohn, sei eigens nach Amerika gekommen, um hier die maschinelle Erzeugung kennenzulernen.

Fuchsspitz wurde da des Yankees Gesicht. »Konkurrenz anlernen?«, schnarrte er. »Danke. Wir haben für Ihr Angebot kein Interesse«, und kehrte ihm den Rücken zu. Verblüfft ließ sich Sepp zum Eingangstor zurückführen.

Draußen erst stellte er schlichthin fest: »Der Kerl hat mich hinauswerfen lassen. Nun, dazu bin ich nicht etliche tausend Meilen weit gefahren. Doch Arbeiter werden sie hoffentlich brauchen in dem gepriesenen Land.« Ja, man brauchte welche, und ihm wurde beschieden, sich am kommenden Morgen wieder zu melden.

Bis zu diesem Augenblick war er wie ein Mondsüchtiger gewesen, der auf einem Dachfirst wandelt. Nun machte sich sein Körper bemerkbar und forderte unweigerlich Nahrung und Ruhe. In späteren Jahren erzählte er oft und drastisch, wie er in den ersten Wochen zu Ilion gedarbt hatte, schilderte sein Nachtlager auf einer ihm viel zu kurzen Bank so anschaulich, dass sich die Zuhörer vor Lachen bogen. Ebenso unzulänglich sei seine Ernährung gewesen. Jetzt aber, da er dies alles zu bestehen hatte, war ihm wenig lächerlich zumute und nur sein unbedingtes Wollen half ihm, alles Ungemach ertragen.

Schließlich gestattete ihm seine Entlohnung eine saubere Unterkunft und dass er sich anständig ernährte. Doch lebte er einsam wie nie zuvor, verbrachte die Abende fast ausschließlich in seinem Zimmer, über Skizzen und Berechnungen gebeugt, auf denen er bis ins kleinste Detail die von ihm bedienten Maschinen darstellte – schon mit mancher von ihm ersonnenen Verbesserung.

Auch notierte er sich tagsüber mancherlei auf lose Zettel, die er schleunigst in seiner Tasche verschwinden ließ. Von einem Meister wegen dieses auffallenden Benehmens befragt, erklärte er treuherzig: »Ich will nicht zeitlebens nur an einer Maschine stehen. Oder wären Sie Meister, wenn Sie nur eine Type zu bedienen verstünden?«

Einmal nur machte sich der Riese so klein wie möglich. Das war, als Mister Miller, der Erste Prokurist, den Maschinensaal durchschritt. Doch dieser sah weder nach links noch nach rechts und verließ gleich wieder den Raum.

Riese Josef Werndl glich jetzt einem ausgedörrten Schwamm, der alles ansog, was belebend in seine Reichweite kam; und nicht nur die Werkzeugmaschinen interessierten ihn, er schürfte auch den Auswirkungen des ihm bis dahin unbekannten Akkordlohnes nach und fand, dass dieser, gerecht gegeben, eine Ideallösung ergäbe, jedoch vielfach auch nur verwendet wurde, um die Arbeitsleute zu benachteiligen. Wunderlich erschien es ihm auch, mit welcher Sorglosigkeit mangelhafte Ware mit abgesetzt wurde. Er sprach davon zu einem Meister, der aber nur den Kopf schüttelte und sich wunderte: »Bist hübsch rückständig, mein Junge. Das liegt einzig beim Abnehmer. Passt der ordentlich auf, so bekommt er nur erstklassige Ware. Nicht wer mehr einnimmt, ist der Dumme, sondern wer die überhöhte Rechnung bezahlt.«

Eines Tages wurden ihm einige Stücke zur Bearbeitung gegeben, die er als Sonderausführungen erkannte. Er konnte sich davon aber keine Skizze anfertigen, denn er fühlte sich beobachtet, aber er prägte sich diese Teile so genau ins Gedächtnis, dass er sie am Abend dennoch aufzuzeichnen vermochte. Nicht lange rätselte er daran herum. Das wird ein ganz Neues, ein Hinterladeverschluss, erkannte er. Er wusste, auch in Europa tastete man diesem nach und er hatte auch den Namen Dreyse schon vernommen. Es ging darum, dem Schützen etwa ein Dutzend Handgriffe zu ersparen, und jener Staat, dem diese Lösung vor anderen glückte, hatte sich gegenüber einem minder gut bewaffneten den Erfolg im Falle einer kriegerischen Auseinandersetzung gesichert. »Er ist also schon daran, der Remington«, knurrte er. »Ob das noch einzuholen ist?«

So ausgefüllt waren seine Tage und die halben Nächte, dass er kaum dazukam, seinen Empfindungen nachzuhängen. Nur wenn er einen Brief aus der Heimat abends in seinem Quartier vorfand, war jedes ihn soeben noch brennend interessierende technische Problem ausgelöscht von dem Heimweh, das ihn nun befiel.

Jedes Schreiben Toni Heindls enthielt auch ein Briefblatt, bedeckt mit den zierlichen Schriftzügen Karolinens. Da konnte sich Sepp der Vorstellungen und Gefühle nicht mehr erwehren, die ihn mit Elementargewalt anfielen. Überwältigt von Sehnsucht, verließ er dann seine Stube und lief stundenlang durch die Nacht und es war ihm ganz gleich, ob es ihn sommerlich umschmeichelte oder ob aus der Tiefe des ungeheuer weiten Kontinents eiskalte Stürme Ilion umbrausten. Denn länger als ein Jahr war er schon hier. Am anderen Abend verschrieb er dann jeweils ein halbes Dutzend Federkiele und füllte mit seiner raumgreifenden Schrift viele Seiten Briefpapier; er schrieb so lange, bis wieder Ruhe in seinem Herzen eingekehrt war.

Mehr noch aber rüttelten manche Briefe seiner Mutter sein Empfinden auf, sodass er, gewisse Zeilen immer wieder lesend und besinnend, nicht merkte, wie der Ofen kalt geworden war, wie der winterliche Frost ihn durchkroch. Nach einem ihrer Schreiben fehlte er am nächsten Tag zum ersten Mal an seinem Arbeitsplatz in der Fabrik, verwachte auch die zweite Nacht, denn drei Briefsätze der Mutter lauteten: »Der Vater lässt dich grüßen und ist bereit, dir eine Schleife mit zwölf Mann zu unterstellen. Bedenke, was es bedeutet, wenn der Vater dir, der ihn zum zweiten Mal so schwer gekränkt hat, nun eine Meisterstelle einräumt. – Sei klug und verlange für jetzt nicht mehr, als er sich dir zuzugestehen überwunden hat …«

In der letzten Stunde des zweiten Tages hatte er sich durchgerungen und schrieb in raschem Zug:

»Herzliebste Frau Mutter!

Wie soll ich Ihnen danken! Nur Ihre gütige Fürsprache hat wohl den Herrn Vater bewogen, mir so viel Entgegenkommen zu erweisen. Zwei Tage und Nächte habe ich überlegt und bitte Euch aus ganzem Herzen, mich zu verstehen:

Ich habe mich dem Linerl verlobt und müsste die Achtung vor mir selbst verlieren, wenn ich anderes täte als das, wodurch ich dies Wort am raschesten einlösen kann. Entrichtet bitte dem Herrn Vater meine demütige Ergebenheit und meinen Dank. Er selber hat mir die Rede ›verlässlich wie ein Werndl‹ ins Gewissen geprägt. Als Erstes, so habe ich erkannt, muss ich mein Versprechen diesem Mädchen gegenüber einlösen, das so viel um mich gelitten hat.

Dieses zu tun wäre ich schon bald imstande, wenn es sich zwingend fügen sollte, dass ich in Amerika bleibe. Ginge es nach mir, so möchte ich aber alles, was ich kann und verstehe, der Heimat zuwenden.

So bitte ich aus ganzem Herzen um Ihr Verständnis und bitte auch, gewogen zu bleiben Ihrem Ihnen und dem Herrn Vater zeitlebens dankbaren Sepp.

Nachschrift: Bitte ein nächstes Schreiben nach Hartfurt zu richten, wo ich mich bei der Firma Colt umtun will.«

Schon unterwegs zum Bahnhof, um nach Hartfurt zu reisen, überkam ihn die Lust zu einem Spaß. Er kehrte eilends um, stob an dem verdutzten Torwart des Remington-Bürohauses vorbei und stand, ehe der Portier ihn einholen konnte, im Kontor des Prokuristen Miller.

Der sah unwillig von seinem Schreibtisch auf, musterte scharf den Hühnen und forschte: »Sind Sie nicht jener österreichische Konkurrent?«

Sepp nickte. »Ganz richtig. Ich will mich nur verabschieden.«

Verständnislos sah ihn der Amerikaner an.

»Ach so«, tat Sepp verwundert, »Sie wissen nicht, warum. Nun – weil ich doch eineinhalb Jahre bei Ihnen gearbeitet habe. Sehr interessant, Ihre Fabrik. Wirklich.«

Zornesröte schoss in Mister Millers Gesicht. »Das ist nicht möglich! Hinaus mit ihm!«, schrie er dem eintretenden Portier entgegen.

»Wozu die Aufregung?«, lachte Riese Sepp. »Ich habe für Sie gearbeitet, und Sie haben mich landesüblich dafür bezahlt. Sie und den Namen Remington werde ich nie vergessen!«

»Ich Sie auch nicht!«, schrie Mister Miller erbost. »Und hier kommen Sie nie mehr herein! Nicht mit der Nasenspitze!«

Bei Colt in Hartfurt wurde er, dem die Gebräuche nun schon geläufig waren, ohne Weiteres eingestellt. Auch hier praktizierte er, wie vorher bei Remington, von Maschine zu Maschine, von Saal zu Saal. Bei den Werkzeugmaschinen fand er nichts ihm Unbekanntes. Anders war es bei den Coltschen Revolvern und Gewehren. Wie in Ilion saß er auch hier viele Nachtstunden zeichnend, schreibend, berechnend.

Doch am Ende des zweiten amerikanischen Winters verließ Josef Werndl drei Tage und Nächte seinen Wohnraum nicht, rannte wie ein Gefangener darin umher, las immer wieder das auf seinem Tisch liegende Schreiben:

»Lieber, guter Sepp!

Heute früh hat dein Vater zu mir gesagt: ›Wenn der Sepp sich meinem Willen zu fügen verspricht und die Maschinen dort lässt, wo sie hingehören, in Amerika, so mag er in Gottes Namen heimkommen. Ich habe die Kettenhuberschleife gekauft, wo er Meister sein kann. Unterstellt sind ihm dort ein Dutzend Schleifer. Ich sichere ihm gerechten Lohn zu und räume ihm in der Sierningerstraße Küche und Stube ein. So mag er das Linerl heiraten.‹

Hab auf den Knien dem lieben Gott gedankt für die Gnade! Nun lass den Vater nicht warten und deine sehnsuchtsvolle Mutter.«

Immer, wenn vordem der Gedanke durch sein Hirn gehuscht war, dass der Vater einer Ehe mit dem Linerl zustimmen könnte, hatte ihn eine warme Welle durchwogt. Sollte dieses Wunder jemals noch geschehen, hatte er gemeint, so mach ich sicher einen Luftsprung. Nun aber, vor der unerwarteten Wirklichkeit, sah er so tief versorgt aus, als hätte er eine ganz gegenteilige Botschaft empfangen. Denn nun durfte er wohl die Braut zum Altar führen, sobald er heimkäme – doch um welchen Preis! Abschwören sollte er den Maschinen und all seinen Erkenntnissen.

Ein Sturm von Gedanken peitschte sein Gehirn: In Steyr würde er nichts sein als ein Meister, bei bescheidenem Lohn und gänzlich Vaters nackensteifem Willen unterstellt. Blieb er in der Neuen Welt, so konnte er bald schon monatlich mehr verdienen als in Steyr im Werndlwerk das ganze Jahr. Gewiss war ihm nur, dass er dort wie da mit der Liebsten Hochzeit halten würde. Der sein Dasein überschattende Kampf zwischen Handwerk und Maschine zwang ihn zu einer schicksalhaften Entscheidung.

Nun, es wog, was er zuvor selbst nicht geglaubt hatte, die Heimatsehnsucht schwerer als alle technischen Wunder, schwerer auch als die Aussicht auf nur hier in der Neuen Welt zu erringenden Wohlstand.

Und so schrieb er denn: »Kann der Frau Mutter nie genug danken und bitte auch, dem Herrn Vater meinen schuldigen Dank und Respekt zu vermelden, besonders dafür, dass ich meinem Linerl Wort halten darf. Ich verspreche dem Herrn Vater, ihm in der Arbeit Untertan und gehorsam zu sein und nichts ohne oder gegen seinen Willen zu tun …«

Am nächsten Tag reiste er der Heimat zu, dem Glück der Vereinigung mit dem geliebten Mädchen entgegen.

7. Kapitel

HOCHZEIT UND CHOLERA

Diesmal kam er nicht unerkannt durch die Stadt. Es war beinahe ein Spießrutenlaufen durch neugierige Blicke und Zurufe. »Der Amerikaner ist da!«, rief man sich in Steyrdorf zu, von Fenster zu Fenster, von Haus zu Haus. So eilends er ging, schneller noch war ihm die Nachricht von seiner Heimkehr vorausgeflogen und eine Nachbarin hastete gar auf siebzigjährigen Gichtbeinen die Treppe zur Werndlwohnung empor und japste: »Frau Werndl! Euer Sepp ist da!«

Ungläubig schaute Josefa die Eingedrungene an. »Davon müsst wohl ich zuerst was wissen. Ist noch keine Post gekommen von ihm.«

Da stürmten aber eilig dröhnende Schritte die Treppe herauf. Josefa presste die Hand gegen ihr hämmerndes Herz und stammelte: »Heiland der Welt! Ja, das ist der Sepp …«

»Jessas«, schnaufte das alte Weiblein, »möcht hören, was der zu erzählen wird wissen«, aber da wurde es in einem Schwung zur Türe hinausgedreht – und der Sohn stand vor seiner Mutter.

»Ja – aber«, fasste die sich halbwegs, »warum hast du denn nicht geschrieben, Bub, dass du heimkommst?«

»Hab ich, Frau Mutter, und den Brief selber zur Post gebracht.« Es dröhnte sein herzhaftes Lachen. »Der reist eben nach Vorschrift, ich meinem Herzen nach.«

Besorgnis breitete sich über das Antlitz Josefas, unsicher fragte sie: »Hast du doch den Brief bekommen, Sepp, in dem ich dir geschrieben habe, dass du das Linerl heiraten darfst?«

»Hab ihn in der Tasche«, nickte der Heimgekommene. »Ich darf das Linerl heiraten und werde Meister in der Kettenhuberschleife. Die Maschinen muss ich lassen.«

»Wirst du das können – für immer?« Angst und Flehen zitterten in ihrer Stimme.

»Sieben Tage habe ich meinen Entschluss durchdacht«, erklärte Sepp ruhig. Ein Faltenbündel stellte sich von der Nasenwurzel aus über seine Stirne. Josefa gewahrte es und ein Schreck durchzuckte sie: Der Bub schaut jetzt wie mein Leopold …

»Ich werde dem Herrn Vater mein Versprechen so getreu halten wie das andere meinem Linerl.« Sepp hob seine Reisetasche auf den Tisch, entnahm ihr ein Paket und löste dessen Verschnürung. Ein Stoß Papiere kam zum Vorschein und als er leicht dagegenstieß, glitten sie über den ganzen Tisch, jedes Blatt mit Zeichnungen, Ziffern und Beschriftungen bedeckt. »Ich habe«, erklärte er, »in Amerika mehr gesehen, als anderen lieb wäre – wenn sie es wüssten! Ich hab mir alles aufgezeichnet, was ich bei Remington und Colt gesehen hab, und mancherlei von mir aus noch dazugetüftelt. Mehr als ich weiß heute kaum ein Zweiter im Maschinenreich und weniger Erfahrene als ich sind große Herren geworden dort drüben. Wäre ich geblieben, so hätte ich bald hundert Leute unter mir und würde an einem Tag wenigstens so viel verdienen wie beim Herrn Vater in einer Woche …«

»Sepp!«, rief die Werndlin leise, »ich fürchte, du überschätzt deinen Willen. Sie hat dich, die Maschine …«

»Ja, sie hat mich …«, gab er zu. »Hinaustun kann ich sie nimmer aus meinem Sinn. Aber unter meinem Willen halten.« Er legte die Blätter wieder zusammen, verschnürte die Schutzhülle und hielt das Paket der Mutter entgegen mit den Worten: »Oder unter Eurem. Da, nehmt es in Verwahrung.«

»Nein«, wehrte sie ab, »was dir zu Eigen ist, das halte in eigener Hut.« Sie neigte ihr Haupt und sprach wehmütig: »Ich kann in dieser Sache nichts als glauben, hoffen und beten.«

Fest hafteten des jungen Mannes Blicke auf der Mutter. »Ich danke Euch für das Vertrauen. Heimgekommen bin ich vor allem, weil mich die Heimat gerufen hat. Also will ich mit dem Herrn Vater unser Werk vor der Maschinenwalze verteidigen, solange da noch etwas zu verteidigen ist.«

»Wird es dir gar zu schwer, so komm zu mir.«

»Danke, Frau Mutter. Das will ich gerne.«

In der nächsten Zeit brauchte man nicht zu fragen, wovon sich die Leute zu Steyr und in seiner dörflichen Umgebung am Brunnen, im Hausflur, auf Gassen und Plätzen, in den Geschäften, den Wirtshäusern unterhielten: vom Amerikasepp. Immer farbiger schmückte man die Mär, ließ ihn Wildnisse durchmessen, mit blutrünstigen Indianern wüste Kämpfe ausfechten. Gemütvollere Leute dichteten ihm phantastische Liebeserlebnisse an mit Frauen, die Gold und Edelsteine kistenweise aus dem Wunderland Kalifornien bezögen. Viele hielten ihn, der erhobenen Hauptes vom Wieserfeld zu seiner Schleife ging, von dieser durch die Mittere Gasse stürmte, um stets im Heindlhaus zu verschwinden, für hochmütig. War da aber einer, der etwas mehr von der sensationellen Angelegenheit wusste, so fühlte er sich veranlasst, den langen Sepp nachdrücklichst zu verteidigen: »Was ihr da alles daherfaselt! Nichts als Blödsinn. Redet einmal mit seinen Werksleuten. Keiner will mehr fort aus der Kettenhuberschleife. Erst gestern abend ist er wieder mit seinen Leuten in der ›Blauen Kugel‹ gesessen und hat ihnen Freibier gespendet, obwohl sein Vater ihn recht knausrig hält. Ein Prachtkerl ist er, das sage ich euch!«

Der Vielbesprochene scherte sich keinen Deut um alles Geschwätz. Nur ein Gedanke beherrschte ihn: Am nächsten Sonntag wird Linerl meine Frau!

Ehe er an diesem Abend zu den Heindls ging, begab er sich in das Haus in der Sierningerstraße, worin sein Vater dem künftigen Ehepaar zwei Wohnräume hatte einrichten lassen. Der erste war ähnlich der heimischen Wohnküche im Wieserfeldhaus, nur waren Türen und Decken höher. Ungebückt konnte Sepp darin gehen und gerade noch mit gestrecktem Finger die Decke berühren. Wie verstohlen öffnete er die nächste Tür, tat einen langen Blick in die Eheschlafkammer, auf die extralangen Betten mit den blütenweißen Kissen, wandte sich mit einem Ruck ab, eilte die Treppe hinunter und dem Heindlhaus zu, obwohl er dort in diesen Tagen vor der Hochzeit als das überflüssigste Wesen erschien. Da wurde geschneidert, geprobt und zugetragen wie für ein halbes Dutzend Hochzeiten. »So ein Bräutigam! Überall steht er im Weg!«, schalt strahlenden Auges Linerl; und wahrhaftig stand der Riese so ungeschickt umher, dass er, gewollt oder ungewollt, von allen Seiten angestoßen wurde und sich schließlich selbst ganz hilflos und überflüssig vorkam.

Behaglich sah Meister Heindl diesem eine Weile zu, pufffte dann den Eidam gegen die breite Brust und tröstete: »Es ist mir genauso ergangen – damals. Komm, Sepp, der Löwenwirt ist freundlicher.«

Von der Hochzeit des Amerikasepp mit der Tochter Meister Heindls erwartete man zu Steyr ganz Ausgefallenes. Eine eheliche Verbindung zwischen den Patrizierfamilien Werndl und Heindl! Noch dazu verklärt durch eine ausgesprochene Liebesromanze! Eine Hochzeit gab es sicher, wie in Steyr noch keine gewesen. Ein durch die ganze Stadt fahrendes, allen glückstrahlend zuwinkendes Brautpaar – und eine Hochzeitstafel von ungewöhnlicher Erlesenheit; manche flüsterten sogar etwas von Wein, der aus den Röhren des Leopoldibrunnens fließen sollte, und einem Fest, bei dem alles Volk kostenlos gespeist und getränkt würde. Selbstverständlich schien es vielen, dass der Linzer Bischof höchstselbst die sakramentale Eheschließung vollziehen werde.

Am Hochzeitstag stand eine dicht gedrängte Menschenmauer vom Wieserfeld bis herab zum Michaelerplatz, auf dem sich die Leute drängten, sodass die Stadtpolizisten den heranfahrenden Kutschen erst eine Gasse bahnen mussten.

Nach vollendeter Trauung aber konnten sich die Wachmänner den Auszug der Jungvermählten und der Hochzeitsgäste aus der Kirche in aller Gemütsruhe ansehen, denn die wenigen noch umherstehenden Personen gaben keinen Anlass mehr zu amtlichem Eingreifen. Die enttäuschte Menge hatte sich längst schon verlaufen; und selten war die absprechende Meinung über ein Ereignis in Steyr so einhellig gewesen wie über diese Hochzeit. »Fahren die in ganz gewöhnlichen Landauern!« – »Viel weniger Gäste sind auch bei einer Kleinleutehochzeit nicht!« – »Und nicht einmal ein gesungenes Amt war ihnen das Ehebündnis wert!« – »Und das Festmahl daheim! Grad wie bei unsereinem!«

Wenige nur hatten wahrgenommen, wie glückselig die Gesichter der Neuvermählten leuchteten, wie von den Teilnehmern an der Feierlichkeit eine ernste Würde ausstrahlte – niemand hatte wohl das tiefe Schimmern in den Augen des gestrengen Leopold Werndl gesehen.

In der folgenden Zeit kam Sepp so minutenpünktlich in seine Werkstätte, wie er sie verließ, und war, wie er es der Mutter gelobt hatte, ein untadeliger Diener am Werk. Niemand ahnte, was er währenddessen wünschte und sann. Niemals fand der kontrollierende Leopold in dieser Schleife etwas auszusetzen. Seine Anerkennung bestand freilich nur darin, dass er bald bei seinen Inspektionsgängen die Kettenhuberschleife, der sein Sohn als Meister vorstand, fast völlig mied.

Dessen Gesundbrunnen war die Gemeinschaft mit der geliebten Frau und das eigene Heim. Eines Nachts weckte ein jämmerliches Stöhnen den langen Ehemann. »Sepp! Es zerschneidet mich«, klagte die junge Frau, »schnell, hol die Wehmutter …!« In großen Schmerzen schrie sie auf.

In Hemdärmeln und klappernden Pantoffeln rannte Sepp zum Haus der Hebamme und läutete Sturm. – »Nur schnell«, rief er, »es pressiert …!«

Noch nie hatte er sich so zerschmettert gefühlt wie jetzt, da das geliebte Wesen von Schmerzen überfallen wurde, die er nicht lindern konnte.

So lange war ihm noch kein Tag erschienen. Erst am Abend durfte der Ungeduldige sein Heim wieder betreten, doch hieß es noch immer: »Ihre Frau braucht nichts als Ruhe … Und das Büberl hab ich gleich auf Josef getauft.«

Heiß und kalt durchfuhr es den Hünen. »Getauft?! – Ist etwas mit ihm?«, forschte er.

Die Alte wich der Frage aus. »Das möchte ich nicht gesagt haben. Sicher aber ist sicher und das Taufwasser ist allzeit gut.«

Kaum hatte der Herbst seine ersten Früchte geschenkt, da kniete Linerl weinend neben einer Wiege, in der ein erkaltendes Körperlein lag. Leidvoll stand Sepp neben ihr. Tränenleer blieben seine Augen, doch es gruben sich seine Zähne in die Unterlippe, bis ihr rote Tropfen entquollen.

Endlich vermochte er die völlig Verstörte von der Wiege zu lösen und auf ihr Lager zu betten. »Faß dich, Linerl!«, bat er. »Will es Gott, entblüht uns bald neues Leben.«

Selten nur kam Herr Leopold in die Kettenhuberschleife und als Sepp gelegentlich meinte: »Der Herr Vater lässt sich kaum noch bei mir sehen«, blickte dieser den Sohn voll an und erwiderte: »Warum soll ich nachschauen, wo du so zünftig Ordnung hältst?«

Da durchfuhr den Sepp so wohltuende Wärme, dass er sagen musste: »Diese Eure Rede, Herr Vater, entschädigt mich für vieles.«

Schon aber versteckte sich das Herz des Älteren hinter seiner kühlen Sachlichkeit: »Es ist, denk ich, auch selbstverständlich, dass ein Werndl verlässlich schafft.«

Linerl fühlte es neu sich regen unter ihrem Herzen – und abermals zur Mittsommerzeit gebar sie ein gesundes Mädchen, das nicht die Nottaufe empfangen musste. Im reifenden Herbst behauptete der glückliche Vater, das Kind habe ihn, ausschließlich ihn, angelacht und während die junge Mutter selig die Wiege schaukelte, entdeckte er in immer rascherer Folge an seinem Töchterlein nur ihm ersichtliche Sensationen. Linerl ließ solche Phantastereien ohne Widerspruch, glücklich darüber, dass ihr Sepp wieder zu seiner jungenhaft freien Art zurückgefunden hatte, die sie an ihm so liebte.

Gegen Ende des Jahres wurde Steyr durch die schreckliche Kunde von einer herannahenden Seuche bedroht. Bittprozessionen wurden abgehalten. Menschen, die seit Jahren kein Gotteshaus mehr betreten hatten, fanden in die Kirchen, um kniend zu flehen: »Herr der Welt, bewahre uns vor dem Schrecken Asiens, der Cholera.« Nur wer gezwungen war, in einem Gasthaus zu essen, ging dorthin; er verließ es aber sofort fluchtartig. Eilends nur betraten die Frauen die Geschäfte, standen, wo immer es ging, in Abständen voneinander. Manche trugen zum Schutz vor dem Seuchengift ein Tuch vor dem Mund. Überall verstopfte man die Fensterfugen dicht mit Moos und öffnete die Türen nur noch so weit, dass man eben hindurchschlüpfen konnte.

Viele Einwohner entflohen der Stadt und vermeinten so der Seuche zu entgehen; aber die lauerte auf sie auch anderswo und so manche, auf solche Weise heimatlos geworden, kamen bald in Hungersnot und verfielen der Krankheit nur um so früher und leichter.

Voll Furcht hastete, wer es musste und noch konnte, zur Arbeitsstätte und eilte abends hastig und voller Furcht wieder heimzu.

Oft läutete das Totenglöckchen. Scheu bekreuzte man sich, wenn wieder eine Totentruhe, meist in unfeierlicher Hast, auf den Tabor ins große Schlafhaus hinaufgeführt wurde, häufig ohne dass Trauernde dem Sarg folgten, weil die Verwandten selbst schon im Grab lagen oder verzweifelt mit der Cholera rangen.

Zuweilen gellte, in gruselig krassem Gegensatz zu dem unheimlichen Totentanz, das wüste Gelächter Trunkener aus einer Schenke.

Im Haus Wieserfeld Numero 37 hatte sich nichts verändert. Nach wie vor hallte der Werkslärm durch die Räume zu ebener Erde, ging Josefa ihren Pflichten als Mutter und Hausfrau nach. Einmal hatte sie ihren Mann gebeten, sich zu schonen, doch ruhig und ernst hatte er geantwortet: »Sei gewiss, Josefa, ich tue keinen Schritt zu viel, aber auch keinen zu wenig. Wie sollten meine Leute arbeitswillig bleiben, wenn ich mich selber wehleidig zeigen wollte? Solange Kraft in mir ist, bin ich verpflichtet, an dem Platz auszuharren, den ich von meinem Vater übernommen habe. Gott allein weiß, wann er mich abberufen wird. Ich habe zeitlebens auf Ihn vertraut, wovor soll ich mich fürchten?«

Da wurde auch Josefa, die ja nicht nur um den Gatten, sondern auch um die heranwachsenden Kinder bangte, ruhiger.

Es kam die kalte Jahreszeit und brach die wilde Kraft der Seuche. Sie schlich indessen noch tückisch einher und forderte immer wieder ein Opfer. Doch es minderte sich die Furcht, der gewohnte Alltag begann wieder seinen Einzug zu halten, wenn auch noch ein trüber Schleier über den meisten Gemütern lag.

Herr Leopold ließ sich, wie oft vorher, in seiner geräumigen Kalesche entlang der grünen Steyr hinaus nach Letten führen. In gewohnter Weise inspizierte er eingehend die Werkstätten und besprach sich mit den Meistern. Erst abends kehrte er heim.

Mitten in der Nacht fuhr Josefa aus dem Schlaf empor. »Leopold!«, fragte sie leise, »was ist dir?« Und »Leopold!« schrie sie entsetzt, als nur unartikuliertes Stöhnen ihr antwortete.

Furchtbare Krämpfe durchwühlten den kraftvollen Mann. Blutiger Schleim kam aus dem gequälten Körper. Trotz dieser unverkennbaren Anzeichen wollte Josefa das Schreckliche nicht glauben, bis der herbeigerufene Arzt es aussprach: »Cholera.«

Noch in derselben Nacht brachte man die Kinder aus dem seuchebefallenen Haus zu den Heindls, wo man sie gerne aufnahm. Alle redeten Josefa zu, auch selber das Haus zu verlassen: »Du kannst ihm nicht besser helfen als die erfahrenen Pfleger und hast die Pflicht, dich deinen Kindern zu erhalten.« Doch sie wies solches Ansinnen sehr bestimmt zurück: »Ich habe viele gute Tage mit ihm geteilt, so will ich ihm auch in diesen bösen nicht ferne sein. Ich fände keine ruhige Stunde mehr im Leben, bliebe ich jetzt nicht bei ihm.«

Unstillbarer Durst quälte den Leidenden, mehr und mehr verebbte der Herzschlag. Von den Füßen herauf schlich Kälte durch den breiten, derbknochigen Leib, der sich blau färbte. Da ließ Josefa ihren Beichtvater bitten, er möge ihrem Mann die Letzte Ölung spenden.

Bald danach kam Herr Leopold noch einmal zum Bewusstsein. Langsam tastete seine Hand über das Linnen zu seiner Frau.

»Ich bin bei dir«, tröstete sie leise.

Erkennen verklärte noch einmal den vergehenden Blick, kaum verständlich lispelte er: »Sefa! – Ich danke dir – für alles. Und der Sepp? – Sefa ...«

Es war ihr, als müsste sie einem Befehl gehorchen. Eiligst ließ sie den Sohn Josef herbeirufen, der bald darauf bleich und groß vor dem Lager stand, auf dem sein Vater mit dem Tode rang. Es war ihm, als deute ihm des Vaters Blick, näher zu kommen. So trat er dicht ans Schmerzenslager hin und raunte: »Herr Vater!« Doch dessen klarer Blick verschwamm, die Lider sanken über die Augen. Sein letztes Wollen blieb des Sterbenden Geheimnis ...

Stundenlang danach lag Meister Leopold zwischen Leben und Tod, keuchend und ringend, bis endlich sein letzter Atemhauch den todblassen Lippen entschwebte ...

Mit seinen starken Armen umfing Sepp die taumelnde Mutter, die sich willenlos aus der Kammer führen ließ. Aus dem Haus aber wollte sie nicht gehen. »Diese Nacht noch will ich bei ihm sein.« Ans untere Ende des Sterbelagers wurde ein Betpult geschoben und kniend verblieb Josefa zu Füßen des Toten bis zum nächsten Morgen.

Auch Sepp verbrachte diese Nacht ohne Schlaf. Regungslos, um die Mutter nicht zu stören, blieb er auf der Küchenbank sitzen, und sein Denken fand lange keinen Halt. Doch endlich wurde ihm klar, dass es jetzt vor allem galt, dem Vater und Werksherrn eine seinem Stand entsprechende Totenfeier zu bereiten.

Zum ersten Mal wieder, seit die Seuche in Steyr wütete, wurde einem ihrer Opfer ein würdiges Begräbnis zuteil. Hunderte von Steyrern gaben dem Toten das Geleit, während alle seine Werksleute schweigend dem Trauerzug folgten.

Zweites Buch

STEYR CONTRA ILION

8. Kapitel

JOSEFA

Nach dem Tag, da man das Sterbliche Leopold Werndls zur Grabesruhe gebettet hatte, ließ Frau Josefa ihre drei ältesten Söhne zu sich berufen.

»Gemäß den Gesetzen«, erklärte sie, »liegt die Verantwortung für die Werke nun auf mir. Ich bin gewillt, sie, so gut ich es vermag, zu übernehmen und im Sinne eures Vaters weiterzuführen. Dazu muss ich mich freilich auf euch verlassen können. Ich will, dass jeder von euch dreien auf dem Posten bleibt, auf den euer Vater ihn gestellt hat. Du, Leopold, magst dein Studium vollenden. Franz, du pflegst weiter das Administrative, bist aber jetzt auch für die Geldgebarung verantwortlich und dass jeder unserer Leute stets pünktlich seinen gerechten Lohn erhält. Dir, Sepp, weil du im Handwerklichen erfahren bist, übertrage ich alles, was mit dem technischen Teil zusammenhängt. Du magst entscheiden, wer eingestellt oder entlassen wird, und hast, gemeinsam mit Franz, mit Auftraggebern und Lieferanten zu unterhandeln. Die Unterschriften gebe aber ausschließlich ich. Vor jeder Entscheidung habt ihr erst alles mit mir durchzubesprechen.« Sie blickte von einem zum anderen, Tränen traten ihr in die Augen. Sie erhob sich. »Ich weiß, es ist uns allen fortan eine ungeheure Bürde aufgeladen. Gott gebe, dass wir sie tragen können. Ein Mann wie euer Vater …« Sie vermochte ihre Tränen nicht mehr zu bannen und ging rasch aus dem Raum.

Es schien, als hätte sich die Wut der Seuche erschöpft, nachdem sie sich den Stärksten geholt hatte. Niemand wurde mehr cholerakrank. Die Ärzte konnten endlich wieder zur Nacht schlafen. Nonnen und Pfleger zogen sich in ihre Spitäler zurück.

Die Friedhofwärter, Stadtschreiber und Pfarrer kamen endlich dazu, die Todesernte ordnungsgemäß zu buchen.

Cholera ... Wer sie überlebt hatte, lernte wieder lachen und sich seines Daseins freuen. Die einen dankten dem Himmel dafür, andere aber suchten gierig nachzuholen, was sie an Lust so lange entbehrt hatten.

Die Brüder Werndl aber mussten nun mehr denn je ihrer straffen Tagespflicht nachkommen. Wenn andere Feierabend machten, begann für sie erst recht eine andere Art des Tagseins, die sie bis tief in die Nacht hinein ins Kontor bannte, wenn sie sich nicht gerade mit ihrer Mutter besprachen.

Franz war auf dem Gebiet der Buchhaltung gleichwohl erfahren wie Sepp auf dem des Handwerks und doch standen sie unversehens vor Belangen, worin der Vater niemandem Einblick gewährt, sondern immer selbst alles berechnet und betrieben hatte, die Kreditbeschaffung etwa, alle Zahlungen und Schuldeneintreibungen sowie die Beurteilung der Bonität von Auftraggebern. Wo konnte man Kredit auf weite Sicht gewähren, wo hieß es die Rechnungsbeträge scharf eintreiben, wem durfte man nur gegen Vorauszahlung liefern? Vergrößert wurde die Wirrnis durch die Vorsprache vieler Geschäftsleute, die, durch den Wechsel in der Führung der Werndlwerke beirrt, unvermutet rasch das Ihre einforderten oder Kredite kündigen wollten. Auch galt es mit Beträgen zu rechnen, die besonders den bisher nur mit bescheidensten Summen arbeitenden Sepp fast verzagt machten. Josefa und ihre Söhne waren sich in allen geschäftlichen Belangen einig, aber wären ihnen für die Geldgebarung nicht Joachim Gschaider und bei Verhandlungen nicht die Meister Mitter und Heindl beratend zur Seite gestanden, dann hätte es unweigerlich einen Zusammenbruch der Werndlwerke gegeben. Ohne dass es die anderen vorerst bemerkten, hatte Sepp öfters einen Einfall, wie man entscheiden müsse, und diese Einfälle erwiesen sich meistens als richtig, obwohl sie ihren Ursprung in seinem Instinkt hatten und der Verstand sie erst später prüfen musste.

Er schritt – wie voreinst Herr Leopold – fast alltäglich durch die Werkstätten, erspähte mit untrüglichem Blick, wo just gemurkst wurde, griff selbstsicher zu, mit knapper Rede hier tadelnd, dort lobend, immer aber jedem die richtige Arbeit anweisend. Und es hieß: »Ist dem Alten kaum ein Fehlgriff entgangen, der Junge, scheint es, spürt's im Vorhinein.«

Es gab auch Widerwillige, die glaubten, sich bei dem jungen Herrn einen guten Tag machen oder sich einen Batzen auf die Privatseite schwindeln zu können; und da und dort stand einer, der sich von »so einem Grünen« einfach nichts sagen lassen wollte; manchmal wurde auch der Versuch gemacht, das »Riesenküken« aufs Glatteis zu führen. So bedeutete jeder Griff, jede Anordnung für den jungen Mann eine Prüfung, die es zu bestehen galt, wollte er sich als Gebieter durchsetzen. Er musste manchen Widerstand bewältigen, manche Hinterlist durchschauen, musste, selbst wo er unsicher war, der bestimmt Anweisende sein und konnte sich nur in Einzelfällen hinter eine Ausrede flüchten: »Das bedarf erst noch einer Besprechung mit Franz und unserer Mutter.« – Und wie sein Vater, so zeigte auch er stets glatte Mienen, die kein Gefühl verrieten, und er verstand es, auch augenblickliche Rückschläge unter anscheinendem Gleichmut zu verbergen.

Bald nach dem Ausscheiden des gewiegten älteren Werksherrn war in den Gesamtbetrieb eine Unruhe gekommen, an deren Bändigung Josef Werndl anfänglich fast verzweifeln wollte. Da vermochte eine Abteilung ihre Liefertermine nicht einzuhalten, sodass es Konventionalstrafen absetzte, ja mancher Auftrag rückgängig gemacht werden musste; dort verlangten einige Meister weitere Aufträge oder schlugen Entlassungen vor. Das Problem, gedeihliche Auslastung zu finden, wie es bei seinem Vater gewesen, beschäftigte den jungen Werksleiter am meisten.

Es suchten auch etliche Lieferanten, die für unsaubere Machinationen anscheinend günstige Situation zu nützen und mindere Ware zu liefern oder die unerfahrenen Werksvorstände durch angeblich nebensächliche, sich bald aber als gefährliche Fußangeln erweisende Vertragsklauseln zu überlisten. Bald sprach es sich herum: »Einmal kann man diesen Josef Werndl hineinlegen, nachher ist man aber dann für immer aus dem Geschäft mit ihm.« Schwer nur entschloss sich Sepp zu reisen, wie es ja auch sein Vater getan hatte, doch wie zuvor, so flogen auch jetzt die Aufträge nicht von selber herein, besonders solche nicht, wie man sie zur Auslastung des Werkes gebraucht hätte, um auf längere Sicht planen zu können.

Am meisten ausgelastet aber war Josef Werndl selber. Jeden Werktag erhob er sich um die vierte Morgenstunde vom Bett und kam meist erst um Mitternacht wieder in die Schlafkammer. Es erschreckte ihn, wie schnell alle Tage vergingen, die Sonntage auch, die für Besprechungen und heikle Berechnungen eingeteilt waren. »Man müsste«, seufzte er oft, »den Tag auf achtundvierzig Stunden verlängern können.«

Dagegen schienen sich dem ihm am engsten verbundenen Wesen, seinem jungen Weib, die Tage immer unerträglicher zu dehnen. »Er muss halt den Anfang überwinden«, hatte sich Linerl zuerst beschieden. Als aber mehr und mehr Monate vergingen, ohne dass sich etwas änderte, überfiel die Einsame öfters ein Weinen. Sie presste ihr Töchterlein an sich und klagte: »Gelt, gerade dass er noch weiß, wohin er zu Mittag und zur Nacht, zum Essen und Schlafen geht. Mehr bedeuten wir deinem Vater nicht mehr.« Schließlich brach sie während eines Abendessens jäh in Tränen aus.

»Linerl! Was hast denn auf einmal?« – Sepp sprang auf und strich über ihr Haar.

Doch unwillig stieß sie seine Hand zurück und zürnte: »Was wird mir denn sein? Nichts, gar nichts …«

»So sag doch, was ist«, beharrte er ungeduldig, »ich kann's nicht erraten; bin froh, wenn ich halbwegs errate, was für unsere Werke nötig ist.«

»Die Werke! Immer die Werke!«, brach sie aus. »In der Früh, zu Mittag, am Abend – immer. Du schluckst das Essen hinunter, ohne überhaupt zu merken, was du isst. Liest oder rechnest gar noch dabei. Bist du einmal daheim, dann sitzt du bis tief in die Nacht über Büchern und Schriften und betrügst den Herrgott sogar um den Sonntag!« Stoßendes Schluchzen erstickte ihre Stimme.

Eine Weile saß Sepp in hilfloser Betroffenheit. Dann begann er ihr darzulegen: »Hör, Linerl! Bis zu seinem Tode hat mein Vater all das getan, wovon wir keine Ahnung hatten, uns nur oft wunderten, wenn er noch wortkarger war als sonst. Jetzt weiß ich, warum er immer verstummt ist. Habe ihm jeden ungerechten Gedanken hundert Mal schon abgebeten. Die Sorgen ums Werk hatten ihn so gemacht …«

Linerl verhielt sich die Ohren. »Das Werk! Wenn ich das Wort nur hör, wird mir schon übel. Ich seh's noch kommen, dass es unsere Ehe zerstört, deine Gesundheit frisst, ja dich verschlingt – dieses elende Werk!« Mit bebenden Händen hob sie das Kind aus der Wiege und floh in die Schlafkammer.

Wie angewurzelt stand der Alleingelassene und trat dann statt zur Kammertüre ans Fenster, seine heiße Stirne gegen das kühle Glas lehnend. »Soll ich daheim hocken«, murmelte er aufgewühlt, »und das Werk zugrunde gehen lassen? Wärst du lieber das Weib eines Scharmutzierers und Bankrotteurs, Linerl?« Er trat einen Schritt zum Zimmer hin, da fielen seine Blicke auf eine Mappe mit Schriften, die er neben seinen Teller auf den Tisch gelegt hatte: »Das also war der Grund.« Er fasste nach der Mappe, hörte verhaltenes Schluchzen, ging nochmals der Kammer zu, hielt wieder ein – und hatte urplötzlich, fast unheimlich ähnlich, das schroffe Wesen seines Vaters. Er kehrte sich um, setzte sich an den Tisch und entfaltete die Schriften. Erst überflog er nur flüchtig die Zeilen, dann begann er sich in die drängenden Probleme zu vertiefen. Alles um ihn versank. Die Arbeit entließ ihn nicht, ehe die letzte Unklarheit gelöst, der Schlussstrich unter die letzte Berechnung gezogen war.

Und von magischen Kräften getrieben, erhob er sich, schritt dem Fenster zu, kniete nieder und schloss die dort unter einem Brettergestell verborgene Truhe auf. Er entnahm ihr ein gewichtiges Paket und löste dessen Verschnürung und Hülle. Mit Zeichnungen, Buchstaben und Ziffern bedeckte Papiere überfluteten den Tisch – seine in Amerika gewonnene Wissensbeute, die nicht länger ungenützt bleiben sollte.

Ein Blatt nach dem anderen besah er, vertiefte sich in eine Zeichnung, suchte manche ihm nicht mehr geläufige Formel zu enträtseln. Hitze des Entdeckers ließ seine Wangen erglühen, Entzücken des Wiederfindens durchbrauste ihn. Ja, da waren sie, seine Maschinen! Mit ihrer Hilfe wollte, müsste er alle ihn nun umschnürenden Sorgen besiegen. »Bist Herr jetzt in den Werken!«, lockte es ihn. »Kannst bestimmen, musst nur wollen …« Aber da war noch eine andere, dunklere Stimme: »Du hast deinem Vater Gehorsam geschworen und er hat die Maschinen aus seinen Werken verbannt, hat sie verflucht. Willst du den Toten betrügen?«

Locken und Wehren erstarben, nur der Traum erstand ihm lebendig neu, dem er seit Kindheitstagen nachhing, hielt ihn gefangen, sodass er nicht gewahrte, wie das Feuer im Herd erlosch.

Ein Frösteln rüttelte ihn. Es war vier Uhr morgens. »Was hast du getan? Hast dir heilig versprochen, das Paket nicht ohne des Vaters Wissen und seinem Willen zu öffnen?« – »Der Vater ist tot«, lockte es, »nun bist du der Herr …«

Er legte die Papiere wieder zusammen, verschnürte das Paket, gab es in die Truhe zurück, versperrte sie und zog den Schlüssel ab. Er lauschte an der Tür zur Schlafkammer; nichts rührte sich drinnen. Da entfachte er Feuer im Herd, stellte Wasser auf, wusch, kämmte und rasierte sich. Dann wollte er die Morgensuppe bereiten. Er öffnete den Speiseschrank, wusste aber nicht, was er mit all den Säckchen und Döschen beginnen, was er ihnen entnehmen und daraus bereiten sollte.

So betrat er die Schlafkammer, neigte sich zu der schlummernden Frau und weckte sie mit einem Kuss.

Schlaftrunken schmiegte sie sich an ihn. »Bist du schon wach? Gelt, es ist ein Kreuz mit so einer verschlafenen Frau.« Später hörte er sich belobt: »Feuer hast du auch schon gemacht? Das darfst du ja nimmer tun. Hast so genug den ganzen Tag zu schaffen.«

Am Vormittag, als sie wieder ins eheliche Schlafgemach kam, wunderte sie sich: ›Sogar sein Bett hat er gerichtet. Und so glatt? Ist wohl gar nicht dringelegen.‹ Sich des vergangenen Abends erinnernd, tat es ihr leid: ›Ich hab ihn um die Nachtruhe gebracht. Und er tut doch nichts anderes als seine Pflicht.‹ Als kleine Buße bereitete sie ihm zum Mittag seine Lieblingsspeise.

Sepp zog denn auch, als er kam, genießerisch die Luft ein und konstatierte: »Das riecht nach Schweinebraten – heut am Kartoffel-Mittwoch!«

Lächelnd schmiegte sich Linerl an seine breite Brust und erklärte: »Ich wollt dir nur den verdrießlichen Abend vergessen machen.«

Da lachte auch er: »Dann ist das also heute doch ein Festtag!«

Und wieder war Sonne im Heim, mochte auch draußen der Regen an die Fenster klatschen.

Josefa gewahrte – es war gegen den Herbst zu – eine Verschattung im Wesen ihres herkulischen Sohnes; forschte sie nach dem Grund, so wollte er keine Besorgnis zugeben. Als sie ihn aber gelegentlich dumpf vor sich hin brütend ertappte, sodass er sie kaum ins Kontor treten hörte, und er wieder die Existenz ernster Hintergründe leugnete, redete sie so energisch auf ihn ein, als sei er noch ein kleiner Junge. »Wenn du auch nicht lügst, so verdeckst du was vor mir. Du weißt, wer mein ganzes Vertrauen hat, zu wem ich von Dingen rede, die ich vor anderen verborgen halte. Deshalb meine ich, Sepp, kann ich auch von dir Offenheit verlangen.«

Ärgerlich über sich selber murrte er: »Da bild ich mir weiß Gott was auf mein Können ein und beherrsche mich nicht so weit, dass Ihr nicht entdeckt, was so ganz im hintersten Winkel meines Inneren wieder wach geworden ist – sosehr ich mich auch dagegen wehre.«

»Die Maschinen?«

Gesenkten Kopfes bekannte er: »Ja«, und fügte schnell beschwichtigend hinzu: »Ich wollte Euch nichts davon sagen, aber es ist nun schon monatelang her, da hab ich das Paket Zeichnungen, die ich von Amerika mitgebracht habe, geöffnet, ohne es recht zu wollen; und seither – ich kann mir nicht helfen – spuken sie mir wieder im Kopf.« Als müsse er Vorwürfe zurückweisen, begann er sich zu verteidigen: »Dass ich von ihnen träume, dafür kann ich nichts, aber auch im Wachen haben sie mich wieder, die Maschinen. Frau Mutter, ich will Euch nichts aufdrängen – nur, wenn wir Maschinen einstellen würden, ich habe es errechnet, wären wir der Konkurrenz bald um vieles voraus.« Er erhob sich und sein Ton wurde fester: »Ja, Frau Mutter, wenn wir das Erbe nicht nur halten, sondern auch mehren wollen, wie der Vater es getan hat, dann können uns dazu nur die Maschinen verhelfen.« Er schwieg einen Moment und bat dann: »Verzeiht.« – Hernach trug er der Mutter noch einiges vor, was ihrer Entscheidung bedurfte. Von den Maschinen wurde zwischen ihnen weder an diesem Tag noch in der folgenden Zeit auch nur mit einer Silbe gesprochen. Doch hatte die Meinung des Sohnes im Denken Josefas Wurzeln geschlagen. Sie sann viel darüber nach und suchte Klarheit zu finden.

Ein Jahr nach dem Tode Leopolds übersiedelte Frau Josefa, wie schon lange vorgesehen, in ein weiträumiges Haus am Michaelerplatz. Sepp hatte sie zu diesem Kauf angeregt, dem sie zunächst widerstrebte. Später aber hatte sie dann doch die Zweckmäßigkeit seines Rates eingesehen, als er ihr auseinandersetzte: »Nichts gegen den Sparsinn des Herrn Vaters. Es sollten sich aber nicht nur die Frau Mutter angenehmere Lebensumstände gönnen, auch für die Werke ist es von Vorteil, wenn man den Wohlstand nach außenhin zeigt.«

In dieses Haus ließ sie nun ihre beiden Söhne Josef und Franz zu einer Besprechung laden. Es schien ihnen, als strahle von der Mutter ein besonderes Fluidum aus. Oder machte das nur der ungewohnte bürgerlich-herrschaftliche Rahmen? – Die Unterredung verlief in üblicher Weise.

Doch als sich die Söhne verabschieden wollten, bedeutete ihnen Josefa, noch zu bleiben. »Vor einem Jahr«, sprach sie beinahe feierlich, »habe ich euch meinen Willen kundgetan, die Leitung unseres Werkes zu übernehmen und euch an eure Posten zu stellen. Ihr habt sie gut ausgefüllt, beide.«

»Es war nur unsere selbstverständliche Pflicht«, bemerkte Franz.

Sie sah den jüngeren Sohn an. »Wir werden es auch in Zukunft so halten«, erklärte sie. Eine Unsicherheit kam in ihren Blick, sie senkte ihn und als sie die Lider hob, sah sie geradeaus in Sepps Gesicht. Sein Herz begann schneller zu pochen, eine seltsame Erregung befiel ihn. Da klang die verschleierte Stimme der Mutter: »Du hast dich das Jahr über in einer gewissen Beziehung hart bezwungen, Sepp. Ja, in dem, was dich sozusagen seit der Schulzeit schon plagt.« Groß sahen beide Söhne auf die Mutter, die erst nach einer kleinen Stille weitersprach: »Euer seliger Vater hat getan, was seine Zeit verlangte. Das Wachsen unter ihm, im Betrieb, von vier Dutzend Männern im Werk zu fünfhundert hat ihm recht gegeben. Du, Sepp, träumst von einer Zeit der Maschinen. Wir wollen uns ihr – vorläufig wenigstens – nicht ganz verschreiben, sie aber auch nicht außer acht lassen. Ich ermächtige euch, einen ersten Plan auszuarbeiten. Erkennen wir ihn, nach genauer Prüfung, als gut, so magst du ihn ausführen.«

»Frau Mutter!«, rief Sepp in die Stille, die Josefas Ausführungen gefolgt war.

Dann wurde nur mehr wenig gesprochen, zu verwundert war Franz, zu bewegt Josefa, zu aufgewühlt Sepp.

9. Kapitel

AM WEGE

»Linerl!«, rief Sepp, sie mit dem plötzlichen Aufreißen der Tür erschreckend, »ich bin nur im Vorbeilaufen ...«

»Im Vorbeilaufen?«, wiederholte sie.

Er sah über ihre Enttäuschung hinweg und seine Stimme dröhnte, als sollte es ganz Steyr hören: »Denk dir – ich darf Maschinen kaufen! Maschinen!!«

»Werden die dir so viel nützen?«

»Viel? Alles!«, triumphierte er. »Linerl! Die Mutter vertraut mir! Steyr geht nicht zugrunde! Eine Probe vorerst nur, aber die will ich bestehen! Ich und die Maschinen!« Er riss sie an sich und überdeckte ihr Gesicht mit Küssen. »Und jetzt«, er reckte sich, »müssen wir zwei sehr vernünftig sein. Es heißt den Anfang schaffen einer neuen Zeit, heißt verlorene Jahre nachholen. Ich hole sie nach!«, rief er lachend und ehe sich Linerl des Geschehens bewusst geworden, fühlte sie sich aufgehoben, umhergewirbelt, hingestellt, und als sie, sich besinnend, durchs Fenster sah, stürmte ihr Herkules schon zum Hoftor hinaus.

»Maschinen ...«, stammelte sie. »Jetzt hat er's erreicht, das verbotene Land. Ob sie uns Glück bringen?« Bang neigte sie sich dem Kinde zu, das vor sich hin plapperte: »Masinen! Masinen ...«

Die Hochzeit Franz Werndls ging fast unter in all der brodelnden Geschäftigkeit und hätte Linerl den Gatten nicht daran erinnert, so hätte der Brautführer gefehlt. Verwundert beobachtete sie, wie er sich anscheinend ganz der Festfreude hingab, sich behaglich wie kaum jemals in dem festlich geschmückten neuen Heim seiner Mutter fühlte und Mittelpunkt des Frohsinns war.

Bald wurde indes die Feier schaler, denn unversehens war der lange Sepp entschlüpft und als Linerl heimkam, hockte er längst über seinen Berechnungen. »Hast das gute Gewand noch an«, mäkelte sie, »und sind gar Flecke drauf.«

»Wenn's glückt, was ich errechnet habe, so können wir genug solcher Anzüge kaufen. Lass mich aber jetzt in Ruhe …« Und er versank wieder in Ziffern und Formeln und beachtete nicht, wie sie zu Bett ging und dass sie in der Nacht wieder aufstand, um das Feuer neu anzufachen. Doch als sie ihm eine Kanne voll duftenden Bohnenkaffees brachte und einige Schnitten schwarzen Brotes, dick mit Butter bestrichen, wie er es liebte, rühmte er, sie umfangend: »Linerl, du bist die beste Frau auf der ganzen Welt!«

»Wird dir das Gehetze nicht zu viel?«

»Mir – zu viel?«, sagte er und lachte. »Nein! Und wenn's noch zehnfach so dick käme. Es geht ja aufwärts, Linerl! Ganz hoch hinauf!«

Da erwiderte sie leise: »Bescheidener hätte man mehr vom Leben.«

Im Nu war seine Miene ernst. »Bescheiden? So mit zugeteilter Arbeit und pünktlichem Lohn? Das ist was für andere und nicht für deinen Sepp. Der streicht nicht ungern die Worte ›bescheiden‹ und ›behaglich‹ aus seinem Sprachschatz, wenn's Außerordentliches zu erreichen gilt.« Er zog sie an sich und strich leise kosend über ihren Arm. »Sollte ich das Vertrauen meiner Mutter enttäuschen? Sollte der Vater von oben herabsehen und feststellen müssen: Er ist doch ein unnutzer Windhund, der Sepp? – Sollte ich vor meinen Leuten als Bankrotteur dastehen und anderweitig um Verdienst bitten müssen? – Die Maschinen brauchst du nicht zu fürchten. Wirst sehen, wie sich die nützlich erweisen, unseren Leuten die Arbeit erleichtern, uns Mehrverdienst ins Haus bringen.« Er neigte sich zu ihrem Ohr und raunte: »Willst du stolz sein dürfen auf deinen Mann oder es wispern hören: Ja, Herr Leopold, der hat das Seine gemehrt, die Nachkommen haben es nur herabgewirtschaftet?«

»Kann stolzer gar nicht mehr sein, als ich's immer schon bin.« Sie schmiegte sich inniger an ihn. »Nur wärmer möcht ich's, Sepp, heimeliger …«

»Das wird, sobald wir oben sind«, stellte er in Aussicht.

»Ob's dich dann aber noch auslässt – das Werk?«

»Auslassen wird's mich nicht«, entgegnete er. »Ist aber erst alles richtig im Lot, so bestimme ich, welche Zeit der Familie und welche dem Werk gehört. Und dann wird die für dich ganz dick herabgeschnitten.«

Nicht lange darnach kam ein Tag, den Josef Werndl goldverziert ins Familienbuch schreiben ließ, der Tag, da ihm Linerl einen Sohn gebar. Josef wurde er getauft und der glückselige Vater gedachte ferner Zukunftsjahre, baute im Geiste ein Werk, groß wie kein zweites auf dem ganzen Globus, und die Besitzer hießen alle Josef Werndl, eine nie endende bürgerstolze Dynastie.

Endlich lag das erste Schreiben einer amerikanischen Werkzeugmaschinenfabrik vor Sepp. Unvermittelt kam ihm der Gedanke, dass es auf demselben Tisch lag, von dem aus der maschinenfeindliche Vater seine handwerklichen Belange geführt hatte. Er schüttelte die bedrückende Erinnerung ab, riss den Brief auf – sein Blick fiel auf eine fünfstellige Dollarsumme. Ihm, der gezwungen gewesen, so viele Jahre mit kleinsten Beträgen hauszuhalten, rann es kühl über den Rücken. »Teufel«, murmelte er, »die trauen sich was zu verlangen.«

Den Kopf in beide Hände gestützt, studierte er das Angebot. Es entsprach genau seiner Anfrage. Er übertrug die Summe in die ihm geläufige österreichische Währung. »Über dreißigtausend Gulden!«, stöhnte er. »Ob die Mutter da mittut? Es wäre aber das Wenigste, um anfangen zu können.«

Diesmal vermochte er sich nicht zu beherrschen und bald raunte es durch die Werkstätten: »Der schaut heute drein! Was ist da passiert?«

»Ja«, bestätigte ein anderer, »ich hatte gerade ein verpatztes Stück in der Hand. Hergeschaut hat er – und doch nichts gesehen.«

»Hoffentlich nichts Böses für das Werk«, meinte ein dritter.

Zu ungewohnter Zeit heimkommend, sagte er statt eines Grußes: »Erschrick nicht, Linerl. Es ist nichts passiert, nur …«

»Nichts passiert? Dein Gesicht verrät es mir anders! Ich bitt dich, sag mir …«

Er hatte kaum hingehört. Wie abwesend zog er ein mit Ziffern randvoll bedecktes Papier aus der Tasche, beugte sich darüber und begann zu rechnen. Das zärtlich geliebte Töchterchen wollte auf sein Knie und verlangte: »Vati, bitte, hoppa Reiter …«

Es stieg ihm beizend in die Nase. »Brennt da nicht was an?«, forschte er.

Es qualmte aus der Bratröhre. Linerl kniete davor und versuchte vergeblich, das Röhrentürchen zu öffnen. Gleich stand er neben ihr. Linerl wandte ihm das tränennasse Antlitz zu und stammelte: »Es ist – sicher – ganz Schreckliches geschehen?«

Das Rohrtürchen stand plötzlich offen, sie hob den zur Hälfte schwarz überkrusteten Braten heraus, übergoss ihn mit Wasser.

Er half ihr aufstehen, führte sie zum Sofa, setzte sich neben sie und erklärte: »Ich war nur so erschrocken über die Schauderpreise, die die Amerikaner für ihre Maschinen verlangen.«

»Und sonst ist nichts geschehen?«, fragte sie verständnislos.

Nachdrücklich bestätigte er: »Gar nichts. Ich schwör es dir.«

»Und deswegen erschreckst du mich so?« Befreit atmete sie auf. »Dann kaufst du eben die Maschinen nicht.«

Sepp klatschte in die Hände. »Du hast es getroffen!«, rief er. »Man kauft sie eben nicht!« Er sprang auf und lief mit dröhnenden Schritten hin und her. »So was kann auch nur einem Weiberhirn einfallen! Nicht kaufen! Die Rettungsmöglichkeit verpassen! Zuschauen, wie alles zugrunde geht.«

Er hörte nicht das Weinen des erwachenden Söhnchens, nicht des verängstigten Töchterleins Frage: »Was hat denn der Vater? Ist er bös?«

Linerl trug die Kinder in die Schlafkammer, wobei sie murrte: »Geht es nicht nach seinem Willen – vergisst er alles andere. Zuerst aber uns.«

Augenblicklich hatte er tatsächlich alles um sich her vergessen, suchte nur zu ergründen, ob er bloß einem Phantom nachgejagt war oder ... Plötzlich blieb er stehen und schlug sich vor die Stirne. »Ich Riesenochse! Lass mich wie ein kleiner Bub von einer Ziffer erschrecken, statt nachzurechnen, ob sie nicht am Ende richtig ist.« Er riss die Tür zur Schlafstube auf und rief hinein: »Sorg dich nicht, wenn ich diese Nacht nicht heimkomme. Ich muss die Rentabilität berechnen ...«

Er verbrachte zwei Tage und zwei Nächte in seinem Arbeitsraum, forderte nur, dass ihm Essen und Trunk hingestellt werde, verbat sich aber jede Anrede.

Am dritten Morgen ging er zu seiner Mutter, die sogleich, als sie sein Gesicht sah, forschte: »Hast du Sorgen?«

»Ja, Frau Mutter, große. Ich wollte, nach Eurem Wunsch, das Maschinenprojekt zuerst mit Franz durchsprechen. Ich bitte aber, dies zuerst mit Euch tun zu dürfen.«

»Sprich aber so, dass ich's verstehen kann.«

Er führte aus, wie er auf Grund der technischen Notwendigkeiten berechnet hatte, welche erste Teilausstattung an Maschinen man benötigen würde, dass das daraufhin verlangte Angebot eingelaufen sei und dreißigtausend Gulden für den Ankauf der Maschinen gefordert würden.

»Dreißigtausend Gulden«, wiederholte Josefa unbewegt.

»So erschreckt Ihr nicht vor der Summe?«

»Es geht hier nicht um die Höhe des Investitionsbetrages, sondern darum, wie er angelegt sein würde. Wie verzinst, wie amortisiert er sich?«

Er breitete die Papiere auf den Tisch, auf denen er die Quintessenz seiner tage- und nächtelangen Berechnungen zusammengefasst hatte. Eindringlich legte er ihr die Ersparnis an Arbeitskräften dar und somit an Lohn, überdies bat er sie, die vermehrte Leistungsfähigkeit zu bedenken. Er gab ein übersichtliches und günstiges Bild der Amortisation, ja selbst eine Überschlagsberechnung von der Auswirkung, wenn künftig einmal die ganzen Werke maschinell ausgestattet sein würden. Die günstige Erstellung der Ziffern war der beste Anwalt seines Anliegens. Schließlich erklärte er: »Wie ich mich kürzlich informierte, sind die Zustände in den ärarischen Werkstätten zu Wien noch immer nicht nach genauer Kalkulation ausgerichtet. Wir würden in der Lage sein, selbst bis Wien billiger zu liefern, als man dort herzustellen imstande ist.«

»Bei den Transportkosten?«, bezweifelte sie.

»Ja, einschließlich der Transportkosten, da wir ja nur bis Sankt Peter die teuren Pferdefuhrwerke haben, ab dort die wesentlich billigere Fracht mit der Bahn.«

Josefa ließ nun auch ihren Sohn Franz rufen. Doch als dieser von den dreißigtausend Gulden hörte, meinte er: »Da braucht man nicht mehr weiterzureden ...«

Erstaunt horchte er auf, denn die Mutter hielt ihm entgegen: »Eben deswegen heißt es, alles noch einmal aufs Genaueste zu berechnen. Tut dies zusammen, dann kommt wieder.«

Fast hätten sich die Brüder über dem »Narrenplan« entzweit. Franz war kein angenehmer Kontrollor. Mehrmals gerieten sie mit harten Worten und roten Köpfen gegeneinander, wenn er den einen oder anderen Posten der Rechnungen nicht verstehen oder anerkennen wollte. Allerdings hatte diese zwistige Berechnung den Vorteil, dass manche Ziffer sich noch änderte und – zur Verblüffung Franzens – meist zugunsten der vom Älteren vertretenen Theorie. Schließlich gab er zu: »Ich sehe, Sepp, du hast richtig kalkuliert. Weil ich dir anfänglich so entgegen war, kann ich aber jetzt auch ehrlich dafür sein.«

Auch Josefa hatte noch manchen Einwand, so als letzten: »Wenn nur eure Kalkulationen stimmen! Was aber, wenn eine Stagnation eintreten sollte? Wohin dann mit den überflüssigen Werksleuten? Was mit den Maschinen?«

Sepp schien dergleichen erwartet zu haben, denn rasch und klar antwortete er: »Zeiten guter oder schlechter Konjunktur gab es oft und wird es immer wieder geben. Etwaige Flauten lassen sich durch Unterhandlungen und durch Umstellung auf andere Erzeugungsarten ausgleichen. Ja, es kann kommen, dass man einen kleineren oder größeren Teil der Maschinen vorübergehend stilllegen muss. Nur, Frau Mutter, stellen wir keine Maschinen ein, so würde es uns bald so treffen, dass wir im ersten Anprall maschinenbilliger amerikanischer Lieferungen großen Schaden erleiden und dann nur noch dahinvegetieren – wenn wir nicht völlig zusammenbrechen und die Werke liquidieren müssten. Die Amerikaner sind uns in punkto Maschinen um Jahre voraus und werden selbstverständlich – so weit kenne ich sie – diesen Vorsprung schrankenlos ausnützen. Es gibt nur eine Möglichkeit: sich mit Maschinen einzudecken. Zudem habe ich, wie ihr ja wisst, schon so manche Verbesserung an diesen Maschinen ersonnen und getraue mich, wird mir dazu Zeit gegeben, die Amerikaner auf diesem, ihrem ureigensten Gebiet zu schlagen …«

Eine bedrückende Stille folgte. Josefa blickte, als wollte sie sich zu letzter Besinnung sammeln, vor sich hin und sprach dann langsam und betont: »Was du zuletzt gesagt hast, kann man jetzt noch nicht mit einkalkulieren. Das vorher Dargelegte halte ich für richtig. – In Gottes Namen, kauft die Maschinen.«

»Frau Mutter!« Raustimmig rief es Sepp. »Diese Entscheidung darf Ihnen Steyr, ja vielleicht ganz Österreich nicht vergessen. Wird anderswo mit den Maschinen vorerst nur noch herumgeprobt, gehen wir bereits nach einem wohlabgestimmten Plan vor. Dazu noch meine Amerikaerfahrungen! Die holt man anderwärts so schnell nicht ein …«

Eines Tages torkelte und schleuderte ein Gefährt in so rasendem Tempo über die Straße von Steyr nach Sankt Peter, dass selbst in Ehren ergraute Zuggäule scheuten und mancher friedliche Wanderer entsetzt über den Straßengraben sprang.

»Mein Gott! Ist er zum Narren geworden, der Herr Werndl?«, entsetzte sich ein altes Weiblein und ein anderer Passant meinte: »Das gibt ein Malheur. So fährt kein vernünftiger Mensch!«

Breitbeinig verspreizt saß Sepp am Bock. Der Kutscher Mandl klammerte sich an die Sitzpolster des Fonds, wohin ihn sein Herr verwiesen hatte. »Überleb ich diese Fahrt», gelobte Mandl, »so stifte ich der Gottesmutter eine Kerze.« Jetzt schleuderte es ihn köpflings gegen die Rückwand des Bockes, denn jäh hatte Herr Josef die Pferde vor dem Eingang des Bahnhofes von Sankt Peter gezügelt und rief ungeduldig: »Los! Los! Da, nimm die Zügel. Schirr die Pferde aus und führ sie herum!«

Misstrauisch schielten Kutscher und Pferde nach einem auf Eisenschienen daherpfauchenden Ungeheuer, Lokomotive genannt. Sepp eilte dem Frachtenmagazin und einer Reihe von Lastwaggons zu, deren Ladeflächen, mit dicken Plachen überdeckt, ihre Geheimnisse noch bargen. Vom ersten Wagen schob man eben mit vielen »Horuck!« ein anscheinend schweres, unförmiges Etwas in Richtung Verladerampe. Gefährlich schräg stand es auf Rollbäumen, als wollte es umkippen.

»Halt!«, schrie Herr Josef. »Hier unterlegen!«, wies er an. »Und da anfauchen! So – jetzt ...« Er selber, der riesenhafte Mann, ergriff den Hebebaum, brachte die Last mit jähem Ruck in eine bessere Lage. »So! Und jetzt vorne unterlegen! Weiterrollen ...«

»Meine Hochachtung, Herr Werndl!«, grüßte der herbeigeeilte Vorstand.

»Herr Vorstand, das Zeug ist gestern schon hier eingetroffen. Warum verständigt man mich erst heute davon?«

»Ich hab die Frachtscheine dem nächsten Stellwagenpostillion mitgegeben, der nach Steyr fuhr«, rechtfertigte sich der andere.

»In solchem Fall schicke man eine Extrapost! Diese Sendung ist mehr wert als alles, was Sie bisher ausgeladen haben ... So, und jetzt mehr Schwung in den Betrieb. Bis morgen abend ist das ganze Gut unterwegs nach Steyr.«

»Bis morgen abend?«, zweifelte der Vorstand. »So schnell ist wohl das schwere Zeug nicht ausgeladen. Woher mehr Leute und die Frachtfuhrzeuge nehmen?«

»Die sind schon von Steyr unterwegs. Und Leute? Na – von den Häusern da herum.«

»Das gibt Extrakosten ...«

»Die rechnen Sie mir auf, selbstverständlich. Also los, los, Herr Vorstand!« Er wandte sich wieder den Abladenden zu: »Jetzt links mehr anheben! Vorsicht dort hinten! – Horuck!«

Ungeahnter Schwung kam in die Entladerei und noch vor dem Feierabend knarrten etliche schwer beladene Frachtwagen steyrwärts.

»So«, reckte sich Josef Werndl zufrieden. »Das genügt für heute. Morgen ist mein Bruder Franz hier und ihr wohl auch alle wieder. Und jetzt schauen wir, was der Kantineur für uns hat.«

»Der? Einen Brotwecken vom letzten Sonntag«, rief einer.

»Na, wollen sehen.«

Es gab für alle, von Herrn Werndl bestellt, Schweinsbraten mit Kraut und Knödeln und ein Fass Freibier.

Und zum ersten Mal in seinem Leben hörte er den Chor: »Hoch Josef Werndl!«

»Schon recht«, winkte er ab, doch ein nie geahntes Glücksgefühl hatte ihn siedendheiß durchrannt. »Jetzt greift nur alle auch hier so tüchtig zu wie an der Laderampe!«

»Könnt Euch drauf verlassen«, schrie es rundum.

»Herr Werndl«, fragte einer, als er Gabel und Löffel weggelegt hatte, »kommen die Kisten wirklich aus Amerika?«

Der Gefragte bejahte.

»Was ist denn da drinnen so schwer?«, wollte ein anderer wissen.

Tiefernst kam die Antwort: »Eingesalzene Indianer. Ich stell sie nächstens aus – im Rathaus.«

In dem allgemeinen Gelächter sagte einer bedeutungsvoll: »Ich hab mir da etwas abgeschrieben: Keller und Ling, Neuwark.«

»Da gibt's also nichts mehr zu verheimlichen. Ja. Es sind von mir bestellte Maschinen aus der Fabrik Keller und Ling aus Neuwark in Amerika.«

»Maschinen?!«

»Das rauchende Ding, das da die Waggons über die Geleise zieht, ist auch eine Maschine, nur dass sie auf Rädern rollt. Das da drinnen sind Maschinen, die erst einen Antrieb brauchen, bevor man mit ihnen arbeiten kann.« Ziemlich verständnislos sahen ihn die Männer an. Dennoch war ihm nicht lächerlich zumute, vielmehr durchrann ihn eine feierliche Freude, ihn, der diese Gebilde aus ferner Welt in die Heimat hatte bringen lassen, um, wie er im Grunde seines Herzens glaubte, dieser Heimat zu nützen. Er erhob sich und sagte freundlich: »Zerbrecht euch nicht die Köpfe, damit der Wirt keine Schererei hat. Bald wird jedes Kind wissen, was eine Maschine ist. Tut nur auch morgen so wacker wie heute«, und damit gab er, um den Tisch gehend, jedem der Männer ein Silberguldenstück in die Hand. »Damit ihr euch diesen Tag besser merkt! Gute Nacht!«

Wieder schwang er sich auf den Bock und wies den Kutscher in den Wagenfond. Sooft sie aber einem der schwerfällig knarrenden Lastwagen vorfuhren, hielt Herr Josef seine Kalesche an, stieg herab, prüfte, ob alles in Ordnung sei, und mahnte die Fuhrmänner: »Lasst euch ja genug Zeit, damit ihr mir die teuren Maschinen unbeschädigt in die Kettenhuberschleife bringt.«

»Maschinen?«, wunderte sich der und jener. »Was das wieder sein soll?«

Als am nächsten Morgen die in der Kettenhuberschleife beschäftigten Leute ihrer Arbeitsstätte nahe kamen, wunderten sie sich: »Da hat wer gestern abend vergessen, das Wasserrad abzustellen. Wenn das der Herr Josef sähe …«

Der stand indessen schon hinter einem der seltsamen neuen Dinger, dessen Räderwerk eifrig in Betrieb war. Ein Werkstahl wurde über eine Stahlplatte geführt, der bei jedem Vorwärtshub einen feinen Span abhob. Während der Stahl sich rückwärts bewegte, wurde das zu formende Stück um den Bruchteil eines Millimeters seitwärts geschoben, der arbeitende Stahl zischte scheinbar mühelos wieder darüber hin und hob den nächsten Span ab.

»Eine Hobelbank«, erläuterte Herr Josef. Mit großen Augen und offenen Mündern standen die Werksleute, »Das dort«, deutete er, »sind Drehbänke, Fräsen, Shaping, Stanzen …«

»Herr Werndl«, stieß ein alter Werksmann aufgeregt hervor, »diese Maschinen können unsereinen ja überflüssig machen …«

Der Angeredete stellte die Maschine ab, sah den wie hilfesuchend um sich Blickenden an und erklärte: »Es handelt sich eben darum, just nur so viele Maschinen einzustellen, wie man braucht. Nötig seid auch ihr immer – zum Bedienen der Maschinen; ihr braucht euch nimmer so zu schinden.«

Der Graukopf lüftete seine Kappe, wischte sich mit bunt kariertem Schneuztuch über seinen Schädel und zweifelte: »Nur damit wir uns leichter tun, gebt Ihr so viel Geld aus?«

»Hast recht. Natürlich sind da auch andere Gründe. Man arbeitet genauer, billiger, schneller.«

Da rief ein Junger: »Wohin aber dann mit dem, was mehr erzeugt wird? Oder sollten wir doch den Verdienst verlieren?«

»Musst andersherum spekulieren. Wird die Ware billiger, so wird sie mehr gekauft und es muss also noch mehr produziert werden.«

»Wenn sich aber die Leute alle eingedeckt haben?«

»Dann«, betonte Herr Josef, »muss man eben wieder was Neues ausdenken, was die Leute kaufen. Und dann wieder was Neues. Je mehr die Leute kaufen, desto schneller läuft das Geld um, desto mehr verdienen alle, also auch ihr. Die Maschinen sind nun einmal erfunden. In Amerika arbeiten sie schon mehrere Jahre damit. Entweder tun wir das auch – oder wir können betteln gehen, weil alles die billigere amerikanische Ware kauft. Nein, Leute, wir zu Steyr wollen uns da in Europa voranhalten, uns allen dadurch die Existenz sichern – und wenn bis am Samstagabend die ganze Bescherung hier funktioniert, gibt's Freibier.«

Sie griffen zu und am Samstagabend saß er inmitten seiner Werksleute in der »Blauen Kugel«. Diesmal ließen sie ihren »jungen Werksherrn« hochleben, der aber energisch abwinkte: »Werksherr ist meine Frau Mutter. Nur ihrer Einsicht verdanken wir diese Stunde …«

Da scholl es im Chor: »Hoch lebe Josefa Werndl! Hoch! Hoch!«

Wieder gab es in Steyr kein Haus, keine Wohnung, keine Gaststätte, wo nicht der Name Werndl ausgesprochen wurde; ja selbst in der Kirche flüsterte man dem Nachbarn das Allerneueste vom langen Josef zu.

»Mit dir macht man was mit, Sepp!«, seufzte Freund Gustl. »Kaum stehn zwei Kunden im Laden, so geht schon die Rede vor dir. Man fragt mich schon mehr, was bei dir alles ›maschinerisch‹ wird, als nach meiner Ware.«

»Hoffentlich schickst du mir keine Schadenersatzrechnung«, lachte der lange Sepp.

Wochen hindurch und wo ihn jemand nur erreichen konnte, bestürmte man ihn mit Fragen und Forschen nach seinen Maschinen und allem Drum und Dran, nicht selten freilich so dumm, dass er die Hände rang und eines Abends am Bürgerstammtisch vorschlug: »Wer das Wort ›Maschine‹ ausspricht, zahlt die Zeche. Tun's mehrere, dann alle miteinander.«

Bei der Abrechnung hatten sie alle zu zahlen außer Josef Werndl, der »aus Vorsichtsgründen« am meisten gezehrt und getrunken hatte. »Wie sich's gehört für einen armen, ausgeschundenen Werkmeister«, sagte er lachend.

Am folgenden Sonntag bekreuzten sich etliche vor der Kettenhuberschleife Vorübergehende und tadelten: »Er entweiht den Sonntag!«

»Und stiehlt mit seiner Maschinerei den Leuten ihren Verdienst.«

»Es hat aber«, hielt eine Frauensperson dagegen, »unser Herr Pfarrer selber gesagt« – ganz Schriftdeutsch sprach sie nun –, »auf den Werndlwerken ruht sichtlich Gottes Segen.«

Doch Werkmeister Sepp führte nur der Mutter und den Geschwistern die amerikanischen Wunder vor. Jeweils ließ er diese oder jene Maschine anlaufen. Ihm zur Rechten stand Josefa, es drängten sich seine Schwestern Finerl und das zarte Roserl hinzu; daneben reckte der jüngste Bruder Eduard seine Nase hoch, Franz war da und Leopold, der nun bald seine Studien abschließen würde.

Inmitten aller ihn umschwirrenden Fragen und von ihm gegebenen Erklärungen hielt er ein und forschte: »Seid Ihr müde, Frau Mutter?«

»Ja, Sepp. Schaut es euch ein ander Mal genauer an. Jetzt kommt mit mir zur Jause.«

Langsam schlenderten sie Josefas schönem Witwensitz zu. Sepp ging Arm in Arm mit den Schwestern und scherzte: »Sauber seid ihr zwei geworden. Eine Schöne rechts und eine links. Dass es einem armen Werksmann auch einmal so gut geht!«

Roserl zog ein Mäulchen und schmollte: »Ein Wunder, dass der große Bruder mich überhaupt noch sieht …«

»Roserl«, bat er, »sei friedlich. Wie lange wird's dauern und es sieht dich ein anderer so lange an, dass du zeitlebens sonst niemanden mehr anschaust …«

10. Kapitel

WIRRUNGEN

Von Straße zu Straße, von Platz zu Platz zog trotz frühwinterlichen Schneetreibens der Stadttrommler, ließ die Schlegel auf dem Kalbfell rumoren, dass die Wirbel weithin dröhnten, und krächzte schon ganz ausgeschrien: »Eine hohe Kaiserlich-Königliche Statthalterei gibt hiermit kund und zu wissen, dass Österreich schwer von Feinden bedroht ist. Es sollen Freiwillige die Regimenter verstärken. Die Werbekommission amtiert im Rathaus …«

Frauen liefen vom Herd, in den Schreibstuben hörten die Federkiele zu knirschen auf, Käufer und Kaufleute standen zuhauf in den offenen Ladentüren. In den lärmdurchtosten Werkstätten freilich erstarben Trommelwirbel und Kundgabe. Es hätte auch kein Meister seinen Leuten vor dem Feierabend erlaubt, sich hinzustellen zu einem Schwatz.

Es war ein Tag verbrannter Speisen, versalzener oder ungewürzter Suppen. Muckte ein Ehemann auf, so hörte er etwa: »Es steckt mir noch der Schreck in den Gliedern. Gibt's wirklich Krieg, so muss eins froh sein, wenn überhaupt noch was Essbares auf den Tisch kommt. Der Vater selig hat uns oft erzählt, wie die Franzosen an der Enns herumgebrannt und geschändet haben vor kaum fünfzig Jahren. Der Ahn gar könnt sich noch der Türkennot entsinnen – und beide an das Elend nachher.«

Ja, es erinnerten sich alte Leute zu Steyr aus eigener Schau noch der damals Stadt und Land verwüstenden Kriegsgräuel.

Eine Ahne jammerte: »Es bleibt ganz gleich, woher sie kommen. Der Feind im Land schenkt dem Teufel Freinacht! Heute erschlügen sie mich Alte höchstens. Doch welches Dirndl sich nicht rechtzeitig versteckt, dessen Jungfernehre wird schnell zu Schanden …«

»Sie werden uns nicht gleich fressen, Großmutter«, schnippte eine blutjunge Schöne, aber ihre Mutter zankte: »Wen so ein Wüstling in den Pranken hat, dem nützt alles Geschrei nichts mehr. Bet, dumme Gans, betet alle: Herr, bewahre uns vor Krieg, Hungersnot und Pest.«

Viele, die etwas Geld im Sparstrumpf hatten, kramten es jetzt bis auf die letzte Kupfermünze heraus, um eilends zum Fleischer zu laufen, zu den Kaufleuten oder zu den Bauern, sich für kommende Notzeiten wenigstens einen kleinen Vorrat an Lebensmitteln zu sichern. Bald hieß es beim Kaufmann: »Zucker ist heute nicht mehr da« oder: »Mehl krieg ich vor der nächsten Woche nicht mehr.« Die Metzger hatten bald nur noch so viel Rauchfleisch, wie sie sich für den Privatgebrauch gesichert hielten.

Versorgten Gesichts hörte der von einer Geschäftsreise eben zurückgekommene Joachim Gschaider den von seinem Sohn erstellten Lagebericht und Gustl fügte diesem noch an: »Ich habe sofort an unsere Lieferanten telegraphiert und Expresslieferung verlangt.«

»Telegraphiert?« Herr Joachim zog eine saure Miene und nörgelte: »Muss man jede alberne Mode mitmachen?«

»Aber, Herr Vater! In ein, zwei Jahren ist das Telegraphieren selbstverständlich wie der Postillion.«

Ratsherr Joachim Gschaider seufzte: »Bisher haben der Menschheit die Füße zur Fortbewegung genügt oder, wenn's pressierte, die Pferde. Zur Verständigung reichte das gesprochene oder das geschriebene Wort und die Nacht erhellte man durch Öl – oder durch die neuen Petroleumlampen. Jetzt rast man auf der Eisenbahn dahin wie auf dem Wunderteppich. Über viele Meilen tippt man sich Botschaften elektrisch zu. In England wollen sie gar brennendes Gas zur Beleuchtung verwenden und sind, wie Josef Werndl erzählt, auch daran, Gewehre anzufertigen, mit denen man zehn Mal losfeuern kann, während man bisher nur eine einzige Kugel verschoss. Auch die

Kanonen schießen immer schneller und weiter. Es wird also für immer rasantere Himmelfahrten vielfach gesorgt. Nur das erfindet keiner, was die Menschen zufrieden macht.«

»Die Zufriedenheit, Herr Vater, wird immer Mangelware bleiben.«

Joachim besah die Bestellisten. »Hast recht getan, Gustl. Ich fürchte, die Preise ziehen bald an.«

»Die hat heute schon mancher hinaufnummeriert.«

»Skandalöse Schädlinge am Kaufmannsstand«, erboste sich der Ältere. »Ein Überblick ist aber anscheinend nötig. Deshalb fahre ich morgen nach Wien.«

»Das Gescheiteste, was Sie tun können, Herr Vater.«

»Ja«, nickte dieser verdrießlich, »es heißt wieder einmal zwischen Wucher und Konkurs durchfinden.«

Josef Werndl war wenige Wochen später in Wien gewesen und schritt nun wieder Steyrdorf zu. Tief in sich versunken, nahm er weder die wegen seiner neuen, modischen Kopfbedeckung verwunderten Blicke wahr noch einen ihm geltenden Gruß. Vielerlei brodelte in seinem Hirn durcheinander, doch ein Gedanke meldete sich in konstanter Folge immer wieder: der Gedanke an die Kaiserlich-Königliche Kommission, die, seit Jahren nun schon, allem nachschürfte, was das Hinterladegewehr betraf. Es war ihm klar, dass der Tag kommen würde, an dem das Vorderladegewehr von einer Gewehrtype abgelöst werden würde, die viel schneller feuerbereit sein musste und schneller schoss. Hatte nicht ihn selber die höchst umständliche Vorderladerart seines Jagdgewehres manchmal beinahe vor Ungeduld wütend gemacht und ihm die Jagd verleidet? Das chemische Zündhütchen bedeutete schon einen großen Fortschritt in der Waffenbranche, da man es auch bei Regen aufsetzen, durch Zuschlag des Hahnes zur Wirkung und so die träge Pulverladung zur Explosion bringen konnte. Vor noch nicht allzu langer Zeit hatte man das Pulverkorn auf offener Pfanne liegen und musste es durch eine Lunte entzünden. Ein Wind- oder Regenstoß – und es hatte sich ausgeschossen. Der Hinterlader war die Parole, wenn es endlich gelänge, einen für die Praxis tauglichen zu erfinden. Erfinden … Aufschauend sah er das Schild des Gasthofes »Zur goldenen Sense«. Plötzlich schwenkte er von der Straße ab und vom Gasthausflur aus dröhnte seine Stimme in die Küche: »Gibt's für mich noch was zu essen, Frau Wirtin?«

Verschlafen klang es zurück: »Was wollen S' denn?« Aber gleich kam es wach und lebhaft nach: »Selbstverständlich, Herr Werndl. Für Sie ist immer was da.«

In der Gaststube ertönte Bürstenmayrs Stimme: »Na, hör, Sepp, wo hast denn du den Ritterhelm her?«

Und Freund Mitter rief: »Bist du beim Kochtopfregiment angemustert?«

»Diese Filzglocke«, rief der Gefoppte lachend, »ist mein Antibeulenmittel.«

»Geh, Schwager, lass mich's probieren, das süße Töpferl«, bat der junge Heindl.

Das Ding mit dem schmalen Rand, dem eine Halbkugel aufgesetzt war, machte die Runde von Hand zu Hand. Der junge Mitter reichte es dem Eigentümer zurück und riet diesem: »Vielleicht wird's im Fasching ausverkauft. Deck dich am besten gleich mit mehr von der Sorte ein.«

»Ist schon geschehen«, sagte Sepp gutgelaunt und ließ sich auf einen Sitz nieder, »denn lange hält so ein Topf die Strapazen bei mir nicht aus.«

»Sich den Schädel anrennen, soll bei den Werndls schon vorgekommen sein …«

»Vielleicht stoßen wir uns bald alle mitsammen die Schädel an«, betonte Sepp ernst.

»Hast du so Ungünstiges gehört in Wien?«

»Der Kaiser reist zur Armee ins Lombardische. Krieg mit Sardinien und Frankreich ist nicht mehr zu vermeiden.«

»Höllenteufel! Gemein hört sich das an …«

»Was muss auch der Napoleon seine lange Nase ins italienische Tutti-Frutti stecken?«

So und ähnlich umbrodelte es Josef Werndl, der sich inzwischen ausschließlich der Vertilgung des aufgetischten geräucherten Fleisches widmete.

Heindl aber politisierte eifrig weiter: »Unsere Regierung? In die Würste mit ihr – und eine neue her!«

Lärmend stimmte man ihm zu.

Indessen fragte Mitter: »Was meinst du, Sepp: Ist das nicht zum Verzweifeln, dieses flaue Herumgerede überall, nur dass einer Entscheidung ausgewichen wird?«

»Bei der augenblicklichen Situation kann ich der Regierung nicht ganz unrecht geben«, meinte Josef Werndl. »Bin in Wien mancherorts herumgekommen, wo man Gewichtiges hören kann. Dem ganzen Europa geht's derzeit wie einem Kessel, dem man einerseits weiß glühend unterfeuert, anderseits die Sicherheitsventile fest verschraubt. Klar! Da kommt es zur Explosion …«

Seltsam steif erwiderte Josefa die Grüße ihrer Söhne und deutete ihnen, Platz zu nehmen. »An der Totenbahre«, begann sie stillen Tones, »habe ich eurem Vater gelobt, sein Werk so lange getreu zu hüten, wie ich gesund bleibe und mir die nötige Einsicht zutraue.«

»Ihr seid doch, gottlob, gesund?«, forschte Franz.

»Danke, ja«, nickte sie, schwieg aber dann. Die Brüder tauschten einen ungewissen Blick. »Ihr beide seid gute Söhne«, lobte Josefa, »und weil euer älterer Bruder Leopold nicht mehr lebt, seid nur ihr im verständigen Alter. – Solange ein Gulden einen Gulden wert war, konnte ich mitreden. Jetzt aber …« Ihre Beherrschtheit verließ sie. »Ich komme nicht mehr mit! Ich habe den sicheren Grund verloren und lebe stündlich in Ängsten. Das Silberagio … Ich weiß, für eine Silbermünze muss man mehr und immer noch mehr Papierzettel hergeben, obwohl sie auf denselben Wert lauten. Es ist wie bei einem Wagen, der immer schneller talwärts rollt. Die Pferde sind durchgegangen, die Bremsen versagen … Ich komme nicht mehr mit …

Ich verstehe das nicht ...« Die Stimme versagte ihr, ihre Augen schwammen in Tränen.

Sepp fühlte die Blicke der Mutter auf sich, als wollten sie ins Geheimste seiner Seele dringen. »Sepp!« Ihre Stimme schwankte. »Vor Jahren, in einer für dich schweren Stunde, habe ich dir den geheimen Wunsch deines Vaters verraten. Dein Name war es, den er zuletzt auf den Lippen hatte ...« Ihre Stimme erstickte im Meer der sie durchwogenden Gefühle. Tonlos redete sie wieder: »Sepp, ich übergebe dir die Werndlwerke ...« Dann schwieg sie sichtlich erschöpft.

Starr blickten die Söhne sie an.

»Frau Mutter«, stammelte Sepp, »ich, ich soll diese Last tragen ...?«

»Du, der Riese, redest von Last ...?«

Schweigend blickten die drei vor sich hin. Dann erklang wieder Josefas dunkle Stimme: »Trage nun du die Verantwortung für das Lebenswerk deines Vaters – vor ihm, vor mir, vor deinen Geschwistern, den Werksleuten, vor aller Welt.«

Wieder verging eine Weile des Schweigens.

Nur schwer fand Sepp seine Worte: »Manchmal habe ich an so etwas gedacht, kann es aber jetzt, so bald schon, kaum glauben. Ich kann nur versprechen: Ich will mein ganzes Können, meine ganze Kraft den Werndlwerken widmen. Ich will – Gott helfe mir! – getreu durchhalten bis zu meiner letzten Stunde, wie einst der Vater. Doch bitte ich, Frau Mutter, mir Euren Rat niemals zu versagen.« Er streckte Franz die Hand hin: »Bist brüderlich gebeten, lieber Franz, recht und getreu mit mir zu wirken.«

Rau vor Bewegung erwiderte dieser: »Das will ich gern, lieber Sepp.«

»Für morgen Nachmittag«, erklärte Mutter Werndl, »habe ich den Notarius bestellt. Da, Sepp, sind die Papiere, worauf bestimmt ist, wie deine Geschwister und ich zu beteiligen sind; und auch das ganze andere Rechtswerk. Studier besonders du, Sepp, jede Klausel gründlich, sollst ja für alles in Hinkunft gutstehen.«

Die ganze Nacht verbrachten die Brüder im Kontor, um ungestört, mit allen Sinnen, jede Zeile des Dokumentes zu erwägen.

Am folgenden Nachmittag versah es Josef Werndl mit seinem Namenszug.

Wie beflügelt eilte er dann heim und Linerl, kaum seiner ansichtig werdend, rief ihm entgegen: »Sepp! Du glühst ja …«

»Im Blut und in der Seele. Hör, Linerl! Seit heute nachmittag gibt es eine neue Firma, die Firma Josef und Franz Werndl und Companie … Der Entscheidende aber ist dein Sepp!«

11. Kapitel

DER JUNGE WERKSHERR

Bei der Doppelhochzeit seiner Schwestern vergaß es Josef Werndl ausnahmsweise, mit seiner Zeit zu geizen; und diesmal kamen die schaulustigen Steyrer schon mehr auf ihre Rechnung. Finerl, die ältere Schwester, heiratete den bisherigen Hauptmann einer Übernahmekommission, Josef Fischer, das liebliche Roserl wurde die Ehefrau Gustav Gschaiders.

Diesmal konnte der Kirchenplatz vor Sankt Michael die auffahrenden Equipagen kaum fassen und die vielen Zuschauer waren sich nur darüber nicht einig, wer und was am meisten zu bewundern sei.

Ansonsten wurde jetzt Herr Josef daheim kaum mehr als ein unpünktlicher Kost- und Schlafgast. »Seit er die Leitung der Werke übernommen hat, scheint er noch größer geworden zu sein, als käme ein Turm daher«, sprach man über ihn; auch habe er einen »neuen Blick«, eine noch bestimmtere Art, einen noch schnelleren Gang. Wieder hatte sich sein Wesen gewandelt und er wuchs innerlich an seiner neuen Aufgabe. Die Werndlwerke wurden nun noch straffer und zielstrebiger ausgerichtet. Immer neue Maschinen trafen aus Amerika ein.

Die Kettenhuberschleife wurde erweitert und aufgestockt. Man sah Herrn Josef viel in Gesellschaft von Baumeister Pichler entlang des Wehrgrabens gehen und auffällig umherdeuten und der Baumeister sprach oft im Büro des jungen Werksherrn vor.

Plötzlich war Baumeister Pichler verschwunden und blieb es viele Monate hindurch. »Ins Ausland hat ihn der Werndl geschickt«, vermutete man, »weil es hier solche Bauten nicht gibt, wie er sie hinstellen will, mehrstöckig und alles voll gestopft mit

Maschinen.« Ungewollt hatte man es erraten: In Herrn Josefs Auftrag studierte Pichler die modernsten Fabrikbauten der Neuen Welt.

In der alten Stadt jedoch brach ein wahres Arbeitsfieber aus; am meisten befiel es Josef Werndl.

Anwalt und Werksherr saßen in der Advokaturskanzlei, zwar nicht mehr zornrot, doch schien es noch immer nicht empfehlenswert, sich jetzt nach dem Wohlbefinden dieser beiden Gemeinderäte zu erkundigen. In Josef Werndls Gesicht gewitterte es noch und Doktor Kompaß hieb eben ein Lineal auf die Schreibtischplatte, dass es knallte. »Unsere Bahnbauanträge durchsausen lassen! Diese – diese … Jetzt heißt's von vorn wieder anfangen oder man …«

»Ein ›oder‹ gibt es da nicht!«, grollte Josef Werndl. »Diese Scheuklappenritter glauben den Fortschritt aufzuhalten. Verrücktes Wagnis und Lebensgefahren? Und ist kaum einer von ihnen schon mit der Eisenbahn gereist! Das Geschwätz vom Herkommen, von gefährdeten Idealen! Um ihre vollen Geldkatzen zittern sie. Besonders die Fuhrwerksunternehmer und Wirte.«

»Mit ihrer Dickschädelei«, grollte der Notar, »treiben sie die ganze Stadt dem Abgrund zu. Geht's den Gewerken schlecht, müssen die Wirte und Kaufleute erst recht zusperren. Die Bahn ablehnen für Steyr! Da lachen sich die in Linz und Wels den Buckel krumm.«

»Richtig, Doktor. Entweder der Bahnanschluss – oder ganz Steyr macht Konkurs. Denn lange halten wir die horrenden Frachtkosten bis Sankt Peter nicht mehr aus.«

Er nahm ein Papierblatt, nässte mit den Lippen seinen Zeigefinger, tauchte ihn in den Aschenbecher und tupfte graue Kleckse auf das Blatt. »Da ist«, erläuterte er, »Hamburg, hier Prag, da unten Brück an der Mur – Klagenfurt – Triest. Das Zwischenstück muss über Steyr!«

»Man hat bisher nur von einer Flügelbahn von Haag her gesäuselt.«

»So muss man's dagegen krachen lassen!« Josef nahm dem Anwalt den Bleistift aus der Hand, zog auf dem Papier klobige Verbindungsstriche zwischen Brück und Prag und erklärte: »Brück – Eisenerz – Hieflau – Steyr – Budweis!«

Doktor Kompaß beäugte angelegentlich die ungefügten Linien und erkannte: »Das wäre die europäische Nordsüd-Transkontinentallinie …«

Knapp sprach Josef Werndl weiter: »Triest – Tor zur Levante, zum Osten. Hamburg – Tor zum Westen, und da – der Eisenweg. Nicht meine Idee, die hatten schon die alten Römer. Hat auch im Mittelalter bis zu uns her als Eisenstraße gedient. Jetzt würde halt daneben die Eisenbahn fahren.«

Den Juristen entflammte das Projekt. »Und hier«, zeigte er, »bei der Enns-Donau-Mündung …«

»Der Hafen …«, vollendete Josef Werndl und klatschte sich die Hand gegen die Stirne. »Konnte mir das nicht auch einfallen?«

»So Nebensächliches fällt hie und da auch wem anderen ein«, erwiderte Kompaß lächelnd.

»Was ist?«, schrak Fischer, der Hauptkassier der Werndlwerke, auf. »Wo brennt's denn schon wieder?«

Vor ihm stand Holub, einer der böhmischen Meister, die sich Herr Josef in den Prager Werken ausgesucht hatte, wie er von überallher, wo er ein »besonderes Köpferl« zu entdecken meinte, dieses möglichst nach Steyr brachte. Einheimische suchten gegen den »Oberböhmen« zu intrigieren, aber Herr Josef bemerkte: »Bei mir zählen nur Verstand, Bewährung und Verlässlichkeit.« Und Holub hatte sich bald das Vertrauen des Werksherrn errungen, sodass ihn dieser als besonderen Vertrauten gelten ließ.

Der Seehundsbart Holubs hing ihm schlaff über die Lippen und gab so dem hübschen Gesicht eine melancholische Note. »Herr Fischer«, seufzte er, »schneidig, schneidig das Tempo von Herrn Josef. Hab ihm gesagt, wie er mich geholt hat: ›Herr Werndl, Betrieb wird mir nie zu viel.‹ Jetzt …«

»Jetzt hat er einen Überbetrieb.«

»Hat er! Hat er!«, beteuerte Holub und legte ein Dutzend Papierblätter auf den Tisch, jedes erläuternd: »Da – Briefaviso für Maschinen aus Hartfurt, da – Telegrammaviso für Maschinen aus Sankt Peter, da – schon wieder Telegrammaviso vom Sankt Peter Bahnhof, hier – wieder amerikanische Avisobriefe und da – … Herr Fischer! Maria und Josef! Muss ich stellen übereinander schon die Maschinen. Kein Platz mehr im Lager, nicht der kleinste …«

Der Kassier beschwichtigte: »Nur immer ruhig, Holub. Der Josef schafft schon Platz. Ich garantier es Ihnen.«

»Was nützt die schönste Garantie für später«, erhitzte Holub sich. »Ein einziges Rostfleckl auf einer Maschine und es haut mich zusammen der Herr Josef. Stehen Maschinen im Freien aber, nu, so rosten sie eben … Sind welche dabei, die ich nicht kenn, und was Holub nicht kennt, damit tut er nix …« Er zwirbelte mit beiden Händen seinen Schnauzbart, bei ihm ein Zeichen höchster Erregung.

Fischer blickte durchs Fenster: »Da kommen sie. Der Hut sitzt dem Sepp ganz im Genick. Ich glaube, Holub, Sie kriegen, was Sie brauchen …«

Mit beiden Händen raffte der Böhme die Papiere auf und schwenkte sie den hereinstürmenden Brüdern entgegen. »Herr Josef!«, rief er. »Alles Maschinenaviso! Nix Platz mehr dafür …«

Josef und Franz ließen sich erschöpft und beglückt auf ihre Sesseln nieder. Sepp hielt seinem Werkmeister bedeutsam ein Papier entgegen: »Die Jochermühle ist unser!«

»Die Jochermühle! Mit den Wasserrechten?«, fragte Schwager Fischer.

»Die vor allem!« Herr Josef schloss die Tischlade auf, entnahm ihr eine große Mappe und breitete die fertigen Pläne für den Umbau der alten Mühle vor sich hin, ein Bau, der modernen amerikanischen Vorbildern entsprach.

Holub musterte die Auf- und Grundrisse, sein Gesicht ging in die Breite. »Das gibt Raum für Maschinen«, konstatierte er, »da gehn noch mehr hinein, als jetzt avisiert sind.«

»Müssen auch – und das ist nur ein Anfang!« Sepp reckte sich hoch auf.

Fischer sah den Schwager von der Seite her an und forschte: »Steckt in dir noch mehr Erfreuliches?«

»Vor Holub kannst du reden, Franz«, ermächtigte Josef den zögernden Bruder und dieser betonte: »Für fünfundzwanzigtausend Gulden ist alles unser!«

Kassier Fischer schmunzelte: »Billiger also als veranschlagt!«

»Wie sieht's auf der Sparkasse aus?«

»Zeitgemäß ausgezeichnet, Sepp«, entgegnete der Kassier.

»Überweise sofort alles verfügbare Geld nach Amerika.«

»Bist du nicht etwas überängstlich?«, meinte Franz.

Doch Josef schüttelte energisch den Kopf. »Die Börsianer spielen auf Baisse, drücken unseren Geldkurs von Tag zu Tag. Kommt die Dezimalwährung, stoppen sie sofort den Auftragsfluss nach Österreich. Verlasst euch drauf! Dazu die aufsässigen Ungarn. Es sind geborene Revolutionäre. Wie ich im Kriegsministerium vom Hauptmann Kropatschek so nebenbei hörte, muffelt's auch in Schleswig-Holstein.« Herrn Josefs Gesicht verschloss sich. »Unser Kaiser will's mit Vertragstreue versuchen ...«

Fischer schüttelte sich, als hätte er Essig geschluckt: »Ehrlichkeit – in der Politik? Mahlzeit! Und wer bezahlt den Spaß?«

»Immer der Verlierende«, resümierte Josef Werndl kurz.

Kaum ein Tag verging, da es Josef Werndl nicht mehrere Male hintrieb, wo sich der erste nach seinem Willen gestaltete Bau erhob, und oft kam er dort an, wenn etwas nicht so recht stimmte.

Die Abende verbrachte er neuestens wieder allein in seiner Kanzlei und – wie sein Bruder Franz feststellte – sogar hinter verschlossenen Türen. »Sag einmal, Sepp«, wunderte er sich, »wer soll denn aus deiner Höhle was klauen?«

»Man kann das auch mit Blicken«, bedeutete ihm dieser.

»Brütest also schon wieder an was Neuem? Jetzt, wo wir doch erst am Anfang der ganzen Umbauerei stecken.«

Sepp legte dem anderen die Hand schwer auf die Schulter und erklärte: »Franz! Wenn mir das gelingt, woran ich jetzt herumtüftle, würd's eine große Sache. Sonst …« Er hob die Achseln, ließ sie sinken und bat: »Hab nur Vertrauen und hoffe mit mir, dass ich diesmal eine Extraidee finde. Wir könnten's nämlich dringend brauchen.«

Linerls Ausbrüche waren einer stillen Ruhe gewichen. Mit Hilfe einer Magd pflegte sie den nach wie vor ziemlich bescheidenen Haushalt, sodass sie immer wieder Sepps Anerkennung ernte-te: »Soll's mir wirklich schmecken, so muss es Linerlkost sein. Nicht einmal beim Sacher zu Wien kriegt man es besser.« Die das kleine Heim frohsinnig durchlärmenden Kinder – Linerl, Sepperl und Annerl, das Neugeborene – hegte sie mit warmer Mütterlichkeit. Wo immer sie hinkam, hieß es: »Du hast es getroffen!« – »Kannst dir was einbilden auf den Sepp!« – »Der steckt noch ganz Steyr ein!« Sie überhörte nicht den Neid, der durch solches Lob klang, vernahm aber auch manches Gezischel von einem tollen Hochhinaus, der sicher noch kläglich zum Sturz kommen werde. Von alldem erzählte sie Sepp nichts und versuchte nur, ihm eine gute und getreue Gefährtin zu sein. Ganz im Geheimen jedoch, und nicht selten, wurde sie von konvulsivischem Weinen gerüttelt. In ihr junges Gesicht kerbten sich Falten, die es älter erscheinen ließen; und oftmals dachte sie: »Ach Sepp! Etwas weniger nur für das Werk – und dieses Wenige für mich!«

Groß war seine Freude an den Kindern, mit denen er zuweilen so unbekümmert herumkollerte wie einst mit den kleinen Geschwistern, dem Roserl, das nun schon die Mutter eines Töchterchens war, und der Fini, die jetzt ein eigenes Bübchen herzte. »Ja, sie wachsen und mehren sich, die Werndls und Gschaiders«, bemerkte er stolz. »Das bezeugt ein gutes Blut und Kinderlachen ist die beste Medizin gegen mancherlei Leiden.«

Seine seltenen Gasthausbesuche wurden nicht weniger bestaunt als einst die Herrn Leopolds. Nur dass er sich, ganz unterschiedlich vom Vater, das urwüchsige Lachen und Scherzen bewahrt hatte. So wettete er in einer Nacht, da man sich, der gebotenen Sperrstunde halber, schon in die Küche der »Blauen Kugel« zurückgezogen hatte, mit dem Freund Mitter, dass dieser nicht vor dem Morgengrauen sein Haustor finden könnte.

Erst lehnte jener diese ihm unsinnig scheinende Wette ab, die er nie verlieren könne, willigte aber doch dann ein und es ging um die Zeche der ganzen, nicht kleinen Runde. Nach Mitternacht zog also Hans Mitter, geleitet von ausgelosten Zeugen, hinaus in die kaltwindige Regennacht, in der üblerweise auch noch die meisten der Öllampen vom Sturm ausgepustet worden waren und es ein blindes Stolpern und Tappen durch Pfützen und rabenschwarze Finsternis gab. Denn Laternen durften sie selber, laut Wettbeschluss, nicht mittragen. Man rief einander öfters, damit man sich nicht verliere, oder es fluchte einer, der bis zur halben Wade in ein wassergefülltes Straßenloch getreten war.

Nach einer Stunde ungefähr kehrte die Expedition in die »Blaue Kugel« in so erbarmenswertem Zustand zurück, dass nur der von Josef Werndl fürsorglich bestellte große Eimer Glühpunsch, die Kleider und Schuhe vom Wirt die Tropfnassen vor etwaiger Erkältung bewahrten.

Es wurde aber dann noch urgemütlich und der Wächter, vom Wirt gleichfalls mit dem köstlichheißen Punsch beteilt, verlegte seine weiteren Runden in andere Stadtteile, um den aus der »Blauen Kugel« schallenden Krawall der Fröhlichkeit nicht zu hören und amtlich einschreiten zu müssen.

Nur Hans Mitter saß still da und kam aus dem Kopfschütteln nicht heraus: »Ich finde meine Haustür nicht! Das ist Hexerei!«

Im Morgengrauen aber erkannte er untrüglich das Mitterhaus und stöhnte: »Jetzt hat mir der meine Haustür zumauern lassen! Meine Haustür! Zugemauert! Der … der …!«

Als Holub zum ersten Werkmeister ernannt wurde, gab es wieder ein eifersüchtiges Hetzen gegen den Böhmen, aber Herr

Josef ließ sich auch diesmal nicht beirren: »Ich schätze seinen Anstand, seine Leistung! Maulreißer kenn ich viele, Holub nur einen!«

Diesem Mann übergab er kurze Zeit später einige Zeichnungen mit dem Auftrag, nach jeder dieser jeweils in genau bezeichneten, voneinander getrennt liegenden Werkstätten ein Musterstück anfertigen zu lassen und ihm dann persönlich alles zu übergeben.

Es war spätabends, als Holub dem Auftrag nachkam. Er legte das Gewünschte auf den Kontortisch Herrn Josefs, blieb dann noch etwas stehen und schaute unverwandt auf die Zeichnungen.

Der mit einer Skizze beschäftigte Josef Werndl blickte auf und fragte: »Na, und …?«

Zögernd wandte sich Holub ihm zu und äußerte fast verlegen: »Herr Josef, das wird Hinterladungsverschluss.«

»Wie – was? Hinterlader?«

Da blickte Holub fast schuljungenhaft vergnügt und böhmelte: »Nu, wenn das der alte Holub nicht erkennen täte …«

»Und – wer weiß das sonst noch?«, forschte erregt der Werksherr.

»Aber, Herr Josef!« Ganz vorwurfsvoll klang es. »Wer soll's wissen? Aus einem Teilstückl hätt ich auch nix erkannt.« Wieder kam ein verschmitzter Ausdruck in sein Gesicht. »Ich glaub nicht, dass zweiter hat gleichgute Augen für so was wie ich. Und es kann der Holub noch was, nämlich das Maul halten.«

Da blickte ihm Herr Josef in die Augen, als wollte er im Grunde seiner Seele lesen, streckte dann dem Werkmeister die Hand entgegen: »Also – Maul halten!«

Holub umfasste die dargebotene Hand mit festem Griff und versicherte: »Halt ich! Halt ich!«

»Setzen Sie sich, Holub«, lud Josef ein. »Vielleicht, dass wir zu zweit das Problem lösen. Welche Hinterlader kennen Sie?«

»Dem Dreyse sein Zündnadelgewehr. Saubere Arbeit, schießt fünf Mal schneller als der Lorenz-Vorderlader …«

»Ja«, nickte Josef, »auf dem Exerzierplatz. Im Ernstfall … Es gibt noch zwei in Amerika, Lindner und Remington. In Frankreich das Chassepot.« Er breitete Zeichnungen auf. »Das wären die anderen …« Er überlegte laut: »Doch vielleicht verwirren wir uns nur damit. Schauen wir das später an. Hier – mein Anfang.« Er legte ein neues Blatt vor Holub hin. »Der Dreyse braucht zwei Griffe. Ich will mit einem durchkommen. Da – sehn Sie: Die Welle muss den Rückstoß aushalten. Die Zündnadel geht schräg durch das Schloss … Aber …« Jäh sprang er auf, sodass der Tisch wankte und ein Teil der Blätter auf den Boden fiel.

Wie gehetzt rannte er auf und ab: »Allerlei seh ich! Was noch darum herum sein müsste, um Welle und Zündnadel. Seh's – aber nur ganz nebulos. Irgendwie bleib ich immer stecken …«

»Darf ich was fragen, Herr Josef?«

Wieder der tief dringende Blick, ein knappes: »Bitte …«

»No«, stockte der Werkmeister, »geht mich nix an. Aber … wenn kein Hinterlader da, wozu dann die Fabrik, so eine große Fabrik …?«

»Holub!« Herr Josef rüttelte ihn an beiden Schultern. »Das fragen Sie?« Er ging wieder mit großen Schritten im Kontor auf und ab und rief: »Weil ich muss! Und wenn gewisse Übergescheite glauben, den Hinterlader mit lächerlichen Sprüchen abtun zu können: Er ist die Gewehrtype unserer Zeit. Es ist nur zu wünschen, dass unseren höchsten Staatslenkern ein Licht aufgeht, ehe es zu spät ist. Und nach dieser Erleuchtung gibt's nur zweierlei: im Ausland einkaufen – oder im Inland. Wer aber den Auftrag dann bekommt, der muss beides haben, ein Gewehr und eine Fabrik, die das Gewehr in solchen Massen erzeugen kann, wie es die Ausrüstung einer großen Armee erfordert. Verstanden?«

Holub stützte sich mit beiden Händen rückwärts gegen die Wand, seine Augen waren weit offen, er japste wie ein an Land geworfener Fisch: »Und – da – bauen – Sie – eine Fabrik – ohne Gewehr? Herr Josef!«

Starr schaute ihn sein Herr an: »Das, Holub, werden Sie nicht verstehen. Ich sagte es schon: Weil ich muss. Vielleicht bin ich wahnsinnig. Vielleicht verliere ich alles.« Er stampfte mit dem Fuß auf, dass die Petroleumlampe zu schwingen begann. »Es muss eben beides erzwungen werden – die Fabrik und mein Gewehr!«

Die Sorgen der Männer wurden zum Kummer der Frauen, wenn etwa am Abend das Heim, statt von des Eheherrn Gruß und angeregtem Bericht von dessen zornvollem Geschelte widerhallte: bei Geschäftsleuten infolge beträchtlicher Einbuße, bei Löhnern wegen des Verlustes von Verdienst infolge Arbeitsmangels. Das Schicksal fragte nicht, ob gerecht oder ungerecht, ob fleißig oder träge, wahllos hieb es zu und riss jene, die sich verzweifelt an ihren Werkstock klammerten, aus ihrer Arbeitsstätte, zwang sie zu Wanderschaft und Bettelei.

Linerl aber fühlte sich doppelt gewarnt. Einesteils durch die Wortkargheit des Gatten, andernteils durch die spitzzüngigen Reden der Nachbarinnen. Einmal konnte sie sich doch nicht zurückhalten und fragte ihren Mann, was denn daran wahr sei. Da entgegnete er nur kurz: »Erst wenn es knapp hergeht, zeigt es sich, wer auch schwere Tage meistern kann.« Und als sie schüchtern meinte: »Dass du aber gerade jetzt so viel baust«, erwiderte er nur: »Das, Linerl, hat seine tieferen, nicht so leicht sichtbaren Gründe. Wer richtig spielt, das wird sich erst später zeigen. Tu mir du nur eines zuliebe: Sei standhaft im Vertrauen.«

Während sie zu Mittag aßen, kam ein Postbote und übergab eines der neumodischen Telegraphenblätter. »Wollte Euch nicht in die Schüssel fallen, Herr Werndl«, entschuldigte er sich, »aber Herr Holub hat mich hergewiesen.«

»Ein Glück, dass der dagewesen ist«, brummte Herr Josef, indes er das Blatt entfaltete, dann aber so entsetzt darauf niederstarrte, dass Linerl hastig forschte: »Ist's so was Arges, Sepp?«

Er aber sprang nur auf und schrie: »Meine Schuhe, schnell!« Er riss das Fenster auf. »Mandl! Mandl! Die Rappen einspannen! Express!« Er öffnete eine Lade, entnahm ihr Papiere, stopfte sie in seine Reisetasche. Linerl legte ihm den Sonntagsanzug hin.

»Was«, pfauchte er, »umziehen? Ich muss nach Wien, nicht mein Anzug.«

»Bis der Mandl eingespannt hat ...«

»Her damit also ...! Hinaus, Sie Blindschleiche!«, hauchte er den verdatterten Boten an. »Zwei Stunden nach dem Eintreffen ein Telegramm zustellen! Komm ich zu spät, so macht euch auf etwas gefasst!«

Der Bote entschwand. – Mit offenen Schuhsenkeln stürmte Josef in den Hof. »Mandl!«, schrie er heiser. »Alle Teufel! Noch nicht fertig?«

Er schirrte selber das zweite Pferd.

Eben noch schob Linerl seine Reisetasche in den Fond, da brausten auch schon die Pferde zum Hof hinaus und Herr Josef peitschte – was ihm sonst ein Gräuel war – die keuchenden, fast zusammenbrechenden Tiere; er gewann aber das Wettrennen gegen die mit dicker Rußfahne heranschnaufende Lokomotive, sodass er sich noch auf ein Trittbrett des bereits wieder anfahrenden Zuges schwingen konnte.

Während der Waggon über die letzten Weichen der Station rollte, hatte er seine Gedanken wieder so weit in der Gewalt, dass er sich zu fassen vermochte. Vielen schwer wiegenden Verhandlungen war er schon entgegengereist. Diesmal ging es – um alles.

Schon bei seiner ersten Unterredung hatte er mit dem als kaltschnäuzig und unnahbar verrufenen Hauptmann im Generalstab, Kropatschek, so angenehm verhandelt, als würden sie einander schon lange kennen, wenn sie auch beide die kühle, geschäftliche Form völlig gewahrt hatten. Kropatschek, der sich selber auf dem Gebiet des Gewehrwesens erfinderisch betätigte, war der Vertraute des vielmächtigen Generalinspekteurs des Artilleriewesens, Seiner Kaiserlichen Hoheit Erzherzog Wilhelms, drittgeborener Sohn des Siegers von Aspern, des Erzherzogs Karl. Wohl war jener im Zeichen des Erzherzoghutes geboren, er wollte indessen aber durchaus nicht nur Popanz glattzüngiger Ratgeber sein, hatte einen klaren, durchdringenden Verstand und war ein wohlgeschulter Fachmann auf ballistischem Gebiet.

Hauptmann Kropatschek, dem die Zuschreibung von Aufträgen weitgehend freigestellt war, hatte den jungen Steyrer Waffenherrn in stets kürzerer Folge immer umfangreichere Bestellungen erteilt. Es zeichnete auch das Unternehmen Josef und Franz Werndl und Companie bereits als Waffenfabrik, war aber erzeugungsmäßig Armaturenwerk geblieben wie unter Herrn Leopold. Die Herstellung eigener Gewehre war ein Wunschziel, das den vorwärtsdrängenden Josef immer gefährlicher zu umgarnen begann.

›Unter die Erfinder willst du gehen?‹, führte er ein Selbstgespräch mit seinem Innersten. ›Na, darüber ließe sich reden. Da könnte ich dir helfen. Aber, mein Lieber, wenn bisher auch nur wir zwei davon wissen – du jagst ganz anderem nach! Du willst auch eine Fabrik hinstellen, in der du deine Erfindungen auswerten könntest; eine Fabrik, so groß, dass sie das gesamte Heer der Monarchie mit Gewehren versehen kann. Aha, jetzt machst du die Augen zu!‹

Josef rieb sich über die Stirne, als wollte er diese Gedanken auslöschen wie die Schrift auf einer Schiefertafel, aber der Verstand meldete sich gleich wieder: ›Hast du auch ausgerechnet, wie dein Geld schon im Anfangsstadium eines solchen Unternehmens verpfluscht? Wie du Schulden machen musst? Immer mehr? Bis du in Spekulationen gerätst, die dich mit allem, was du bist und hast – und nicht dich allein – in einen Abgrund schleudern, der Gefängnis heißt? Josef Werndl? Der sitzt – wegen schuldbarer Krida!‹

Er schüttelte sich und hielt dagegen: ›Ist Großes je anders geworden als durch Wagen? – Könnt ich nicht das große Los ziehen? Bin ich nicht den anderen voraus – kaum mehr einholbar – durch meine Maschinen?‹ Er reckte sich. ›Und bin ich nicht eine Extraausgabe, einer, der Bedeutendes vollbringen könnte?‹

Da war es ihm, als höre er höhnisches Kichern: ›Und das neue Hinterladegewehr? Wo hast du's denn, du bedeutungsvoller Sepp?‹

Er sprang auf und schrie ins Dröhnen der Räder zum Fenster hinaus: »Aber ich schaff es! Beides! Ich – ich!«

Da verstummte das Kichern wohl, ließ aber eine große Unsicherheit in ihm zurück und das Erkennen, dass er erst im Geiste dem Wagnis entgegenstolzierte. Noch hatte er ihn nicht betreten, den gefährlichen Steg der großen Hasardeure …

Er verbrachte eine Nacht in unruhigem Halbschlaf. Er, der immer Einfachheit und Klarheit liebte, erkannte, dass er sich schon ins Zwitterspiel eingelassen hatte. Denn eigentlich hätte ihm die Verbindung mit Kropatschek genügt. Hatte ihn dieser nicht einige Male mit schnellen Seitenblicken ganz verwundert angesehen, wenn er, Josef, wieder das Gespräch darauf gebracht hatte, wie interessant es ihm wäre, mit dem Chef des gesamten ballistischen Wesens, mit dem Erzherzog Wilhelm, einmal persönlich zu sprechen? Schließlich hatte er den Neubau der Jochermühle als praktischen Anlass vorgeschützt und dies allein hatte ihm eine Audienz bei einem der mächtigsten Männer der weiten Monarchie erwirkt. Dennoch war er sich bewusst, dass ihm der Offizier diese Audienz wegen des Unausgesprochenen vermittelt hatte.

Als er nun, scheinbar selbstsicher, die Treppen im Kriegsministerium emporstieg, befiel ihn wiederum der Zwiespalt: Soll ich mich dem Erzherzog als biederer Werksinhaber vorstellen – oder ihm mein Wunschland ahnen lassen? Eine neue Befürchtung überfiel ihn: Und wenn der hohe Herr in letzter Minute verhindert wäre, mich zu empfangen?

Diese Befürchtung wurde durch Hauptmann Kropatschek zerstreut: »Ich glaube, wir gehen gleich zum Erzherzog.« –

»Donnerwetter, Herr Hauptmann, Sie bringen mir da anscheinend den längsten Österreicher«, begrüßte liebenswürdig der Prinz. »Nehmen die Herren Platz.«

»Eure Kaiserliche Hoheit«, Josef Werndls tiefe Stimme klang etwas belegt, »ich weiß die mir durch diesen Empfang zuteil gewordene Auszeichnung höchst zu schätzen.«

Mit leichter Handbewegung unterbrach ihn der General: »Schöne Floskeln wollen wir uns schenken. Hauptmann Kropatschek hat mich informiert, dass Sie bisher die Ihnen überschriebenen Aufträge durchgeführt haben, ohne zu einer Beanstandung Anlass zu geben. Von Seiner Majestät mit allen Angelegenheiten der Bewaffnung unserer Armee betraut, bin ich interessiert, wenigstens unsere wichtigsten Lieferanten auch kennenzulernen. Zudem spielen sich in Steyr ja derzeit zwei scharf einander entgegenlaufende Ereignisse ab. Die seit der Währungsregulierung entstandenen Schwierigkeiten und Ihr Bau eines großen Fabrikobjektes. Dies, obwohl auch Sie viele Arbeiter entlassen haben.« Die Blicke des Erzherzogs und Josef Werndls begegneten sich. Es entstand eine kleine Stille. Wollte der Erzherzog dem Empfangenen die Möglichkeit zu einer Eröffnung geben? Schmallippig sprach er weiter: »Was die Engländer wollen, ist leicht zu durchschauen. Wir können nicht einmal sagen: Habt ihr unsere Ware durch eure günstige Valuta seit Langem fast geschenkt bezogen, so zahlt nun wenigstens einen Preis, der uns halbwegs leben lässt.« Wieder eine kleine Stille – und nochmals die Stimme des Prinzen, in der eine leise Schärfe nicht zu überhören war: »Es freut mich, Sie nun persönlich zu kennen. Ich glaube aber, Sie hätten mir etwas zu sagen, was einen direkten Kontakt erfordert.«

»Wie Kaiserliche Hoheit befehlen …« Unschlüssig stockte Josef Werndl.

»Das Röckerl«, der Erzherzog deutete auf seine Generalsbluse, »darf Sie nicht irritieren. Ganz klar, bitte, und direkt. Das ist mir am liebsten. Oder nicht, Herr Hauptmann?«

Dem saß ein Lächeln in den Augenwinkeln: »Manchmal wünschen Kaiserliche Hoheit das Direkt fast zu direkt.«

»Ja – nun, je weniger etwas eingewickelt ist, desto leichter erkennt man die Qualität.«

Josef Werndl hatte seine klare Stimme wiedergefunden: »Man kann im Zeitüblichen trotten – oder Neues zu finden suchen. Kaiserliche Hoheit sind vielleicht informiert, dass ich zwei Jahre in amerikanischen Waffenfabriken verbrachte. Ich eignete mir manches in Europa sonst noch unbekannte Wissen an, lernte die Anfänge der Remingtonschen Hinterladeerzeugung kennen, auch den Coltschen Revolver. Beide Waffen wurden unterdessen im amerikanischen Bürgerkrieg, soweit ich es beurteilen kann, vervollkommnet.«

Die Mienen des Erzherzogs blieben unbewegt. »Nun – weiter«, lud er ein.

»Bezüglich maschineller Einrichtung ist man in der Neuen Welt Europa um Jahre voraus. Ich habe mich auch in europäischen Waffenschmieden umgetan, soweit sie von Bedeutung sind. Ob im deutschen Sömmerda, Oberndorf und Suhl, im französischen Saint-Etienne, Chatellerault, in Lüttich, überall ist noch der Handbetrieb vorherrschend. Auch ist man dort ausschließlich zur Erzeugung einer einzigen Gewehrtype eingerichtet, wenn auch … Verzeihung, Kaiserliche Hoheit, aber mit dem Entscheid der Hinterladungskommission kann ich mich nicht einverstanden erklären. Meiner Ansicht nach sind das preußische Zündnadel- oder das französische Chassepotgewehr gegenüber unserem braven Lorenz-Vorderlader so weit im Vorteil, dass sie kriegsentscheidend sind …«

Kurz wies der Erzherzog ab: »Darüber heute zu reden, wäre Zeitvergeudung.«

Josef Werndl erschrak. Blitzartig kam ihm in Erinnerung, dass sich ja der Erzherzog selber gegen die Entscheidung der zwölf Jahre amtierenden, alle vorhandenen Hinterladersysteme studierenden Kommission ausgesprochen hatte und damit unterlegen war. Den Ausschlag zugunsten des Vorderladers hatte die Meinung der Kommissionäre gegeben, es werde niemals möglich sein, so viele Munition nachzuführen, wie man bei den fünffach schneller feuernden Hinterladern verbrauchen würde. Nicht das in anderen Staaten propagierte Massen-, sondern das Einzelfeuer von Scharfschützen sollte nach dieser Meinung vorteilhafter, ja kriegsentscheidend sein. Nur auf besonderen Wunsch des Kaisers hatte Erzherzog Wilhelm sein verantwortungsvolles Amt weiterbehalten. An die wundeste Stelle in dessen Gemüt hatte Josef Werndl zu rühren gewagt.

Er schwenkte zu einem neuen Thema ab: »Steyr geht einer Wirtschaftskatastrophe entgegen. Soweit ich die Marktlage kenne, ist es derzeit unmöglich, unseren Messerern, Sensenschmieden und Feilenhauern nur halbwegs ausreichende Aufträge zu verschaffen.« Seine Gesichtszüge spannten sich. »So bitter es mir ist, es auszusprechen: Ich halte die Wirtschaftskatastrophe für unabwendbar. Diese Katastrophe muss sich ausbreiten, ins Enns- und Steyrtal und hinauf bis zum Erzberg. Auch das Kremstal wird nicht verschont bleiben. Wir alle müssen durch diese Krise hindurch. Es geht mir also vor allem auch darum, dass wir diese Zeit wirtschaftlich überhaupt bestehen können. Doch meine Gedanken beschäftigen sich außerdem mit dem Später.«

Wieder hielt er inne. Schweigend, voll gespannter Aufmerksamkeit hatten die Offiziere zugehört. Und nun war in Herrn Josefs Stimme der Klang bezwingender Willensstärke: »Auch in einer späteren, wirtschaftlich freundlicheren Zeit wird es nur ein mühsames Fortbringen geben – oder ich gehe den bereits beschrittenen Weg weiter, setze die Bauten und Maschinenkäufe fort, selbst unter der Voraussetzung, dass ich meinen letzten Werksmann entlassen muss! Verzeihung, Kaiserliche Hoheit, wenn ich wiederum Missliebiges ausspreche – doch habe ich ganz klar erkannt: Es wird zwingend nötig, dass man auch den österreichischen Hinterlader erzeugt ...«

»Und wo ist dieser österreichische Hinterlader?«, forschte beinahe schroff der Erzherzog.

Josef Werndl senkte den Kopf: »Können Kaiserliche Hoheit Gedanken lesen?« Erregt presste er die Hände ineinander. »Ich bin bei dem Versuch.«

»Und?«

Josef hob das Haupt und erklärte: »Selbst wenn mir ein Erfindungserfolg versagt bliebe und in der Fabrik anderes erzeugt werden müsste – so bleibe ich der Ansicht, dass eine nach dem neuesten Stand der amerikanischen Technik auf österreichischem Boden erstehende Waffenfabrik für unsere Monarchie unentbehrlich wäre. Ich bitte daher, Eurer Kaiserlichen Hoheit die Pläne des von mir derzeit und künftig veranschlagten Ausbaues vorlegen zu dürfen.«

Keiner der drei Herren, die sich im Arbeitsraum Erzherzog Wilhelms nun über Pläne und Skizzen beugten, Maschinenprospekte und Rentabilitätsberechnungen studierten, bemerkte, dass die übliche Mittagszeit schon weit überschritten war. Im Eifer des Erklärens umgriff Josef Werndl den Arm des Erzherzogs, wurde sich dessen bewusst und bat: »Verzeihung, Kaiserliche Hoheit.«

»Letztlich, Herr Werndl, bin ich auch nur ein Mensch, der aber jetzt« – der Prinz sah nach der Uhr – »ganz ordentlichen Hunger hat. Meine Herren, ich bitte, sich als meine Gäste zu betrachten.«

Während man dies dankend akzeptierte, blieben die Blicke des Erzherzogs und des Industriemannes ineinander hängen und Josef Werndl dachte enttäuscht: Jetzt, vor dem Entscheidenden unterbricht er –.‹ Doch während des Dinners merkte er erleichtert: ›Nur weil er sich ernsthaft für meinen Vorschlag interessiert, will er mich noch privat aushorchen.‹ Als man bei Kaffee und Zigarren saß, wurde er vom Erzherzog endlich aufgefordert: »Sie hätten mir wohl noch einiges darzulegen, Herr Werndl.«

Eine kleine Weile blieb vor der bedachten Antwort: »Ich bitte die Herren, das, was ich wegen meiner Erfindungsversuche angedeutet habe, noch nicht in die Bewertung mit einzubeziehen. Doch sollte es zur Vergebung der in nicht zu ferner Zeit unumgänglichen Neubewaffnung der Armee auf dem Gewehrsektor kommen und sollte ich – auf meine Kosten und auf mein Risiko – in Steyr eine Industrie aufbauen, die sich den amerikanischen Waffenschmieden konkurrenzfähig zeigt, würden sich dann Kaiserliche Hoheit, auch wenn ich preislich und lieferungstermingemäß mit den Ausländern nur auf gleicher Höhe bin, für mein Unternehmen entscheiden?«

Die Stille, die nun entstand, schien Josef Werndl endlos.

Vorsichtig erwogen kam endlich die Erwiderung: »Unsere bisher Ihnen gegebenen Aufträge beweisen meine Zufriedenheit, diese Konferenz mein besonderes Interesse. Selbstverständlich wäre es von allergrößter Bedeutung, wenn auf österreichischem Boden ein Werk entstünde, wie eben von Ihnen dargestellt. Ich glaube, auch sagen zu dürfen, dass Seine Majestät in gleicher Weise interessiert sind – doch kann ich Ihnen, Herr Werndl, eben nur dieses größte Interesse zusichern, die Bereitschaft, mich für Sie einzusetzen. Bitte auch zu bedenken, dass ich zweifach sterblich bin: den üblichen Tod und den des Generals.«

Beklemmendes Schweigen. Der Erzherzog setzte fort: »Käme es wirklich zu der von Ihnen angedeuteten Beschaffung einer neuen Gewehrtype für die Armee, so würden sich vor und hinter den Kulissen Kämpfe abspielen, von denen Sie sich wahrscheinlich keine Vorstellung machen können. Hauptmann Kropatschek und ich haben da leider schon manche Erfahrung ...«

Man erhob sich von den Sesseln. Josef Werndl reckte sich hoch auf und erklärte nachdrücklich: »Ich danke Kaiserlicher Hoheit aufrichtig für diese offene Unterredung. Sie bezeugte mir das heute Höchstmögliche: das Vertrauen!« Gedämpft, aber entschieden fügte er hinzu: »In dieser Stunde ist eine große Entscheidung in meinem Leben gefallen. Ja, ich bin bereit, auf mein Risiko – bewusst der Verantwortung vor meiner Familie und meinen Werksleuten – so viel wie nötig von meinem Vermögen einzusetzen, um den Ausbau einer Waffenfabrik durchzuführen. Wenn es sein müsste, auch unter Einsatz meiner gesamten Habe. Mit dem nächsten Schiff reise ich mit meinem Werkmeister Holub nach Amerika, um dort den allerneuesten Stand der technischen Entwicklung zu studieren und für mein Vorhaben die noch nötigen Maschinenkäufe durchzuführen. Kaiserliche Hoheit – Herr Hauptmann, ich bitte um weitere Geneigtheit.«

12. Kapitel

UNTER DEN DÄCHERN DER JOCHERMÜHLE

Diesmal brauchte sich Josef Werndl nicht bei einem versoffenen Kapitän auf einem Seelenverkäufer als Hilfsmatrose zu verdingen. Er hatte für sich und Holub auf dem schnellsten, im Hafen von Hamburg liegenden Schiff, »New York«, eine Kajüte erster Klasse belegt. Das mit der neuesten technischen Errungenschaft – einer Schraube – ausgestattete Schiff hatte so gute Fahrt, dass es nicht einmal zwei Wochen dauerte, bis der Dampfer im New Yorker Hafen anlegte.

In Ilion, bei den Remingtonwerken, führte man sie sogleich in ein Chefbüro. »Ah, Mister Werndl, how do you do?«, lachte ihnen ein blühweißes Gebiss entgegen.

»Sie kennen mich noch?«, lachte der Steyrer Riese.

»Unter Hunderttausenden!«

»Mister Holub, mein Erster Werkmeister«, stellte Josef Werndl vor und fragte dann augenzwinkernd: »Muss ich wieder als Arbeiter anfangen?«

Der Yankee lächelte säuerlich: »Nicht mehr nötig, Mister Werndl«, und fügte anerkennend hinzu: »Sie haben gute Augen – für Werkzeugmaschinen.«

»Ihr Glück, Mister Miller. Sonst könnte ich Ihnen jetzt keine abkaufen.«

Diesmal ließ es Herr Josef nicht dabei, sich die Maschinen an Hand von Prospekten erklären und anraten zu lassen. »Dazu hätte ich nicht erst über den großen Teich gondeln müssen. Wollen Sie mit mir Geschäfte machen, so müssen Holub und ich uns in Ihrem Betrieb frei bewegen dürfen und die Maschinen selber erproben.«

Diese Forderung musste man, wenn auch ungern, genehmigen – bei Remington wie bei Colt, bei Whitney wie bei Keller und Ling zu Neuwark. Die Abende und die halben Nächte verbrachten Holub und sein Herr – wie dieser einst allein – zeichnend und rechnend. Nur dass Herr Josef vor jeder Abreise zur nächsten Firma einen bedeutenden Auftrag zurückließ mit der Bemerkung: »Sobald wir einen Gesamtüberblick haben, können Sie weitere Aufträge erwarten.« –

Da kam ein Brief aus der Heimat. Sepp sah so betroffen drein, dass Holub fragte: »Was Unangenehmes?«

Josef kniff die Lippen schmal. »Franz hat fünfunddreißig Leute entlassen. Zwanzig Kleinbetriebe stehen. England bockt weiter.«

Der fromme Holub empörte sich: »Ist Sund und Schande! Erst so auspowern und dann abwürgen …«

»Mit Delikatesse und Sentiments handelt man sich kein Weltreich ein.« Josef faltete den Brief nachdenklich zusammen. »Ich weiß nicht, wie lange ich noch bleiben kann.«

»Ist's also aus mit Maschinenkauf?«

»Aus? Die kaufen eben Sie.«

Holub hob abwehrend beide Hände. »Bitt ich – die Verantwortung, Herr Josef!«

»Von den Werkzeugmaschinen verstehen Sie genauso viel wie ich. Es ist ohnehin Zeitverschwendung, uns zu zweit da herumzutreiben. Ich fürchte, dieser Brief bringt sehr bald einen zweiten, der mich heimruft. Dann übernehmen also Sie den weiteren Einkauf. Sie brauchen sich nur im Rahmen unseres Gesamtplanes zu halten. Ich fahre gleich morgen nach Springfield zu Mister Benton, dem ich ein wenig von seinem Wissen über das Allerneueste, die Metallpatrone, entlocken will.« Er setzte sich, griff nach Papier und Federkiel und schrieb mit raschen, sicheren Zügen, reichte das Blatt Holub und bemerkte dazu: »Für alle Fälle eine Vollmacht. Ordnung muss sein.«

Im Gesicht des Böhmen zuckte es. »Herr Josef! Ist schwerer

Druck auf meinen Buckel! Für fremdes Geld kaufen ist schwerer als für eigenes.« Er hielt dem Größeren die Hand entgegen. »Dank ich sehr für das Vertrauen. Nur … wenn was schiefgeht?«

»Pst! Schließlich bleibe ich der voll Verantwortliche und ich denke das Begonnene durchzuführen. Entweder ganz hinauf – oder …« Er reckte sich. »Unsinn! Ein ›oder‹ darf es nicht geben.«

In Springfield brauchte er, zu seinem größten Vergnügen, keine List anzuwenden, um zu erfahren, was ihn so brennend interessierte. Mister Benton war, wie nicht wenige Erfinder, Kummer und Widerstände gewohnt, auch Spott in jeder Form. Mancher der höchsten Armeeoffiziere hatte ihm beruhigend auf die Schulter geklopft: »Schon gut, Benton. Warum sollten nicht auch Sie Ihr Steckenpferd haben? Dass aber nun unsere brave, bewährte Papp-Patrone plötzlich nichts mehr wert sein soll, will mir nicht eingehen.« Andere wieder hatten technische Einwände, andere kaufmännische. Nur ehrliche Zustimmung, die fehlte, bis endlich von der Kampffront her Berichte kamen: die Retterin Metallpatrone! Dann wurde er angefleht, nur diese und nicht das »Pappgelump« zu liefern. Gewiß, es kam auch hin und wieder ein Brief, in dem es hieß: Herr! Im Hinterland kann man leicht Verbesserungen für die Front durchführen. Versuchen Sie aber selbst einmal, ein verdammtes Metallding aus dem Lauf zu kitzeln, wenn es geplatzt ist und um Sie herum die Feindkugeln schwirren wie Moskitos.

Nun saß vor diesem Mister Benton ein Mann, der nicht lobte und kritisierte, sondern ihn reden ließ, ohne ihn im Vortrag zu unterbrechen; und so belehrte der ehrenwerte Kommandant des Arsenals zu Springfield den interessierten Lauscher eingehendst über seine Metallpatrone. Er begann damit, wie sich die Truppen der nördlichen Union mit jenen der sklavenhaltenden Südstaaten in Gegenden herumschlügen, wo sich die Kämpfenden, außer mit dem Gegner, mit Schlangen, Krokodilen, Moskitos und Sumpfdämpfen abzugeben hatten, wobei die Feuchtigkeit die Papp-Patronen aufweichte, sodass von zehn höchstens eine ihrer Bestimmung nachkam. Die anderen neun aber verwandelten sich in einen Pulverbrei, in dem die abgefallenen Bleigeschosse herummatschten. Bei Metallpatronen hingegen sei es umgekehrt, da könnte unglücklicherweise wohl eine zerreißen, die anderen neun aber ließen ihre Kugeln dem Feind entgegenzwitschern, mindestens doppelt so weit wie die Papphülsen.

Nach diesen Ausführungen übersiedelten sie in die Patronenerzeugungs- und Abfüllstätten, wo dem Besucher die Herstellung demonstriert wurde.

Dann gab es eine kräftige Putenmahlzeit, wonach der erfreute Kommandant seinem Gast noch einige alkoholische Spezialmixturen vorsetzte, um ihm darzutun, was man als männerwürdiges Getränk bezeichnen könne; zum Entzücken seines Gastgebers erwies sich Werndl auch hier als ernst zu nehmender Fachmann.

Als Josef Werndl von Springfield abreiste, trug er in seiner Geheimtasche ein Telegramm aus Steyr: »Wirtschaftslage katastrophal stop erwarten dich dringendst« – und eine Metallpatrone.

Ob diese nun mit oder ohne Wissen Mister Bentons mit Josef Werndl über den Ozean reiste, hätte, selbst wenn ein Wille dazu vorhanden gewesen wäre, nie festgestellt werden können. Herr Josef verschwendete deshalb nicht einen Gedanken, tastete aber oft sein Portefeuille ab – und wenn seine Hand einen länglich-zylindrischen Gegenstand fühlte, schien er leise belustigt.

Zu Steyr gischtete das ungenützte Wasser durch die Freifluder, ein Treibrad nach dem anderen hing unbewegt in der Radstube. Allgemach zerstreute sich der vordem nach Steyr gezogene Schwärm fleißiger Werksleute. Die wenigsten der Entlassenen fanden anderswo Verdienst, meist nur Gelegenheitsarbeit. Einzeln oder truppweise zogen die Hungernden auf den Straßen dahin. Stets abweisender wurden Miene und Bescheid jener, die allzuoft um Almosen gebeten wurden. »Waren heut schon zehne da von eurer Sorte!« Oder: »Ihr seid die purste Landplage! Glaubt ihr, mir fliegt das Korn zu? Weiß selber kaum, wie ich zurechtkomme.«

Die Unglücklichen wussten wohl, dass solches nicht gelogen war, denn sie sahen ja vielfach ihre Leidensgefährten vor oder hinter sich einhertrudeln. Die steigende Not gebar ihre wüsten Kinder: Scheelsucht, Hass, Unzucht, Diebstahl und Totschlag. Nicht wenige, deren Mütter ihnen einst fromm die Hände falten gelehrt hatten, nützten nun ebendiese Hände dazu, Gitter auszuwiegen, Fenster einzudrücken oder sonstige kriminelle Künste anzuwenden, um zu Nahrung oder Geld zu gelangen.

Die meisten Wirtsstuben blieben die ganze Woche leer, nicht selten auch am Sonntag. Überfüllt waren nur die Polizeikotter. Ein humoriger Meister bot einer löblichen Behörde für solche Freiquartiere seine Werkstätte zur Miete an, damit sie ihm vielleicht doch noch etliche Münzen einbrächte.

Josef Werndl reiste von Hamburg aus gleich bis Wien. Nach kurzer Unterredung mit Hauptmann Kropatschek wurde die Besprechung wieder in den Arbeitsraum Erzherzog Wilhelms verlegt und diesmal auch Kriegsminister John hinzubeordert.

Zu Ende seines eingehenden Berichtes legte Josef die Metallpatrone auf den Mahagonitisch. »Ich habe das Ding eigens Eurer Kaiserlichen Hoheit mitgebracht«, erklärte er, »auch die Erzeugungsbeschreibung des amerikanischen Fachmannes sinngetreu aufgezeichnet und bitte, darüber referieren zu dürfen.«

»Sie haben einen scharfen Blick für Ihr Geschäft«, lobte der Erzherzog.

Der junge Werksherr nickte und betonte nachdenklich: »Wieder ein Teil für meinen Hinterlader, nur …«

»Leider kranken wir in Österreich derzeit an mancherlei ›Nur‹«, erwiderte Exzellenz John und lächelte trübe.

»Und Sie gedenken Ihren Fabrikbau fortzusetzen?«, wollte Hauptmann Kropatschek wissen.

»Ja!« Es klang eindeutig und erregt und er wiederholte es noch zwei Mal, bevor er etwas kleinlaut hinzufügte: »– nur durchhalten muss ich können.«

»Können wir ihm neue Aufträge zukommen lassen?«, wandte

sich der Erzherzog an den Hauptmann.

»Schon«, erwiderte dieser gedehnt, »aber auch diese sind Mangelware geworden.«

»Mit der Sie Herrn Werndl tunlichst beteilen wollen«, schloss der Erzherzog das Gespräch.

Als Herr Josef dem Hotel Kummer zustrebte, in dem er stets übernachtete, war seine Stirne merklich weniger gefurcht als vordem. Die interessierte Verbundenheit mit diesen drei prachtvollen Offizieren hatte also auch seine Abwesenheit durch die Amerikareise schadlos überstanden. In so unruhigen Zeiten waren an solchen exponierten Posten stehende Persönlichkeiten sehr umworben. Wie Fassadenkletterer klommen geschäftsgierige Agenten hinan bis zu den höchsten Stellen und erkundeten die leiseste Charakterschwäche. Geld, schöne Frauen und raffinierteste Listen wurden eingesetzt um Gedeih oder Verderb.

Josef vernahm ein Schluchzen. Aufschreckend sah er um sich. Er saß in seinem Heim vor dem gedeckten Tisch, neben ihm Linerl, von heftigem Weinen gestoßen. Um den Tisch saßen die Kinder, aus seltsam weiten Augen nach Vater und Mutter blickend. Wie erwachend strich er über seine heiße Stirne. »Da hab ich Tolpatsch gar den Mostkrug umgestoßen. Verzeih, Linerl! Ich war wieder einmal ganz woanders …«

»Sind wir auch am Rande, Sepp?«, stolperte es über Linerls erblasste Lippen.

»Hab ich mich so blöd benommen?« Er nahm ihre Hand. »Ich hab sogar einen Auftrag von Wien mitgebracht, kann den jetzigen Stand der Leute wieder so ein, zwei Monate halten. Vielleicht, dass wir dann noch kleiner werden … Aber untergehen lässt mich der Erzherzog nicht.« Er drückte ihre Hand und sprach herzlich: »Augenblicklich brauchst du wirklich nicht zu bangen. Was mich plagt, liegt in der Zukunft.«

»Sag's mir, Sepp, bitte!«

Da sah er sie wieder in der ihr so unheimlichen, abwesenden Art an. »Es geht um Ideen, Linerl«, betonte er mit fremder

Stimme. »Mit denen muss ich allein fertig werden.«

Auch wenn er schlief, peinigte es ihn. Er sah sich vor einem Bankschalter stehen, hörte sich sagen: »Sind alle echt«, und legte mit gefälschten Unterschriften versehene Dokumente hin, die ihm Vollmacht über allen Besitz der Werndls einräumten.

Fünf-, zehnstöckige Fabrikgebäude wuchsen neben der Steyr auf, nimmermüd schleppte er Maschine um Maschine auf dem Rücken hinein. Aus allen Fenstern aber entstoben, fledermäusig beflügelt, zehn Maschinen für eine hereingebrachte. Durch gespenstisch leere Hallen schritt er ...

Der zum Satan sich wandelnde Mister Miller hielt ihm ein Papier entgegen. Seine Krallenpfote wies auf die Unterschrift des Kaisers von Österreich und er kreischte höllisch: »Remington hat den Auftrag! Fünfhunderttausend Gewehre ...!«

Er sah sich nach diesem Papier greifen, fühlte sich mit Macht zurückgerissen, stürzte jäh in unermessliche Tiefen ...

Er fuhr auf, fühlte sich gerüttelt – hörte Linerl rufen: »Sepp! Sepp! Warum schreist du denn so furchtbar?!«

Holub war von Amerika heimgekommen. So schnell ihn seine Füße trugen, hastete er in die Sierningerstraße, pochte ans Haustor und warf Steinchen gegen die Fenster der Werndlwohnung.

»Jesus Christus!«, stöhnte er. »Ist was passiert?«

Endlich erfuhr er: »Der Werndl haust jetzt bei seinen Maschinen in der Jochermühle – am Dachboden.«

Schwer ging Holubs Atem, als er an das verschlossene Werkstor polterte und immerzu schrie: »Werndl! Josef Werndl ...!«

Schließlich klirrte hoch oben im nächtlichen Dunkel ein Fenster. »Wer schreit denn da so?«

»Ich – der Holub!«

»Was?! Der Holub!« Endlich ein wohltuender Klang! »Bitte warten! Gleich bin ich unten!«

Eilige Schritte tappten näher, das Tor wurde aufgerissen. Zwei Hände streckten sich dem Ankömmling entgegen und die wohlvertraute Stimme dröhnte: »Holub! Gottlob, dass Sie da sind! Nur herein mit Ihnen!«

Vor solcher Wärme wich die schwerste Beklemmung, die den aus so weiter Ferne Kommenden innerlich gelähmt hatte. Im Reisewagen war er die letzte Stunde mit einer gehässigen Rotte beisammen gewesen, die über Josef Werndl, ja sogar über ihn, Holub, die übelsten Dinge verbreitete. Vielleicht war es nicht so arg.

Als ihm aber, nach der ersten Wiedersehensfreude, Herr Josef von der Wirtschaftslage in Steyr berichtete, durchrieselte es Holub umso kälter. Das Messererhandwerk liege vollkommen danieder, auch die Feilenhauerei ... Die Sensenschmiede vegetierten noch einigermaßen. Trotzdem hätten der Mitter, der Heindl und der Werndl nur die halbe Belegschaft entlassen.

»Und – nachher?«, forschte Holub heiser.

Josef Werndl zuckte die Achseln. »Wenn kein Wunder geschieht, muss man weiterhin Leute entlassen.«

Sinnlos schob Holub die mitgebrachten Papiere auf dem Tisch hin und her, blickte unstet um sich. Aus der Dunkelheit des Raumes hob sich bleich das hager gewordene Gesicht Josef Werndls.

»Und die Maschinenkäufe ...?«, stotterte der Wiedergekehrte.

Da kam es starr und barsch aus dem schmallippigen Mund: »Die sind fortzusetzen – wie der Objektneubau! Ich weiß, wie man über mich redet. Machen Sie sich auf was gefasst, Holub. Auch Sie kommen nicht zu kurz, mein Lieber, als ein Verbrecher, mitschuldig an all dem Jammer ...«

Der Riese sprang auf, stieß den Tisch zurück, schritt etliche Male auf und ab, lehnte sich dann gegen die Wand und redete müde: »Verrückt heißt man mich, herzlos und wer weiß, was sonst noch. Indessen sind aber sie die Verrückten – aus Angst, aus Not. Es geht uns wie den paar Offizieren auf einem Schiff, das in einen Orkan gerät, und die Mannschaft gibt dem Kapitän die Schuld an der Seenot. Er hätte das Schiff nicht in den Sturm führen dürfen! – Und verliert der Kapitän dann nach außen hin nur für einen Augenblick seine Sicherheit, so fliegt er über Bord, ihm nach die paar Offiziere. Na, und dann ersäuft garantiert auch alles andere, mitsamt dem Schiff.«

Je größer die Not, je kleinmütiger die meisten Steyrer durch die Straßen schlichen, desto straffer und eiliger schritt Josef Werndl aus. Es schien, als ob ihn weder Bitten noch Flüche beschwerten. Wie hätte er sonst mit jeder Woche mehr Werkleute der Verdienstlosigkeit und der Verzweiflung überlassen, aber trotzdem weitere Maschinen kaufen können?

In immer größeren Abständen nur fand sich Josef Werndl zu Unterredungen mit seinen engsten Mitarbeitern bereit: »Ich bin gezwungen zu entlassen. Darüber ist wenig zu reden – so wenig, wie ich über meine Direktiven mit mir reden lasse.« Die Pein der Ungewissheit machte auch vor seinen nächsten Angestellten nicht halt.

Den »steinherzigen« Riesen aber quälten die zermürbenden Sorgen mehr, als er sich eingestehen durfte. Er musste der Starke bleiben. Nicht einmal Linerl sollte und durfte wissen, wie oft sein Mut schwankte. Ja, er konnte sich sattessen, hatte eine warme Stube, hüllte sich in schützende Kleider, doch linderte dies etwa die Marter des Auf und Ab seiner Gedanken? – Er hatte einen ihm ureigensten Weg eingeschlagen und war diesen nun schon so weit gegangen, dass es kein Zurück mehr gab.

In den Werndlwerken sank der Betrieb auf ein Minimum. Dem jungen Werksherrn wie seinem Werkmeister Holub blieb Muße genug, immer wieder die kostbaren Maschinen zu prüfen, ob sie nicht, trotz sorgfältiger Einfettung und Umhüllung mit Ölpapier, etwa Rostschäden zeigten. Unermüdlich suchte Werndl auch neue Verbesserungen zu ersinnen, um immer mehr Arbeitsgänge zu automatisieren.

Zäh lenkten er und Holub ihr Forschen dem zu, was für das bisher Geschaffene entscheidend sein würde: dem eigenen Hinterladegewehr. Doch immer wieder führte ihre Gedankenbahn in eine Sackgasse. Meistens bewies ihnen schon ein Holzmodell, dass ihnen die Lösung versagt geblieben war. Wenn sie aber glaubten, nun doch den Erfolg erzwungen zu haben, und ein feuerfertiges Modell herstellten, erwies sich jeder von ihnen ersonnene Verschluss als nicht gasdicht und wurde beim ersten Probeschuss von den glühenden Gasen zerrissen. Nur der Vorsichtsmaßnahme, alle ersten Probeschüsse aus sicherer Entfernung auszulösen, verdankten sie ihre Unverletztheit, vielleicht ihr Leben.

Wusste sich Josef zuweilen aus seiner inneren Verworrenheit nicht mehr zu retten, so ging er zu seiner Mutter. Zwar vermochte er auch vor ihr das ihn im Tiefsten Bedrängende nicht restlos auszusprechen, doch fühlte der Gehetzte wohltuend das von der Mutter ihm entgegenströmende unbedingte Vertrauen. Und zum Abschied sprach sie ihm dann wohl aus ihrer sicheren Ruhe heraus zu: »Ich glaube an dich, Seppl, an dein Können und an deinen Erfolg.«

Auch in der Dachstube der Jochermühle bejauchzten die Kinder den lichtstrahlenden Weihnachtsbaum und alles, was ihnen vom Christkind beschert worden. Wieder – zum wie vielten Male schon? – hatte sich Herr Josef gezwungen gesehen, ein den Seinen gegebenes Versprechen nicht zu halten: »Während der Festtage, Linerl, sperr ich alle Türen zu, damit weder Freund noch Feind uns stört – und auch nicht die verdammten Sorgen.«

Doch kurz vor der Weihnacht war aus Klagenfurt die Nachricht gekommen, dass Doktor Jakob Kompaß, der, schon krank, zu Unterhandlungen wegen des Bahnprojektes in die schöne Kärntner Stadt gereist war, wohl die Verhandlungen noch durchgeführt hatte, doch von diesen hinweg ins Spital gebracht worden war und von dort ins Grab. »Wieder ein Seltener weniger, auf den man sich verlassen konnte«, seufzte Werndl.

Zu Silvester begab sich Linerl, kummermüde, mit den Kindern gleich nach dem Abendessen zur Ruhe. Einsam wandelte der hagere Hüne durch die langen Gänge und weiten Räume des nach seinem Willen an Stelle der alten Jochermühle erstandenen Baues. Gespenstisch fiel bleicher Mondenschein durch die hohen Fenster und ließ die Maschinen in ihren gelben Papierhüllen geduckt heranschleichenden Gnomen gleichen.

Herr Josef presste die heiße Stirne gegen ein eisblumiges Fensterglas und stöhnte: »Ich will meinem Steyr neues Leben in die dörrenden Adern flößen. Lass mich durchhalten, Ewiger, und nicht jene wahrhaben, die mich jetzt als einen steinherzigen Narren verdammen!«

13. Kapitel

PICKERING & CO

Ein neues Frühjahr jagte den in das Gebirge entweichenden Winter aus dem Lande. Kaum jemals war jeder lebensweckende Sonnenstrahl zu Steyr und in all den Tälern, wo die Eisengewerken hausten, so dankbar begrüßt worden wie in diesem Jahr. Ungezählte Hände hoben sich in die leuchtende Wärme, überall wurden Türen und Fenster weit geöffnet, damit jeder linde Lufthauch in Hausflur und Stuben fände, wo es noch Eis aufzutauen gab, denn ein geheizter Ofen war vielen ein unbezahlbarer Luxus geworden und mancher, der noch einen verirrten Kreuzer in seiner Tasche fand, vertauschte ihn gegen ein Glas Schnaps, sein Inneres zu erwärmen.

Im Kontor der Werndlwerke stellte Herr Franz fest: »Nur noch hundert Leute! Einige Monate so weiter und wir sind bei den fünfzig, womit der Vater angefangen hat – oder darunter.«

»Sind aber trotz allem«, bemerkte Fischer, »noch zahlungsfähig. Nur Sepp hat fast sein ganzes persönliches Vermögen in die Jochermühle investiert.«

Franz unterdrückte einen Seufzer. »Ich will die Raunzer gegen den Sepp nicht vermehren. Wie er sich aber die Rettung durch sein Maschinen-Wundermittel denkt, kann ich mir nicht vorstellen; auch nicht, wie er durchhalten will. Wenn man doch wenigstens einen einzigen Hoffnungsschimmer sähe.« Schwer atmete er auf. »Außer Orden, Belobungen und Wunden haben sich unsere braven Soldaten vor den Düppeler Schanzen und vor Översee, da oben in Dänemark, nichts geholt. Der Bismarck ist ein Fuchs.«

Da seufzte auch Fischer: »Ja, der Bismarck! Für sein Preußen ganz großartig. Wie sich das aber für Österreich noch auswirkt …?«

»Hätten wir dem Atout Bismarck noch den Trumpf Radetzky entgegenzusetzen …«

»Hm … Der Radetzkymarsch allein hilft uns leider nichts«, bedauerte Fischer. »Der Benedek – ein Prachtsoldat, tapfer und gescheit. Wenn ich ihm auch den Erzherzog Albrecht vorziehe. Das Genie aber, das Genie fehlt.« Er stieß den Federkiel heftig ins Tintenfass. »Das Geschick ist überhaupt eine boshafte Einrichtung. Beispielsweise: Der arme Doktor Kompaß holt sich mit seiner Lieblingsidee den Tod und der Name vom neuen Bürgermeister – er hat kaum einen Finger dafür gerührt – kommt ins Goldene Ehrenbuch! Denn unter seiner Ägide erhält Steyr nun die Eisenbahn.«

Franz hob den Zeigefinger. »Wir haben sie noch nicht. Außerdem stehen Linz und Wels in Konkurrenz … Ich wette, die Landeshauptstadt schnappt die Hauptlinienkreuzung und Steyr speist man mit einer Flügelnebenstrecke ab.«

»Und wenn auch. Nur endlich überhaupt eine Bahn! Soll ich dir die letztjährigen Frachtkosten nach Sankt Peter vorrechnen?«

»Danke«, winkte Franz ab. »Die kenn ich … Was ist denn da los?«

Er riss das Fenster auf. Nun vernahm es auch der tiefer im Raum stehende Kassier: »Hilfe! Hilfe! Herr Josef soll …«

»Was soll er denn wieder zaubern?«, entgegnete Franz dem im Hof stehenden, vom raschen Lauf keuchenden Mann hinab.

»In Garsten revoltieren die Sträflinge!«, schrie der Bote. »Sie sind ausgebrochen – und schon im Hof!«

»Verflucht! Der Josef ist in der Jochermühle.«

Der Bote rannte in die Jochermühle.

»Was?«, schrie Josef Werndl. »Ausgebrochen? Verdammte Schwefelbande!« Und gleich ordnete er an: »Du rennst in die Mittere Gasse, du ins Wieserfeldwerk. Meine Leute sollen ein jeder ein Faschinmesser nehmen, ein Bajonett oder was sie sonst erwischen. Treffpunkt Michaelerplatz. Halt! Der Gschaider soll die Bürgergarde nach Garsten dirigieren!«

Bald preschten die Alarmierten durch die Enge, über den Stadtplatz und durch die Pfarrgasse, voran Josef Werndl. Jeder Mann trug ein blankes Eisen in der Faust.

Wie Sogwasser hinterm Schiffsheck brandeten Furcht und Vermutungen hinter den nach Garsten Stürmenden. Sensationslüsternem Gerede nach war halb Garsten schon beraubt, ermordet, geschändet von entsprungenen Verbrechern.

Diese waren wohl in den Hof des Strafhauses gedrungen, wurden aber vorerst zurückgehalten. Die Wärter hatten sich vor dem Ausgang postiert und ihre Schüsse pfiffen durch das Tor. Indessen war leicht abzusehen, dass die Masse der Sträflinge die kleine Wärterschar bald überrennen würde.

Als aber die rußschwarzen Gesellen herankeuchten, änderte sich die Lage im Nu. Nach kurzem Überblick befahl Josef Werndl den Wärtern, das Feuer einzustellen, ging langschrittig in die Mitte des Tores und donnerte in den Hof: »He, ihr Kerle! Ich schau auf meine Uhr. Seid ihr binnen fünf Minuten nicht verschwunden, komme ich mit hundert Schmieden über euch!« Dazu ließ er sein langes Bajonett im Sonnenschein blitzen. »Ihr habt die Wahl: Straffreiheit für diesmal – oder es gibt Hackfleisch! Für beides garantiert euch Josef Werndl. Und jetzt hinein wieder in eure Etablissements, ihr Burschen! Sonst kracht's!«

Die Wärter wollten ihren Augen nicht trauen, denn noch vor der gesetzten Frist war der Hof von Häftlingen leer und der Werksherr empfahl den Hütern: »Und jetzt macht schleunigst Ordnung in eurer Staatsvilla. Aber – ohne Strafen!«

Mittlerweile kamen die ersten Trupps der Bürgergarde. Da wandte sich Josef Werndl seinen Leuten zu: »So – und jetzt da hinein mit euch!« Er wies auf das Wirtshaus neben der Straße. »Was ihr hier zehrt, das zahl ich.«

Nach dem zweiten Fass, als es schon etwas gemütlich geworden, rief einer: »Herr Josef! Kommen wir auch dran bei der Entlasserei ...?«

Jäh verfinsterte sich des Gefragten Miene. »Gut schaut's mit den Aufträgen nicht aus«, antwortete er.

»Wozu dann die Maschinen?«, rief ein anderer.

»Wahrscheinlich damit ich ein Spielzeug hab, wenn's keine Arbeit mehr gibt!« Unmutig stieß Josef sein Trinkglas auf den Tisch. »Bis hierher zahle ich«, rief er dröhnend. »In einer Stunde hat jeder an seinem Arbeitsplatz zu sein. Wer das nicht will, kann sich im Kontor seinen Lohn abrechnen lassen.« Mit flüchtig genicktem Gruß stapfte er aus der Wirtsstube. Auf der Straße erhellte sich sein Gesicht, da Schwager Gustav, Hauptmann der Bürgergarde, ihm, als seinem Major, militärisch grüßend meldete: »Fünfzig Mann gestellt! Strafhauswärter sind in den Gebäuden. Außendienst macht die Bürgergarde.«

»Bravo!«, lobte Josef, fügte aber lächelnd hinzu: »Allerhand fix für die Bürgergarde ...«

Gänzlich undienstlich erklärte hierauf Hauptmann Gschaider: »Man muss jeden erst einzeln herbeizitieren. Du hast natürlich deine Rußgesellen gleich zuhauf.«

»Weiß ich, Gustl. Das fix war auch nicht bös gemeint.«

»Man weiß oft nicht, ob du lobst oder foppst.«

»Bist allerhöchst belobt!«, versicherte Sepp dem Schwager. »Sag es deiner Heldenschar weiter. Bis abends ist von Linz Militär da. So lange müsst ihr aushalten. Servus jetzt, Herr Hauptmann.«

»Servus – pardon! Meinen Respekt, Herr Major.«

Die Gemeinderatssitzung zog sich zähe, beinahe schläfrig dahin. Die Berichte über Entlassungen und Betriebssperren zählten nun schon so lange zum festen Bestand dieser Sitzungen, dass sie nimmer aufregend wirkten, wenn jemand nicht persönlich davon betroffen wurde. Zu Beginn der großen Misere hatte man sein Missgeschick einander noch geklagt. Begann aber wenige Wochen später jemand die Wehmutslitanei, so leierte der andere weiter: »... habe also wieder fünf Leute weniger und muss demnächst sicher noch mehr entlassen.«

»Woher weißt du es denn? Hab es doch keinem noch gesagt.«

Da betonte der andere gallig: »War auch nicht von dir die Rede, sondern von mir.«

Sekretär Aichinger las diesmal ein langes, mit Ziffern und technischen Details gespicktes Elaborat vor, dessen Überschrift lautete: Angebot der Riedingerschen Maschinenfabrik zu Augsburg, betreffend das zu Steyr projektierte Gaswerk samt Rohrleitungen.

Auch hierüber ergab sich nur eine sacht hinplätschernde Debatte und nur mancher kräftige Zwischenruf verhinderte, dass wahrscheinlich die meisten Ratsherrn die Abstimmung verdöst hätten. Ein Pessimist sah schon halb Steyr in die Luft fliegen, ein Optimist schwor auf alles Fortschrittliche, ein dritter fand, die neue Petroleumlampe beleuchte die trostlosen Verhältnisse ohnehin schon viel zu hell: »Wozu also noch Gas?«

Bürgermeister und Hausbesitzer Pöltl schwang die Glocke. »Bitte sachlich bleiben, meine Herren! Noch tagt der Gemeinderat. Persönliches bitte in der Nachsitzung.«

Die wiederholten Hinweise des Sekretärs auf die äußerst dringliche Notwendigkeit besserer Straßenbeleuchtung sowie die von der Mehrheit erkannte günstige Preiserstellung des Angebots stimmten freundlicher. Den nun rasch folgenden positiven Entschluss führte die Garantie des Gemeinderates Josef Werndl herbei, der sich verpflichtete, mindestens vierhundert Gasflammen in seinen Werken installieren zu lassen. Der Bürgermeister fragte soeben, ob jemand unter »Allfälliges« noch etwas vorzubringen habe, da trat der Apotheker, Gemeinderat Brittinger, ein und meldete sich sogleich zum Wort: »Meine Verspätung ist der Bahn anzukreiden. Ich wäre auch nicht mehr ins Rathaus gekommen, hätte ich nicht in Wien für uns alle Wichtiges gehört. Das englische Bankhaus Pickering und Companie legte bekanntlich ein Angebot, die Vorfinanzierung des Bahnbaues nach Steyr zu übernehmen. Gestern abend nun gratulierte mir ein im Finanzministerium beschäftigter Verwandter zu der baldigen Lösung der Misere zu Steyr …«

Das blies alle Schläfrigkeit hinweg. Es brodelte durcheinander: »Das Ministerium wollte …?« – »Heraus mit dem Zaster!« – »Fauler Zauber!« – »Lasst ihn reden!«

Brittinger hob beschwichtigend beide Hände. Der Bürgermeister schwang die Glocke. »Nicht eigentlich die Wiener wollen uns aus dem Wasser helfen«, erklärte der Apotheker, »der ›Rettungsbrief‹ ist ihnen mit der Post zugestellt worden.«

Alle blickten wie gebannt auf den Redner, der nach einer kleinen Kunstpause weitersprach: »Weil ich aber, schon berufsmäßig, unbedingt für Schriftliches bin, habe ich gebeten, mir in das Schreiben Einblick zu gewähren, was mir heute früh genehmigt wurde. Das Bankhaus Pickering und Companie bietet verbindlich an, wie es sich ein Arrangement zur Wiedergesundung des Handwerks zu Steyr vorstellt …«

Ein Stimmensturm brach los, in dem selbst Josef Werndls starker Ruf unterging. Vom begeisterten »Ja!« bis zum wütenden »Nein!« fehlte keine Schattierung. Energisch übertönte einer das lärmende Gegeneinander: »Ich lasse mich nicht versklaven!«

Nach verzweifeltem Geklingel schrie der Bürgermeister: »Ich schließe die Sitzung!« Niemand aber vernahm dies außer dem dicht neben ihm sitzenden Sekretär.

Einem vom Sturm angefachten Feuer gleich, flog das Gerücht den Ratsherren voraus. Wo sich einer blicken ließ, umringten ihn erregte Steyrer, denen er nur schwer entkommen konnte.

Verdienst erhoffend, rannten viele der Darbenden zu den Meistern, die Meister zu den Ratsherren. Am Brunnen mochten die Eimer überlaufen, Kinder plärren, sich prügeln, daheim die Suppe überkochen oder der Sterz anbrennen, man lief zur Nachbarin oder huschte auf die Straße, ob man nicht endlich das Heißersehnte als gewiss vernähme: »Die Not zu Steyr ist vorbei!«

Viele Männer eilten, um Genaueres zu erfahren, in die Wirtsstuben, wo der Tische, Stühle und Bänke zu wenig wurden. Fürs Erste rückte man verträglich enger zusammen. Doch es währte nicht lange und es gab Streit. »Hoch Großbritannien!«, rief einer.

»Die Schlaufüchse kaufen uns auf!«, warnte ein anderer.

»Von mir aus die Hottentotten! Ich brauch Verdienst!«

Gemeinderat Gschaider fand seinen Laden voll gestopft von Leuten, als verschenke man hier die Ware. Doch auch er wusste nicht mehr als dies: »In Wien soll ein Angebot vorliegen. Doch ehe man darüber ernstlich reden kann, muss es im Gemeinderat schriftlich einlangen. Man muss eine so schwer wiegende Angelegenheit dann erst noch genau studieren und beraten, bevor man einen Entschluss fasst.«

Der Tag endete misstönig. Torheit und Alkohol verwirrten vielen ihre fünf Sinne so bedrohlich, dass Bürgermeister Pöltl am späten Nachmittag den Befehlshaber der Bürgergarde, Josef Werndl, auffordern lassen musste, die Garde zu mobilisieren.

Ansonsten gab es für so manchen immer zu wenig friedliche Anlässe, um in den schmucken dunkelblauen Waffenrock, geziert mit goldblitzenden Knöpfen, zu schlüpfen und den feschen Rossschweiftschako zu nehmen, das Haubajonett umzuhängen und das blankgeputzte Gewehr zu schultern. Diesmal aber adjustierten sich etliche der Männer mehr oder weniger seufzend. Es war eben nicht jedermanns Geschmack, scharfe Patronen zu fassen, um gegebenenfalls auf eigene Volksgenossen zu schießen; doch zeigte niemand diese Befürchtungen und Hauptmann Gschaider konnte melden: »Herr Major! Melde gehorsamst, die Garde steht vollzählig alarmbereit.«

Manchen der Angetretenen war es, als blickte ihm Major Werndl durch und durch, während er zu ihnen allen sprach: »Zur Festparade marschiert sich's angenehmer als befürchteten Unruhen entgegen. Ich hoffe aber, dass schon unsere Bereitschaft gewisse Hitzköpfe ernüchtern wird.«

Nun, zuweilen wurden durch entlegene Gassen patrouillierende Gardistentrupps feindlich angeknurrt, aber die in solcher Anzahl Bewaffneten verhüteten doch, dass von Linz telegraphisch militärische Assistenz angefordert werden musste. Vielmehr war, als die Nachtwächter Mitternacht kündeten, auch der letzte Gardist bereits wieder daheim.

Im Rathaus ging während der nächsten Sitzung vorerst nur flaues Gerede hin und wider. Bis sich der weißhaarige Eisengewerker Hölzlhuber erhob und ausführte: »Ich glaube, das englische Wunder aufschlüsseln zu können. Ihr wisst, ich war mit unseren Sensen bei der Weltausstellung in London. Dort konnten die Englischen unsere Ware nicht genug herabsetzen. Ihren Stahl priesen sie, als war alles nicht im Englischen Gewachsene nur Mist. Sie stichelten so lange, bis mir der Zorn gekommen ist. Ich hab die nächstbeste steyrische Sense herabgerissen und damit ein Eisenblech durchschlagen. Hab nicht vor noch nachher jemanden so blöde schauen gesehen wie dazumal die Englischmänner. Denn meine Sense hatte nicht die kleinste Scharte. Das halbe Komitee kam gelaufen und hat den Zuschauern die Sensenprobe für eine Lüge erklärt. Da hab ich nichts getan – als die nächste Sense hochgeschwungen und das nächste Blech durchschlagen. Erst sind ihnen die Mäuler offen geblieben, dann hat es geheißen: ›Pappe war's und kein Stahl, was seine Sense zerschnitten hat!‹ – Nun hab ich mir englisches Stahlblech geben lassen und hineingesenst wie durch Butter. Und hab vor den Augen der Englischen unsere Sensen dann nach Russland verkauft, nach Indien und Amerika. Nachher – sie dachten, ich versteh sie nicht – schwefelten sie viel von ›warten bis zur richtigen Stund‹, wo man alle steyrischen Sensen billig aufkaufen könnt. Und der dort das große Wort geführt hat, der hat Pickering geheißen!« Der alte Ratsherr Hölzlhuber erhob, als er mit seinem Bericht so weit war, seine Stimme und rief den gespannt Lauschenden zu: »Wollen die ehrlichen Handel, dann sollen sie zu uns kommen, in den Innerberger Stadel. Fünfzigtausend Zentner Eisen lagern dort! Weil eben dieselben englischen Herren bei uns nichts mehr kaufen zum rechtlichen Preis, sondern uns nur schundbillig einsacken wollen. Eisen ist das Brot der Steyrer von alters her. Verrostet's im Lager, so darben Stadt und Land bis zum Erzberg hinauf. Sie sollen das Eisen von uns nehmen zum rechtlichen Preis – oder unsere fertige Ware. Sollen uns ein ehrliches Angebot stellen und nicht so einen vertrackten Wisch, der hintennach jede Deutung zulässt, die ihnen beliebt. Womöglich haben wir dann unsere Stadt an Fremde verkauft, uns zur Schande und zur Not für Kind und Kindeskind.«

Er hatte den rechten Ton gefunden, der alte Hölzlhuber. Weder ablehnen noch annehmen, sondern ein rechtliches Angebot abwarten. So wurde es auch beschlossen.

Wenige Wochen später schob sich Hammerherr Ries, dem das Alter den Rücken schon fast zur Sichel gebeugt hatte, auf zwei Krückstöcken die Füße mehr nachschleppend als gehend, in die Jochermühle und krächzte dort mit brüchiger Stimme nach »Josef«, dem »Werndl«.

Der Werksherr, höchst verwundert ob des Uralten Besuch, fragte, nachdem er einen Stuhl hingerückt und jener sich umständlich darauf niedergelassen, nach des Vater Ries' Ergehen.

»Hättest etwas Zeit für mich?«, krächzte dieser. »Je, darf man dir noch du sagen?«

»War anders traurig zu hören vom Riesvater«, entgegnete Josef. Sie unterhielten sich lange und zäh, der junge Werksherr und der alte Pfannenhämmerer. Es war leicht zu merken, dass dieser nicht nur gekommen war, um ein kostbares Stündchen seines sichtlich schon begrenzten Daseins zu verschwatzen, aber auch, dass sich der Jüngere keinen Vers zu machen wusste, was Meister Ries von ihm wollte.

Als er indessen, zum dritten Male schon, seinen Pfannenhammer höchlichst rühmte, begriff Josef plötzlich: Sein Hammerwerk will er mir verkaufen! Beider Blicke fanden sich für eines halben Herzschlags Länge – und sie hatten einander verstanden, hüteten sich aber, davon zu sprechen. Josef versprach nur, als sich der Alte umständlich verabschiedete, er werde sich gelegentlich eine Gegenvisite erlauben.

Es ging ihm nicht um das alte Rieswerk, nur um den Grund, um die Wasserrechte. Erwarb er diese, so verdoppelte er die Wasserkräfte der eigenen Werke und könnte auch seinen Maschinenbesitz verzweifachen …

Linerl gewahrte wohl sein abwesendes Gehaben, fragte – und wurde nichtssagend beschieden. Aus leidvoller Erfahrung wusste sie, wie er über alles ihn Bedrängende schwieg, bis er mit sich selber im Klaren war.

Josef hatte sich gelobt, vorläufig nichts neu mehr anzubahnen, es bei dem Kauf und dem Ausbau der Jochermühle zu belassen. Den alten Ries hatte er nicht gerufen, der war von sich aus gekommen. Wohl weil er des Sorgens um sein Gewerke müde war. Nun, solange der Alte unter dem Druck der misslichen Umstände litt, wäre dessen Besitz preisgünstig zu erwerben, später vielleicht überhaupt nicht mehr.

Wie ein Alpdruck hockte ihm der Alte auf der Brust und verfolgte ihn in seine Träume. Seine Phantasie spiegelte ihm eine monströse Spitzhacke vor, die ins Gemäuer des Riesenwerkes fuhr – dass es zusammenbrach – und ein neuer, weiter und hoher Werksbau wuchs aus dem Schutt empor.

Er fragte den Schwager Fischer nach dem Stand seines Privatkontos. Der blickte ihn groß an und sagte, was Josef ohnedies wusste: »Der Hauptteil deines Erbes steckt im Jocherwerk. In bar hast du noch – wart einmal – ja, genau zwanzigtausend Gulden.«

»Hm – zwanzigtausend Gulden«, wiederholte Josef tonlos und wandelte automatenhaft über den Hof.

Unvermittelt fuhr Josef Werndl nach Wien. »Vielleicht werde ich ein paar Tage ausbleiben, bis ich die Herren im Kriegsministerium absolviert habe – und das Sonstige …«

Das Sonstige … Das war es, was ihn diesmal forttrieb von den Nächten, da er ungeduldig auf das schwere Atmen seines Weibes wartete, um ungestört seinen Gedanken nachhängen zu können, da er sich aus der Schlafkammer stahl, um in der Wohnstube hin und her zu schreiten, hin und her, rastlos wie ein Perpendikel, oder ins Kontor hastete, dort rechnete, zeichnete, brütete. Zwei Probleme marterten ihn immerfort: das Rieswerk und der Hinterladeverschluss.

Wie oft weinte die einsame Frau heimlich in den Dachstuben

der Jochermühle. »Wenn er sich mir doch nur etwas aufschließen wollte«, härmte sie sich. »Es würde ihn manches erleichtern – und ich würde mich nicht so erbärmlich verlassen fühlen.« Ihm derlei zu sagen, hatte sie schon langsam aufgegeben, denn als sie dieses ihr herbstes Leid nur andeutete, hatte er sie seltsam fremd verständnislos angeblickt und sie voll Ungeduld verwiesen: »Was willst du, Linerl? – Hast ein Daheim, drei gesunde Kinder und einen Mann, der für nichts als seine Arbeit lebt. Mehr kannst du in solchen Zeiten nicht verlangen.«

»Ach Sepp«, hatte sie ihm entgegengehalten, »der nagendste Hunger kann nicht so schmerzen, wie wenn eins innerlich so einsam ist. So ganz draußen aus deinem Denken und Wollen, das tut weh …«

Mit so ernstem Antlitz hatte Josef den Erzherzog noch nie gesehen. »Kaiserliche Hoheit«, fragte er, »komme ich ungelegen?«

»Ungelegen? – Man hat sich den Erfordernissen des Dienstes einzufügen. Ihnen sei es zugegeben, dass mich mancherlei Unstimmigkeit quält, trotz meines Goldkragens. – Vielleicht nisten über dem die Sorgen besonders gerne, aber die haben Sie schließlich auch.«

»Große, Kaiserliche Hoheit.«

Der Erzherzog musterte das Gesicht Josef Werndls. »Derzeit in Steyr übliche oder zusätzliche, spezielle?«, forschte er.

»Beiderlei, Kaiserliche Hoheit … Darf ich mir eine Frage erlauben?«

»Wenn ich sie nicht beantworten muss, bitte.«

»Über die Steyrer Alltagsmisere sind Eure Kaiserliche Hoheit ja im Bilde. Wenn Sie meinen Anteil daran durch einen – wenn auch zeitgemäß bescheidenen – Auftrag etwas zu lindern vermöchten, wäre ich überaus verbunden.«

»Ich glaube, diesbezüglich kann Ihnen Hauptmann Kropatschek eine kleine Annehmlichkeit bescheren.«

Josef verneigte sich dankend. »Über meinen bisherigen Ausbau der Werndlwerke habe ich Eurer Kaiserlichen Hoheit bereits berichtet.« Einen Augenblick zögerte er. »Damals glaubte ich, man brauche nur nach Amerika zu fahren, dort Maschinen kaufen, in Steyr die nötigen Wasserrechte mit dem dazugehörigen Areal erwerben und darauf ein entsprechend großes Gebäude stellen.« Seine Stimme wurde heiser: »Kaiserliche Hoheit, ich habe mich geirrt! Richtiger gesagt, ich habe mir das selbst vorgetäuscht und war zu feige, um nach dem unabänderlichen Ziel dieses Vorgehens zu schauen.«

»Und?« Gespannt blickte der General auf den Verstummten.

Da gestand Josef Werndl raukehlig: »Ich habe mich auf ein Wagnis eingelassen, dessen Bedeutung ich erst jetzt zu überblicken beginne. Mein Ziel ist eine Waffenschmiede zu Steyr, die den Gesamtbedarf der österreichischen Armee an Gewehren decken kann, falls deren Bewaffnung durch eine neue Gewehrtype beschlossen wird. Ich weiß, dass ich dieses Risiko zu verantworten habe, in das ich, soll ich nicht alles verlieren, das Vermögen meiner ganzen Familie investieren muss.« Er versuchte einer Widerrede zuvorzukommen. »Kaiserliche Hoheit wollen fragen, welches Gewehr ich zu erzeugen gedenke, und nennen mich vielleicht einen Irren, wenn ich sage: mein Gewehr … ein Gewehr, dessen endgültige Konstruktion noch nicht vorhanden ist. Ja – ein an Wahnsinn grenzendes Unterfangen. Doch, Kaiserliche Hoheit, sollen unsere Soldaten fremdländische Waffen tragen? Die deutschen und französischen Waffenfabriken reichen kaum hin, den Bedarf ihrer eigenen Heere zu decken. Gegenüber den amerikanischen Fabriken sind sie altmodisch und alle, auch die in Amerika, auf nur eine Gewehrtype eingerichtet. »Die von mir im Detail projektierte Waffenfabrik hingegen wird jede Gewehrtype, notfalls auch andere Dinge gleichzeitig herzustellen in der Lage sein und könnte, ohne wesentliche Anlaufzeit, auch Typenänderungen übernehmen.« Rascher wurde seine Rede: »Nötigenfalls müssten und könnten in dem von mir projektierten Unternehmen auch Waffen fremder Konstruktion hergestellt werden. Man könnte so die Armee unserer Monarchie von fremder Willkür, von ausländischen Intrigen unabhängig machen. Wenn ich nun mein und der Meinen Vermögen in ein solches Vorhaben investiere, würden Kaiserliche Hoheit – falls der große Gewehrbedarf in Österreich aktuell wird – Ihr Wort dafür einlegen, dass dieser Auftrag meinen Werken zugeteilt wird?«

»Sie fragen viel, Herr Werndl!«

»Ich biete auch viel, Kaiserliche Hoheit!«

Der Erzherzog klemmte die Unterlippe zwischen die Zähne. »Sie wissen, wie ich Ihnen gesinnt bin. Ehe ich Ihren heutigen Vortrag beantworte, möchte ich den Kriegsminister zu dieser Unterredung bitten lassen.«

So nahm denn auch Exzellenz John an dem Tisch Platz, auf den Josef Werndl Zeichnungen und Berechnungen breitete, um den Gesamtplan der projektierten Waffenfabrik und deren Leistungsfähigkeit darzulegen. Er beantwortete zahllose Fragen und als nach einer Weile jeder das Gehörte und Gesehene nochmals schweigend durchdacht hatte, stellte Josef Werndl die kritische Frage: »Darf ich Eure Kaiserliche Hoheit, Eure Exzellenz, um die Ansicht bitten?«

»Als Kriegsminister kann ich nichts anderes wünschen, als ein Werk, wie von Ihnen beschrieben und von Ihnen geleitet, in unserem Vaterland zu wissen. Vorausgesetzt, dass Sie das ungeheure Risiko auf sich nehmen, noch ehe Sie Ihr Gewehr vervollständigt haben.« Bedächtig hatte es Exzellenz John gesprochen.

»Herr Werndl«, erklärte der Erzherzog, »Ihre ersten Eröffnungen ließen mich befürchten, dass Ihr von mir stets hochgeschätzter gesunder Verstand von vagen, hochfahrenden Illusionen getrübt wurde.« Er setzte, als wollte er sich erst um den entsprechenden Ausdruck bemühen, in seiner Rede ab und sprach dann so bedacht weiter, als erwäge er jede Silbe: »Nach ihren letzten Ausführungen halte ich Sie aber wie vordem für einen gewissenhaften Geschäftsmann. Es hat sich dieser Eindruck um das Wissen Ihrer großzügigen Persönlichkeit überhöht, die ein wohl ungeheures, doch klar bedachtes Wagnis einzugehen gewillt ist.« Er hielt dem so Gerühmten die Hand entgegen und schloss: »In Ihrem und unseres Vaterlandes Interesse kann ich nur wünschen, dass ein Gelingen Ihren Wagemut belohnt. Soweit ich zu bestimmen habe, dürfen Sie meiner Unterstützung gewiss sein. Wo dies nicht hinreicht, setze ich zumindest mein Wort für Sie ein.«

14. Kapitel

DAS GROSSE SPIEL

Fäuste donnerten gegen die Haustür. »Herr Ries! Herr Ries!«, schrie ein aufgeregter Mann dem aus einem Fenster lugenden Kahlschädel zu. »Der Werndl ist wohl wahnsinnig geworden! Er lässt Euren Hammer einreißen!«

»Soll er ... Von mir aus!«, kicherte Ries. Der dürrknochige Kopf verschwand, das Fenster klirrte zu.

Langsam erfassten die Werksleute, was sich begeben haben musste:

»Der Ries hat seinen Hammer verkauft!«

»Abgelistet hat er ihn dem Alten!«

»Von mir aus hat er ihn geschenkt gekriegt. Aber dass er ihn abreißen lässt!«

»Um unseren Verdienst geht's!«

»Uns alle bringt der Narr noch um Arbeit und Lohn. Nur wegen seiner Maschinenverrücktheit!«

Jäh schrie einer: »Auf – zum Werndl!«

»Jawohl! Los – zum Werndl! Zum Werndl!«

Angelockt durch das Geschrei, zogen andere mit. Immer unbesonnener und lauter ließen sie Zorn und Furcht schreien. Furcht vor noch größerer Not. – Vor der Wehrgrabenbrücke verhielt man und beratschlagte, wer mit dem Werksherrn sprechen sollte.

Doch ehe man sich darüber einigen konnte, öffnete sich das Tor der Jochermühle und Josef Werndl trat heraus. Abwägend musterte er die Schar vor der Brücke, die sich dort zusammenschob wie ein Sturmblock. »He, was soll's?«, rief er.

Da trat ein grobschlächtiger Geselle vor, die Hände in den

Hosentaschen, und schrie: »Wir möchten wissen, warum Sie den Pfannenhammer einreißen lassen.«

»Was geht das euch an?«

»Genug! Es nimmt uns den Verdienst!«

Riese Werndl zuckte die Schultern. »Das tut mir leid …«

»Verdammt!«, brüllte einer auf, »für Euer Leidtun kriegt man einen Dreck zu kaufen. Arbeit brauchen wir, Verdienst!«

»Seid vernünftig, Leute. Auch der Ries hätt's nicht mehr lange ermacht …«

Die um ihr täglich Brot Bangenden ließen ihn nicht ausreden. »Was wissen Sie von Not?«, schrie man. »Probieren Sie erst einmal das Hungern!« – »Oder Betteln!« – »Das ist jetzt der überlaufenste Beruf!«

Die Schläfenadern Josefs schwollen an, dennoch sprach er mäßig: »Was nennt ihr gescheiter? Wenn ich meine Werkstätten zu erhalten trachte, ja ausbaue, und euch allen mitsammen vielleicht Verdienst darinnen bieten kann, sobald sich's gibt – oder sie vertun und mit euch betteln gehn …«

»Wer alles hat, kann leicht so blöd reden!«, scholl es dagegen. »Statt uns Verdienst zu schaffen, kauft Ihr diese verdammten Maschinen!« – »Dass man in Zukunft gleich überflüssig wird!«

»Ich hab's mit meinen Leuten immer freundlich gemeint.«

»Freundlich? Ja – im Ausbeuten!« – »Habt unserem Verdienst das Maschinengeld noch abgezwackt!« – »In den Wehrgraben mit dem Teufelszeug!« – »Und ihn dazu!«

Der Männerhaufe schob sich näher. Nur das zündende Wort fehlte, um diesen Verzweifelten die Besinnung zu rauben, sie losstürmen, zerstören, brennen zu lassen. Ehe es aber fiel, stand der Hüne mit zwei, drei Sprüngen dicht vor ihnen und brüllte, wie keiner es je gehört hatte: »Anständige Werksleute wollt ihr sein? Dummköpfe seid ihr!« Er wandte sich dem zu, der sich am wildesten gebärdete. »Meine Maschinen willst du in den Wehrgraben schmeißen? Da – kühl dich ab!« Und eh einer es richtig begriff, hatte Josef Werndl den klotzigen Mann aufgehoben und ihn über das Brückengeländer ins Wasser geworfen, wo er angstvoll um sich schlug und gurgelnd nach Hilfe verlangte, indes die anderen nicht wussten, ob sie fluchen oder lachen sollten. Denn der Riese hob flugs einen von den hier umherliegenden Baubalken, die sonst von zwei Männern getragen werden mussten, und schmiss ihn dem Wasserschluckenden so zielsicher zu, dass dieser ihn sogleich erfassen und sich so über Wasser halten konnte.

Nun wandte sich Josef Werndl wieder der wie eine Mauer dastehenden Menschengruppe zu. »Ich versteh es wohl, dass euch die Not das Hirn verdreht, und will's bei seinem Bad bewenden lassen. Ich verlange nur so viel Verständnis, dass ihr jetzt heimgeht und mir kein zweites Mal so daherkommt.« Er reckte sich. »Gemeingefährlichen Subjekten verschaff ich freie Kost und Unterkunft. Ihr versteht mich doch? Rührt aber wer mit einem Finger nur an meine Maschinen, dem garantier ich anderes … Knien solltet ihr davor! – Geht nun – geht!«

Unvermittelt kehrte er sich um, schritt zurück, das Tor öffnete sich und fiel hinter ihm zu.

Die Männerschar war schrittweise zurückgewichen. Als sich nun der Erste umwandte, galt dies den anderen wie ein Kommando. Bis auf zwei Männer, die dem ins Wasser Geflogenen aus dem unfreiwilligen Bad halfen, zerstreuten sich alle so eilends und still, als bedeute jeder Verzug Gefahr.

In der Torfahrt standen Holub und die wenigen, die noch aushielten, beim »Narren von Steyr«. Früher hatte es als Ehre gegolten, für einen Werndl zu arbeiten. Jetzt hielten die meisten alle jene, die Josef Werndl seine Maschinen aufstellen halfen, für ihre Feinde …

Schwerfällig nickte er seinen Getreuen zu. Es war, als sänke er in sich zusammen. In seiner Stimme lag eine tiefe Müdigkeit: »Wenn ich meinen ganzen Besitz mit euch und all denen teilte, die jetzt hungernd umherlaufen – nach etlichen Wochen war alles zerbröselt, auch die Möglichkeit, später wieder Arbeit zu geben … Was ich für mich erhalte«, schrie er auf, »erhalt ich doch auch euch! Versteht man das denn nicht?«

Eine Frauenstimme kreischte: »Herr! Herr!« Pantoffeln klapperten näher. »Herr! Die Frau kann sich nimmer aufrecht halten vor Angst und Weinen«, stammelte die Magd.

Josef satzte, drei Stufen auf einmal nehmend, die Treppen zum Dachgeschoß hinauf. In konvulsivischen Zuckungen lag Linerl auf ihrem Bett, weinend standen die Kinder.

Der Arzt kam und nachdem er die Erkrankte lange untersucht hatte, meinte er ernst: »Sie hat's mit den Nerven, Herr Werndl. Haltet jede Aufregung und Anstrengung von ihr fern. In etlichen Wochen wird sie wieder in Ordnung sein. Aber viele solcher Anfälle verträgt sie nicht ...«

Die Herren Gemeinderäte waren stets würdevoll einhergegangen. Besonders wenn sie sich zu einer Sitzung ins Rathaus begaben. Nun schritten sie auch dorthin nur mehr müde, als bedrückten sie schon vorher die sicherlich ihrer harrenden Notschreie und Bürden, derer sie kaum noch Herr wurden. Nach schier endlosen, sich viele Wochen hinziehenden Debatten war das englische Angebot abgelehnt worden. Man hatte darüber so lange debattiert, bis keiner noch Wesentliches zu sagen wusste. Zuletzt hatte mehr das Gefühl als der Verstand den Bescheid so formuliert: »Ich beantrage, den Pickering-Vorschlag abzuweisen. Ich weiß zwar selber nicht, wie lange ich mit meinen zwei Gesellen noch bestehen werde. Übertaucht man aber diese Flaute, so ist man wenigstens frei. Und lieber arm und frei – als verkauft.«

Den einzigen positiven Bericht brachte Sekretär Aidlingen. Es sei der Beginn des Bahnbaues nach Steyr zwar noch nicht endgültig festgesetzt, jedoch empfohlen worden, durch Vornahme der Trassierung das Projekt schon vorzubereiten, damit es nach Bereitstellung der nötigen Geldmittel gleich in Angriff genommen werden könnte.

Josef Werndl erklärte sofort, dass zwanzig Prozent der für die Vorarbeiten nötigen Summe sein Unternehmen trage. So kam diesmal – man war froh, etwas bejahen zu können – ohne Debatte einstimmig ein Beschluss zustande, der mit der Klausel versehen war, dass Gemeindesekretär Aichinger die Leitung des ganzen Bahnbaukomplexes innehaben sollte.

Dieser rasche Entschluss entlockte Herrn Josef ein Lächeln und den Ausspruch: »Da hat sicher der Heilige Geist die Bedürftigen noch einmal gefirmt.«

Heiterkeit und Scherz waren selten geworden, selbst in den Gasthäusern.

Ein Graukopf sprach bekümmert: »Jetzt fehlt nur noch ein Krieg.«

»Warum nicht? Der frisst Eisen, vielleicht auch das von Steyr, bevor es noch der Rost zernagt.«

»Und nach dem Krieg? Teuerung, Geldentwertung. Agio.«

Bei den Eisengewerken klang das Lied nicht minder grau. »Im Vergleich zu früher kann ich gerade noch den zehnten Teil der Leute beschäftigen.« – »In einer Woche haben sechs Hammerwerke zugesperrt!« – »Im Ennstal erkaltet ein Ofen nach dem anderen.«

Wieder nickte der Graukopf trübe: »Und keine Änderung abzusehen.«

»Und der Werndl stellt am Rieshammerplatz einen zweistöckigen Bau hin – und lang! Siehst von einem End zum andern kaum. Hab immer gesagt: Alle Achtung, wie der sein Vatererbe hochbringt. Jetzt aber sag ich nur: Eine Schande für die ganze Gewerkschaft – so ein Narr!«

»Nicht auszudenken! Gott lasse den seligen Leopold nicht herabschauen.«

»Dass seine Mutter ihm diese Narretei nicht verwehrt!«

»Hat ihm ja alles übergeben, ihrem Herzkratzerl.«

Einer versuchte zu spaßen: »Er kauft sicher noch einiges dazu. Liegen ihm so praktisch, die Doktormühle, der Millnerhammer …«

»Noch dazukaufen …«, sagte einer nachdenklich, der von dem Gehörten nicht loskam. »Dagegen müsste die Gemeinde amtlich einschreiten.«

»Wie ...?«

»Fehlt es bei einem zu weit, so kann man ihn entmündigen.«

Seit Monaten war das letzte Feuer auch in den Wieserfeldwerkstätten erloschen. In den vielen Arbeitsräumen zwischen Mittere Gasse und Sierningerstraße schlichen die wenigen Werksmänner verloren umher, deren jeder schon die kalte Faust des Schreckgespenstes Entlassung im Nacken zu spüren glaubte.

In der Jochermühle hielten Josef Werndl, Holub und die wenigen Getreuen, die dem »Narren von Steyr« noch geblieben waren, ihre Nachmittagsrast und Herr Josef gab jedem – wie alle Tage – eine fingerdicke Scheibe duftenden Räucherspecks dazu.

Man sprach von jenen, die zuvor auch in den Werndlwerken gearbeitet hatten und die nun, von ungestilltem Hunger gezeichnet, umhergingen, das Gewand zerlumpt. Ja, mancher der Entlassenen saß eingesperrt im Gemeindekotter. »Bleibt einem fast der Bissen im Hals stecken, wenn man daran denkt«, bemerkte einer, der sich Konrad Vielgut nannte.

»Hab ich auch schon mitgemacht«, erwiderte der alte Franek, ein Böhme. »War ich so ganz junger Bursch, da hat's geheißen: ›Hier hast deinen letzten Lohn und geh me, geh me ... ‹ Hab gelacht zuerst. Bin auf die Walz. War gutes Wetter. Hab vorgesprochen überall. Nix war's mit Arbeit. Hab dann gebettelt. Hat einer den Hund auf mich gehetzt ... Scheußlich ...«

»Warst aber wohl ledig?«, hielt ihm Konrad Vielgut entgegen. »Mich hat es verheiratet erwischt. Das Weib in der Hoffnung, der Vater hatte es auf der Lunge. Hat bald ausgespuckt gehabt. Haben ihn und das Totgeborene in ein Armengrab gelegt. Dann gingen wir Beeren und Schwämme suchen und Holz sammeln. Solang man's aushielt im Winter, lagen wir auf dem Streusack. Von Tür zu Tür dann zotteln, um Armensuppen sich anstellen.« Er wandte sich dem still dahockenden Werksherrn zu. »Unmenschlich, die Leute so in Not hineinzustoßen.«

»Hättest mich nicht noch anzuschauen brauchen, Konrad. Hätte auch so verstanden, wen du meinst. Ja, an die fünfhundert habe ich entlassen, ins Elend geschickt.« Unvermittelt brauste er auf: »Willst du sagen, ich trüge Schuld an ihrer Not? Ich hätt es anders machen sollen? Wie aber? Wie?!« Die letzten Worte schrie er, dass sie von den Wänden zurückhallten.

»Das – weiß – ich – auch – nicht«, gab Konrad Vielgut gesenkten Kopfes zu.

Alle saßen stumm, die Augen zu Boden gerichtet, das angebissene Speckstück in den Händen.

»Glaubt etwa auch ihr«, sprach Herr Josef wieder ruhiger, »dass ich statt dem Herzen einen Stein in der Brust trage? Wisst ihr einen besseren Rat als alle, die ich nicht mehr beschäftigen kann, zu entlassen, um wenigstens den restlichen Leuten das Brot zu sichern? – Oder alle behalten und mit allen abhausen bis zum letzten rostigen Nagel?« Er sprang auf. »Sagt selber, was vernünftiger ist: Wenn ihr und ich den anderen beim Betteln Konkurrenz machen oder wenn ich die Werkstätten nicht nur erhalte, sondern sogar ausbaue? Ihr wisst, mein Weib, meine Mutter, meine Schwägerinnen lassen niemanden, der an ihre Tür klopft, unbeschenkt davongehen. Und mehr herschenken kann auch ich nicht! Kann fünfhundert Leute samt Familien nicht ernähren, ob ich's nun wollte oder nicht! Ich frage nie, ob nicht einer, dem ich gebe, mich gerade vor oder hinter mir geschmäht hat.« Wieder überwältigte ihn der Zorn: »Ja, ich weiß, wie gemein man mich hinstellt! Als hätte ich keine Ehre, kein Gefühl! Mein Weib wagt sich kaum mehr aus dem Haus. Sie hat mir's nicht gesagt, aber gesehen hab ich's, wie man vor ihr ausgespuckt hat.« Er bezähmte sich, blickte groß die um ihn Hockenden an. »Wie handle ich rechtlicher? Wenn ich alles verschenke – oder es aufbauend erhalte?«

»Keine Frage, was besser ist«, meinte Franek still.

»Ich komme aber mit meinem Verstand nicht durch«, blieb Konrad Vielgut zäh, »arbeitsscheue Kerle – nun gut, zum Teufel mit ihnen! Wenn aber jemand, der beispielsweise Jahr um Jahr treu und fleißig an einem Platz gewerkt hat, trotzdem über Nacht in den Elendssumpf geschmissen wird ...«

»Wie sagst du?«, unterbrach ihn Josef Werndl, »Jahr um Jahr treu und fleißig an einem Platz gearbeitet. – Vielleicht ließe sich für solche später doch etwas einrichten …«

Alle starrten ihn verständnislos an. Sonderbar betonte er: »Treue Helfer nicht einfach entlassen, auch wenn der Betrieb nur flau sich hinwürgt … Ihnen wenigstens einige Zeit das Dasein ermöglichen.« Er überlegte intensiver: »Geld auszahlen fürs Feiern, bin ich ein Narr …? Nun, ich will diesen Gedanken nicht vergessen. In freundlicheren Zeiten ließe sich dem wohl nähertreten …«

In den nächsten Wochen brüteten Josef Werndl und Holub wieder Nacht für Nacht über ihren Hinterladerplänen. Über Teilideen aber kamen sie nicht hinaus. Schließlich bestimmte der Werksherr: »Mit Gewalt lässt sich das nicht aus dem Hirn ziehen. Ich hab auch noch anderes zu tun.«

Sie verbrachten den Großteil der folgenden Woche in getrennten Kontoren. Holub mühte sich weiterhin bis zur Erschöpfung, für den Verschluss das letzte Geheimnis, die Gasdichtheit und Einfachheit, zu finden. Josef überprüfte noch einmal die Anschaffungs- und Rentabilitätsberechnungen des Großwerks, in dessen Planung er den Erzherzog Wilhelm und den Kriegsminister eingeweiht hatte.

Eines Tages wunderte sich Linerl: »Den schwarzen Festtagsanzug? Fährst du wieder nach Wien?«

»Heute nicht.«

»Was gibt es denn in Steyr so Feierliches? Oder – doch nichts Schlimmes?«, forschte sie ängstlich.

»Vielleicht sogar etwas Festliches«, scherzte er, ihre Frage umgehend. Er küsste sie und enteilte.

»Was verschweigt er mir wieder?«, sagte sie seufzend und sah ihm voll Unruhe nach. –

Verwundert sah Josefa ihrem Sohn entgegen. »Was gibt es denn so Wichtiges? Wozu so feierlich?« Freundlich wies sie ihm einen Sitz an.

Vorerst sprach er über unwesentliche Dinge. Das erschien ihr sonderbar, bedenklich. Sie legte ihre Hand auf seinen Arm und ermunterte ihn in ihrer herzlichen Art: »Brauchst dich bei mir doch nicht erst lange um die Hauptsache herumzuwinden …«

»Das weiß ich wohl, aber …« Es erstickte ihm das Wort im Hals. Die sonst so ruhevolle Frau erschrak. »So sag doch endlich, weswegen du hier bist«, drängte sie. »Ist doch hoffentlich kein Unglück bei euch geschehen? Oder steht am Ende das Werk …?«

So zart er es vermochte, umfing Josef der Mutter Hand und versicherte: »Kein Ende – ein Anfang steht bevor. Wenn …«

»Wieso ein Anfang?«

»Ja, ein Anfang, um ein vorzeitiges Ende zu verhüten. Frau Mutter, Ihnen brauche ich von den finanziellen Kalamitäten der letzten Jahre nicht erst zu erzählen …«

»Kommst du um Aushilfe?«

»Ja und nein …« Er zögerte. »Über die derzeit schwierige Lage habe ich Ihnen immer berichtet. Auch von meinen als Narretei verschrienen Käufen und Objektbauten habe ich Euch nichts weiter zu melden. Es geht um etwas Neues …«

Ungewiss blickte ihn Josefa an.

»Ich muss Euch, Frau Mutter, mit weit tragenden Begebenheiten bekannt machen. Man wird sich gezwungen sehen, die Armee unseres Landes mit neuen Gewehren auszustatten, soll nicht unabsehbares Unheil über Österreich kommen. Es deuten Anzeichen darauf hin, dass die preußischen Rüstungen gegen Österreich zielen. Wird aber unser Land mit Krieg überzogen, bevor es noch vom Vorder- zum Hinterladegewehr übergegangen ist – so gnade Gott unseren Soldaten.«

»Er behüte uns vor Krieg, Pestilenz und Sünden«, sprach leise die fromme Frau.

»Das wünsche auch ich, Frau Mutter. Es wäre schön, anderes zu erzeugen, was nicht zu Krieg und Totschlag dient. Schmieden aber wir keine Waffen, so tun es andere. Und würde ein Staat auf seine Wehrhaftigkeit verzichten – ach, Frau Mutter, wie Wolf und Panther überfiele und zerrisse man ihn. So gesehen ist Waffenerzeugung Dienst am Vaterland.« Er straffte sich. »In Wien wimmelt es von Agenten ausländischer und besonders überseeischer Waffenfabriken. Die obersten Armeestellen klammern sich noch an das unglückselige Gutachten der Hinterladungskommission und schwören auf den Vorderlader. Seine Jahre, vielleicht seine Monate, sind aber auch hierzulande schon gezählt. Es muss also in nächster Zeit Großaufträge auf Hinterladegewehre geben; sollen die im Land bleiben, so braucht man dazu eine Fabrik, die sie übernehmen kann. Hätten wir eine solche Fabrik, Frau Mutter, so erhielten wir sämtliche Gewehrbestellungen der Armee. Erzherzog Wilhelm und Kriegsminister John haben es mir zugesichert.«

Josefa war seinen Ausführungen sichtlich interessiert gefolgt und fragte nun: »Wenn die Herren aber, die zur Zeit diese Aufträge vergeben, nichts mehr zu reden hätten?«

»Es wäre der ungünstigste Fall«, musste Sepp zugeben. »Der Kaiser bliebe aber. Und kein Monarch wird eine Lebensader seines Staates fremden Zufällen und Willkürlichkeiten aussetzen, wenn sie im eigenen Land zuverlässig funktioniert.«

»Du willst also die Werke noch weiter ausbauen?«

»Noch vielfach und im schnellsten Tempo. Denn würde man hiermit bis zur Ausschreibung des Auftrages warten, so wäre alles verloren. Eine solche Bestellung müsste umgehend angegangen werden, sodass mindestens hunderttausend Gewehre binnen Jahresfrist ausgeliefert werden könnten.«

»Du redest von Hinterladegewehren. Ja, Sepp, welchen Hinterlader willst du denn liefern?«

Sehweißperlen standen ihm auf der Stirne. Er verkniff die Lippen. »Meinen«, betonte er dann. »Meinen … Er ist aber erst zum Teil durchdacht. Ja, Frau Mutter, es mag verrückt klingen, so enorm viel Geld in eine Sache investieren zu wollen, die noch nicht völlig vorhanden ist.« Seine Stimme wurde härter: »Frau Mutter! Euch bekenne ich es: Der Weg des Herrn Vaters, immer schön in der Mitte, ist nicht meiner. Ich habe eine Straße eingeschlagen, die entweder ganz hinauf – oder zum Untergang führt. Man muss, um alles zu gewinnen, auch alles riskieren können. Ja, ich habe spekuliert – spekuliere noch. Zum Erfolg brauche ich zweierlei: eine Fabrik in dem von mir errechneten Umfang – und das Werndlgewehr.«

Fassungslos schaute Josefa ihn an. »Sepp! Du willst …?« Sie stockte. »Ich hab dich wohl richtig verstanden; du willst auch von meinem Vermögen in ein Unternehmen investieren, bei dem nur das Ungewisse gewiss ist?«

»Ungewissheiten gibt es auch beim anscheinend Sichersten. Natürlich könnte es sein, dass Holub und ich den neuen Verschluss nicht oder erst zu spät finden. Dann bliebe noch der Ausweg, in unserer künftigen Fabrik andere Gewehrtypen herzustellen, da alle anderen Waffenfabriken derzeit jeweils nur eine Gewehrtype erzeugen können und zur Umstellung auf eine neue eine mehrmonatige Anlaufzeit brauchen. Bei uns könnte man jede Type, ja verschiedene Typen zugleich herstellen.«

Aus Josefas Antlitz war alles fraulich Weiche gewichen. Fast schroff sagte sie: »Wenn aber der Auftrag doch ins Ausland vergeben wird?«

Nun gab es kein Ausweichen, nur das Einbekennen: »Dann wäre alles verloren – und wir ruiniert.«

»Und wie viel müsste man investieren?«, klang es noch härter.

Länger als ihnen bewusst, saßen Mutter und Sohn, Aug in Auge. Dann fiel, einem dumpfen Hammerschlage gleich, das Wort: »Alles!«

»Von mir?«

»Und den Geschwistern!«

Wieder entstand eine Stille.

»Darf ich Ihnen vorrechnen, Frau Mutter?«, fragte Josef gedämpften Tones.

»Es wird wohl sein müssen.«

Mit heißen Schläfen und schmerzenden Stirnen saßen sie lange über immer neu von Josef ausgebreiteten Papieren und

Plänen. Beide wunderten sich, dass schon der Abend durch die Fenster in den Raum schlich, und das gespannte Schweigen wich nicht!

Schließlich reichte Josefa ihrem Sohn, der groß und fragend vor ihr stand, die Hand: »Ich lass dich's wissen, Sepp, ob so oder so, sobald ich's imstande bin. Gott behüt dich.«

Mehrere Tage nach jener Unterredung kam die Botschaft: »Herr Josef möchten gleich zu Ihrer Frau Mutter kommen.«

Dort war die Familie versammelt; zu beiden Seiten des Tisches saßen Bruder Franz, die Schwestern Fina und Roserl und deren Gatten Fischer und Gschaider. Fünf Augenpaare blickten ihm fragend und besorgt entgegen, das sechste brunnenklar.

»Jetzt erkläre uns allen noch einmal, was du vorhast«, forderte Mutter Werndl. »Deine noch unmündigen Brüder Ludwig und Eduard sind durch mich vertreten.«

Je weiter Sepp seine Pläne entwickelte, desto fassungsloser wurden die Mienen der Schwestern, desto dunkler und verschlossener die der Männer. Den mit der Mutter erörterten Umständen fügte er noch an: »Für den äußersten ungünstigsten Fall erkläre ich verbindlich: Mein ganzes Erbteil verfiele dann zu euren Gunsten, würde also euren eventuellen Schaden mindern.«

»Und deine Frau, die Kinder?«

»Ich habe das Waffenhandwerk von Grund auf erlernt und kann damit den Unterhalt für meine Familie verdienen. Linerl hat es, ihr wisst es ja, mit den Nerven, darum ist sie heute nicht hier. Ich sage ihr dann schon alles.« Er besann sich eine Weile. »Wenn ihr mir vertraut«, setzte er fort, »so wäre keine Zeit zu verlieren. Jeder Tag ist vielleicht von Bedeutung. Es sind auch nur jetzt der Millnerhammer und die Doktormühle so billig zu haben. Beide würden abgetragen und hierauf würden dort nach den euch gezeigten Plänen neue Gebäude aufgebaut.« Seine Stimme wurde eindringlicher: »Ins Lettner Werk kämen moderne Maschinen. Dann wäre, bedenkt das wohl, uns Werndls die modernste Waffenschmiede von Österreich, ja von Europa zu eigen! Ich bitte, lasst euch das eingehen. Die Frau Mutter erlaubt wohl, dass wir uns übermorgen hier wieder einfinden.«

»Das dürft ihr«, sagte Josefa. Sie blickte ringsum in die Gesichter. »Sepp – ich hab es schon beschlossen. Mein Vermögen und das meiner Mündel Ludwig und Eduard vertraue ich dir an.«

Das gab den anderen ein solches Sicherheitsgefühl, dass die ältere Schwester Fina und ihr Gatte Fischer schon am nächsten Tag das Gleiche taten.

»Die tun sich leichter«, setzte Gustav Gschaider seinem Schwager Sepp auseinander. »Es sind deine Geschwister – und der Fischer ist bei dir in Stellung. Ich muss die Angelegenheit erst mit meinem Vater besprechen. Jetzt alles Geld der Roserl dem Geschäft entziehen …«

Das sei auch nicht gemeint, erklärte Sepp. Vorläufig würden die Beträge genügen, die durch seine Mutter und die Fischers flüssig wurden. »Lasst also ruhig Roserls Heiratsgut in eurem Geschäft, bis zum Zwangs- oder Gunstfall. Haltet nur stramm wie bisher zu mir und helft den Namen Werndl schützen. Der kriegt in nächster Zeit wohl noch manches ab.«

In der nächsten Ratssitzung gab Josef Werndl bekannt: »Ich habe gestern den Millnerhammer und die Doktormühle samt den Wasserrechten gekauft. Es ist besser, wenn ich selber den Herren mein neuestes Narrenstück gleich mitteile. Um nichts zu vergessen, mein Vetter Rathner hat die Heindlmühle erworben, auch mit den Wasserrechten.«

Fast behaglich sah er in die Runde der verblüfft ihn Anstarrenden. »Millnerhammer und Doktormühle werden abgerissen, die Neubauten nach den Plänen von Baumeister Pichler ausgeführt.« In seiner ganzen Länge aufgerichtet, blickte er um sich. »Falls jemand eingehendere Informationen wünscht, bitte ich, zu fragen.«

»Ja …«, sagte einer und es war mehr ein Stöhnen als ein Sprechen, »was soll denn das alles?«

Da zuckte um Josefs Mundwinkel sein gefürchtetes Spottlächeln. Peinlich sanft erwiderte er: »Können sich das die weisen Ratsherren wirklich nicht denken?« Bedauernd wiegte er den Kopf. »Ich brauche einen Zirkus, in dem ich meine Narrenvögel dressiere. Bin auch bereit, solche anderer Leute in Pflege zu nehmen.« Seine Stimme wurde lauter: »Übrigens empfehle ich gewissen Mäulern, sich woanders als am Werndlnamen abzuwischen. Ich käme sonst eindeutig! Alles andere zu besprechen, überlasse ich den hochweisen Stadtvätern. Ich habe die Ehre!«

Erst eine erhebliche Weile nachdem Josef die Saaltür von außen geschlossen hatte, ertönte in die anhaltende Stille die Glocke. Der Bürgermeister erklärte die Sitzung für geschlossen.

Die letzten Zweifel unbelehrbarer Steyrer beseitigte jene Männerschar, die mit Spitzhacke und Schaufel den Mauern der zum Abbruch verurteilten Gebäude unbarmherzig zu Leibe ging. Weithin wehten die rotgrauen Staubfahnen.

15. Kapitel

ANNO 1866

Kutscher Mandl sah seinen Herrn in Sankt Peter aus dem noch fahrenden Zug springen. »Na, der hat es wieder eilig! Freut euch, Rapperln!«

Josef erstieg rasch den Kutschbock, ergriff die Zügel, doch es währte eine Weile, bis er, als erinnere er sich jäh seines Vorhabens, die Pferde zu einer echten »Werndlfahrt« antrieb. Nicht lange aber, da gingen die Tiere lässig im Schritt. Herr Josef schwieg. So lang hatte sich dem braven Mandl noch keine Fahrt von Sankt Peter nach Steyr gedehnt. Vor dem Werk sprang sein Herr vom Wagen, ohne, was noch niemals geschehen war, auf Mandls Gruß zu reagieren. Die Brüder Franz und Ludwig und sein Schwager Fischer erschraken nicht wenig über Sepps Miene. Wie geistesabwesend erwiderte er ihren Gruß und forderte sie mit leerer Stimme auf: »Kommt alle in mein Kontor.« Dort schien er ihre Anwesenheit vergessen zu haben. Er schritt im Raum auf und ab, blickte zum Fenster hinaus und blieb stumm. Schließlich schob er sich mit dem Fuß einen Stuhl zurecht und setzte sich.

»Nun sag endlich, was los ist«, verlangte Franz ungeduldig. »Dein Benehmen ist geradezu beängstigend!«

Josef sah von einem zum anderen und erklärte dann dumpf: »Das Kriegsministerium hat Armaturen aller Art bestellt. Ein Expressauftrag. Dreihundert Mann müssen sofort eingestellt werden.«

»Sepp!«, riefen alle drei wie aus einem Mund in freudiger Überraschung.

»Du kannst dich verstellen!«, lachte Franz. »Kinder, Arbeit gibt's! Es rührt sich wieder was!« Verwundert sah er den Bruder starr vor sich hin blicken. »Hör, Sepp, hat man dich ausgewechselt in Wien?« Josef schien es nicht gehört zu haben. Unbewegt erklärte er weiter: »Die Maschinen müssen anlaufen. In ein, zwei Monaten ist der Fünfhundert-Mann-Stand wieder erreicht. Wahrscheinlich sogar überschritten. Es gibt Krieg!«

»Krieg?!« – »Mit wem?!« – »Woher weißt du das?!«

»Von Erzherzog Wilhelm und Hauptmann Kropatschek. Der Bismarck hat seinen König so weit und den Vittorio Emanuele. Preußen und Italien treten gegen Österreich an.«

»Wahnsinn!«, rief Fischer.

»Doch – es geschieht.«

»Und man hat bei uns noch den Vorderlader«, entsetzte sich Franz. »Gegen das preußische Zündnadelgewehr! Ein Schuss gegen vier! Und die umständliche Laderei im Feindfeuer.«

»Warum hat unser Kaiser nicht anders bestimmt?« wollte Fischer wissen.

»Weil sich ein Herrscher auf die Gutachten seiner fachlichen Ratgeber verlassen muss. Diese Hinterladungskommission – diese Generaltrottel! Verbrecher kann man sie nennen!«, stöhnte Josef.

»Kann sie nicht doch vielleicht recht behalten?«, fragte Ludwig.

»Wenn das wäre«, entgegnete Josef und lächelte müde, »gäbe ich mein Handwerk auf und nennte mich selber ein Oberrindvieh. Sogar mit Begeisterung. Leider aber …«

»Deutsche gegen Deutsche? Italiener mit Deutschen gegen Deutsche? Das kann es nicht geben!«, stammelte Ludwig.

Josef sah in den Hof. »Morgen schon wird es hier wieder rumoren, dass man sein eigenes Wort nicht versteht. Zu uns her, zum Heindl, zum Mitter, überallhin wird das Werksvolk drängen: endlich wieder ein Verdienst! Und wird Waffen anfertigen, deren Todesziele Deutsche sind …« Er kehrte sich dem jungen Bruder zu. »Statt mich über das Geschäft zu freuen, werde ich sentimental. Politik hört auf andere Gesetze als bürgerliche Moral, lieber Ludwig. Vom preußischen Standpunkt aus hat Bismarck recht. Ob den Deutschen die Balgerei späterhin bekommen wird, muss sich erst zeigen! Unser Kaiser hat im verlorenen Feldzug gegen Sardinien-Frankreich dennoch etwas gewonnen: einen Schrecken nämlich vor den Schrecken des Krieges. Die Hölle von Solferino hat ihn auf den Friedenspfad verwiesen und die Hinterladungskommission hat ihn mit ihren Berichten verwirrt. Vorderlader gegen Zündnadel! Das werden unsere Soldaten bitter büßen müssen!«

Einige Sekunden lang hing ein erbittertes Schweigen im Raum. Doch dann sprang Josef jäh auf und reckte sich hoch: »So – und nun alle Mann ans Werk!«

Die Wasserräder fingen an, sich zu drehen. Maschinen begannen zu kreisen, zu hobeln, zu stanzen, zu prägen, zu fräsen. Die wuchtigen Bären der Fallhämmer hoben sich und fielen dröhnend auf funkensprühende Werkstücke nieder. Schaffensfrohe Männer standen wieder an Amboss und Schraubstock, feilten, hämmerten, schmiedeten.

Die meisten Werkstätten glichen in den tageslichtarmen Stunden auch jetzt noch Höhlen, von gelbem Lampenschein nur spärlich erhellt. In dem neuen Jochermühlwerk aber fiel das Tageslicht durch bisher ungebräuchlich große Fenster in die hohen Räume. Auch flackerten dort die zuerst misstrauisch beäugten Gasschnittbrenner; den dort Werkenden kam diese neue Arbeitsstätte beinahe wie ein Palast vor. Sie wurden von allen anderen Werksleuten zu Steyr beneidet. Und wenn Josef Werndl die weiten Räume dieses Objektes durchschritt, konnte er ein sieghaftes Erglänzen seiner Augen nicht verbergen – er, den man als einen Narren und Verbrecher bezeichnet hatte.

Weitum lief die Kunde: »Steyr braucht wieder tüchtige Werksleute!« Von überallher wanderten sie dem Magneten Steyr zu, mehr als die Werkstätten fassen konnten, und gaben so den Gewerken Auswahl. Viele, die kein Handwerk erlernt hatten, fanden Verdienst bei den neu erstehenden Bauten. Wer immer gewillt war, eine Spitzhacke zu schwingen, einen Spaten zu führen, einen Karren zu schieben, kam zu Erwerb.

»Merkt euch, was ihr da erstehen seht!«, hielt mancher greise Werksmann einem der staunend umherflitzenden Buben vor. »Ihr könnt einmal in diesen Tanzsälen schaffen; nicht so wie wir in dunklen, schmutzigen Winkeln!«

»Und aus ist's mit den stinkenden Ölfunzeln. Ganz hell machen diese Petroleumlampen!«

»Und erst die Gaslichter! Die Nacht wird zum Tag!«

Nun lohnte es sich wieder, enge zusammenzurücken und den eigenen Wohnraum zu beschränken, um Schlafstellen zu vergeben. Als Untermieter einen Raum allein zu bewohnen, bedeutete damals Luxus, den sich nur Vereinzelte leisten konnten. Jedem ging es nur darum, zur Nacht ein Dach über dem Kopf zu haben, auf Bequemlichkeit konnte kein Wert gelegt werden.

Von fünf Uhr früh bis sieben Uhr abends wurde gearbeitet, nur von knappen Essenspausen unterbrochen. Am Abend drückte man sich recht und schlecht in den Wirtsstuben zusammen, solange es der Geldbeutel erlaubte und man die rauchige Stickluft unter der niedrigen Decke vertrug.

Schlagartig war alles Lästern über Josef Werndl verstummt; ja es dienerten just solche am meisten, die ihm zuvor das böseste Maul angehängt hatten.

Schwere gebogene Bleche wurden herbeigeführt und verschwanden in einem kleinen Anbau an einem der neuen Werksgebäude. Neben dieser Halle erwuchs ein Schornstein zu nie gesehener Höhe, dem bald schwarze Rauchwolken entquollen. Eine Dampfmaschine sei dort in Betrieb, erfuhr man endlich. Die meisten Steyrer konnten sich unter dieser Benennung nichts vorstellen.

Die Lagerräume des Innerberger Stadels begannen sich zu lichten. Über die römeralte Eisenstraße, entlang der wildgischtenden Enns, knarrten wieder schwer mit Eisen befrachtete Wagen steyrwärts, um Lebensmittel in das Innerbergergebiet zurückzufrachten. Wie leer gefegt von Fechtbrüdern waren

Straßen und Pfade, denn wer es nur wollte, fand jetzt landein, landaus Beschäftigung. Überall rauchten die Essen und zeigten damit an, dass Erz zu Eisen verhüttet wurde, dröhnten die Hämmer, krachten Bäume nieder, qualmten Kohlenmeiler. Auch am Erzberg waren die Knappen wieder vollzählig eingerückt.

Waffen! Waffen! Waffen! Stets drängender wurden sie gefordert. Die Gewehrteile, Faschinmesser, Haubajonette und Säbel wurden von den Kommissionen schon nach flüchtiger Überprüfung übernommen.

Die Menschheitsgeißel nahte wieder, der Krieg …

»Euer Wohl, Nachbar! Wer weiß, was uns das Morgen bringt …«

»Deine Lippen, Mädchen! Wer weiß, wie lange sie mir noch blühn …«

Nur von Grauen, Pein und Sterben vermied man zu reden. Es füllten sich die Kirchen mit Frauen, Mädchen und Älteren, doch auch kraftstrotzende Männer knieten nieder, die, willig oder nicht, mutvoll oder flauen Gefühls, dem Gesetz nach bestimmt waren, gegen den Feind zu ziehen, zu ringen auf Leben und Tod.

Öfter entflammte in einer Gaststätte Streit, blitzten Messer, gellten Schreie und Flüche, meistens mehrsprachig und fast immer auch italienisch. Karger Heimatboden hatte die Südländer in nordische Fremde getrieben, wo sie mindestbezahlte Arbeit übernahmen – Männer, die sich daheim nicht selten als stolze Nachfahren der alten Römer gebärdeten.

Und Trommeln rasselten, Zeitungen gingen von Hand zu Hand, grellstimmige Kolporteure schrien: »Krieg! Krieg mit Preußen! Krieg mit Italien!«

In allen Sprachen des alten Kaiserreichs, von der karpatenumringten ungarischen Pussta bis zum Bodensee, von den Gestaden der Adria bis zu den karstigen Ödhöhen, in die Täler der Alpen, in die Straßen der Städte, in die tiefsten böhmischen Wälder drang die Schreckenskunde: »Krieg!«

Männer entrissen sich weinenden Frauen, zitternde Mutterhände zeichneten Kreuze auf die Stirnen ihrer Söhne. Bleiche

Bräute suchten vergeblich, sich an den Liebsten zu klammern, den das unerbittliche Gesetz ihnen nahm, ungewiss, ob er wiederkäme. Bauern spannten ihre Pferde aus und führten sie zu den vorgeschriebenen Sammelplätzen. Viele zogen mit ihren Tieren davon – auf Nimmerwiedersehen.

Es formten sich Bataillone, Regimenter, Armeen.

Gegen Nord und Süd galt es sich zu wehren; mit Bayern, Sachsen, Hannover, Württemberg, Baden, Kurhessen und Nassau gegen das sich über Nord-, Ost- und Mitteldeutschland schon dehnende Preußen, zu dem Koburg und Lippe-Detmold standen.

In den Randwäldern Böhmens, in der lombardischen Tiefebene formierten sich die Armeen zum Kampf, im Norden unter Generalissimus Benedek, im Süden unter dem Oberkommando des kaiserlichen Prinzen Albrecht. Mit seiner Artillerie ritt Erzherzog Wilhelm ins Böhmische hinein. Österreichische Kriegsschiffe durchfurchten die Adria unter dem Kommando von Admiral Tegetthoff.

Bismarck und Garibaldi hatten alle Kräfte gegen Österreich mobilisiert; Im Süden war die Volkswut fanatisch entbrannt, um das von Österreich-Habsburg beherrschte Venetien zu befreien. Österreichs Regimenter marschierten über Gefilde, die ihnen aus siegreichen Feldzügen unter dem gloriosen Radetzky vertraut waren.

Im Norden aber stritt Bruder gegen Bruder.

Da sandte es der elektrische Funke durch die Welt, dass bei Custozza der österreichische Doppelaar wiederum Jungitaliens Heer geschlagen habe. Freudenfeuer flammten auf, es umschlangen einander Arm und Reich, Jung und Alt, jubelnd: »Sieg! Sieg!«

Im Norden aber schoben sich die preußischen Heersäulen immer tiefer in den Gebirgswall Böhmens. Rasendes Feuer der Zündnadelgewehre mähte Österreichs Soldaten, dezimierte Regimenter zu Bataillonen, zu Kompanien. Nur die todesmutig in die ersten Kampfreihen vordringende österreichische Reiterei und Artillerie verhinderte eine Katastrophe.

Ernster stets wurden die Mienen aller, die das Unheil unabwendbar herankommen sahen. Nachod, Skalitz … Überall mussten österreichische Korps der Überlegenheit der preußischen Gewehre weichen. Auch der unter dem Befehl des Freiherrn von Gablonz errungene Erfolg von Trautenau vermochte die endgültige Niederlage nicht abzuwenden. Noch ehe amtliche Kunde von der furchtbaren Schlacht bei Königgrätz gegeben wurde, lief ein angstvolles Raunen durch die österreichischen Lande.

Dann, Zweifel wie Hoffnung verlöschend, kam die Meldung: Der Heldenmut unserer Soldaten und Offiziere aller Truppenteile war vergeblich. Die Materie, das bessere Gewehr, hat zugunsten Preußens entschieden. Zu den vielen Verwundeten zählte auch der heldenhafte Generalinspektor der Artillerie, Erzherzog Wilhelm.

Entsetzen erregten die Vorbereitungen an den Brücken über die Donau und Enns, um sie abzubrennen, falls der Feind nahte. Über alle Straßen Böhmens, Nieder- und Oberösterreichs zogen Regimenter, Armeen zurück.

Im Tumult der sich überstürzenden Ereignisse wurde die Kunde vom Waffenstillstand zunächst kaum geglaubt, da noch ein Hoffnungsstrahl aufgeblitzt war: Tegetthoff! Bei Lissa hatten österreichische Kriegsschiffe die fast doppelt überlegene Flotte Italiens überwunden.

Wie in allen Ländern der weiten Monarchie schritten auch zu Steyr schwarz gekleidete Frauen einher, leidgezeichnet die Gesichter.

Da saßen an einem Gasthaustisch, von schweigenden Leuten umdrängt, zwei Soldaten, deren löcherige, schlammdunkle Uniformen einst weiß gewesen waren. Atemlos lauschte man ihnen, die bei Königgrätz im Swinpwald mitgekämpft hatten. »Da war uns eingeredet worden, wir hätten das beste, das zielsicherste Gewehr; die preußischen Zündnadelbüchsen hätten so viel Streuung, dass es nur Zufallstreffer gebe. Zufallstreffer!«, wiederholte er bitter. »Und dann hieß es, man brauche nur die erste Viertelstunde zu überstehen, dann hätten sie die mitgenommenen Patronen verschossen, verlockt von der Schnellschießerei. Nur auf Massenfeuer seien die preußischen Grenadiere gedrillt. Überstünden wir den ersten Feuerzauber, dann schössen unsere Scharfschützen die anderen ab – wie Spatzen. Denn bis zu denen der Munitionsnachschub in die ersten Linien käme, sei alles längst entschieden. Stimmt das?«, wandte er sich seinem Kameraden zu.

»Genau ...«, nickte dieser trübe.

»Und dann kam die Wirklichkeit. Ich habe es selber mit manchem Treffer erprobt – ja, er ist zielsicher, unser biederer Lorenzvorderlader. Die Zündnadelbüchsen streuten ... Aber wir meinten, der Teufel hole uns, als die preußischen Grenadiere zum Angriff vorgingen. Hatte einer von ihnen geschossen, so warf er sich in die nächste Deckung – gedeckt und liegend machte er den Verschluss auf, schob die neue Patrone hinein, verriegelte das Gewehr, spannte – und schon krachte wieder ein Schuss herüber ... Wir?« Er sprang auf, nahm sein an den Stuhl gelehntes Gewehr, griff nach dem Pulverhorn und demonstrierte den gebannten Zuschauern: »Das Quantum in den Hals der Pulverflasche – von oben in den Lauf schütten! Dazu muss man stehen«, schrie er, »als Zielscheibe! Mach wer bei so einem gewöhnlichen Preisschießen die verdammten Griffe ... Wie oft er das Pulver danebenschüttet! Nun den Pfropfen abbeißen, dann das Pulver einstoßen, die Kugel daraufschieben, den Hahn spannen, das Zündhütchen aufsetzen! Und das alles, wenn's um einen zischt und pfeift ... Wenn man nichts anderes ist als eine kaum zu verfehlende Zielscheibe ... Wir mussten aber so tun, immerfort wieder, bei Skalitz und in der verfluchten Schlacht zu Königgrätz! Mussten noch zielen, wir Zielscheiben ...« Er schlug die Hände vor sein Gesicht, legte die Arme auf den Tisch, den Kopf darein vergrabend.

Reden hörte man nun, gedämpft, zagend, verzweifelt, verwundert, misstrauisch ...

Überall in österreichischen Landen entflammte jetzt ein freilich sinnlos gewordener Zorn gegen jene Kommission, die zwölf Jahre lang angeblich alle Gewehrtypen der Welt, also auch das preußische Zündnadelgewehr, studiert und alle als nicht kriegsentscheidend abgetan hatte. Ein Mitglied dieser Kommission hatte das Zündnadelgewehr sogar als Kinderspielzeug bezeichnet. Die Spekulation, nach der sich die Zündnadelgewehrschützen verleiten lassen würden, allzu rasch zu feuern, sodass unmöglich der nötige Munitionsnachschub rechtzeitig erfolgen könne und das treffsichere Vorderladegewehr letztlich doch den siegreichen Ausschlag geben würde, hatte sich als stümperhafte Fehlrechnung erwiesen. Die vierfach höhere Feuergeschwindigkeit der Zündnadelbüchse mussten Österreichs Soldaten mit vierfachem Blutzoll, der Staat Österreich mit dem verlorenen Krieg und dessen Katastrophenfolgen bezahlen.

Es kam zu keiner Revolte. Nur stumpfer Groll breitete sich aus. Als aber bekannt wurde, wie teuer Österreich den Friedensschluss erkaufen musste, wollten viele verzagen. Das siegreiche Preußen forderte Österreichs Austritt aus dem Deutschen Bund; für seinen italienischen Bundesgenossen bestimmte es als Siegesbeute die Provinz Venetien.

Wolken von Trübnis senkten sich über die Monarchie. »Dass sie uns wenigstens gnädig Triest lassen und Südtirol – nach ihrer Gloire von Custozza und Lissa«, knurrte man bissig.

16. Kapitel

DAS TABERNAKEL VON SANKT MICHAEL

»Was siehst du heute so seltsam drein?«, forschte Josef.

»Ich?« Linerls Lippen zuckten. »Ich meine, du bist der Seltsame.«

»Wieso ich?«

»Ach«, seufzte sie und arbeitete abgewandt von ihm weiter. »Vielleicht bin doch ich die Verwirrte. Ich habe eben früher geglaubt«, sie unterdrückte mühsam ein Weinen, »zur Ehe gehört ein ordentliches Ausreden zwischen Mann und Frau. Ich dachte, dass man innerlich immer mehr zusammenwächst und dass die Frau und die Kinder die nächsten Vertrauten sind. Wann hast du überhaupt Zeit für uns? Das Werk, das Werk, tausendmal das Werk, einmal die Kinder – und im letzten, vergessenen Winkel ich … Und dabei sprichst du nur über Lappalien zu mir. Wirklich Wichtiges berätst du mit diesem Holub, als wäre er es, dem du dein Leben zugeschworen hast …«

Mehr verwundert als betreten sah er sie an. »Aber, Linerl! Kann ich denn mit dir über Maschinenkäufe beraten oder gar dieses elende Problem mit dem Hinterladungsverschluss, von dem wir nur wissen, dass es in allernächster Zeit gelöst werden muss … und mit dem wir trotz aller Mühe nicht um ein Jota weiterkommen? – Schließlich sind wir doch keine jungen Liebesleute mehr! Glaubst du, meinen Schwestern geht es besser, der Heindlin oder sonst einer Frau, deren Mann ein Unternehmen, ein Geschäft zu führen hat?« Er stand auf, umfing sie und redete ihr zu: »Glaubst du, ich säße nicht oft lieber bei dir und den Kindern? In normalen Zeiten wäre es anders. Wir stecken aber inmitten eines Umbruchs vom Handwerk zur Industrie. Wer sich da nicht mit voller Kraft seiner Sache annimmt, über den rollt das Zeitrad hinweg. Soll unser Bub einmal so tun müssen wie ich? Soll er auch einmal durchbrennen, weil er in der alten Luft zu Hause hätte ersticken müssen? Und wegen wem bin ich gar bis nach Amerika durchgebrannt? Kannst du dich zufällig noch an eine Mamsell Heindl erinnern, derentwegen sich ein gewisser langer Sepp mit seinem Vater zerstritten und seine ganze Zukunft aufs Spiel gesetzt hatte? Ich soll dir von ihm etwas ausrichten.« Er flüsterte ihr ins Ohr: »Er hat es niemals bereut …«

»Ach du«, seufzte Linerl, in Tränen lächelnd, »du verstehst wen zu bestricken …«

»Wäre dir lieber einer mit staubtrockener Kehle, die er immer so lange schmiert, bis er mit Frau und Freunden streitet? Oder ein Schwächling, dem alle anderen über sind, der sich tief ducken muss? Geh, Linerl, find dich halt mit der einen Untugend ab …«

»Mit der einen?«

»Na, dann halt vielleicht mit zweien«, gab er großmütig zu.

Merklich stolz verkündete der Bürgermeister den Gemeinderäten: »Laut kaiserlichem Dekret ist der Bau einer normalspurigen Eisenbahnlinie von Sankt Valentin über Steyr ins Ennstal verfügt und sind auch die nötigen Mittel budgetmäßig bewilligt.«

Man bezweifelte vielfach, ob dem Dekret auch die Ausführung folgen werde. Doch nach wenigen Wochen schon zog der Stadtpfarrer mit großer Assistenz und den Honoratioren der Stadt nebst vielen anderen Steyrern hinaus nach Ramingdorf. Dort staken mitten in den Wiesen zwei parallele Reihen verschiedenfarbiger Stangen, die nordzu in die Felder mündeten und sich südwärts zur tiefen Schlucht des Ramingbachs hinwandten. Auf dem Dammbuckel vor der Schlucht, wo einst die Vorväter wegen des drohenden Türkeneinfalls geschanzt hatten, ragten die Stangen am höchsten und markierten einen Einschnitt, den man ausheben wollte, breit genug für die Bahngeleise, die auf einer weit gespannten Brücke die Tiefe überqueren sollten.

Von der Höhe hinabsehend, raunte mancher seinem Nachbarn zu: »Bis die Eisenbahn da hinüberfährt, sind unsere Kinder alt und runzlig.«

»Kann sein. Ich bleib ohnehin bei meinen Pferden. So eine Eisenbahn? Das nenn ich Gott versuchen! Ich sag euch, da gibt's mehr Unglücks- als Glückstage.«

Auf der windumbrausten Höhe gab es aber auch Männer, deren Augen leuchteten und die es nicht erwarten konnten, bis ihre Stadt endlich mit der großen Welt verbunden sein würde, bis das Wunder geschähe, dass Wagen auf Eisenbahnschienen von da aus in alle Länder Europas rollten.

Josef Werndl, das erste Mal nach dem Krieg wieder in Wien, berichtete dem Erzherzog Wilhelm sofort über den Ausbau seiner Werke und dass an Stelle der ehemaligen Mühlen, Schleifen und Hammerwerke bereits modernste Fabrikobjekte stünden; die zu ihrer Einrichtung nötigen Maschinen liefen aus Amerika planmäßig ein. Die Werndlwerke seien also jetzt in der Lage, bedeutende Bestellungen zu übernehmen und kurzfristig zu liefern.

Es fehlte aber seinen Ausführungen das sonst so Überzeugende und Bezwingende und nachdem ihm gewisse Bestellungen zugesichert worden waren, deren endgültige Formulierung er mit Hauptmann Kropatschek vereinbaren sollte, stockte das Gespräch.

Der Erzherzog sah nachdenklich auf die spiegelnde Platte seines Schreibtisches. Josef versuchte, die Ursache des Schweigens zu ergründen. Er wollte schon fragen – da begegneten seine Augen einem schnellen Seitenblick des Prinzen und ein unbehagliches Gefühl stieg in ihm auf.

Der Erzherzog schnippte ein unsichtbares Stäubchen vom Tisch und meinte nachdenklich: »Lieber Werndl, ich bin daran, eine Indiskretion zu begehen. Aber vielleicht ist sie Ihnen nützlich. – Seine Majestät hat eine neue Hinterladerprüfungskommission eingesetzt. Kriegsminister John und ich sind mit raschester Durchführung dieser Angelegenheit betraut. Vorstand der

Kommission ist General Graf Bylandt-Rheydt. – Damit fängt, neben den sachlichen Belangen, ein Kampf an, der üble Formen annehmen wird. Wie bei allem, wo es um den fleischigsten Knochen geht«, erklärte der General und erhob sich.

Auch Josef Werndl war aufgestanden. »Ich danke für den Wink, Kaiserliche Hoheit. – Holub und ich bemühen uns unnachgiebig wegen unseres Hinterladers, aber …« Bedauernd hob er die Hände. »Durch die vorgesehene Metallpatrone haben wir den Zündnadelverschluss übertroffen. Die immer wieder den Verschluss verschlammenden Verbrennungsreste sind ausgemerzt. Auch ein von mir neu ersonnener Hammer, der im ersten Anschlag die Verschlussöffnung sperrt, ohne feuerbereit zu sein, ist fabrikationsfertig. Doch der allen Ansprüchen genügende, schnell funktionierende, explosionssichere Verschluss, den haben wir noch nicht …«

Der Prinz reichte ihm die Hand: »Ich kann nur aufrichtig wünschen, dass Sie mit Ihrem Verschluss rechtzeitig fertig werden. Denn«, sein Gesicht spannte sich, »die zwölf Jahre der einstigen Kommission dürfen diesmal – so sagte mir ausdrücklich Seine Majestät – nicht einmal so viele Monate währen.«

Nachdem Josef Werndl alles seinem Ersten Werkmeister berichtet hatte, betonte er noch mit Nachdruck: »Das heißt – bei allem Wohlwollen für mich –, wenn ich unser Gewehr nicht fristgerecht vorlegen kann, so ist das Spiel verloren.« Seine Gesichtszüge wurden maskenhaft starr. »Ihnen brauche ich wohl nicht zu sagen, um welches Spiel es geht.«

»Mein Gott!«, stöhnte Holub. »In jeder freien Minute denke ich an nichts als an den Verschluss, träume sogar von ihm. Aber der Knopf geht mir nicht auf …«

Im Spätsommer beorderte man Josef Werndl telegraphisch nach Wien in das Kriegsministerium. »Hoffentlich ist die Katastrophe nicht schon da!«, murmelte er erschrocken vor sich hin. Nach dem ersten Blick in Josef Werndls verstörtes Gesicht aber rief Erzherzog Wilhelm ihm zu: »Was Sie befürchten, ist noch nicht eingetreten ...«

So aus tiefstem Herzen aufgeatmet hatte Josef noch nie. Er sank auf einen Sessel nieder, auf jede Etikette vergessend, sprang aber gleich wieder auf und bat: »Verzeihung, Kaiserliche Hoheit, aber Ihr Telegramm hat mich alles befürchten lassen.«

»Bei guten Bekannten«, lächelte der Prinz, »geht es so genau nicht her. Ich kann auch Ihren Schrecken verstehen.«

Freundlich wies er selbst seinem Besucher einen bequemen Polsterstuhl zu und informierte ihn: »Es gibt einen Zwischenakt. Die Kommission hat einen sehr praktikablen Vorschlag des Wiener Büchsenmachers Wänzl fabrikationsreif ausgearbeitet, wie auf primitiv-einfache Weise Vorder- in Hinterlader umzubauen wären. Hauptmann Kropatschek, die Kommission und ich haben den Vorschlag als einwandfrei befunden.« Er seufzte tief wie vorher Josef Werndl.

»Ich glaube zu verstehen, Kaiserliche Hoheit. Erst jetzt geschieht dies alles ...«

»Die Prüfungen sind durchgeführt.«

»Wie – durchgeführt?«, erregte sich erneut der Fabrikant.

Zum ersten Mal seit dem Unglückstag von Königgrätz lachte der Erzherzog: »Sie leiden heute an krankhafter Empfindlichkeit, Herr Werndl.« Er griff nach einem Papierblatt. »In diesem Erlass genehmigt Seine Majestät den Umbau von fünfzigtausend Lorenz-Vorder- in Wänzl-Hinterlader.« Und nach einer kurzen Weile, den Besucher voll anblickend, fragte er: »Könnten Sie diese Sache übernehmen?«

»Kaiserliche Hoheit! – Natürlich!« Er schrie fast vor Aufregung.

»Nun, so besprechen Sie mit Hauptmann Kropatschek alles Weitere. Er ist informiert.« Die Mienen des Erzherzogs spannten sich: »Von hundert vorgelegten Hinterladungssystemen sind schon mehr als die Hälfte ausgeschieden. Es bleibt noch viel zu tun, aber diesmal geht die Kommission rasch und sachlich vor.«

Bangnis in der Stimme, fragte Josef: »Wie lange schätzen Kaiserliche Hoheit, dass es noch dauert – bis zur Entscheidung?«

»Zwei, drei Monate – länger nicht.«

Die leise Befürchtung Josef Werndls, der Umbauvorschlag Wänzls könnte das Problem des Hinterladers überhaupt gelöst haben, erwies sich als unbegründet. Außer den Konstruktionszeichnungen legte ihm Hauptmann Kropatschek ein Musterstück vor. Es zeigte eine verblüffend einfache, aber auch primitive Lösung. Wänzl schnitt einen Keil ab, der bisher den Lauf nach hinten verschlossen hatte. Ein Gewinde wurde in das Reststück des Laufes eingeschnitten und darauf der Wänzl-Verschluss geschraubt. Er bestand lediglich aus einer Klappe, die – offen – das Einführen der Patrone gestattete. Ein Verschlussbolzen war mit dem den Schuss auslösenden Zündstift zwangsgemäß verbunden, o dass die glühenden Pulvergase nicht ausströmen konnten. Dennoch waren sich beide Fachmänner klar: Volle Sicherheit gab dieser Verschluss nicht. Ein Ausströmen der Pulvergase aus der Einschnappstelle war doch zu befürchten und wenn der Schlagbolzen einmal verfrüht zurückspränge, würde dem Schützen die Gasglut ins Gesicht fahren. Als Notbehelf jedoch mochte diese Lösung taugen.

In dieser Nacht wälzte sich Herr Josef im Hotel Kummer stundenlang schlaflos auf seinem Lager. Höhnend umhüpften ihn die bisher ausgeklügelten Verschlussteile. Sowie er sie zu einem Ganzen vereint zu haben glaubte, sprangen sie auseinander, als wären es auf Riesensprünge dressierte Flöhe. Endlich aber schien ihm doch das Problem gelöst. Da explodierte die Patrone. Die glühenden Gase quollen ihm in die Augen und er erwachte von seinem Schmerzensschrei. Während dieses Erwachens aber durchblitzte ihn eine Idee, die ihn mit einem Satz aus dem Bett schnellen ließ. Nach Schwefelhölzchen suchend, tappte er umher, streifte vom Nachtkästchen ein Glas, das klirrend am Boden zersprang, stieß an einen Stuhl, der polternd umfiel. Empört rief eine Stimme aus dem Nachbarzimmer: »Ruhe! Wir wollen schlafen!«

»Ruhe«, murrte er, »wenn man eine Idee hat!« Endlich hatte er eine Kerze angezündet. In ihrem flackernden Schein saß er bis zum Morgen, unermüdlich skizzierend, rechnend, schreibend. Mit der ersten Möglichkeit sandte er einen Boten ins Arsenal, der dem Kommandanten ein Schreiben mit dem Inhalt überbrachte, den Kaiserlich Königlichen Wachtmeister Wildburger in einer unaufschiebbaren Angelegenheit sofort ins Hotel Kummer zu Josef Werndl zu beordern.

Als dieser kam, empfing er ihn mit den freundlichen Worten: »Alter Patronenzauberer, diesmal habe ich eine in Ihr Ressort fallende Idee. So wunderbar die Metallpatrone ist, wir brauchen uns nicht erst zu erzählen, dass es sie durch den leisesten Materialfehler beim Zünden zerreißen kann. Diesen Nachteil hat mir Mister Benton in Springfield eingestanden. Und wir sind getreulich dort stecken geblieben. In dieser Nacht ist mir plötzlich Folgendes eingefallen: Liegt das chemische Zeug, das die Explosion des Pulvers bewirkt, am Patronenrand, so wird dieser mehr beansprucht als die übrige Patrone, noch dazu an seinen schwächsten Stellen, an den Knickteilen. Zentral, Wildburger, zentral muss die Zündkapsel liegen! Dann kann die Explosion nur in der ihr vorgeschriebenen Mündungsrichtung losgehen. Dann ist's vorbei mit den Deformierungen und Verklemmungen. Dann müssen die Patronen nur so heraushüpfen, wenn der Heber sie berührt. Also, Wildburger, dies der Gedanke. Der muss express praktiziert werden.«

Der erfahrene Fachmann Wildburger hatte zunächst manche Einwendung, doch am Nachmittag versprach er lebhaft: »Und wenn ich täglich achtundvierzig Stunden darüberhocken müsste – Ihre Patrone, Herr Werndl, muss unbedingt her!«

Darnach ließ Josef Werndl sich zufrieden vernehmen: »Und jetzt hat der Mensch Hunger! Her mit der Speisekarte! Links lesen, Wildburger. Schädigen Sie mich, soviel Sie imstande sind, und gegen ein Flascherl Gumpoldskirchner sind Sie auch nicht, wie ich Sie kenne.«

»Nicht mehr als Sie, Herr Werndl.«

Hauptmann Kropatschek, als nächster zu den Versuchen eingeladen, lobte wenige Tage später: »Herr Werndl, das ist eine große Sache! Das muss man umgehend dem Erzherzog und dem Kriegsminister berichten.«

Beide Generale schlossen sich Kropatscheks Meinung an und als sich Josef Werndl empfahl, sagte der Kriegsminister lächelnd: »Mit dieser Lösung haben Sie Ihren Konkurrenten eine saure Suppe gekocht. Ich gratuliere!«

Dennoch fuhr Josef mit Sorgen nach Steyr zurück. Ein anderes Wissen hatte ihm die Freude über das eben Gelungene reichlich vergällt. Die Hinterladungskommission amtierte diesmal in erschreckendem Tempo. Bis auf einige noch genauer zu erprobende Gewehre waren alle anderen vom Bewerb schon ausgeschieden. Ein Gewehr aber hatte sich an die Spitze geschoben, das von Remington, der unzweifelhaft derzeit erstrangigsten Waffenschmiede der Welt. Zu deren sachlichem Vorrang kam die überaus geschickte und intensive Wahrung der Interessen durch den Generalrepräsentanten Remingtons, Mister Samuel Norris, und den amerikanischen Gesandten in Österreich. Außerdem hatten sich, um das Auslandgeschäft etwas zu tarnen und schmackhafter zu machen, die Amerikaner der Gefolgschaft des gewandten und aalglatten Wiener Gewehrfabrikanten Paget versichert. Auch einflussreiche Presseleute und geschickte Börsenmakler hatten sich in dem großen Wettbewerb eingeschaltet – und alle hatten auf die Karte »Remington« gesetzt.

Er kannte die Remingtonwaffe, die sich in fünf Kriegsjahren bestens bewährt hatte und immer noch vervollkommnet wurde. Auch er stellte dieses Gewehr wegen seiner noch einfacheren Konstruktion und seiner Metallpatrone weit über das preußische Zündnadelgewehr. »Diese neue Kommission«, resümierte er, »funktioniert mit preußisch anmutender Rasanz! Dazu mit österreichischer Genauigkeit. Um mein Gutachten ersucht, könnte ich nur sagen: Das Remington-Gewehr hat nur den einzigen Fehler, dass es die österreichische Armee von landfremden Waffenfabriken abhängig machen würde, wenn auch die Vereinigten Staaten, dank ihrer Neutralität, noch am ehesten als ausländischer Lieferant zu akzeptieren wären.«

Machte aber Remington das Rennen, so stand er, Josef Werndl, vor einer Katastrophe. Ein Remington ließe sich die Erzeugung nicht aus der Hand winden. Mit den sonstigen Gefälligkeitsaufträgen könnte er das Werndlunternehmen vielleicht noch einige Wochen hinhalten – bis der restlose Konkurs einträte! Das ganze Vermögen der Familie Werndl wäre verloren. Und Steyr würde in sein etwaiges Debakel mit hinabgerissen! Er schlug die Hände vor das Gesicht, verhielt sich die Ohren und vernahm dennoch die peinigende Drohung im Geräusch der rollenden Räder: Konkurs, Konkurs, Konkurs …

»Josef Werndl! – Josef!« Ein gekeuchtes Rufen näherte sich. »Werndl! – Josef!«

Das heisere Schreien erschreckte Frau Linerl so stark, dass sie das eben aufgehobene Frühstückstablett mit zitternden Händen wieder auf den Tisch stellte. Da polterten Schritte die Treppe herauf, die Tür wurde aufgerissen – Holub stand auf der Schwelle, die Augen weit offen, als sähe er eine Vision.

»Holub!« Werndl sprang auf. »Was ist geschehen?!«

Über Holubs Wangen kollerten Tränen. »Ich – ich weiß«, stammelte er. »Ich hab ihn – den Verschluss! So«, er kreiste seine bebenden Hände gegeneinander, »so geht er auf – und so zu … Geht ganz auf – geht ganz zu.«

Josef packte seinen Arm. »Holub! Was hast du?!«

»Habt Ihr's nicht verstanden?«, fragte Holub heiser. »Ich rede vom Verschluss, vom Hinterladerverschluss.«

»Holub! Irrst du dich nicht?!«

»Nein, nein! Ich hab ihn! Hab ihn!«

»Komm! Komm!« Josef unterfing Holubs Arm und zog den vor Erregung ganz Aufgelösten zur Treppe. Sie stürzten beinahe, so stürmten sie hinab zum Kontor des Herrn Josef. Auch ihm flogen die Hände, als er jetzt hastig nach Papier und Bleistift griff und beides Holub hinschob. »Da zeichne es …«

Holub riss sich zusammen. »Nicht zeichnen – zeigen.« Er lief in die Werkstatt, Josef eilte ihm nach. Ein Stück Blei spannte der Böhme in eine Drehbank, formte einen konischen Zylinder, schnitt, in dessen Mitte beginnend, eine wannenförmige Einbuchtung heraus, schlug einen Stift durch die Achse, bog einen Blechstreifen halbkreisförmig darum, sodass dieser das Bleistück umfing. Nun hasteten sie zurück ins Kontor. Dort drehte der Werkmeister das Bleistück so, dass die Einbuchtung nach oben lag, und erklärte: »Jetzt ist da offen. Ich leg die Patrone ein.« Er deutete auf die Wanne und ließ den Zylinder eine Vierteldrehung vollführen, sodass die Wanne ganz von Blech umfangen war. »Und jetzt – ist der Verschluss zu!« Er drehte und wiederholte: »Ist auf – ist zu – ist auf – ist zu …«

Jäh entriss ihm Josef Werndl das primitive Gebilde und tat es dem andern nach: »Auf – zu – auf – zu …«

Holubs Augen funkelten. »Das Zündnadelgewehr«, krächzte er vor Eifer und Erregung, »braucht drei Zylinder – wir einen! Und so stark! Kann niemals explodieren! Nein! Gibt es nicht! Und ist – ganz einfach …!«

Josef Werndl hatte, indessen immerfort gedreht, her und hin, hielt nun inne und starrte den anderen an. »Holub! – Ich glaube wirklich, das ist – die Lösung! Da hinein mein Schlagbolzen – und den Patronenheber … Holub!!«, schrie er und hieb ihm auf die Schulter, dass ihm die Knie einknickten und er stöhnte: »Eine Pratze, Josef, hast du – wie ein Bär!«

»Und du ein Hirn, beinah so groß wie meins! Unser Hinterlader also war komplett!!«

Dann saßen sie mit heißen Stirnen und leuchtenden Blicken, berechnend, zeichnend, um das früher Ersonnene der neuen Idee einzugliedern.

»Der Tabernakelverschluss …«, murmelte Holub.

»Tabernakel …?«

»Ja«, erklärte Holub leise, noch immer wie sich selber entrückt, »ich knie in der Michaelerkirche, wie jeden Morgen, sehe den Geistlichen das Tabernakel auf- und zudrehen. Aber heute zuckt es mir plötzlich im Hirn: Das ist das Prinzip von dem Verschluss, wie wir ihn suchen …«

»Unser Verschluss!« Tief holte Josef Werndl Atem. »Holub, wir sind gerettet, alle mitsammen!«

Später, als ihre Mägen schon knurrend mahnten, rief Herr Josef in den Hof hinab: »He, Vielgut, sag meiner Frau, sie soll uns was zum Essen herunterschicken, und du, Franek, hol einen Krug Bier!« Er warf ein Guldenstück hinab und wies an: »Den Rest verbraucht für euch.«

In Wien war es indessen den Vertretern Remingtons geglückt, alle anderen Konkurrenten auszuschalten. Der geschickte Paget hatte ein Remington-Gewehr bereits auf Zentralzündung umgebaut.

In der Börse, bei den immer mehr Einfluss gewinnenden Börsenmagnaten, von denen mancher sich die Baronie gekauft hatte, pflegten Norris und Paget ihre Interessen. Sie übersahen auch nicht, mit maßgebenden Persönlichkeiten der Presse in angenehmsten Kontakt zu kommen. Selbstverständlich bedachte man alle, die mit der neuen Hinterladungskommission in näherer Verbindung standen oder Beziehungen zum Kriegsministerium hatten, mit Aufmerksamkeiten verschiedenster Art; und es lief der Name Remington den meisten irgendwie Maßgeblichen bald so glatt von der Zunge, als handle es sich um einen einheimischen Fabriksherrn.

Mister Norris hatte nicht vergessen, sich den Namen Josef Werndl zu notieren, als jenes klobigen »Schlossers von Steyr«, der ihm, dem Repräsentanten Remingtons, mit seiner Zentralzündung manche ärgerliche Stunde bereitet hatte. Er fürchtete zwar nicht, dass dieser »Schlosser« bei der Vergebung des fetten österreichischen Auftrages ihm in die Quere kommen könnte, machte aber über ihn, schon aus geschäftlichem Instinkt heraus, wann immer es anging, abträgige Bemerkungen.

Im Kreise seiner engeren Freunde aber erklärte er unumwunden: »Trotz seiner Vorliebe für Steyr hat der leidige Hauptmann

Kropatschek nun doch sein Gutachten über das Remington-Gewehr abgegeben. Übrigens erstklassig. Das müssen auch Erzherzog Wilhelm und der Kriegsminister zur Kenntnis nehmen und so hat General Bylandt-Rheydt freie Bahn bei Seiner Majestät …«

17. Kapitel

DES KAISERS ENTSCHEIDUNG

Der aus vielerlei Erfahrung sehr vorsichtig gewordene Josef Werndl wagte das geheime Geschehen zu Steyr nicht einem Brief anzuvertrauen. Bloß in einem kurzen Schreiben bat er den Erzherzog, ihn in dringlichster Angelegenheit zu empfangen, möglichst in Anwesenheit des Kriegsministers und Hauptmann Kropatscheks.

Prompt kam die zustimmende Antwort – prompt reiste Josef Werndl.

Ungewohnt gemessen trat er in den Arbeitsraum des Erzherzogs, verbeugte sich feierlich-steif und bedeutungsvoll und überreichte dem Erzherzog eine Mappe: »Kaiserliche Hoheit, ich bitte, die Konstruktionszeichnungen des von meinem Werkmeister Holub und von mir erdachten Hinterladungsverschlusses vorlegen zu dürfen.«

Erstaunt las der Erzherzog: »Tabernakelverschluss. – Wie reimt sich das, Herr Werndl?«

»Holub hat das Prinzip vom Tabernakel in der Sankt Michaelerkirche zu Steyr.«

»Ich bitte die Herren ...« Eine Handbewegung des Erzherzogs lud zum Sitzen ein. Dann lagen die Konstruktionspläne auf dem Tisch. In sicherer Art erklärte Josef Werndl die Erfindung. Man fragte nur wenig, aber er konnte den starken Eindruck seines Vortrags von den Mienen der Offiziere ablesen.

Doch als er seine Darlegungen beendet hatte, erstand ein langes, schließlich bedrückendes Schweigen im Raum. Der Erzherzog sah angelegentlich auf die Arabesken des Teppichs nieder, und die Blicke der anderen liefen offenkundig am Besucher vorbei.

Josef vermochte die Stille nicht mehr zu ertragen und forschte mit gepresster Stimme: »Kaiserliche Hoheit! Ist unterdessen bereits anders disponiert worden?«

»Eigentlich – ja.«

»Ja …?!« Josef Werndl wollte aufspringen, blieb aber wie gelähmt sitzen.

Erzherzog Wilhelm erklärte gedämpft: »Nach gründlicher Prüfung, theoretisch wie praktisch, musste man dem Präsidenten der Kommission, General Graf Bylandt-Rheydt, wie auch Seiner Majestät berichten: Das Remington-Gewehr entspricht allen Anforderungen, die man derzeit an eine Waffe stellen kann. Es liegt an Seiner Majestät, das öffentliche Probeschießen anzusetzen –.« Er sah dem Besucher in das blutleere Gesicht.

»Also man will wirklich die Monarchie den unabsehbaren Möglichkeiten einer Waffenlieferung durch einen fremden Staat aussetzen?«, fragte Josef stockend. Er schluckte, als dörre ihm die Kehle aus: »Ich will mich und die Meinen zurückstellen. Damit brechen nicht nur die Werndlwerke zusammen« – leise Wärme kam in seine Stimme –, »es werden alle, die mitgearbeitet, mitgeliefert, mitverdient haben, schwer betroffen. Steyr wird in die kaum überwundene Not zurücksinken. Wieder werden die Kohlenmeiler erlöschen. Es wird kein Eisen abgesetzt, also auch keines mehr verhüttet werden. Bis zum Erzberg hinauf wird eine Welle von Elend und Verzweiflung wogen. Zehntausende sind es, die durch eine Vergebung dieser Daseins- und Wohlstandsmöglichkeit in das Ausland – verelenden. Zehntausende von Österreichern – Gewerken wie Holzknechte, Löhner wie Unternehmer, Bauern wie Kaufleute … Ich bitte, das zu bedenken …«

Die Köpfe der vier Männer sanken ihnen tief gegen die Brust. Sie starrten auf die Teppichmuster, als vermöchten sie dort eine rettende Idee zu lesen.

»Ich glaube«, sprach schließlich Exzellenz John, »Kaiserliche Hoheit, Hauptmann Kropatschek und ich denken jetzt das Gleiche: Ein Jammer, dass Ihnen oder Ihrem Holub diese Eingebung nicht früher gekommen ist.«

»Die Einreichungsfrist war im September schon abgelaufen«, ließ Hauptmann Kropatschek gedämpften Tones verlauten, »die praktischen wie theoretischen Prüfungen sind abgeschlossen, auch die finanziellen Ansprüche in Ordnung ... Es tut mir leid. – Ein lächerlich abgeschmackter Ausdruck, aber ... Ich hätte, verzeihen mir Kaiserliche Hoheit, mein Gutachten über Remington schon drei Wochen früher abgeben können. Ich habe mich dadurch gegen den Sofort-Auftrag General Bylandt-Rheydts vergangen. Nur weil ich bis zum letzten Augenblick hoffte – –. Man kann doch nicht jetzt, wo alles schon entschieden ist, das kriegserprobte Gewehr angenommen und das eingehende positive Gutachten Seiner Majestät zur Entscheidung vorgelegt wurde, mit einer Konstruktionszeichnung antreten.«

Unvermittelt erhob sich Erzherzog Wilhelm, wandte sein undurchdringliches Gesicht Josef Werndl zu und betonte: »Fertigen Sie schnellstens ein genaues Holzmodell an! Das bringen Sie mir. Darnach melden Sie bei der Kreisregierung in Steyr Ihren Privilegiumsanspruch. Ich bitte«, wandte er sich an alle, »über diese Unterredung unbedingtes Stillschweigen zu bewahren.«

Nach knapp vierzehn Tagen überreichte Josef Werndl dem Erzherzog das gewünschte Holzmodell. Wohl sah er in den Mienen des prüfenden Offiziers größtes Interesse, dennoch blieb der Erzherzog auch diesmal bei seiner knappen Art und verabschiedete ihn mit der Mahnung, nun ungesäumt den Privilegiumsanspruch einzureichen und weitere Nachricht abzuwarten.

Folgendentags – am 10. November 1866 – traten zu Steyr zwei dunkel gewandete Herren ins Büro des k.k. Kreisrates Schmelzing und überreichten diesem ein gewichtiges Schreiben auf handfestem, vom Papierer Hoffmann geschöpftem Büttenpapier. Die Rückseite des mit leuchtendrotem Siegel verschlossenen Briefumschlags trug die weitausgreifende Unterschrift Josef Werndls und die Holubs. Auf der Vorderseite stand geschrieben:

Privilegiumsgesuch des Josef Werndl und des Karl Holub zu Steyr, samt Beschreibung und Zeichnung eines Hinterladungsgewehres mit zylindrischem Verschluss, welcher um eine mit dem Lauf parallele Achse drehbar ist und auf einer in schiefer Ebene ausgehöhlten Seite in offener Stellung zum Einlegen der Patrone dient, worauf durch denselben mit einer Viertelumdrehung die Verschließung des Laufes erfolgt. Die Abfeuerung geschieht mittels Hammer, der auf einen durch den Verschlusszylinder laufenden Dorn schlägt, welcher den Schlag auf die Patrone fortpflanzt.

Verwundert blickte Kaiser Franz Josef dem in vorschriftsmäßiger Generalsuniform sich höchst korrekt Verbeugenden entgegen, der, jeder höfischen Etikette zuwider, ein längliches Paket trug. Lächelnd reichte ihm der Kaiser die Hand. »Grüß dich, lieber Wilhelm. Wozu das zeremoniöse Audienzgesuch, deine Adjustierung und Beladung?«

Dienstlich kühl kam die Entgegnung: »Letztere bitte ich Eurer Majestät überreichen zu dürfen.« Der Erzherzog schien den familiären Ton des Kaisers überhört zu haben, löste rasch Verschnürung und Papier und hob aus dem geöffneten Karton ein Gewehrmodell.

Lächelnd griff der junge Kaiser zu, betrachtete und lobte: »Wie hübsch! Und so tadellos gearbeitet! Da hast du mir wirklich eine Freude gemacht, Wilhelm. Ist aber« – der Erzherzog stand noch immer in dienstlicher Haltung – »fast zu schön für den Rudolf.«

»Verzeihen, Majestät, es ist kein Spielzeug.«

»Nicht …?« Wieder betrachtete der Herrscher das Modell. Unwillkürlich hob er den Hahn und fasste die Verschlussklappe. Der Zylinder drehte sich, die Wannenhöhlung für die Patroneneinlage wurde sichtbar, und eine vom Heber ausgelöste Modellpatrone sprang heraus. Die Augen des Kaisers weiteten sich. »Wie? Ein Hinterladermodell – mir unbekannt?!«

»Anders unmöglich, Majestät. Es wurde mir erst gestern überbracht.«

»Jetzt? Nachdem ihr mir das Remington-Gewehr als das einzig entsprechende beschrieben, empfohlen und vorgeführt habt?

Von wem stammt das Modell? Warum bringst du es erst jetzt?«

»Es ist das Hinterladermodell nach einem in der Steyrer Kreisregierung heute eingereichten Privilegiumsgesuch Josef Werndls und seines Werkmeisters Karl Holub.«

»Jetzt kommt er daher, der Werndl? Nachdem die Kommission für Remington entschieden hat! Wie soll man da noch etwas ändern?«

»Das könnten nur Eure Majestät. Jeder andere Weg führt unausweichlich zu Remington.«

»Ja«, nickte der Kaiser, »Waffen – aus dem Ausland. Gar aus Übersee! Warum kommt er aber jetzt erst, dieser Werndl?«

»Halten zu Gnaden, Majestät, den zweien hat bis vor Kurzem die letzte und entscheidende Idee gefehlt, der Tabernakelverschluss.«

»Tabernakel – und Gewehr?!« Die Stirnfalten des Kaisers kerbten sich tiefer.

Es folgte eine ganz und gar nicht programmmäßige Unterredung, ob deren Dauer der Haushofmeister einmal nur einen mahnenden Blick zur Tür hereinwagte und nach der ärgerlichen Geste des Kaisers den im Vorraum noch auf Audienz Harrenden bedauernd mitteilte, Seine Majestät sei heute für niemanden mehr zu sprechen.

Das Holzmodell wurde wiederholt betrachtet, geprüft, mit dem herbeigebrachten Remington-Gewehr verglichen. Ebenso wurden alle Zeichnungen und Berechnungen einem eingehenden Studium unterzogen.

Wie es seine Gewohnheit war, wenn ihn etwas besonders bewegte, stand Kaiser Franz Josef zuweilen auf und schritt nachdenklich einige Male durch den Raum. Straff wandte er sich dem Erzherzog zu: »Da wird Monate hindurch eine Sache geprüft, erprobt, und kaum wird mir das Ergebnis übermittelt, kommt jemand mit angeblich noch Besserem.« Ein schmerzlicher Zug glitt um seinen Mund. »Und mir bleibt die gesamte Verantwortung. Du lobst die bisherigen Arbeiten dieses Werndl und ich habe keinen Grund, dein Lob zu bezweifeln. Der Umbau des Lorenz-Vorderladers zum Wänzl-Hinterlader ist aber noch lange kein Beweis dafür, dass dieses Ding da«, er zeigte auf das Holzmodell, »in der Praxis so funktioniert, wie es jetzt dargestellt wird.« Er winkte dem Versuch des anderen, zu sprechen, ab. »Kann mir denken, was du sagen willst: Werndl-Österreich kontra Remington-Amerika. Wahrscheinlich wirst du mich auch an die kaum überstandene Wirtschaftskatastrophe Steyrs und des Ennstales erinnern wollen.« Nach einem kurzen Schweigen wies er kühl an: »Beauftrage – von dir aus – den Werndl, unauffällig und unverbindlich, aber raschest, drei reguläre Probemodelle zu schicken.« Er ging zum Schreibpult und blätterte im Kalender. »Wir haben heute den 10. November. Das Probeschießen des Remington-Gewehres findet am 5. Dezember auf dem Arsenalschießplatz statt.«

Erzherzog Wilhelm verstand. »Remington-Probeschießen am 5. Dezember auf dem Arsenalschießplatz«, wiederholte er und als ihm der Kaiser, die Audienz beendigend, die Hand reichte, umfing er sie fester als sonst. »Danke, Majestät.«

In Myriaden Eiskristallen spiegelte sich an diesem 5. Dezember winterlich matter Sonnenschein. Viele Schritte knirschten über die Pfade zu den Arsenalschießständen, wo sich die Generalität versammelte und in den Ständen Scharfschützen des 21. Jägerbataillons aufgezogen waren. Mehr im Hintergrund standen der amerikanische Gesandte, Mister Norris und Fabrikant Paget.

Hell schmetterte der Generalmarsch. »Habt acht!«, hallte es und in streng dienstlicher Haltung harrten Generalität und Jäger ihres obersten Kriegsherrn.

Rasch schritt der Kaiser heran, gefolgt von Erzherzog Wilhelm und Kriegsminister John, und dankte salutierend den ihn Begrüßenden. Mit beharrlich vorausgerichtetem Blick, so jeden Annäherungsversuch abweisend, ging der Kaiser an der Generalität vorüber, die sich der kleinen Suite anschloss, auf die Schießstände zu, wo sich Hauptmann Kropatschek gehorsamst meldete und fragte, ob er Seiner Majestät das Remington-Gewehr erklären dürfe. Nach dessen zustimmendem Nicken legte er dar, wie dieses Gewehr unter schwierigsten Bedingungen und denkbar größter Beanspruchung eingehendst geprüft worden sei und allen Anforderungen entsprochen habe.

Franz Josef nahm das Gewehr, schien dessen Gewicht zu prüfen, ließ den Verschluss spielen, reichte es dem Hauptmann zurück. Dieser fragte, ob er nun das »Feuer frei« geben dürfe. Der Herrscher antwortete mit einem fast gleichgültigen Nicken.

Ein hallendes Kommando – und binnen drei Minuten jagten die Scharfschützen aus jedem Gewehr sechzig Schüsse auf jede fünfzig Schritt entfernte Zielscheibe.

Eiligst wurden die Scheiben dem Kaiser in den Stand gebracht. Sie zeigten ausnahmslos schöne Trefferbilder; ebenso später die Scheiben, die dreihundert Schritt entfernt waren. Der Kaiser verzichtete auf persönliche Besichtigung, beließ es beim Anzeigen der Treffer und einer Gesamtmeldung.

Während des Schießens hatte Hauptmann Kropatschek abwechselnd Granitsand und Schnee auf die Verschlüsse geworfen, die trotzdem leicht und sicher funktionierten.

Aller Blicke hingen am Antlitz des Kaisers, dessen Mienen undurchdringlich blieben. Schon wollten der amerikanische Gesandte und Mister Norris vortreten, da drehte sich der Herrscher knapp um und ebenso flüchtig grüßend wie beim Kommen verließ er den Schießplatz.

Audienzgesuche des amerikanischen Gesandten wie des Mister Norris wurden mit dem bedauernden Bescheid abgewiesen, Seine Majestät sei augenblicklich nicht in der Lage, die Herren zu empfangen. Als hiernach General Graf Bylandt-Rheydt den Kaiser um seinen Entscheid bat, da die Zeit dränge, entgegnete dieser kühl: »Mich drängt sie nicht«, und seine ungeduldige Handbewegung beendete die Audienz. Ein Versuch des Generals, dennoch zu sprechen, wurde mit so hoheitsvoll-erstauntem Blick bedacht, dass Graf Bylandt-Rheydt unwillkürlich den Audienzraum verließ.

Niemand vermochte jemals zu ergründen, wer den Sturm gegen Josef Werndl entfacht hatte und wie sein ängstlich gehütetes Geheimnis verraten worden war. Zyklonartig brach es los, in den Salons, den Restaurants und Kaffeehäusern, in den Palästen der Geldaristokratie, in Börse, Theater und Ballsaal. Unaufhaltsam quollen in immer weitere Kreise die Ruf und Ehre zerfressenden Gerüchte – alles Verleumdung und böswillig verzerrte Wahrheit.

Die Presse schaltete sich in das Kesseltreiben ein, hier strengste Untersuchung fordernd, dort anscheinend Sträfliches aufdeckend. Josef Werndls Privatleben wurde, mit widerlichen Lügen von brutaler häuslicher Tyrannei, der Öffentlichkeit vorgeführt. So viele galante Abenteuer und wüste Exzesse wurden ihm angedichtet, dass es, sie alle zu erleben, dazu etlicher Jahrzehnte bedurft hätte. Seinen Arbeitern gegenüber bezichtigte man ihn der Halsabschneiderei, gegen seine Kreditgeber raffiniertester Machinationen.

Zunächst schob er dies alles als belanglos beiseite, erkannte aber bald, dass da Mächte wirkten, die ihn, der es gewagt hatte, ihre Geschäfte zu gefährden, vernichten wollten. Fassungslos stand er vor dem schändlichen Treiben. Er war noch zu jung und unerfahren in solchen Praktiken des Großgeschäftes. Die Entscheidung des Kaisers würde ja nicht nur die Waffenlieferung für Österreich bestimmen, sie brachte der so von einer Großmacht anerkannten Firma Weltruhm und damit Weltgeschäfte. Amerika kontra Europa! – Steyr kontra Ilion!

So mancher, der Herrn Josef bisher befreundet war, wich ihm jetzt aus. Er aber gewöhnte sich mehr denn je daran, über die Leute hinwegzublicken. Linerl wagte kaum mehr ihre Wohnung zu verlassen und selbst die Mutter schien ihn entmutigen zu wollen: »Ich glaube dir alles, Sepp. Ich weiß ja, was du kannst und willst. Aber so etwas veranlassen?! Wie willst du da wieder, herausfinden? Wie von solchem Unrat unseren Namen reinigen?«

Nur rastlose Tätigkeit hielt ihn aufrecht und das Wissen: Der Erzherzog, ja sogar der Kaiser warten auf mein Gewehr!

Dieses Wissen ließ auch den frommen Holub die Weihnacht diesmal nicht feiern – und am 9. Januar 1867 überreichte Josef Werndl in Wien dem Erzherzog Wilhelm die geforderten drei Probegewehre. Er wurde indessen kurz und äußerst sachlich beschieden: »Ich bitte Sie, nach Hause zu reisen und dort unsere Nachricht abzuwarten. Es ist unsere Pflicht, auch in Ihrem Fall, ohne Rücksicht auf den Hersteller die Gewehre zu prüfen.«

Acht Tage währten die Proben. Zweitausend Schüsse wurden aus jedem Modell abgefeuert, ohne den Verschluss zu reinigen. Man grub ein Gewehr achtundvierzig Stunden lang in feuchte Erde ein, erprobte es, flüchtig nur äußerlich gereinigt, wieder mit mehreren hundert Schüssen und bewarf die Verschlüsse während des Schießens mit Schnee und Granitsand.

Am neunten Tag berichtete Hauptmann Kropatschek dem Erzherzog Wilhelm und dem Kriegsminister: Das Werndlgewehr sei wohl nicht so elegant wie das Remingtons, doch sei sein Verschluss kompakter. Es habe alle Proben einwandfrei bestanden. Seine Feuergeschwindigkeit liege über jener der amerikanischen Waffe, von allen bisher bekannten Gewehren sei es auch am einfachsten zu bedienen.

Wie ausdrücklich vom Kaiser befohlen, legte man ihm dieses Ergebnis sofort und direkt vor. Am nächsten Tag schon berief ein Telegramm Josef Werndl nach Wien.

Wieder zeigten der Erzherzog und der Hauptmann undurchdringliche Mienen. Kühl sprach der General: »Heute habe ich Ihnen nichts weiter zu sagen. Ich habe nur den Auftrag, Sie sofort in Audienz zu Seiner Majestät zu bringen.«

»Kaiserliche Hoheit …« Josef Werndl tastete nach einer Stütze, umklammerte eine Stuhllehne: Bedeutete das ein Vorbei – oder einen Beginn?

»Hallo, Werndl!«, hörte er eine Stimme wie aus weiter Ferne. »Jetzt heißt es noch die letzte Hürde nehmen!«

»Die letzte Hürde …?«

Schweigend fuhr man zur Hofburg.

Josef Werndl suchte Klarheit in sich zu schaffen. Der Kaiser lässt mich nicht rufen, um mir ein Nein zu sagen, dachte er. Das Wissen aber, dass er in kürzester Frist vor einem der mächtigsten Fürsten der Welt stehen und dass von diesem Fürsten allein sein Aufstieg oder Untergang abhängen werde, durchrüttelte ihn wie ein Fieber.

Nun stieg er die Treppen zur Kaiserburg empor, wie einst in seiner Phantasie. Goldbetresste Hofangestellte neigten sich vor ihm. Dem Erzherzog raunte man zu: »Seine Majestät lassen Eurer Hoheit danken. Seine Majestät wünschen Herrn Werndl allein zu sprechen.«

Sosehr auch der Riese aus Steyr nach innerer Fassung rang, es war ihm, als schritte er durch Nebelwände, bis er eine schlanke, lichtblau gekleidete Gestalt wahrnahm, vor der er sich tief verneigte. Der Kaiser …

»So also schaut er aus, der Schlosser von Steyr«, hörte er sich wohllautend angeredet. »Na, Wirbel genug haben Sie mir angerichtet!« Eine vornehme Hand legte sich schmal und leicht in die große und derbe des Besuchers.

»Majestät, halten zu Gnaden, wenn ich mich wenig formgerecht benehme und etwas verwirrt bin.« Ganz dunkel klang Josefs Stimme. »Schweres bin ich von jung auf gewohnt. Was ich in den letzten Wochen aber durchmachen musste, möchte ich kein zweites Mal erleben. Lieber hungern, betteln, verderben …«

Ein dünnes Lächeln glitt um die Lippen des Kaisers, als er entgegnete: »Sie haben aber auch das Ärgste getan! Den anderen das scheinbar sichere Geschäft vor den Zähnen weggerissen.«

»Majestät! Habe ich das?!«

Der Kaiser lächelte leise. »Vorerst wollen wir uns setzen.«

Josef Werndl musste sich über die Stirne fahren, um die Wirklichkeit zu erfassen. Nein, er träumte nicht. Er, der im bescheidenen Wieserfeldhaus Geborene, als Narr, als Verbrecher Verschriene, saß mit dem Kaiser von Österreich an einem Tisch …

»Sie haben also«, begann der Herrscher die Unterredung, »ein neues Hinterladergewehr und eine moderne Fabrik geschaffen. Fast zu viel für einen Mann. Über das Gewehr bin ich eingehend unterrichtet. Von Ihnen möchte ich jetzt noch wissen: Können Sie, falls ich den Auftrag für Sie unterschreibe, auch den nötigen Lieferpflichten nachkommen?«

»Um das darzulegen, müsste ich Eure Majestät um längeres Gehör bitten.«

»Deswegen habe ich Sie herbeordern lassen.«

Als es nun darum ging, dem Monarchen sachliche Belange zu unterbreiten, fand Josef Werndl seine Sicherheit wieder, sprach klar und gewandt wie sonst. Manche vom Kaiser ausgesprochene fachliche Erkundigung bewies, dass er sich auf diese Unterredung eigens vorbereitet hatte und so sein Interesse für das Schaffen des Steyrers am besten dokumentierte.

Nachdem alles erörtert worden war, was die Waffe und deren Herstellung betraf, bat Josef Werndl: »Majestät, darf ich noch Persönliches anfügen?«

Es wurde ihm freundlich gewährt.

»Wie ich Eurer Majestät eben darlegen durfte, habe ich aus meinem, meiner Mutter und der Geschwister Vermögen eine Waffenfabrik modernster Art bauen lassen. Wenn diese selbstverständlich noch in der Entwicklung begriffen ist, kann ich doch jetzt schon, wie ich Eurer Majestät ebenfalls vorhin dargetan habe, einen Großauftrag für die österreichische Armee übernehmen und zu vernunftgemäßen Terminen diesem nachkommen. Darf ich besonders darauf hinweisen, dass meine Waffenfabrik in Europa nicht ihresgleichen hat, ja dass ich die amerikanischen Werkzeugmaschinen zum nicht geringen Teil schon zu Automaten weiterentwickelt habe, wie nur ich solche besitze. Selbstverständlich bin ich bereit, meine Angaben von Fachexperten überprüfen zu lassen.« Er richtete sich steif auf und betonte: »Für alle Lieferungen an die österreichische Armee verzichten mein Miterfinder Holub und ich auf alle sonst für Privilegien üblichen Sonderzahlungen. Im Weiteren setze ich als Garantie für einwandfreie und termingerechte Lieferung im Einverständnis mit meiner Mutter und meinen Geschwistern unseren gesamten Besitz zum Pfande. Mir ist wohl bewusst, dass ohne Eurer Majestät Eintreten für meine Belange der Auftrag unweigerlich Remington überschrieben worden wäre. Hierdurch sind nicht nur meine Werke vor dem sonst unumgänglichen Zusammenbruch gerettet, sondern ich bin auch in der Lage, sie noch weiter auszubauen und noch mehr Menschen Verdienst zu geben. Die mir erteilten Aufträge werden das oberösterreichische Wirtschaftsleben in weitem Umfang beleben. Darf ich auf die noch größeren Weiterungen durch die Ankurbelung des gesamten obersteyrischen Wirtschaftskörpers bis hinauf zum Erzberg und in das Umland hinweisen? Und darf ich auch bezüglich dieser. Erwägungen um Eurer Majestät Vertrauen bitten?«

»Wäre ich nicht gewillt, Ihnen zu vertrauen, so hätte ich Sie nicht rufen lassen«, beschied der Kaiser, sich vom Sitz erhebend. »Vor dem offiziellen Auftrag liegt noch das offizielle Probeschießen. Es ist für übermorgen angesetzt. Ich wünsche Ihnen auch dazu Erfolg. Und«, er lächelte leicht, »dass Sie mir bald einen Werndl-Jagdstutzen schicken.«

Wiederum erwarteten Generalität und Scharfschützen auf dem Arsenalschießplatz ihren höchsten Kriegsherrn, nur dass dort, wo vor wenigen Wochen die Amerikaner standen, nun Josef Werndls Hünengestalt ragte.

Wieder schritt Franz Josef, begleitet von Erzherzog Wilhelm und Kriegsminister John, die Front ab. Diesmal erstarrte seine Miene nicht in Abweisung und sein Salut geschah verbindlicher.

Wieder bat Hauptmann Kropatschek, Seiner Majestät das vorzuführende Gewehr erklären zu dürfen. Der Kaiser ergriff die ihm dargebotene Waffe, das Werndl-Gewehr.

Wiederum führten die Scharfschützen des 21. Jägerbataillons das Probeschießen durch. Die Schussbilder waren jenen mit dem Remington-Gewehr erzielten zum Verwechseln ähnlich, doch erreichte man mit dem Werndl-Gewehr eine zwanzig Prozent höhere Feuergeschwindigkeit.

Nach dem beendeten Probeschießen reichte der Kaiser Josef Werndl demonstrativ die Hand. »Sie haben viel für die Heimat geleistet, Herr Werndl. Das Privilegium für Ihr Gewehr habe ich schon unterschrieben. Auf Wiedersehen.«

Auch der Vorsitzende der Hinterladungskommission, General Graf Bylandt-Rheydt, konnte diese Begebenheit weder übersehen noch überhören. Und als man ihm am nächsten Tag Mister Norris meldete, wurde diesem bedeutet: »Exzellenz sind augenblicklich verhindert, Sie zu empfangen. Der Bescheid der Hinterladungskommission wird allen Interessenten schriftlich zugestellt.«

Nach diesem Geschehen blieb den hierzu Berufenen nichts anderes übrig, als der Majestät den Antrag vorzulegen, die Werndl-Holub-Erfindung zur Einführung in die Kaiserlich-Königliche Armee zu privilegieren und die Waffenfabrik Josef und Franz Werndl zu Steyr mit einem Erstauftrag von zweihundertfünfzigtausend Gewehren zu betrauen.

Schlagartig war der Verleumdungsfeldzug gebannt. Der Meinungswind drehte sich und blies nun plötzlich für Josef Werndl günstig.

Selbst der ihm bisher feindliche Teil der Presse bewunderte nun den genialen Riesen und pries die unerhörte Ausdauer und Tatkraft des »Schlossers von Steyr«.

Die Steyrer wähnten sich auf dem Gipfel alles Erreichbaren. Ein turbulentes Getriebe hob an, wogegen alles, was Josef Werndl in den Jahren vorher veranlasst hatte, als behäbig erschien. Die Zahl der Bauleute wurde sogleich verdoppelt. Alle erwerblichen Wasserrechte oder nahe der Steyr gelegenen Gründe einschließlich der Voglsanginsel und der Pufferau kauften Josef und Franz Werndl.

Auch der begonnene Bahnbau von Sankt Valentin nach Steyr gedieh sichtlich rascher. Diese Bahn sollte ja möglichst bald schon besonders die aus der Neuen Welt kommende horrende Maschinenfracht wie auch die von den Werndlwerken abzutransportierenden Waffenlieferungen bewältigen.

An einigen Baustellen suchten die Leute vergeblich zu erraten, was denn hier wieder erstehe. Man traute diesem Josef Werndl nun schon alles zu, aber die Ausmaße etlicher Baugruben erregten dennoch Verwunderung und Kopfschütteln. Sie schienen viel zu umfangreich und tief für einen Bau. »Der wird doch nicht die Keller auch noch mehrstöckig ausschachten,« – »So nah am Fluß und so tief unter den Wasserspiegel gegraben? – »Will er da Wasser einfüllen?«

In das Lachen über den vermeintlichen Witz dröhnte eine tiefe Stimme: »Da lacht ihr, Leute? Denkt erst einmal nach, was das werden könnt.«

»Zum Waffenmachen brauchen Sie doch keine Schwimmschulen«, rief einer.

»So – da denkt einer sogar! Für die Leute brauch ich da vorn die große und hinten die kleinere für meine Forellen.«

Man war aber nicht sicher, ob man das glauben sollte.

Aber es entstanden wirklich eine Schwimmschule und eine Forellenzucht und in deren Nähe ein schlichter Wohnbau, Wasservilla genannt, inmitten weiter Parkanlagen samt einem Tiergarten, in dem sich Kleinwild und weiße Hirsche tummelten.

Kaum fertig, wurde die Wasservilla von der Familie Josef Werndl bezogen und er lachte: »So, Linerl, lang genug waren wir zusammengedrängt, sogar in Dachböden. Nun sollst auch du, sollen's die Kinder verspüren, dass dein Mann, ihr Vater doch nicht ›der Narr von Steyr‹ ist.«

Am 27. Juli 1867 bejubelte ganz Steyr die endlich eingelangte Botschaft: Der Kaiser hat der Waffenfabrik Josef und Franz Werndl das Privilegium für die Lieferung von zweihundertfünfzigtausend Gewehren erteilt. Steyr wird die Waffenschmiede Österreichs …

Am Abend dieses 27. Juli zogen – voran eine Musikbande, schneidige Märsche schmetternd – die von Fackelträgern flankierte Bürgergarde, die freiwillige Feuerwehr, daneben und hinterdrein alles, was Beine hatte, die Sierningerstraße entlang, die Direktionsstraße hinab und längs des Wehrgrabens bis zur Wasservilla.

Während Bürgermeister und Gemeinderäte sich in die Villa begaben, um Josef Werndl den Dank und die Anerkennung Steyrs zu sagen, umdrängte eine sich ständig mehrende und immer dichter sich ballende Menge die Abzäunung der Villa. Sooft die Kapelle pausierte, begann ein stets brausenderes Rufen, bis es stimmgewaltig aus tausenden Kehlen erscholl: »Josef Werndl! Josef Werndl! Josef Werndl!«

Dieser zeigte sich endlich in der Torfahrt der Villa, der unübersehbaren Menge zuwinkend. Da wurde er unversehens von kraftvollen Armen hochgehoben, ein Ring von Fackelträgern umschloss ihn und beleuchtete denjenigen, dem die nicht enden wollenden Hochrufe galten. Bis seine Stimme den Schlussakkord dieses bedeutsamen Tages kündete: »Und jetzt, liebe Steyrer, wollen wir miteinander schaffen, was das Zeug hält! Als des Vaterlandes Waffenschmiede …!«

18. Kapitel

DER WÜRGEGRIFF

Bald scherzte man zu Steyr: »Weißt du das Neueste vom Werndl? Verzehnfachen kann er sich! Gleichzeitig haben sie ihn in Letten, in der Jochermühle ...«

»... und im ›Goldenen Löwen‹ gesehen«, lachte der Gefoppte.

Dennoch lag ein Korn Wahrheit in diesem Scherz. So rasant führte Josef Werndl seine Werkskontrollen durch – bei ungeminderter Genauigkeit –, dass es wirklich den Anschein der Vervielfachung erwecken musste. Auch sah man ihn kaum mehr langschrittig durch die Straßen eilen. Er fuhr in seiner rappenbespannten Kalesche von Objekt zu Objekt und wollte er ganz schnell weiterkommen, so saß er selber auf dem Kutschbock.

Was er aber geistig wie gedächtnismäßig zu leisten vermochte, war seinen Mitarbeitern unfassbar. Mit seinem Bruder Franz, dem Schwager Fischer und einigen Schreibern bewältigte er die Werksleitung. Für jedes Objekt war ihm ein Werkmeister verantwortlich, dem nur zwei bis drei Partieführer und ein Objektschreiber zur Seite standen. So wurde die gesamte Arbeit mit außerordentlich wenig Angestellten geleistet. Josef war Kopf und Motor des Gesamtunternehmens zugleich.

Indessen gönnte er sich auch öfters eine gemütliche Stunde mit seiner Familie.

Seinen Hauptkassier Fischer hatte er vor Kurzem angewiesen, in der Gesamtkalkulation einen Betrag vorzusehen, aus welchem man bei eventuellen Arbeitsflauten bewährten Werksleuten eine gewisse Übergangshilfe einige Wochen lang auszahlen könne. Fischer hatte dies zur Kenntnis genommen, doch es war ihm so ungeheuerlich erschienen, dass er nicht daran gedacht hatte, diesen Auftrag ziffernmäßig zu erfüllen.

»Nun, was hast du wegen der Auszahlung an Verdienstlose errechnet?«, hörte er einige Wochen später seinen Schwager und Vorgesetzten fragen.

Wie ein Weltwunder starrte er ihn an und stotterte: »Wie? – Ja, ich hab das letzthin für einen Witz gehalten. Was auszahlen – an Unbeschäftigte? Sepp! Die Fabrikbesitzer der ganzen Welt stehen kopf, wenn du das tust. Und was die dir dann einrühren ...«

»Warst du schon einmal ohne Verdienst?«

»Gottlob nicht.«

»Da kannst du auch Gott loben! Als mich mein Vater dazumal hinausfeuerte, hatte ich noch genau neunzig Kreuzer in der Tasche. Habe tagelang Wasser und Brot geschlemmt. Hätte mich nur zu ducken brauchen unter Vaters Willen – und alle Not wäre vorbei gewesen. Sind aber manche mit mir gestreunt, so vom Nichts zum Nichts. Ein Weißschädel hat mir vorgeseufzt in einer Scheunennacht, wie er sich und seine Familie ehrlich ernährt habe, bis ihn – wegen Konkurses – sein Arbeitgeber von einer auf die andere Stunde entlassen musste. Hat mir seine Hungerwochen, die Krankheit seines Weibes geschildert, und wie er schließlich verzweifelte und in eine fremde Tasche griff.

Vielgut und Franek haben mir ähnliche traurige Geschichten erzählt wie der alte Walzbruder. Vielleicht wird das einmal ganz klar und amtlich geregelt. Ich wenigstens will dahin zu wirken suchen. Vorläufig aber soll bei uns eine Rücklage her, um ordentlichen Leuten, die eine gewisse Zahl von Jahren fleißig und treu in den Werndlwerken gearbeitet haben, in beschäftigungsmagerer Zeit wenigstens etliche Wochen lang eine Überbrückungssumme zu gewähren. Unterbreite schleunigst deine Vorschläge hierzu.«

Seufzend sah Fischer dem Enteilenden nach. »Da bringt er wieder alle gegen sich auf. Ist kaum der neumodische Akkordlohn von den anderen Werksinhabern verdaut.«

Obwohl die Gegner Josef Werndls durch das kaiserliche Dekret unversehens zum Schweigen gezwungen gewesen waren, hielt dies nicht lange an. Der sensationslüsterne Teil der Presse schaltete sich wieder ein und lancierte tatsächliche und zahlreiche erfundene Mängel der Werndlwerke und ihres Leiters.

Zu Wien vermochte Erzherzog Wilhelm die hämische Frage des Grafen Bylandt-Rheydt, ob der »Steyrer Waffenkönig« die bestellten zweihundertfünfzigtausend Gewehre noch in diesem Jahrhundert oder erst im nächsten liefern werde, nur mit der scharfen Entgegnung zu parieren: »Ich darf wohl erinnern, dass in kaiserlichen Diensten, und gar in so höchst ausschlaggebender Sache, der gebührende Ernst zu wahren wäre. Ich werde persönlich für genaueste Einhaltung der vereinbarten Lieferungstermine sorgen ...«

»Dass Kaiserliche Hoheit das im Sinn haben«, entgegnete Bylandt-Rheydt und lächelte überlegen, »davon bin ich überzeugt. Es ist nur zu befürchten, dass Hoheit bei genauer Prüfung nicht eben erfreut sein dürften.«

Sich zu freuen oder zu ärgern sei seine Privatangelegenheit, verwies der Erzherzog.

Im vertrauten Bylandt-Rheydtschen Kreise belachte man an diesem Abend die vielsagende Bemerkung des Grafen: »Seine Kaiserliche Hoheit leidet heute an erheblicher Störung seines steyrischen Wohlbefindens.«

Der Erzherzog ärgerte sich wirklich. Weniger über Josef Werndl als über die erneute Erkenntnis, dass menschliche Bosheit niemals ausstirbt. Es war ihm bekannt, dass sich Lieferterminverzögerungen ergeben hatten, und sosehr er Josef Werndl vertraute, er musste, schon um der äußeren Form zu genügen, nun in Steyr inspizieren.

Josef erwartete den kaiserlichen Besucher in Sankt Peter und ließ es sich nicht nehmen, die Kalesche in rasantem Tempo nach Steyr zu lenken. Wie es der Erzherzog ausdrücklich wünschte, besichtigte er die Waffenwerke nicht, wie sonst bei solchen Gelegenheiten üblich, nur flüchtig, sondern sehr eingehend, einschließlich der Lagerräume. Auch legte Josef dem Prinzen an Hand von Plänen dar, was er derzeit und was er weiterhin ausbaue und in welcher Weise sich die Kapazität des Gesamtwerkes in gewissen Zeiträumen erhöhe. Die von Bylandt-Rheydt ironisierten Verzögerungen gab er unumwunden zu, doch musste auch der Erzherzog zustimmen, als Herr Josef seinen Vortrag beschloss: »Ich denke, Kaiserliche Hoheit überzeugt zu haben, dass ich tue, was menschenmöglich ist, um meinen Verpflichtungen nachzukommen. Leider sind selbst meiner Leistungsfähigkeit Grenzen gesetzt.«

»Seien Sie nicht zu bescheiden, lieber Werndl«, fiel ihm der Gast ins Wort. »Was Sie da alles vorantreiben, das liegt ohnehin schon jenseits des normalen Menschenmöglichen. Es ist schlechthin grandios! Ich werde nicht versäumen, dem Grafen Bylandt-Rheydt eine Abschrift meines Inspektionsberichtes zu senden. Warum soll sich der nicht auch einmal ärgern?«

»Und wie geht es meinen gewissen Freunden von der großen Finanz?«

»Oh, die finanzieren sich weiter. Scheinen die Geldquellen zu riechen.«

»Manchmal wünsche ich mir auch so einen Riecher«, seufzte Josef unwillkürlich.

Sehr ernst nickte der Gast und folgerte: »Ich glaube es. Bei aller Anerkennung Ihrer Leistungen und Pläne, wie wollen Sie alle die Neubauten und Anschaffungen finanzieren?«

Josefs Miene verfinsterte sich. »Kaiserliche Hoheit, halten zu Gnaden«, bekannte er, »ich bin bisher einfach nicht dazugekommen, das regelrecht zu bedenken. Ich bin froh, immer das Nötige für den Tag zu haben.«

»Sie werden sich aber mit diesem Problem noch beschäftigen müssen …«

Herr Josef wollte zur Rückfahrt nach Sankt Peter wieder den Kutschbock besteigen, doch lächelnd hielt ihn der Prinz zurück: »Ihre Kutschierkunst in Ehren, mein Lieber. Mir hat die Herfahrt genügt. Bei Königgrätz war es eine andere Sache. Im Übrigen möchte ich noch gerne ein bisschen leben.«

Es thronte also diesmal Mandl am Kutschbock und fuhr achtsam und stolz den hohen Gast und seinen Herrn nach Sankt Peter.

Einer Hydra gleich hatte das Unglücksjahr 1866 das Staatsvermögen verschlungen. So gering an Wert waren die staatlichen Guldenzettel geworden, dass man wieder ihrer mehrere für eine Silbermünze geben musste. Als aber Josef Werndl mit seiner Unterschrift versehene Notgeldscheine ausgab, setzte man diese dem Silbergeld gleich. So hoch stand sein Unternehmen im Kredit des Volkes.

Ungeheuerliches sollte sich dann begeben. Mit anderem Staatsgut sollten auch der Erzberg, die Innerberger Eisengewerkschaft, der Innerberger Stadel zu Steyr, ja alles im Heimatboden an metallenen Schätzen noch Geborgene, alle Stätten, wo Fleiß und Klugheit walteten, ausländischem Kapital verfallen. Die kaum abgewendete Gefahr des Pickering-Angebots drohte vervielfacht.

Die Gewerke delegierten Doktor Johannes Hochhauser und den Eisenhändler Franz Schönthan Ritter von Perwald zu den Wiener Verhandlungen. Doch deswegen bangte kaum jemand im Volk von Steyr – eher wünschte man sich verstohlen und nicht ohne Schadenfreude einen saftigen Aderlass der »geldigen Leute«. Glücklicherweise ließ sich indessen das von ausländischen Kapitalsraffern geschürte und von inländischen Toren erhoffte Unheil abwenden und das Ärgste vermeiden. Unter Führung der Bodenkreditanstalt wurde eine Gesellschaft gegründet, die österreichischen Boden in österreichischem Besitz erhielt.

Durch die brauenden Novembernebel hetzte eine Magd vom Michaelerplatz zur Wasservilla. »Herr Josef soll kommen! Seine Frau Mutter liegt im Sterben …«

Linerl, ihre Kinder, die Mägde, jedes hastete in anderer Richtung und suchte ihn.

In der Doktormühle wurde er gefunden. Einen Augenblick schien es, als begriffe er den Sinn der Botschaft nicht. Heiser, ungläubig forschte er: »Die Mutter?« Ein Werkstück polterte aus seiner Hand. An einer Transmissionswelle stieß er sich den Hut vom Kopf. Ein Meister lief dem Davoneilenden mit Hut und Mantel nach, immerfort rufend: »Herr Josef …!« Doch dieser hörte und sah nichts, lief nur so schnell er konnte die Badgasse hinauf, stürmte an verdutzt ihm Nachblickenden vorbei über den Michaelerplatz, die Treppe ins Stockwerk hinauf – und hatte doch den Wettlauf verloren. Still lag die von ihrer Seele verlassene Mutter, jenseitig erlöst leuchtete ihr bleiches Antlitz.

Er hörte nicht die einzeln scheu in den Raum tretenden Geschwister, hörte nicht ihr Schluchzen und Beten, sah nur das Angesicht der friedlich in Todesarmen Schlummernden. Tonlos hauchte er immer wieder: »Mutter! Mutter! Beste Mutter …«

Nebelschleier umwallten den Zug der Trauernden, der nicht zu enden schien, so viele Bewohner der Stadt und ihrer Umgebung schritten mit hinauf zum Gottesacker am Tabor. Unter schirmenden Arkaden senkte man Josefa in ihrer Totentruhe langsam hinab neben jene hin, in der Herr Leopold manches Jahr schon schlief, allem Frohen und Bitteren der Erde entrückt.

An die zweitausend schafften nun in den Werndlwerken, deren Betrieb sich stets vielfältiger verästelte.

Am Morgen nach dem Begräbnistag der Mutter ging Josef Werndl unbeirrt seinen Pflichten nach, nur dass er noch rascher ausschritt als sonst und seine leeren Blicke jedes Beileidswort im vorhinein erstickten.

Deshalb ging manche bösartige und törichte Red' um, wie herzlos er sei … Er aber zwang sich zu der ihm vorgezeichneten Pflicht. Nur nachts, aus bleischwerem Schlaf manchmal aufschreckend, erlaubte er es sich, Ureigenstem nachzuhängen, hielt mit der Toten Zwiesprache, bat sie um ihr Verstehen und vertraute ihr sein Wollen und seine Sorgen an.

Nächtens lag er oft regungslos, einem gefällten Baume gleich, indes sich Linerl, oftmals selber schlummerlos, im Bett nicht zu rühren wagte, um ihn nicht in seinem Sinnen zu stören, wenn der Empfindsamen auch die Tränen über das Gesicht rannen ob des Unheimlichen, das von ihm ausstrahlte. Selten nur bemerkte er, dass sie wachlag. Dann tastete seine Hand zu ihr hinüber, indes er raunte: »Bist munter und bangst dich wohl? Brauchst es nicht. Dein langer Sepp muss nur wieder was allein durchkämpfen.«

Ihr war aber schon so viel an Kraft entwichen, dass sie kaum noch versuchte, in sein Geheimnis oder seinen Kummer zu dringen. Ergeben lispelte sie: »Ich weiß schon … Bin ja still …«

Ob sie dann schlief oder wachte und heimlich weinte, gleich war er wieder weit fort von ihr, bei den endlosen Zahlenkolonnen seines Soll und Habens.

Am 27. Juli dieses Jahres, als ihm jene telegraphische Bestellung von zweihundertfünfzigtausend Gewehren zukam, hatte er gemeint, den Berg der Schwierigkeiten erklommen zu haben und nun das Erreichte etwas geruhsamer weiterlenken zu können. Aus diesem Gedanken heraus hatte er damals gesagt: »… und jetzt, liebe Steyrer, fangen wir an …!« Seinem glückseligen Linerl hatte er ins Ohr geflüstert: »Nun habe ich es erreicht, nun kommt unser Privatissimum.«

Beide hatten sie damals an ihr persönliches Glück geglaubt.

Indes hatten ihn aber die übernommenen Verpflichtungen völlig überrannt. Nur allzubald erkannte er, wenn er es sich nur ein wenig leichter machen wollte, bestand die Gefahr, dass alles zerbräche. Nur er vermochte das Begonnene sicher zu führen, zu meistern. Da waren vor allem auch die großen Erschwernisse, die von der ständigen Geldentwertung kamen. Ihrer wurde er schließlich immer wieder Herr, nicht aber der vielen Bosheiten und Quertreibereien aller Art.

»Ein Tierbändiger hat es leichter«, erklärte er. »Der hat die Biester vor sich. Die mir gefährlichsten aber lauern im Unsichtbaren …«

Stets deutlicher ergab sich eine anwachsende Diskrepanz in seiner Bilanzierung. So hohe, ihm einst unvorstellbare Beträge die Habenseite auswies, so lawinenartig schwollen die auf der Sollseite an. Mit seinem Bruder Franz und dem Hauptkassier Fischer prüfte er oft den jeweiligen finanziellen Stand seines Unternehmens wenigstens überschlagsweise. Doch es war, als würde ein unwahrscheinlich hoher Teil der Einnahmen unversehens von einem Krater verschlungen.

Sie unterzogen die gesamten produktionsbelastenden Kosten und besonders die so oft angefeindeten Akkordlöhne der genauesten Nachrechnung. Dies, systematisch durchgeführt, schaltete Posten nach Posten aus, bis nur mehr zwei übrig blieben: Maschinenanschaffungen – Neubauten!

Um Lieferpflichten termingemäß nachkommen zu können, hatte man ohne Unterlass investiert. Die Verschleierung des wirklichen Bilanzstandes hatte sich durch die zur Kontrolle gleichfalls laufend durchgeführte Amortisationsabrechnung als positiv ergeben.

Die Fehlerquelle hieß also: Kapitalmangel! Er konnte die Erweiterung des Unternehmens nur noch durch aufgenommene Kredite ermöglichen, einschließlich einer vom Staat ihm bei Vertragsabschluss gewährten Akontierung von siebenhunderttausend Gulden. Längst war auch aller durch seinen Besitz gesicherte Hypothekarkredit erschöpft und die Firma auf Kredite angewiesen, die von den Bankherrn auf Grund der wirtschaftlichen Position der Werndlwerke gewährt wurden.

Die Bankleute begannen aber vor Gewährung neuer Kredite plötzlich zu zögern. Josef musste demütigend lange Unterredungen führen, sooft er um eine Krediterhöhung anzusuchen sich gezwungen sah, und schließlich unterschied sich der stolze Werksherr von Steyr nicht mehr wesentlich von einem Kridatar, der bei den Bankherren bittlich im Vorzimmer antichambriert.

Dieses Antichambrieren, mit all seinen Begleiterscheinungen, machte ihn rasend. Vor den snobistisch blasierten Gesichtern musste er sich gewaltsam beherrschen.

Zur Zahlung immer höherer Zinsen wurde er verpflichtet und schließlich erklärte ihm die Direktion der Anglo-Österreichischen Bank dem Sinne nach folgendes: ›Die enormen Betriebskredite bedeuten ein so großes Risiko, dass auch entsprechend Zinsen gezahlt werden müssen. Sie schenken ja Ihren Werkmeistern und sogar den Partieführern Gewehrkreuzer. Nun, so werden Sie uns auch solche gönnen.‹

Auf der Heimreise von Wien errechnete er, welcher Zinsbetrag ihm auf diese Weise aufgezwungen werden sollte. Lange wollte er nicht glauben, dass er richtig gerechnet habe, und wagte weder dem Bruder noch dem Schwager Fischer das niederschmetternde Ergebnis mitzuteilen.

Mehrmaliges Nachrechnen bestätigte ihm indessen das unabweisbare Resultat seiner Gesamtbilanz und nun erst wagte er es, die Lage des Werndlwerkes zu bedenken. Auch das Ergebnis dessen war nicht weniger niederschmetternd – und eindeutig klar. Entweder nahm er die Bedingungen der Bank an oder er hatte Konventionalstrafen zu gewärtigen, welche die Firma Josef und Franz Werndl ruinierten. Unterschrieb er aber die Bankbedingungen, so unterfertigte er damit selber seinen Konkurs.

Im ersten Zorn schrieb er der Bankdirektion, entsprechend seiner Erregung und seinem Temperament, ließ aber den Brief im letzten Augenblick vor der Weitersendung nach Wien von der Post zurückrufen.

Es waren dies erst die Präludien zu dem Kampf zwischen dem Hünen von Steyr und den Bankmächtigen zu Wien. Anlässlich weiterer unverhältnismäßig geringer Kreditansuchen ergaben sich zermürbende Unterhandlungen. Der selbstbewusste Mann musste stundenlang die fatalsten Bemerkungen hinnehmen. Die Differenz zwischen seinem Soll und Haben wuchs, immer enger umkrallte ihn die würgende Hand.

Da kam auch einmal ein Schreiben der Anglo-Österreichischen Bank. Er schloss die Augen, presste seine Fäuste gegen die Schläfen … Las wieder und wieder. Statt neuen Kredit zu gewähren, wurde ihm der bisherige gekündigt. Im Besitz der Bank befindliche Wechsel wurden fällig gestellt! Binnen drei Wochen sollte er dreihunderttausend Gulden zahlen oder …

Obendrein verrieten die Werksrapporte, trotz steigender Intensivierung des Maschinenparks, ein allen Verantwortlichen unerklärliches Abgleiten der Produktion. Es gelang wohl, die und jene faule Stelle in den Werken auszumerzen, dennoch schritt die ungünstige Tendenz fort. Es witterte nach raffiniert einsickernder passiver Resistenz.

Josef Werndl begann menschenscheu zu werden. Ohne eigentliche Ursache kam es zwischen ihm und anderen zu heftigen Zusammenstößen. Wenn er sich nach dem Vorfall wieder beruhigte, musste er oft zugeben: »Ich hatte Unrecht und entschuldige mich.« Dies aber nur, wenn es darum ging, sich eine wertvolle Verbindung oder Arbeitskraft zu erhalten. Überall witterte er Feindschaft und vermochte das Maß zwischen Nötigem und Verderblichem immer weniger zu revidieren.

Die Bankiers, gereizt durch manchen seiner Kraftaussprüche, seine beleidigenden Briefe, stellten einen noch näheren Zahlungstermin. Es ging um alles! Um seine und der Seinigen Ehre, um das Vermögen aller Werndls, um seinen totalen Ruin!

Am 9. April sandte er ein Bittgesuch um raschere Zahlung an das Reichskriegsministerium, dessen Genehmigung wenigstens augenblicklich das Äußerste von ihm abwenden würde. In diesem Schreiben hieß es wörtlich: Als diese Summe noch nicht ausreichte, meine Zahlungen zu decken, schritt ich bei diesem Geldinstitut um Gewährung eines weiteren Kredites ein, worauf mir eröffnet wurde, dass man bereit sei, diesen zu geben, jedoch unter der Bedingung, dass ich außer den üblichen Zinsen und der Provision noch eine Bonifikation von je zehn Kreuzern österreichischer Währung von jedem Gewehr zu zahlen hätte … Auf diese geradezu unverschämte Forderung konnte ich aus dem Grunde nicht eingehen, weil eine solche Geldbeschaffung meinen Ruin und die Unmöglichkeit herbeiführen würde, meine übrigen Gläubiger zu befriedigen …

Wollten eiskalte Rechner sein Lebenswerk zerstören? »Langer Sepp«, schalt er sich grimmig, »schaff dir ein klares Hirn! Ergründe, wie diesem Unheil zu steuern wäre. Zeig dich einmal noch als ein kluger Mann!«

Die Erkenntnis, wie er sich und alles noch retten könnte, gloste länger schon in ihm. Nur verschloss er sich dem noch, denn allzu schmerzhaft schien es ihm.

Endlich aber, eine siebenstellige Zifferngruppe vor sich, schwarz umrandet und mit klobigem Minuszeichen versehen, zwang es ihn, sich selber laut zu sagen: »Ich bin am Rande! Nichts mehr zuzusetzen – keinen Kredit mehr! Und baue ich nicht weiter, so bringen mich die gewissen, nach billiger Konkursmasse gierenden Konkurrenten zu Fall.« Nur unwillig gestand er sich ein: Es gibt nur eine einzige Möglichkeit der Rettung, die Preisgabe der Selbständigkeit – die Bildung einer Aktiengesellschaft.

Nach Tagen voll bittersten Ringens mit sich selber entschloss er sich, den Bruder Franz von dem unvermeidlichen Vorhaben in Kenntnis zu setzen. Er tat es schwerfällig und gesenkten Hauptes: »… es hilft kein Vorbeireden. Ich habe hierin falsch oder schlecht kalkuliert, habe alles Erdenkbare dagegen unternommen. Die Bankiers wissen aber, dass ich nicht mehr weiterkann, und so diktieren sie. Es gibt kein Beharren mehr, nur den Versuch, eine neue, besser fundierte finanzielle Grundlage zu gewinnen.« Tiefer sank sein Haupt. »Ich habe mit den Herren der Bodenkreditanstalt schon einiges vorbesprochen und dort den Willen gefunden, mit uns wegen der verdammten Aktiengesellschaft zu unterhandeln.«

Die Brüder waren sich klar, was es bedeutete, als Kaufmann und Fabrikant das Höchste, die Selbständigkeit, aufzugeben. Sie fanden keinen besseren Rat, besprachen sich mit den Schwestern und Schwägern, mit Bankfachleuten und Rechtskundigen.

Dann begann das große Feilschen um Finanzierung und Einfluss.

Nach langem, zermürbendem Hin und Wider unterschrieb man das Vertragswerk, nach dem die Firma Josef und Franz Werndl und Companie eine Aktiengesellschaft wurde, unter dem neuen Firmennamen »Österreichische Waffenfabrik-Aktiengesellschaft«. Führend war die Bodenkreditanstalt.

Josef Werndl stand auch weiterhin dem Unternehmen als Generaldirektor vor.

Den mehr als zweitausend Arbeitern blieb durch diesen Vorgang die Existenz gesichert, da dem Unternehmen nunmehr jene horrenden Geldmittel zugeführt werden konnten, durch die es zur Großindustrie, zur Waffenschmiede Europas erwuchs.

Die neue Gesellschaft bereitete ein Fest, wie es die alte Eisenstadt Steyr nie zuvor erlebt hatte. Auf den Wiesen oberhalb der Ennsleite erstand eine Zeltstadt. Endlose Reihen von Tischen und Bänken wurden in die Erde gepflockt. Man errichtete Musikestraden und Tanzpodien, Schießbuden, Ringelspiele und was sonst noch zu einem echten Volksfest taugt; mit alldem wollten sich die neuen Unternehmer bei der Steyrer Bevölkerung angenehm einführen.

Jedermann im Werk war mit den Seinen zu Gast geladen und da niemand kontrollierte, wer zu wem gehörte, nahm so ziemlich ganz Steyr an diesem Feste teil. Die Musikbanden schmetterten abwechselnd zündende und einschmeichelnde Weisen. Großzügig wurden Trunk und Essen gratis ausgegeben. Die Tanzböden dröhnten unter stampfenden und schleifenden Schritten.

Wo der Jubel am lautesten war und der Tumult am höchsten, wo sich Kinder um zugeworfene Münzen, ja um ganze, ihnen zur fröhlichen Plünderung freigegebene Zuckerbäckerstände balgten, da war Josef Werndl zu finden – als Generaldirektor auch der führende Geist des neuen Unternehmens.

Trommelwirbel und Trompetengeschmetter ohne Unterlass lockten Tausende herbei.

Vergeblich gebot man Ruhe, bis die jedem Kind zu Steyr vertraute Riesengestalt auf dem höchsten Podium stand. Da wurde es still. Josef Werndls dunkle Stimme überdröhnte die Festwiese: »Den Ursprung der Werndlwerke legten meine Vorväter. Sie vererbten von Generation zu Generation kleine Gewerke, die mein zu früh verewigter Vater zum Armaturenwerk erweiterte, in dem bereits fünfhundert Mann ihren Unterhalt verdienten. Wer von den älteren Werndlleuten seit damals schon mit uns Werndls verbunden ist, der weiß, welche immensen Widerstände oft zu überwinden waren, wie krass zuweilen von feindlichen Mächten bewirkte Notzeiten in Steyr hausten. Des Herrgottes Segen war mit unser aller Streben. Das alte Werk gedieh, sodass es« – seine Stimme schwankte merklich – »nun zur Waffenfabrik-Aktiengesellschaft sich entfaltete …«

Brausend umtoste ihn Beifall. »Wir bleiben Werndler!«, schrie man. »Werndl allezeit!« – »Hoch unser Herr Josef!«

Alles überdröhnte wieder dessen mächtiger Bass: »Solange ihr im alten Geiste rüstig werkt, will auch ich mit und für euch trachten und sorgen. Gemeinsam wollen wir schaffen, zu Ehr und Nutzen dem lieben Vaterlande und der guten alten Stadt Steyr!«

Unter nicht enden wollendem Jubel zischten Feuerwerksraketen, bunte Flammen und Sterne versprühend. Wie von Berggeistern erweckt, loderten auf allen Höhen um Steyr Reisigfeuer hochauf, kündend: Die Eisenstadt Steyr schmiedet Waffen dem großen Vaterland …

Drittes Buch

DAS ZAUBERLICHT

19. Kapitel

WILLE UND OHNMACHT

Dem Hünen von Steyr strahlte die Sonne des großen Erfolgs, wenn er auch für jeden Schritt vorwärts dem unerbittlichen Geschick schmerzlichen und hohen Tribut entrichten musste.

Da war die verlorene Selbständigkeit, die Beschränkung des Willens, des Planens und da war, was ihn am meisten schmerzte, leider auch die Tatsache, dass die nur auf Gewinn erpichten Aktionäre besonders seine sozialen Maßnahmen scharf beanstandeten.

Zur Erledigung der laufenden Geschäfte gesellten sich die vielen von den Lieferterminen bedingten baulichen Schwierigkeiten. Sechs neue Objekte erstanden. Alle erreichbaren Wasserrechte langten bald nicht mehr. Dampfmaschinen mussten her und Lokomobile, um genügend Kräfte zur Bewältigung der anfallenden Arbeiten verfügbar zu haben. In jeder Woche wurden fünftausend Gewehre fertig.

»Feuer! Feuer! Die Jochermühle brennt ...!«, hallte es eines Tages.

Josef Werndl kommandierte am Brandplatz und griff resolut mit an, um die hoch aufgestapelten Ölfässer aus der Gefahrenzone zu entfernen.

Den lokalisierten Brand zu bekämpfen, überließ er der Feuerwehr, während er in sein Kontor zurückfuhr. Vorausdenken hieß es für ihn. In bedrohliche Nähe rückte schon der Tag, an welchem das letzte der zweihundertfünfzigtausend Gewehre von der österreichischen Kommission übernommen würde. Wie aber dann die nun dreieinhalbtausend im Werke Arbeitenden beschäftigen?

Mit der Übernahme des ersten Großauftrags und dem damit verbundenen großen Ausbau hatten die patriarchalischen alltäglichen Kontrollgänge durch alle Werksräume ihr Ende gefunden. Nur noch sporadisch inspizierte er, doch dann umso gründlicher.

Von Kutscher Mandl, dem Unentbehrlichen, ließ er sich zum Rathaus fahren, wo er als Gemeinderat zu amtieren hatte. Hier wie überall wurde er so heiß geliebt wie gehasst. Geruhsame Sitzungen? Josef Werndl sorgte stets für Abwechslung, wie es erst kürzlich geschehen war, als er durchgesetzt hatte, dass man die Stadtgraben zuschütte, die schmale Promenade abgrabe und verbreitere, sodass sie außer als Spazierweg für Liebespaare auch Volksfesten dienlich sein konnte.

Eilends begab er sich zurück ins Büro, wo die Schreiber antraten, um ihm die Unterschriftmappen vorzulegen. Er unterschrieb, während seine Augen die Briefe überflogen und er zugleich neue diktierte. Oft gab er auch nur an, was ein Schreiben enthalten sollte, und überließ dem Schreiber die genauere Fassung.

Die österreichische Heeresverwaltung hatte voraussichtlich mehrere Jahre lang keinen Großauftrag in Handfeuerwaffen wieder zu vergeben. Also reiste Josef Werndl, wie er nach Übernahme der Werksleitung nach Wien und anderen Industrieorten innerhalb der Monarchie gefahren war, nun in die Hauptstädte außerhalb Österreichs.

Diesmal schrieb ihm die Politik das Reiseziel vor. Denn selbst der einfache Mann sah schon, dass zwischen Preußen und Frankreich die Gewitterwolken eines Krieges aufzogen. Kanzler Bismarck strebte unbeirrbar weiter danach, Deutschlands Vielstaaterei zu einer wuchtigen Einheit zu fügen. Vordem aber galt es, Frankreich militärisch zu bezwingen, das mit allen diplomatischen Künsten diese Einigung noch hinderte.

Und eben dieses Frankreich brauchte Gewehre! Gewehre!

Josef Werndl kehrte aus Paris mit einem Auftrag zurück, welcher der Waffenfabrik den vollen Betrieb für Monate wieder sicherte. Zum ersten Mal sollte sich die von ihm durchgeführte

Grundanlage praktisch bewähren, denn nicht Werndl-Gewehre galt es zu fabrizieren, sondern austauschfähige Bestandteile für das französische Chassepotgewehr.

Aber auch der Frankreich-Gewehrauftrag lief aus und die Kurve der Beschäftigten sank, stürzte von Woche zu Woche tiefer – und wieder begann der Zug grauen Elends die Straßen zu überfluten.

Zum Schrecken des Hauptkassiers Fischer forderte Herr Josef: »Richte mir bis morgen eine Liste aller entlassenen Werksleute, aus der ich ersehe, wie lange einer schon bei uns beschäftigt ist. Konduite dazuschreiben brauchst du nicht. Die weiß ich selber.«

Darnach bestimmte er, dass, wer länger als sechs Jahre in der Waffenfabrik gearbeitet hatte und verdienstlos wurde, zehn Wochen lang einen Betrag erhalte, der einem mittleren Lohn gleichkam; überdies ordnete er auch an, dass Familienväter mit mehreren Kindern besonders zu berücksichtigen seien.

Auch ließ er auf Vorrat arbeiten und auf der Voglsanginsel vorerst zehn Wohnhäuser erbauen, ausschließlich für »Werndler«, von denen jeder durch bequeme, vieljährige Abzahlung auch Eigentümer eines dieser Häuser werden konnte.

Sein untrüglicher Wirtschaftssinn wies Josef Werndl in nördliche Richtung, in die neue deutsche Reichshauptstadt Berlin, wo er in scharfe Konkurrenz mit sämtlichen deutschen Waffenfabriken – privaten wie staatlichen – trat.

Versuche, das Werndl-Gewehr in Deutschland einzuführen, schlugen fehl. Die deutsche Heeresleitung wollte ihr eigenes, nach den Grundgedanken der Brüder Mauser in Oberndorf gebautes Gewehr haben. Werndl konstatierte nicht nur mehrere Konstruktionsmängel des neuen Gewehrs, sondern legte auch nach einer die ganze deutsche Generalität verblüffenden kurzen Frist Verbesserungsvorschläge vor, die ihm einen Erstauftrag auf einhundertfünfundsechzigtausend Gewehre des Reichsdeutschen Gewehrmodells 1871 einbrachten, der bald auf sechshunderttausend erhöht wurde.

Um seine weiten Reisen zu ermöglichen, würde ihm durch kaiserlichen Erlass ein Sonderwaggon zugebilligt, nötigenfalls auch ein Sonderzug. Aufträge! Aufträge her! hieß die Losung, die ihm vom Bahngepolter ständig zugedröhnt wurde, ob nun eine österreichische, eine deutsche, schweizerische, italienische, französische, griechische, bulgarische, rumänische, türkische oder russische Lokomotive vor dem Zug pustete und schnaubte. Ein Einsamer durchjagte Europa nach allen Richtungen der Windrose, vom Atlantik bis zu den Gestaden des Bosporus, von der grauen Nordsee bis zu den Gefilden des Mittelmeers.

Hatte er einmal von allem genug, so packte er seine Kinder, Nichten oder Neffen ein und fuhr mit ihnen an die Riviera. Linerl schloss sich von allen Reisen aus. »Ich gehöre nach Steyr«, erwiderte sie stets, wenn er sie zur Mitfahrt einlud. Für alles hatte er einen selten trügenden Blick; doch hinsichtlich seiner Frau versagte dieser und blieb immer mehr am Äußerlichen haften. Josef verstand es nicht, in die Tiefen ihrer leidenden Seele zu spüren. Jetzt, wo seine Arbeit so ganz im Mittelpunkt seines Denkens stand, waren sie sich beinahe so fremd wie einst, als der bärenstarke junge Sepp in die stille Welt des jungen Mädchens eingebrochen war.

Nur die Kinder vernahmen manchmal ein seltsames Lachen und Klagen der Mutter. Sie vermochten es nicht zu deuten. Die Verwandten hatten es aufgegeben, Karoline aus der Wasservilla, wo sie sich fast vergrub, herauszulocken. Oft seufzte Mutter Heindl, wenn sie Tochter und Enkel besucht hatte: »Ach, Alois! Da hat man damals geglaubt, unser Linerl hätte mit dem Sepp einen rechten Treffer gemacht. Dabei hat sie vielleicht eine schlimme Niete gezogen. Bei ihrer Feinnervigkeit ...« – »Ja«, nickte der Mann ihr zu, »alle Zartsinnigkeit hört eben auf, wenn einer so vieles betreibt wie der Sepp. Einer, der für Tausende zu sorgen hat, hat kein Privatleben mehr. Schließlich ist sie gut versorgt, hat auch die Kinder ...«

»Findet aber bei ihm keine Wärme – und daran krankt sie. Gebe Gott, dass sie uns nicht inwendig erfriert ...«

Auf Wunsch Josef Werndls musste Baumeister Pichler nach Schottland reisen, um dort einen Schlossbau zu studieren, der Herrn Josefs Bewunderung erregt hatte. Auf den Voglsang-gründen wollte er eine Villa bauen lassen, die dem schottischen Schloss ähnlich war.

Im selben Sommer noch wurde dieses Vorhaben begonnen.

Nach vielen fruchtlosen Fahrten durch Europa bis Russland hinein – auch die anderen Waffenfabriken waren ohne Arbeit – reiste Herr Josef jetzt wenig und nur, um wichtige persönliche Geschäftsbeziehungen zu pflegen. Es blieb ihm also endlich wieder Muße für seine Familie.

Seppi hatte konstatiert: »Floriert der Betrieb, so hat der Vater nur fürs Werk Interesse. Steht's schlecht in der Fabrik, muss er zwischen Paris, Berlin und Konstantinopel Aufträge fischen. Nur wenn es ganz hundig hergeht, hat er sogar für uns einmal Zeit.« –

»Satteln!«, befahl jetzt fast allmorgendlich Herr Josef.

Dann sprengte eine kleine Kavalkade zum Gartentor der Wasservilla hinaus, zwei Männer und zwei Frauen, alle rank und groß und alle wie daheim auf den Pferderücken – Herr Josef mit seinem Sohn und den Töchtern.

Oft aber musste ihm während des Morgenritts die Gesellschaft der Töchter genügen. Seppi sollte ja die Welt kennenlernen, England zuerst und Amerika. Der Name Werndl öffnete auch im Ausland sonst verschlossene Pforten. Mündlich und schriftlich wurde Herrn Josef vielfach versichert, es bedeute für jeden Ehre und Freude, ja Auszeichnung, der seinen hervorragend begabten jungen Sohn in die Geheimnisse der Technik und des Lebens einführen dürfe. Nur sah und hörte Vater Josef darüber hinweg, dass sein Seppi alle Stätten, wo er etwa strengen Arbeitszwang vorfand, fluchtartig verließ, hingegen magnetisch angezogen wurde von großen Städten und Lokalen, wo sich ein über entsprechende Geldmittel verfügender junger Mann niemals langweilt.

Schrieb oder sprach einer aber hiervon, wenn auch nur leise mahnend, so reagierte daraufhin Vater Josef nicht oder murrte:

»Dass er sich zum Heiligen nicht talentiert zeigt, ist mir bekannt. Ich habe meine Jugend verdarbt. Musste zusehen beim Militär, wie den anderen Essen, Trinken und Lieben schmeckte. Habe gehungert nach allem manches Jahr. Mein Sohn soll es besser haben, soll seine Jugend frei genießen. Die Mädel halt ich schon entsprechend kürzer ...«

Linerl schloss sich indessen von allem frohen Treiben aus.

»Jetzt«, hielt Josef ihr ärgerlich vor, »habe ich endlich Zeit für uns und nun bleibst du allein. Verrückt, so was ...!«

Da blickte sie ihn aus so entsetzten Augen an, dass es ihn kalt durchfuhr, streckte beide Hände abwehrend gegen ihn aus und stammelte: »Ich – ich bin nicht verrückt ... Noch nicht ...« Und wiederholte es leise und klagend: »Ich bin nicht verrückt ... Bitte, ich bin nicht verrückt ...«

Ganz erschüttert umfing er sie und erklärte: »Aber, Linerl! Das war doch nur so hingesagt. Komm, der Mandl führt dich im Wagen nach Letten. Die andern ...«

»Und du ...?«

»Ach so.« Wie schuldbewusst korrigierte er: »Wir – wollte ich natürlich sagen. Die Mädel reiten ...«

Sie fuhren zuerst hinauf ins Voglsanggelände, wo das von ihm »Villa« genannte Schloss gebaut wurde. Linerl nickte freundlich zustimmend, als Josef davon sprach, wie dieser Bau, in zwei Jahren fertig und erlesen schön eingerichtet, ihnen als Heim dienen würde. »Und du, Linerl«, sagte er lachend, »machst auf der Freitreppe oben die Honneurs, wenn sie anrücken, die Alleröbersten, froh, dass sie beim Schlosser von Steyr Gast sein und der Schlosserin die Hand küssen dürfen. Das Dienstvolk rennt livriert herum, wie im Schottlandschloss. Na ja, schließlich wird es auch so was Ähnliches. Aber du hörst mir ja gar nicht zu ...«

»Doch, Sepp. Es ist mir nur so kalt.«

»Die Sonne scheint ganz warm.«

Sie nestelte ihre Jacke zu. »Schon ... Aber innen ist mir so kühl, so kalt ...«, erwiderte sie, umfasste seine Hand und bat:

»Sepp! Ich bringe die Kälte nimmer aus mir, seit den Jahren in der Jochermühle … Bitte, lass mich nicht allein! Ich bitte dich …«

»Nein, Linerl«, beruhigte er. »Jetzt kommt langsam die Zeit, dass ich dir mein Wort einlösen kann, das von unseren Tagen. Pass auf! Wenn die Herrn Aktionäre mich einmal so recht in Zorn bringen, werfe ich ihnen alles hin – und wir spielen nur noch Schlossherrschaft.«

»Schlossherrschaft?« Ein unbeschreibliches Sehnsuchtslächeln stahl sich über ihr Gesicht. Es erlosch aber bald wie die Sonne hinter einer Wolke und wieder war das herzergreifend Klagende in ihrer Stimme: »Ob ich in dein Schloss komme, Sepp? Ich werde … Aber gelt, ich darf immer bei dir bleiben. Bitte – immer …«

»Was hast du nur?«, wunderte er sich. »Ich rede doch von nichts anderem. Jetzt aber auf – nach Letten. Die Mädchen werden schon dort sein.«

Wenige Tage später überraschte Herr Josef die Seinen mit folgender Ankündigung: »Weil die Mutter so über die hiesige Kühle klagt, fahren wir morgen an die Riviera. Es ist alles vorbereitet.« Jubelnd umarmten die Töchter den Vater, der es sich lächelnd gefallen ließ.

»Na, und du, Linerl, sagst gar nichts dazu?«

»Wozu?«

»Geh, frag doch nicht so«, erwiderte er ungeduldig, »zu der Rivierafahrt natürlich. Cannes, Nizza, San Remo … Himmel, so tu doch nicht wie ein Haubenstock! Schau, wie sich die Kinder freuen. Wenn ihr alle brav seid und mich nicht ärgert, gondeln wir auch ein bisserl im Mittelmeer umher. Also los, eingepackt …!«

Am nächsten Morgen, als man, schon zur Reise angekleidet, um den Frühstückstisch saß, fehlte noch immer Frau Karoline.

»Na«, fragte Herr Josef die eintretende Magd, »braucht meine Frau noch lange? Sag ihr, wir sind alle schon fertig und warten nur auf sie …«

»Ja«, erwiderte zögernd das Mädchen, »die gnädige Frau saß eben noch im Nachtgewand am Bettrand.«

»Im Nachtgewand?« Herr Josef eilte in den Schlafraum hinüber. »Linerl!«, zürnte er. »Das ist denn doch allerhand. Ich kann wegen deiner Fadessen nicht einen Sonderzug anfordern. Und der Zug, an den unser Waggon angehängt wird, fährt in einer Stunde.«

»Er fährt. Ja, er fährt ...«, nickte sie abwesend.

»Linerl«, er rüttelte sie, »tu mir den Gefallen und mach dich fertig. Willst du uns allen die Freude verderben?«

»Freude?« Sie lächelte, lachte, als zerbräche ein dünnes, feines Glas. »Die Freude? Fahrt nur, fahrt. Mich lasst hier.« Sie umfing seinen Arm. »Ich bitte dich, Sepp, lass mich da – lass mich da ...«

»Aber – du warst eingeladen! Ich habe deinetwegen diese Fahrt arrangiert.«

»Ja«, nickte sie, »aber«, und kläglich flehend hob sie die Hände. »Gelt, bitte, ich darf hier bleiben, hier ... immer hier ...«

»Selbstverständlich darfst du das!« Es klang nach tiefem Ärger. »Also – dann behüt dich Gott.« Flüchtig berührten seine Lippen ihre Stirne. Er verließ das Schlafgemach.

Nicht viel später fuhr ein Rappenzweigespann in flottem Trab dem Bahnhof zu, während die Mädchen sich Mühe gaben, die Unmutsfalten von der Stirne des Vaters zu scheuchen.

Zwei Wochen waren vergangen.

Auf der von weichem Licht überschimmerten Hotelterrasse in San Remo saß man beim Abendessen. Da ließ plötzlich Josef Werndl das Besteck auf die Tischplatte klappern, sodass mehrere Gäste sich diesem in die vornehme Stille fallenden Geräusch zuwandten und Annerl verwundert fragte: »Was ist los, Vater?«

»Weil ich ... Höllteufl, er ist es wirklich!« Herr Josef sprang auf und eilte auf einen in der Tür zum Speisesaal stehenden Herrn zu. »Doktor!«, rief er. »Jetzt habe ich fast an Geister geglaubt!«

Doktor Albert Clessin lächelte ernst: »Ich bin es ganz leiblich.«

Der Hausarzt der Familie Werndl saß dann am Tisch Herrn Josef gegenüber, ihnen zur Seite die Mädchen. »So lobe ich es mir. Gleich zwei so bildhübsche Tischdamen!«, scherzte der Arzt.

Glatt und fröhlich lief ein Gespräch zwischen den vier Menschen. Josef aber gewahrte doch, wie gezwungen Doktor Clessin sich so launig gab. Eine Unruhe, die sich von Minute zu Minute steigerte, überfiel ihn.

»Kinder«, sagte er und erhob sich, »ich glaube, es ist besser, wir schlafen uns alle heute nacht einmal gründlich aus. Mir scheint«, wandte er sich an den Arzt, »die Jugend von heute hält weniger aus als ältere Jahrgänge.«

Ja, die Mädchen waren von einigen verlängerten Abenden her müde und gingen gern zur Nachtruhe, nicht, ohne lachend den Vater zu mahnen, er möge es ihnen tunlichst noch heute gleichtun.

Kaum waren die zwei Herren allein, fragte Josef erregt: »Also, Doktor, was ist los in Steyr? Ist etwas mit meiner Frau?«

»Nun – nichts gar so Arges«, dehnte der Mediziner die Antwort. »Wie wäre es mit einem Spaziergang?«

Sie standen auf und schritten die Stufen zur ziemlich belebten Promenade hinab. Doktor Clessin bog auf einen dämmrigen, zur Nachtzeit von einsamen Paaren bevorzugten Pfad ab, schwieg aber noch immer.

Da stellte sich Josef Werndl breit vor ihn hin, packte seinen Arm und forderte: »Reden Sie, Doktor! Ich bin kein kleines Kind! Was ist mit meiner Frau?«

»Sie erkrankte etwa eine Woche nach Ihrer Abreise.«

»Wie? Was? Vor einer Woche? Und ich erfahre das erst heute?«

Doktor Clessin fasste nach der Hand, die seinen Arm presste, und erklärte: »Es gibt Erkrankungen, die man nicht so leicht diagnostizieren kann wie beispielsweise einen Beinbruch. Ihre

Gemahlin hat schon seit ihrer Kindheit immer wieder diese nervösen Störungen …«

»Wie? Wegen einer nervösen Störung reisen Sie mir bis an die Riviera nach? Mein lieber Doktor …«

»Herr Generaldirektor! Wir Ärzte sind an einen Eid gebunden, den zu wahren manchmal schwer ist. Ich nahm aber auf Grund unserer langjährigen Bekanntschaft und als Ihr Hausarzt die saure Pflicht auf mich, Sie von einigen sehr ernsten Vorgängen und Maßnahmen zu informieren.« Er betonte stärker: »Vor einer Woche wurde ich dringend in die Wasservilla gerufen. Ihre Gattin wollte Ihnen unbedingt nacheilen und dies leider – über den Balkon …«

»Gestürzt also?!«

»Im letzten Augenblick zurückgehalten – und ziemlich gewaltsam. Die Mägde und ich mussten alle Kraft anwenden, um ihren Sturz vom ersten Stock in den Garten zu verhüten. Ich habe hoffentlich in Ihrem Sinn gehandelt und den Vorfall tunlichst diskret gehalten. Herbeigerufene Kollegen aus Steyr und ich beschlossen, Wiener Kapazitäten zu zitieren. Als diese Herren eintrafen, war Ihre Gattin im Stadium bemitleidenswerter Depression. Doch – sie wollte Ihnen nachreisen. Und …«

»Und …?«, drängte Josef Werndl.

»Wir brachten sie nach eingehender Untersuchung und Beratung in die Heilanstalt Lainz in Wien.«

»Linerl! – Das Linerl? Ins Irrenhaus? Doktor!«

»In eine Heilanstalt, Herr Werndl.«

Der Riese stand wie versteinert … »Das Linerl … Mein Linerl … Sie meinen, Doktor – es geht vorüber?« Es klang so flehend, dass Doktor Clessin voll Mitleid erwiderte: »Sicher –«, er korrigierte sich aber, »hoffentlich – ja.«

»Dann wäre sie also wahrhaftig irre?!« Josef Werndl tastete umher, als suche er einen Halt, wies aber den Arzt ab, der ihn stützen wollte.

»Es darf sie vorläufig niemand besuchen – auch Sie nicht …«

»Heilanstalt …«, murmelte Josef Werndl. »Ich bin kein Schwächling. Ich habe immer alles allein durchgestanden. So muss es auch heute gehen. Mein Linerl …« Er stürzte davon.

Die ganze Nacht suchte ihn Dr. Clessin vergeblich. Erst am nächsten Morgen konnte er in Erfahrung bringen, dass der von ihm Beschriebene mit dem Nachtexpress in Richtung Mailand abgereist sei.

So blieb ihm nichts anderes übrig, als den zwei Mädchen schonend die böse Nachricht beizubringen und den tief Erschrockenen beim Kofferpacken und auf der Heimreise behilflich zu sein.

Täglich, durch fast ein Jahr, brachte ein Eilpostbote Herrn Josef einen Expressbrief von Lainz. Alle Schreiben berichteten, dass Linerls Geist sich immer mehr zerrütte. Am 29. Oktober 1879 kam – außer der allmorgendlichen – auch noch am Nachmittag eine Nachricht aus Lainz. Sie lautete: frau karoline werndl heute friedvoll verschieden stop erbitten anweisungen.

So kam es, dass Josef seinen lakonisch kurzen und seinerseits höchst verärgerten Abschied von seinem Linerl vor der Reise nach San Remo nie mehr durch ein liebevolles Wort hatte gutmachen können. Auch sehen durfte er sie nicht mehr. Im verlöteten Metallsarg kehrte sie in ihre Heimatstadt zurück.

Viel weltlicher und kirchlicher Prunk schmückte ihren Weg zum Grab. Unter einem Blumenberg verschwand der Sarg, kranzbehangene Wagen fuhren voraus. Hinter dem Sargwagen schritten feierlich dunkel gekleidet Josef Werndl, seine hochgewachsenen Töchter Anna und Karoline und – einen schwarzen Flor auf dem Ärmel der glanzvollen weißen Dragoneruniform – sein junger Sohn Josef. Unübersehbar dehnte sich der Trauerzug.

Die Arbeiterschaft war, einem Wunsche Herrn Josefs nachkommend, nur durch eine kleine Deputation vertreten. Denn das Leid ihres Lebens, das Waffenwerk, sollte nicht auch noch die Tote verfolgen.

Anderntags schon reiste Josef Werndl nach Bukarest.

Wieder schien sich das Unheil an Steyr und der Familie Werndl gesättigt zu haben. Denn nur drei Wochen später erhielt die Direktion der Waffenfabrik ein Telegramm. In allen Werksobjekten auf den Anschlagtafeln bekanntgegeben, flog die Kunde als eine Freudenbotschaft durch die Stadt:

auftrag für hundertfünfzigtausend gewehre abgeschlossen stop zurückkehre 29sten josef werndl.

Das erste warme Lächeln seit San Remo überflog Herrn Josefs Antlitz, als er die Front der Bürgergardekompanie gewahrte, die ihn vor dem Bahnhof mit schmetternder Musik und lautem Jubel begrüßte.

Die Beschäftigtenkurve der Waffenfabrik schnellte neuerlich auf dreitausend empor. Und wieder reiste Josef Werndl kreuz und quer durch die Welt und von Frankreich, Griechenland, Bulgarien, Rumänien, Montenegro, China, Argentinien und Chile kamen Aufträge an die größte Waffenschmiede Europas.

Herr Josef verdankte alle diese Erfolge nicht allein seinem Verhandlungsgeschick, das jeweils nur den letzten Ausschlag gab, sondern der Verwirklichung seiner von John Pall verlachten Idee der unbegrenzten Austauschmöglichkeit aller Einzelteile der Gewehre, die einzig die Waffenfabrik zu Steyr durchführen konnte.

Was der junge Sepp dem Amerikaner John Pall vor dreißig Jahren in Wien vorgeschwärmt hatte vom Überflügeln aller anderen Waffenwerke der Welt durch Steyr, das war Wirklichkeit geworden. Die Österreichische Waffenfabrik-Aktien-Gesellschaft hatte die amerikanischen Firmen Remington und Colt sowie die englische Firma Senell in Birmingham-London überholt. Das Steyrer Werk allein war leistungsfähiger als die vier größten französischen Waffenschmieden Saint-Etienne, Chatelleraut, Tulle und Mutzig zusammen.

Zwei freudvolle Tage brachte das kommende Jahr für Josef Werndl: die Vermählung seiner Tochter Anna mit dem Reichsgrafen Josef Lamberg und die Karolinens mit Max Baron Imhof.

Nachdem seine Familie ihn in der Wasservilla allein gelassen hatte, übersiedelte er in das im Hintergrund seines schlossgekrönten Voglsangparkes gelegene Petzengütl. Die altbewährte Hausmamsell Leni führte ihm dort den bescheidenen Haushalt, den er sich heimlich hatte einrichten lassen.

Wenig Zeit nur blieb ihm für seine geliebte Jagd. »Klingt wie Hohn und Spott für einen«, murrte er, »der, statt fröhliches Weidwerk zu betreiben, jahrein, jahraus Geschäften nachjagen muss.«

Während einer Pirsch im Gebiet Steyrling aber trieb ihn ein Unwetter in ein schmuckes Haus, zwischen Wald und Straße gelegen. »Kann so ein Sauwetter einem Glück bringen!«, lächelte er der hochgewachsenen jungen Dame entgegen, die ihm die Haustür aufgeschlossen hatte. Er fand sich im Heim des Arztes und Dichters Moser, den er persönlich noch nicht kannte. »Von mir aus mag es bis übermorgen weiterschütten«, scherzte er, während er sich in einem behaglichen Lehnstuhl rekelte, »vorausgesetzt, dass Sie mir etwas Geistiges von sich vorsetzen, lieber Herr Doktor!«

»Und sonst gar nichts?«, fragte dessen Tochter lachend.

»Ich habe geglaubt, alles andere schließt die Unterstandsgenehmigung ein.«

Am übernächsten Tag erst verabschiedete sich Josef Werndl von Vater und Tochter Moser, während er wehmütig um sich blickte. »Da habe ich nun so viele Häuser, als deren Herr ich grundbuchamtlich eingetragen bin. Um mich aber wo daheim zu fühlen, musste mich im Wald ein Regenguss erwischen …«

20. Kapitel

DIE AUSZEICHNUNG

Ein Eilzug, dem ein Sonderwaggon angehängt war, brauste durch die Nacht. Auf Fensterbank und Sitzen eines Abteils lagen Bücher und Papiere sowie eine schlankhalsige Flasche, die im Fahrtschwung hin und her rollte. Konzentriert studierte Josef Werndl ihm nach Wien gesandte Berichte und Zeitungen, zeichnete da und dort eine Stelle mit Rotstift an oder schnitt sie aus und legte sie in vorbereitete Mappen, schrieb Notizen in ein handliches Heft.

Der Zug verlangsamte das Tempo. Der einsame Fahrgast rieb am Fenster die Eisschicht fort. »Sankt Peter-Seitenstetten«, erriet er vom halbdunklen, vorbeihuschenden Stationsschild mehr als er es lesen konnte.

Sankt Peter … Wie oft war er über die löchrige Landstraße hierhergefahren, um eine Reise anzutreten, das Verladen kostbarer Maschinen zu beaufsichtigen oder einen ihm besonders werten Gast hier zu bewillkommnen.

Richtig, mit seinem Kaleschentempo hatte er sogar den armeebekannt todesverachtenden Erzherzog Wilhelm fast erschreckt. Sie waren seither Freunde geworden, der kaiserliche Prinz und der derbe »Schlosser von Steyr«. Erst am gestrigen Abend hatte es sich wieder erwiesen.

Er zog eine Uhr aus der Tasche; den oberen Deckel des gewichtigen goldenen Chronometers schmückte das künstlerisch emaillierte, von Brillanten umrahmte kaiserliche Wappen. Das Innere zierte der eingravierte Namenszug: Franz Josef I. Im Geheimfach seiner Aktentasche lag ein Handschreiben des Kaisers, der ihm ungewöhnlich herzlich zum fünfzigsten Geburtstag gratulierte.

Vom Erzherzog Wilhelm gestern zum Souper ins Hotel Sacher geladen, hatte er nichts anderes erwartet, als dass er, wie oft schon, mit dem Erzherzog einen angenehminteressanten Abend verbringen und nebenbei mancherlei sachlich erledigen würde.

Man hatte ihn indessen nicht in einen intimen Hotelraum geführt, sondern zu einem Saal. Flügeltüren hatten sich vor ihm geöffnet. Verblüfft war er im Türrahmen gestanden – vor einer erlesenen Gesellschaft. Farbige Uniformen prangten, Damen erstrahlten in großer Toilette neben Herren in feierlichem Schwarz.

Hauptmann Alfred Ritter von Kropatschek hatte ihn offiziell begrüßt, ihn zum Ehrenplatz geleitet, wo ihm der Erzherzog mit launiger Rede entgegentrat: »Wir kennen Sie, mein lieber Werndl! Offiziell wollten Sie heute von Wien abreisen, inoffiziell aber Ihren Aufenthalt bis übermorgen verlängern, um einem Angefeiertwerden zu entgehen. Ich hoffe, dass Sie uns die kleine Kriegslist mit der unaufschiebbaren Unterredung nicht übelnehmen, denn nur heute kann ich Ihnen zu Ihrem morgigen Fünfziger gratulieren. Und ich darf dies auch im Sonderauftrag Seiner Majestät, von welcher Ihnen dies zu überreichen ich das Vergnügen habe …«

Sie standen vor einem Tisch, von dem ein Tuch eben vorsichtig fortgenommen wurde. Überragt von einem Porträt des Erzherzogs, war der schwergoldene, brillantengeschmückte Chronometer gelegen, der Kronenorden – die Adelsverleihung, Geschenke des Kaisers. In kostbaren Orchideen- und Rosenarrangements versank die Fülle der übrigen Gaben.

Ehe der Überraschte ein Wort gefunden hatte, waren Melodien erklungen, ein Vorhang hatte sich gehoben vor einem Podium, auf dem sich Hofkapellmeister Johann Strauß grüßend gegen den Gefeierten neigte und ihm mit seinem kleinen Orchester einige seiner schönsten Melodien darbot. Die Speisenfolge war so gewesen, wie Josef Werndl sie einmal als seine »Traumspeisekarte« gepriesen hatte, die Weine, bedacht nach seinem Geschmack …

Tief in sein Sinnen versponnen und noch ganz in wohliger Stimmung, entnahm er seiner Westentasche eine andere Uhr, ein Dutzendstück alter Prägung, dunkel angelaufen der bucklige Silberrücken. In jeder Hand hielt er eine Uhr. Die prunkvolle des Kaisers, die unscheinbare vom Vater. Symbolhaft – diese beiden Uhren. Schlicht die eine wie Vaters Lebenslauf, prunkend die andere wie die Äußerlichkeiten, die seine eigene Schicksalsbahn umgleißten – über dunklem Leid.

Er senkte des Vaters Uhr wieder in seine Westentasche, schloss die vom Kaiser in ihr Etui, öffnete die Ordensschatulle und meditierte: »Danke, Majestät, für die große Auszeichnung und die damit verbundene Adelung. Das ›von‹ kauft sich so mancher. Barone gibt es zahllose, Josef Werndl aber«, er reckte sich, »nur einen.«

Der Zug hielt in Sankt Valentin. Den Pelzmantel lose über die Schultern gehängt, verließ Josef Werndl den Waggon und atmete tief die klare Luft ein.

Der Fahrdienstleiter meldete sich, der Sonderwaggon wurde abgekoppelt. Qualmend pfauchte die Lokomotive heran.

»Wer führt mich denn?«, rief Josef Werndl in den Führerstand der Maschine.

»Der Kling«, kam Bescheid.

»Freut mich, Kling. Na, Sie wissen: Falls wir wieder unter zwanzig Minuten bis Steyr bleiben …«

»Ich weiß, Herr von Werndl.«

Kaum rollte der Zug in Steyr ein, streckte Josef schon seine Hand in den Führerstand und lobte: »Achtzehn Minuten! Bravo! Und Adieu!« Ein fester Händedruck und ein Fünfguldenstück blieb in Klings kohlendunkler Hand.

Vorstand Handstanger begrüßte den Werksherrn und Kutscher Mandl beeilte sich, seinem Herrn die Pelze über die Knie zu legen.

Die ersten Fragen Josef Werndls lauteten bürgerlich schlicht: »Hat die Leni gut eingeheizt? Sind Knackwürste da?«

Mandl bejahte beides.

Ehe der Vorstand einen Glückwunsch anbringen konnte, rief Herr Josef: »Gute Nacht, Handstanger! Los, Mandl!« Das Gefährt glitt eilends davon.

Nachdem Kling seine Maschine im Heizhaus versorgt hatte, ging er gemächlich der Fahrdienstkanzlei zu. Da sah er im Schnee eine kleine dunkle Stelle, bückte sich, hob etwas auf und brummte: »So was! Da hat einer seine Uhr angebaut.« Im Schein der Laterne meinte er: »Die stammt ja noch aus Großvaters Zeit; funktioniert sogar. Na, die gehört sicher einem armen Teufel.«

Gerade als er den Fund beim Vorstand deponierte, pochte es heftig gegen die Kanzleitür.

»Nanu«, brummte der Beamte, »für den Frühzug gibt es erst morgen eine Karte.«

Wieder hämmerte es gegen die Tür, und eine raue Stimme rief: »Herr Vorstand! Ich bin's, der Mandl!«

»Der Mandl!«, wunderte sich Handstanger, während er öffnete. »Was treibt denn Sie noch einmal her?«

»Der gnädige Herr hat seine Uhr verloren. Wenn ihr im Zug eine findet …«

»Eine Uhr ist da, aber nur so ein altes Kaliber.« Doch Mandl ergriff eilends das ihm hingehaltene Fundstück und seufzte befreit: »Gott sei Dank, da ist sie! Na, der wird sich freuen!«

»Was? Dieser Brater gehört dem Herrn von Werndl?« Ungläubig fragte es Kling.

»Er hat sie von seinem Vater! Unglücklich hätte es ihn gemacht, wenn sie verloren wäre.«

Mehr noch staunte Kling, als man ihm am nächsten Tag ein Kuvert brachte, dem er zwei Zehnguldenscheine und einen handbeschriebenen Zettel entnahm:

Dem ehrlichen Finder
Josef Werndl

Ein Kuvert mit gleichem Inhalt erhielt Kling künftig an jedem Neujahrstag bis zu Josef Werndls Tod.

Während die Haushälterin Leni den Frühstückstisch deckte – und auch während des Essens –, war Herr Josef stets mit anderem beschäftigt. Heute sortierte er die Zeitungsausschnitte, die er gestern während der Bahnfahrt gesammelt hatte. »Der Phonograph – ein Selbstsprecher. Neueste Erfindung von Thomas Alva Edison«, las er halblaut. »Spielerei – kann er sich behalten.« – »Durch elektrischen Strom im luftleeren Raum zum Glühen gebrachte Bambus-Kohlenfasern, die wunderbar gleichmäßiges und helles Licht spenden – die Glühlampe.«

Die Hand flach auf den Tisch schlagend, lobte er: »Das ist eine Sache! Ein Licht, das nicht qualmt und stinkt! – Leni! Das wird ein Fest! Mit dem elektrischen Licht! Schluss dann mit der Lampenputzerei, dem Steinölgestank und dem Gasgeflacker!« Er sprang auf und lief im Raum hin und her. »Hab ich es auch leider nicht erfunden, so hab ich es doch im Gefühl: Eine ganz große Sache, das mit der Elektrizitätslampe! Knips – Licht an – knips – Licht aus! Gelt, da schaust!« Er lachte der Leni ins grenzenlos verblüffte Gesicht. »Verstehst das wieder einmal nicht? Macht nichts. Hauptsache, dass ich es begreife. Nur verflucht weit weg von da ist dieser Edison. Wart einmal. Da war doch noch so was in der Zeitung …« Er nahm das Paket auf seinen Schoß und mit geschultem Blick jedes Blatt schräg überfliegend, fand er rasch das ihm Wichtige.

Leise schloss Leni von außen die Türe, seufzte und ging in die Küche. –

»Vorwärts, Mandl!« Herr Josef schwang sich in den Wagen; er war zufrieden, denn er hatte den gewünschten Ausschnitt gefunden: Johann Siegmund Schuckert und seine grundsätzlichen Arbeiten auf dem Gebiet des Generatorenbaues. Ein Bahnbrecher auf dem Gebiet der Elektrizität … So stand da gedruckt.

Die neuentdeckte Kraft der Waffenfabrik zuführen! Das war ihm selbstverständlich. Aber – blitzartig kam ihm der Gedanke – vielleicht gäbe diese neue Kraft auch die Möglichkeit, einen Fabrikationszweig aufzuziehen, der konstanten Absatz hätte und nicht wie jener auf dem Gewehrsektor, der, was die Aufträge und die Arbeitsvorgänge betraf, ungeheuren Schwankungen ausgesetzt war. Noch wusste er kaum mehr als den Namen und erinnerte sich nur an einige Vorversuche, aber die Begriffe Elektrizität, Glühlampen, Dynamomaschinen hatten sich ihm eingeprägt, sein Denken heftig belebt.

Von der Schießstätte her knallten Schüsse. Fleißige Frauen fegten den Schnee von den Eingängen der blinksauberen Häuser im Karolinental, die er den Arbeitern erbaut hatte und die schon zu einer Siedlung angewachsen waren.

Ja, der lange Sepp Werndl hatte viel mehr erreicht, als er bubenhaft überheblich den Gespielen einst vorgeschwärmt hatte. Generaldirektor einer der mächtigsten Industrien der weiten Donaumonarchie war er geworden! Und Festtags trug er in der Westentasche das kostbare Geschenk des Kaisers, die brillantengeschmückte Uhr, konnte ein »von« vor seinen Namen schreiben, den Revers seines Fracks mit Orden schmücken, die ihm von den Regenten der meisten Staaten Europas verliehen worden waren. Am Bahnhof zu Steyr wartete ein wohnlich ausgestatteter Eisenbahnwaggon nur auf seinen Befehl, um ihn nach jedem beliebigen Ziel zu bringen, im Bedarfsfall auch ein Sonderzug … Alle Schürfrechte in Istrien, die Kohlenbergwerke in Valona waren ihm zu Eigen. Er war Hauptaktionär der Wolfsegg-Traunthaler-Kohlenbergwerke, gemeinsam mit seinem Bruder Leopold, Schwager Gschaider und dem nunmehrigen Direktor Aichinger. Sein Werksleute hingen an ihm wie kaum andere an ihrem Herrn. Da waren seine Villen- und Grundbesitze. Ein Baron und gar ein Reichsgraf waren seine Schwiegersöhne; ob in Dorf an der Enns bei Imhofs oder in Schloß Trautenfels bei Lambergs, er wurde als Gast stets mit großer Freude begrüßt. Ja – und in den verschiedensten Depots lagen seine Aktienpakete. Von Steyrer und Wiener, auch von ausländischen Geldinstituten sandte man ihm vielstellige, zu seinen Gunsten lautende Abrechnungen. Nur eines mangelte ihm: ein Mensch, der wirklich zu ihm gehörte … Die Frau, die zu gewinnen er einstens gar nach Amerika gefahren war, hatte durch seine Schuld ein allzu einsames Leben geführt – bis ihr empfindsames Gemüt verstört gewesen, ihre Seele dem kalten Dasein entflohen war ... Musste er sich wirklich schuldig sprechen an dem jämmerlichen Ende des einst so heißgeliebten Linerls? Hatte er ihr nicht immer wieder versprochen: »Warte nur ein Weilchen noch, dann entreiße ich mich dem Werk und lebe nur für dich und die Kinder.«

Wo lag die Schuld? Hätte er um ihretwillen den vielen seine Tatkraft entziehen sollen und dürfen? Wer hätte ihn ersetzen können? Wäre er nicht oft gerne in der Wasservilla geblieben, um sich und den Seinen einen guten Tag zu machen, statt Tag und Nacht irgendeinem Geschäftsziel nachzujagen, Arbeit für die ihm auf Gedeih und Verderb anhangenden Tausende zu schaffen. Und doch ... Mochten ihn alle von jener Schuld freisprechen, ihm blieb die Qual.

Seine Töchter? Sie hatten glückhafte Lebenslose gezogen. Imhof wie Lamberg schienen, ganz abgesehen von ihrem Rang, Männer zu sein, mit denen es sich nicht nur reden und zechen ließ, sondern auch leben.

Josefs Gesichtszüge spannten sich. Da war noch Seppi, der Sohn. Wie hatte er einst den neugeborenen Erben und Stammhalter jubelnd begrüßt und geschworen, alles in seiner Macht Stehende zu bewirken, damit der Junge nicht, älter geworden, sagen musste: Dass ich jung war, hab ich nur daran gespürt, dass ich nichts zu reden und kein Geld hatte. Gewillt, dem Sohn alle durch Geld zu erschließenden Lebensannehmlichkeiten zu gewähren, hatte er alle leisen und lauten Warnungen schroff beiseite geschoben. Freilich, die ihn einst berückende Vorstellung von der Josef-Werndl-Industriedynastie war dahin. Nicht nur durch die Wandlung der Werndl-Werke zur Österreichischen Waffenfabrik-Aktiengesellschaft. Dem Sohn mangelte, das musste der Vater selber sich zugeben, was den rechten Leiter eines Großunternehmens vor allem ausmacht, die Lust am Selbstgeschaffenen, an der Technik ... Hätte er ihn doch strenger halten sollen? Nun war es – zu spät. Er hatte es niemandem je gesagt, wie sauer es ihm geworden war, der vom Sohn gewählten Offizierslaufbahn zuzustimmen. »Lieber«, hatte er sich schließlich eingeredet, »ein guter Offizier – als ein schlechter Industriemann«. Nur schwer war ihm die Erkenntnis dieses Umstandes geworden.

Im Kontor überblickte er flüchtig die Zeitungen, die alle mehr oder minder freundlich seinen Geburtstag vermerkten. Er drückte dreimal den Klingeltaster nieder, das Expresssignal für seinen Sekretär Biazzi.

»Die Morgenandacht!«, verlangte er und meinte damit die so bezeichnete Besprechung mit seinem engsten Mitarbeiterstab.

»Eine Abordnung der Arbeiter und Angestellten lässt bitten ...«

»Aber – sie sollen's kurz machen. Dass die es mir gut meinen, weiß ich ...«

Freundlich-energisch beendete er die Gratulationscour in kürzester Frist. Darnach saß man in gewohnter Weise um den Beratungstisch, der nun Direktor titulierte Holub für das Technische, Doktor Hans Hochhauser für das Wirtschaftliche sowie Kassier Fischer und Sekretär Biazzi, alle heute bemüht, ihre Berichte möglichst günstig zu färben. »Nicht so feinfühlig, Herrschaften!« Herr Josef wurde ungeduldig. »Wir sitzen hier nicht privat, sondern geschäftlich. Her also mit den Berichten – ungeschminkt.«

Biazzis Postreferat ergab, wie zu erwarten, auf der großen Linie ein Negativum. Absagen lagen vor, verbrämte Hinweise auf augenblicklich nicht genügend geklärte Umstände und dergleichen mehr. Kassier Fischer musste berichten, dass manche als sicher zu erwartende Geldsumme ausgeblieben war, einige sogar durch den Konkurs des Schuldners unabwendbar verloren seien. Er musste auf Schwierigkeiten hinweisen, die sich durch das neuerliche Ansteigen des Silber-Agios und das Anziehen der Preise ergaben. Doktor Hochhauser deutete vorsichtig an, dass ein Großaktionär, der sich eben die Baronie erkauft hatte, geäußert habe, er werde bei der nächsten Generalversammlung darauf dringen, dass, wie sonst überall, die Leute bei etwaigem Arbeitsmangel entlassen würden, ohne weitere Zahlungen zu Lasten der Aktiengesellschaft. Da fiel wieder einmal Josefs Faust auf den Tisch. »Lass diesen Herrn wissen«, zürnte er, »dass er sich jederzeit auf meinen Platz setzen kann, von mir aus noch heute!« Er wurde zornig: »Ich werde den gewissen Herrn, der sich womöglich noch in jedes Schneuztuch und jede Unterhose die barönliche Krone sticken lässt, erinnern, woher er stammt und dass wahrscheinlich seine P. T. Verwandtschaft nicht weiß, was ein Schneuztüchl ist. Mir schmeckt ein Braten auch besser als trockenes Brot. Wer aber nichts kann als protzen und verschwenden und seine Millionen nur seiner Nase verdankt, die es rechtzeitig riecht, welche Börsenpapiere steigen oder fallen …« Er schnaufte auf. »Na, ich werde schon wieder zu deutlich. Wenn ich so etwas nur höre …« Jäh wandte er sich Holub zu. »Wie schaut's auf deinem Sektor aus?«

»Ist noch gut, aber – du weißt ja. Wenn die Welle Einzellader ausgelaufen ist …« Er zuckte die Achseln. »Wenn sie angebissen hätten, die anderen Staaten, am französischen Marine-Repetiergewehrauftrag. Nix haben sie …«

»Und werden – leider – auch erst dann anbeißen, wenn sie müssen.«

»Und wann müssen sie?«

»Sobald einer wild wird und vorangeht. Dann tun es ihm alle nach, aus Mussgründen – und wenn es ums Ausräumen der Staatskasse geht. Was machen die Mannlicher-Proben?«

»Brauchen noch Zeit und viel Mühe«, erklärte Holub. »Steckt mir die Nase zu viel in alles, der Mannlicher.«

»Dann schmeiß ihn hinaus! Biazzi! Brief an Mannlicher: Man darf die Fabrik nur mehr mit meiner besonderen Erlaubnis betreten. Im übrigen wird die Jagdgewehrerzeugung forciert. Dazu könnten wir, um Kunden zu bekommen, die auch beim Gewehr ihre Extrawurst begehren, ein Luxusgewehr herstellen. Da fänden auch ein paar derzeit unbeschäftigte Ziseleure und Stahlschneider wieder Verdienst.«

»Man sollte etwas fabrizieren, das konstante Abnahme garantiert, nicht so eine verrückte Luftschaukelei wie das Gewehrgeschäft.«

»Mhm – hast recht. Das ewige Auf und Nieder macht uns noch alle fertig … und die verdammten Baissezeiten vertreiben unsere besten Leute ins Ausland. Es wird noch so weit kommen, dass wir wohl Aufträge, aber keine fachlich geübten Arbeitskräfte mehr haben. Die sind unterdessen ins Rheinland, wenn nicht gar nach Amerika ausgewandert. Na, wollen sehen. Mir schwebt eine Sache vor, die uns vielleicht den gewünschten konstanten Betrieb mit so ein-, zwei-, dreitausend Mann bringen könnte …«

»Wenn du das hinkriegst, Josef«, sagte Hochhauser lächelnd, »bist du das größte Genie der Welt.«

»Das zu sein, überlass ich neidlos einem andern, wenn sich seine Idee bei uns so auswirkt, wie ich es angedeutet habe.« Werndl beachtete nicht die höchst interessiert fragenden Gesichter der anderen, stand auf und verließ mit kurzem Gruß den Raum.

Streng vertraulich musste Sekretär Biazzi sich orientieren, wo die in Europa auf dem neuen Gebiet der Elektrizität maßgeblichen Männer zu erreichen waren.

So erfuhr Josef Werndl die Daten und Namen Pulujs, Piettas, Kriziks und Mariottis.

Biazzi hatte infolge der Fülle seiner Pflichten Anweisung und Ergebnis längst vergessen. Da blieb Josef Werndl nach einer »Morgenandacht«, als alles Vorliegende schon besprochen war, noch sitzen. Seinen Vertrauten galt das als untrügliches Zeichen besonderer Ereignisse.

»Ich habe vor einigen Monaten erwähnt, es könnte eventuell etwas zu finden sein, was unseren Werken vielleicht eine zuerst nicht breite, aber doch konstante Basis schafft«, bestätigte Herr Josef die Vermutung der anderen. »Ich glaube, diese Möglichkeit zu wissen.« Er schwieg einen Moment und sprach dann in die erwartungsvolle Stille hinein: »Es ist – die Elektrizität.«

Die Anwesenden wussten, wie wenig er es liebte, gefragt zu werden, doch vermochten sie ihre Neugier in diesem Fall nicht zurückzuhalten: Wie wollte er aus einer noch in den Kinderschuhen steckenden Sache eine sichere Betriebsbasis für ein Großindustriewerk machen?

Mit einer Handbewegung gebot Josef Ruhe. »Ich kann weder in die Zukunft schauen noch bin ich ein Fachmann auf dem erst im Entstehen begriffenen Gebiet der Elektrizität. Deshalb kann ich jetzt unmöglich auch nur annähernd einen Arbeitsplan entwickeln. Doch hatte ich im Laufe der letzten Monate in Nürnberg, Prag, Pilsen und so weiter in dieser Angelegenheit Unterredungen mit Männern, deren Anschriften mir Biazzi verschaffte. Ich bin zu der Überzeugung gekommen, dass hier, ähnlich wie einst in Amerika mit den Werkzeugmaschinen, etwas heranreift, das vielleicht unser ganzes Weltbild verändern wird. Jedenfalls ist es mir gelungen, mit mir besonders maßgebend erscheinenden Herren – ich nenne bevorzugt die Namen Schuckert und Puluj – Vorverträge abzuschließen.« Sein Gesicht verschattete sich. »Es ist mir nicht erlaubt, aus eigenem Ermessen solche Umstellungen vorzunehmen, aber ich werde in der nächsten Generalversammlung den Antrag stellen, fürs Erste das Objekt VI für Arbeiten auf dem neuen Gebiet zur Verfügung zu stellen.«

»Und wenn man das ablehnt?«

»Dann werde ich die entsprechenden Konsequenzen ziehen!«

Eines Morgens lag ein streng vertrauliches, privates Handschreiben des Generals, der das steyrische Korps kommandierte, auf seinem Tisch.

Fast feindselig hatte Josef Werndl bisher alle gutgemeinten und schonendst formulierten Warnungen, den Sohn betreffend, zurückgewiesen, obwohl er wusste, dass selbst großzügigstes Denken Seppis Wandel nicht gutheißen konnte. »Ein Werndl muss sich einmal austoben können, verlieren wird er sich nie«, hatte er sein Bedenken beschwichtigt, wenn er dem flotten Sohn wiederum einen zusätzlichen Scheck sandte.

Nun machte ihn dieser als charmanter Frauenverehrer bekannte Offizier in verbindlichsten Worten darauf aufmerksam, dass es empfehlenswert sei, den jugendlichen Tatendrang des überaus glänzend veranlagten Herrn Sohnes etwas einzudämmen. Leutnant Werndl befinde sich viel in nicht eben sich glücklich auswirkender Gesellschaft.

Josefs langjähriger Umgang mit hohen und höchsten militärischen Stellen besagte ihm eindeutig, dass dieses Schreiben eines Stabsoffiziers eine nur ihm dargebrachte Aufmerksamkeit darstellte, die er nicht übersehen durfte.

Sehr bedacht, Form und Freiheit zu wahren, bat er seinen Sohn, unter dem Vorwand einer zufälligen Durchreise, nach Klagenfurt.

Beim ersten Anblick des jungen Mannes durchzuckte es ihn wie ein Alarmsignal: Gefahr!

Der Sohn schien in den Monaten, da man einander nicht gesehen hatte, um Jahre gealtert. Unruhig war sein Blick, auf den fahlen Wangen zeigten sich hektisch rote Flecken.

Dann freilich, als ihn der Sohn mit einem unbeschwerten »Servus, Vater!« begrüßte und man es sich auf der Hotelterrasse angesichts des schönen Sees bequem gemacht hatte, wich das erste Bangen neuem Hoffen.

Doch dann geschah, was ihm, dem Tausende gehorchten, noch nie geschehen war. Sooft er ansetzte, das heitere Geplauder in ernste Rede zu wenden, brachte er weder Tadel noch Mahnung über die Zunge. Es war, als erstände vor ihm der dräuende Schemen seines Vaters und bedeute ihm: »Lass ihn, Sepp. Er soll seine jungen Jahre mehr genießen als du.«

Im Verlauf des Gesprächs gab sich der Junge immer unbekümmerter und die Freude des Älteren, der Vater eines solchen Prachtmenschen zu sein, wurde immer größer. Daher blieb es bei nur leisem Mahnen: »Gelt, Seppi, übertreib nur auch die Lust nicht. Sie kann ins Gegenteil umschlagen.«

Fortgewischt war aller Frohsinn aus dem Antlitz des Sohnes. »Hat etwa jemand gewagt«, fuhr er auf, »mich anzuschwärzen?«

»Sepp«, unterbrach ihn ernst der Vater: »Ich wollte nichts hören und kann nur hoffen, dass mein Vertrauen dir nicht schon geschadet hat. Halte deinen Vater nicht für dumm. Die Furchen in deinem Gesicht sagen mir mehr, als ich bisher über dich vernommen habe.« Er fasste des Sohnes Arm. »Es geht nicht ums Geld, Seppi, nicht ums Moralpredigen. Du wirst nie verstehen können, wie sauer es mir war, als ich begriff, dass mein Plan, dich als meinen Nachfolger im Werk zu sehen, nie in Erfüllung gehen wird.« Er blickte ihn so schmerzlich strenge an, dass der Jüngere keine Einwendung wagte. »Ich habe mich damit abgefunden. Ob in Zivil, ob im bunten Rock, überall kann einer seinen Mann stellen. Nicht viele sind imstande, das besser zu beurteilen als ich. Seppi, ich wünsche mir, dass es dir völlig bewusst wird, wie ein Offizier, unbeschadet aller ungestümen Jugendlust, nichts ist als der Diener einer großen Idee. Und dienen, Seppi, heißt sich unterordnen, sich selbst bezwingen.« Er senkte den Kopf. »Frage nicht, wie ich mich bezwingen musste – und es noch muss.«

Josef hatte sich wieder einen Jagdtag genehmigt und er beschloss diesen abends im Moserhaus zu Steyrling. Der Arzt und dessen Tochter waren es schon gewohnt, dass er mit so manchen Sorgen, die er sonst hinter glatter oder abweisender Miene verbarg, zu ihnen kam. Als er nun diesmal sein von Fräulein Emma gefülltes Weinglas längere Zeit unbeachtet ließ, hielt es der menschenkundige Doktor für angebracht, dem einsilbigen Gast ein wenig aus seiner Dichtung vorzulesen. Er spürte aber bald den mangelnden Kontakt. Jäh unterbrach ihn der Gast: »Nehmt es mir nicht übel. Ich kann heute nicht zuhören. Mich plagt etwas so, dass ich – sogar aufs Trinken vergesse.« Und eilig leerte er sein Glas.

»Na, dann heraus damit«, ermunterte Doktor Moser.

Josef gab sich sichtlich einen Ruck. »Wie wohl ich mich hier bei euch fühle!«, bemerkte er mit einem tiefen Seufzer. »Ich bin nicht allzu empfindsam, doch irgendwo muss auch der unsteteste Wandervogel ein Daheim haben. Ja, die Leni und der Mandl sind die bravsten Leute, können mir aber kein Heim bieten. Und zu euch in die hinterste Wildnis ist es weit. Kurz, ich brauche euch! Brauche Wärme. Hört mich an: Ich biete euch die Kammerhub – meinen Besitz in Bad Hall – als Wohnung an, mit allem Drum und Dran, wie sie liegt und steht. Dazu – selbstverständlich – würdet ihr finanziell so gestellt, dass ihr zeitlebens ausgesorgt habt. Darf ich euch sehr, sehr darum bitten?«

Es ging nicht so einfach, wie Herr Josef es sich vorgestellt hatte. Die ganze Nacht hindurch liefen die Reden für und wider und erst im Morgengrauen entschloss sich Doktor Moser: »Du musst einsehen, dass ich zu meinen Patienten gehöre, solange ich imstande bin, sie ärztlich zu betreuen, wie es sich für einen echten Landbader ziemt, der nicht um Tageszeit, Wetter oder Wegumstände fragen darf, sondern nur nach seiner Pflicht. Du stellst deine Pflicht so hoch hinauf, Josef, musst das also verstehen. Emma, seh ich, ist bereit, deine Haushälterin in Kammerhub zu sein. Ich halte sie nicht davon ab. Sie ist ja auch großjährig. Ich behelfe mich halt mit der Hauserin und wenn du, Sepp, auf weiter Fahrt bist, so kann Emma, wenn sie es will, immer zu mir herfahren. Ist mir stets herzlich willkommen.« –

Emma Moser schuf dem einsam Gewordenen eine heimelige Zufluchtstätte. Dorthin floh er, wenn es ihm schwer war ums Herz, wenn er sich müde gekämpft oder wundgeschlagen fühlte von Bosheit und Neid. Wie er einst, im jungen Eheglück, die Wohnungstür vor dem Weltgetriebe verschlossen hatte, so atmete er jetzt erleichtert auf, wenn das schmiedeeiserne, den Park des Kammerhubbesitzes von der Welt scheidende Tor hinter ihm zufiel.

21. Kapitel

EIN MEER VON LICHT

Josef Werndl war wieder monatelang von Hauptstadt zu Hauptstadt gereist, kehrte aber ohne Auftrag und auch ohne Hoffnung auf eine in absehbarer Zeit einlaufende Bestellung nach Steyr zurück.

Wieder begann das grausame Entlassen der Werksleute. In größter Angst sahen diese dem jeweils nächsten Lohntag entgegen und befürchteten von Woche zu Woche, dass dem Geld die Kündigung beiläge.

Eine Abteilung nur blieb von Entlassungen verschont. Dort waren die ausgesuchtesten Werksleute daran, Messgeräte und Schablonen auf den höchsten Vollendungsgrad zu bringen. Ihre seit Generationen geübte Genauigkeit und Sorgfalt waren eine der Wurzeln aller Erfolge der steyrischen Waffenschmiede.

Zweckentsprechend nüchtern verlief die Generalversammlung der Österreichischen Waffenfabrik-Aktiengesellschaft zu Wien. Generaldirektor Josef Werndls Lagebericht war allerdings wenig erfreulich. Indessen verwies Werndl auf die unbedingte Notwendigkeit, die Proben am Mannlicher-Gewehr so zu forcieren, dass man hier ein vollendetes, jede Konkurrenz ausschaltendes Gewehr schaffe. Auch müsse man trachten, den Maschinenpark auf der Höhe zu halten, damit die österreichische Waffenfabrik nach wie vor auf diesem Gebiet führend bleibe.

Der Großaktionär Epstein äußerte hiernach, dass er zwar vieles einsehe, nicht aber, dass man ihm oder jedem anderen Aktionär zumute, statt jedes Gewinns noch zuzusehen, wie überflüssig gewordene Werksleute sich auf Fabrikkosten einen guten Tag machen. Wenn dem Herrn Generaldirektor in guten Geschäftszeiten solche Extravaganz toleriert worden sei, so beantrage er jetzt, keinen Kreuzer mehr für derlei zu bewilligen, was es auch sonst nirgends gebe.

Jäh schnellte Herr Josef empor. »Das Unternehmen, meine Herren, hat Ihnen bis jetzt, trotz aller Flauten, so reichen Gewinn eingetragen, dass Sie es auch einmal ohne solchen aus einem Aktienpaket aushalten, insoweit Sie es nicht schon vorsorgend verringert haben. Sie und die Fabrik verbindet eben nur dieses Aktienpaket, das Sie, sobald eine höheren Gewinn verheißende Geldanlage in Sicht ist, von heute auf morgen abstoßen, gleichgültig, wie sich das auf unsere Fabrik auswirkt. Wer von Ihnen war schon in Steyr? Wir Werndls sind mit dieser Stadt auf Gedeih und Verderb verbunden. Uns bedeutet Steyr und die Waffenfabrik Leben, Berufung, Existenz! Auch ich will, dass mein Vermögen Zinsen trägt. Dies zum Kernteil aus einem Unternehmen, der Waffenfabrik. Und verdiene ich, dann sollen auch meine Werksleute rechtlichen Anteil haben am höheren Gewinn. Dadurch werden sie zu besserer, genauerer Arbeit angespornt und das wieder bedeutet für Sie, meine Herren, erhöhte Dividende. Einem Arbeiter reicht sein Lohn meistens geradehin, um von der Hand in den Mund zu leben. Er kann sich oder seine Familie nicht wochen- oder gar monatelang ohne Zuschuss menschenwürdig und – jawohl! – auch ehrlich durchbringen. Und woher bei Bedarf eingearbeitete Werksleute nehmen? Sind die einmal im Ausland, so bleiben sie auch dort, weil sie dort verständiger behandelt werden, mehr verdienen als hier in ihrer Heimat.«

»Hunger ist für diese wilden Herren Proletarier nur gesund, macht sie verständiger und bescheidener«, witzelte jemand.

Eiskalt erklärte darauf Herr Josef: »Bei solchem Unverstand, meine Herren, bin ich fehl am Platz und jeden Augenblick bereit, ihn einem anderen, der Ihnen besser passt, zu überlassen …«

So sei es durchaus nicht gemeint, wurde ihm entgegnet; und nach scharfem Hin und Wider gab man seufzend der Halsstarrigkeit des Herrn Generaldirektors nach.

Nun erkundigte sich hinterhältigen Tones Baron Wodianer, ›ob der hochverehrte Herr Generaldirektor zufällig eine Ahnung von diesem neuen Dingsda, der Elektrizität, habe, von der man besonders in Amerika so viel Aufhebens mache und die vielleicht für die moderne Waffenfabrikation in Steyr nicht unwesentlich sei. Er empfehle, nachzuforschen, was dieser Edison und Konsorten eigentlich im Sinn führten ... ‹

Prompt und betont jovial entgegnete Werndl, der Herr Baron brauche nicht zu befürchten, dass er, Werndl, diese auch ihm sehr wichtig erscheinende Angelegenheit verschlafen hätte. Er beantrage vielmehr, sofort das nötige Kapital zu bewilligen, damit man diesen Industriezweig in der Waffenfabrik anlaufen lassen könne. Es sei schon alles vorbereitet, um probeweise eine Erzeugung solcher Art sofort aufzunehmen.

Der Herr Generaldirektor sei auf dem Waffengebiet ein vorbehaltlos anerkanntes Genie, erwiderte man, nur sei zu besorgen, dass ihm für dieses auch ihm neue Gebiet die Eingebungen nicht wieder aus heiligen Stätten zuflögen, wie das wunderbarerweise einmal schon geschehen sei.

Es freue ihn, versetzte Josef Werndl grimmig lächelnd, den Herren Gesellschaftern mitteilen zu können, dass es in besagter Angelegenheit nur noch einiger Telegramme bedürfe, denn seine Vorverhandlungen mit den besten Fachleuten Europas seien schon bis zur Unterschrift gediehen. Edison selber sei zwar nicht zu haben, dafür aber Johann Siegmund Schuckert aus Nürnberg, erstklassig für den Generatorenbau, Doktor Johannes Puluj aus Prag sowie die Herren Krizik und Pietta aus Pilsen, alles maßgebliche Fachleute auf dem Sektor der Glühbirnenherstellung.

»Heute war mir der Wodianer am sympathischsten«, verriet Herr Josef auf der Heimreise seinem Begleiter Doktor Hochhauser. »Wäre ich ihm mit der Elektrizität gekommen, so hätte er gejammert: Herr Generaldirektor! Eine neue Industrie? Wer trägt das Risiko? – Er wollte mich nur hineinlegen, der Edle. – Sind die Telegramme schon aufgegeben?«

»Das glaube ich«, lachte Doktor Hochhauser, »schon vor Sitzungsschluss.«

»Steckt in den Kinderschuhen, die Elektrizität. Täuscht mich aber nicht alles, so läuft sie bald mit Siebenmeilenstiefeln. Notiere diese Stunde, Hans! Sie verspricht uns die gesicherte Basis. Das Waffengeschäft wird immer zwischen Hausse und Baisse hin und her schnellen, Elektrizität aber …!«

So konnte er bald darauf eine Mitteilung folgenden Wortlauts an die Fabriktafeln heften lassen:

»An die Angestellten und Arbeiter der Österreichischen Waffenfabrik-Aktiengesellschaft in Steyr und Letten!

Vor mehreren Wochen habe ich Ihnen persönlich die Gründe bekanntgegeben, welche mich zwingen, eine größere Anzahl von Ihnen zu entlassen. Da sich seither die Verhältnisse noch ungünstiger gestaltet haben, bin ich zu meinem Bedauern genötigt, nicht nur durch Reduktion des Fabrikpersonals, sondern auch durch Einschränkung der Arbeitszeit die Ausgaben zu vermindern, um auf diese Weise den Bestand der Fabrik zu sichern.

Sollte sich aber die Lösung der Repetiergewehrfrage noch länger hinziehen, so müsste ich die Zahl der Arbeiter bis auf einige Hundert verkleinern und auch den Zahlenstand der Beamten nicht unwesentlich herabsetzen. Durch diese Maßnahmen würden viele von Ihnen, welche mir und der Fabrik durch eine Reihe von Jahren treue Dienste geleistet haben, dem Elend preisgegeben. Ich erachte es daher als die mir heiligste Pflicht, meine ganze Kraft einzusetzen, um weitere Arbeit zu beschaffen.

Da jedoch vorläufig Aufträge auf Waffen schwer zu erlangen sind, so habe ich mich mit den Patentinhabern für Maschinen und Lampen zur elektrischen Beleuchtung ins Einvernehmen gesetzt, um diesen Fabrikzweig nach Steyr zu übertragen, eventuell die Erzeugung benannter Gegenstände in großem Umfang zu betreiben. Ich bitte Sie daher, die Geduld und den Glauben an meine Tätigkeit nicht zu verlieren und sich weiter vor Augen zu halten, dass noch kein Mensch zugrunde gegangen ist, der arbeiten will und kann.

Steyr, den 27. November 1882

Josef Werndl e.h.«

Zur Zeit, da dies in Steyr bekanntgegeben wurde, reiste Josef Werndl schon wieder südwärts. Er versuchte, an angenehme Ereignisse in diesem Jahr zu denken, so an die Geburt seiner ersten Enkelin Anna in Trautenfels, doch schob sich schwer dazwischen die Nachricht von der Erkrankung seines Sohnes.

Seine Hoffnung, dieser werde sich auf den Ernst des Lebens besinnen, hatte ein anscheinend harmloses Schreiben zerstört, in welchem Seppi ihm mitteilte, er habe einen wahrscheinlich längeren Urlaub angetreten, den er vorläufig in dem schönen Städtchen Meran in Südtirol zu verbringen gedenke. Die fiebrigen Zeichen auf den Wangen seines Sohnes fielen ihm ein, die ihn in Klagenfurt erschreckt hatten.

Von den Grazer Professoren erfuhr er die bittere Wahrheit: Man hatte Tuberkelbazillen im Sputum des Sohnes gefunden. »Aber solange einer atmet, ist Hoffnung«, hatten ihn die Professoren getröstet.

Noch ehe er in Meran, dessen spätherbstliches Leuchten er gar nicht sah, seinen Sohn aufsuchte, sprach er mit dem behandelnden Arzt.

»Ich will Sie nicht zu sehr bekümmern, Herr von Werndl. Wenn es aber überhaupt noch möglich sein sollte, den leider schon weit fortgeschrittenen Prozess in der Lunge Ihres Sohnes aufzuhalten, so würde ich seine sofortige Übersiedlung nach Ägypten, am besten nach Heluan, empfehlen. Allerdings müsste er durch eine radikale Änderung seiner Lebensart sich letztlich selber retten.«

In der unverkennbar einem Offizier eigenen Haltung kam der Sohn Herrn Josef entgegen. »Allerhand, Vater, dass du einmal eine undienstliche Fahrt riskierst. Willst du länger bleiben, etwas ausspannen – oder«, er erregte sich, »hast du vor, mich zu beaufsichtigen?« Als wollte er sich selbst beruhigen, redete er hastig weiter: »Ein Spaß! Jetzt verschreiben die mir Urlaub, wo der Dienst erst richtig anfängt. Na, bis zur Ballsaison …« Ein nicht zu unterdrückendes Hüsteln unterbrach seinen Redeschwall.

»Mach es dir bequem, Seppi«, riet milde der Vater und wies auf einen Liegestuhl.

»Ach – was. Flaues Gerede und Liegestuhl. Soll mich das erst richtig krank machen? Mit sechsundzwanzig Jahren ist man den Kinderschuhen wohl entwachsen. Oder –«, er ergriff den Arm des Vaters, »bin ich vielleicht – wirklich krank?« Er lachte auf. »Ein Werndl – und krank! Ein Witz – was, Vater?«

»Wir wollen nur von Erholung reden«, beruhigte der Ältere. »Du hast halt – na, etwas lustig gelebt, und damit heißt es bremsen. Weißt du was? – Pfeif auf den Europawinter und gondle, sagen wir, nach Ägypten. Ja, Seppi! Tu's! Wegen einer Urlaubsverlängerung, das regle ich dir.«

Wie von einem Schlag getroffen, zuckte der andere zusammen. »Nach Ägypten?«, fragte er starr und umklammerte wieder des Älteren Arm. »Vater! Du verstellst dich! Bin – ich – wirklich – so krank?«

»Na ja, halt eine Affektion …«

»Affektion sagst du? Und tust, als kämst du direkt von Steyr. In Graz warst du – in der Universitätsklinik! Hast mit den Professoren geredet.« Wieder fühlte er die jähe Beklemmung. »Was haben sie dir gesagt?«

»Nun ja, ich war dort. Und, Seppi – du bist schon recht krank. Aber Heluan macht dich wieder gesund. Musst halt jetzt gewisse Sachen aufgeben für eine Weile …«

Der junge Mann sprang auf und lief auf die Terrasse hinaus, rannte hin und her, als könne er so seinem Geschick entkommen, wandte sich unvermittelt dem an der Balustrade lehnenden Vater zu und stammelte heiser: »Ich bin kein Dummkopf. Ich weiß, was diese elende Husterei, diese Schweißausbrüche, das Fieber bedeuten. Ich bin – bin … Nein, das muss ich nicht sein. Nur, Vater, warum hast du mich niemals gewarnt, mich nicht zurückgehalten? Vater! Ja, ich habe geludert, aber ludere einer nicht, dem alle zufliegen, Männer und Weiber … Der, wenn er sogar einmal solid sein will, überall diesen verfluchten Kredit hat – als Sohn des Josef Werndl! Was ich bin? – Ein verwöhnter, verlumpter Millionärssohn! Einer, dem ein Name aufgebürdet ist, der sie alle dumm macht, Männer wie Weiber. Der Name Josef Werndl! Vater! Geh ich zugrunde, so ist dein Name schuld, das verfluchte, verdammte Geld!«

Niemals konnte Josef Werndl diese wie ein Brand in seine Seele stürzende Anklage vergessen, nie auch die Fahrt nach Genua, den Abschied an der Mole, als der Dampfer ablegte und fast unmerklich und doch unerbittlich die Entfernung zwischen ihm und dem Sohn wuchs, auf den er die größten Hoffnungen gesetzt hatte und der vom Tod gezeichnet war.

Die Kinder zu Steyr wussten ein neues Spiel. Sie bildeten eine Kette, eines stieß das andere in die Seite und wen es hinwarf, den hatte das »Elektrische umgehaut«; und wer einem anderen eine Ohrfeige verabreichte, sagte dazu: »Da hast einen Funken!«

Die Alten wagten kaum noch ein Metallstück anzugreifen; mussten sie über eine Eisenbrücke gehen, so trippelten sie höchst eilig in der Mitte, möglichst fern allem Metall. »Aus dem ja sicherlich noch Feuer spritzt – wie in der Kirche auf den Höllenbildern.« – »Bis das größte Unglück geschieht …« Die Furchtsamsten erkundigten sich bei ihrem Beichtvater, ob so sündhaftes Herausfordern des Über- oder Unterirdischen erlaubt sei.

Es kursierten die heillosesten Gerüchte, deren dümmstes noch von vielen geglaubt wurde. Auch die für die neue Abteilung ausgewählten Werksleute griffen anfänglich alles so misstrauisch an, als könnte das harmloseste Stück Draht plötzlich Blitz, Donner und Verderben speien.

Die letzten, die noch immer von einem verfrühten Faschingsulk schwatzten, bekehrte eine Zeitungsmeldung, die besagte, dass im kommenden August in Wien eine Elektrizitätsausstellung stattfinden werde – unter dem Protektorat des Kronprinzen; und der Kaiser habe zugesagt, diese Ausstellung zu eröffnen. Ängstliche Leute befürchteten, der Landesvater werde auf diese Weise von Anarchisten in eine Todesfalle gelockt.

Für Josef Werndl aber bedeutete diese Nachricht die höchste Alarmstufe. Die für die neue Abteilung verpflichteten Fachleute, die Ingenieure Krizik und Pietta, waren aus Pilsen in Steyr eingetroffen. In der ersten Werksleiterbesprechung, an der sie teilnahmen, informierte sie Josef Werndl: »Für die Elektroabteilung wird das Objekt VI freigemacht und ich bitte die Herren, mir raschestens Vorschläge für dessen Ausbau zu erstellen. Es wird, wie ich schon mit Herrn Schuckert besprach, möglich sein, das vorhandene Wasserrad für die Versuche als Kraftquelle zu benützen, um eigenen Strom zu erzeugen. Gehen wir später zu einer Arbeit über, die größere Kraft beansprucht, so werden Dampfmaschinen zur Verfügung stehen. Außerdem wollen wir Glühlampen, Bogenlampen und Dynamomaschinen herstellen. Da Sie, meine Herren, auf Glühlampenerzeugung spezialisiert sind, bleibt diese Ihnen vorbehalten, unter Beziehung des in den nächsten Tagen aus Prag kommenden Doktor Puluj. Für die Dynamos ist dann Herr Schuckert zuständig, der sich schon telegraphisch angemeldet hat. Unser Vertreter in Wien ist angewiesen, unserem Kiosk einen besonders vorteilhaften Platz zu sichern. Ich erwarte sehr viel von dieser Ausstellung und besonders, dass unser Kiosk das Glanzstück wird. Wir strahlen beispielsweise dem Kaiser seine Initialen entgegen und auch sonst gilt ausschließlich die Devise: Licht! Licht! Licht!« Gedämpften Tones sprach er weiter: »Ausdrücklich sei bemerkt: Ich lege größten Wert darauf, dass die Elektroabteilung in kürzester Zeit produktionsreif wird. Sie können gewiss sein, dass jeder positive Vorschlag bei mir die größte Unterstützung findet.«

Nachdem auch Schuckert und Puluj angekommen waren, gab es mit den Herren der Elektroabteilung eine Sonderbesprechung, in welcher Herr Josef unter anderem ausführte: »Während der

Einrichtung haben Sie selbstverständlich höhere Gehälter, als sonst hier üblich ist. Sobald wir produzieren und unsere elektrischen Erzeugnisse in Serie verkaufen, gilt auch für Sie unser Lohnsystem: kleiner Grundgehalt, wodurch Ihnen die Stellung auch bei labiler Geschäftslage erhalten bleibt, außerdem beziehen Sie dann noch den erst zu errechnenden Elektrokreuzer.«

»Wie? Elektrokreuzer?«

»Ganz richtig. Vom Partieführer aufwärts hat in der Waffenabteilung jeder an jedem von einer Kommission übernommenen Gewehr einen gewissen kleinen Gewinnanteil. Ihnen garantiere ich sinngemäß den gleichen Verdienst wie meinen Gewehrfachleuten und erhoffe ein gleich ersprießliches Zusammenwirken. – Wollen zum Einstand«, fragte er lächelnd, »die Herren heute abend beim Crammer meine Gäste sein?«

Es wurde ein echter »Werndlabend«, dem glücklicherweise ein Sonntag folgte. Als die fünf Neuen – Ingenieur Mariotti hatte sich noch dazugesellt – so um den Sonntagmittag herum etwas blass zum Frühstück in den Speiseraum kamen, fanden sie zu ihrer Verwunderung ihren Gastgeber gutgelaunt inmitten einer lebhaften Runde: »Hoffentlich leisten mir die Herren ein andermal länger Gesellschaft!«

»Noch länger? Leider sind wir nicht so standfeste Monumente«, bedauerte Schuckert. »Dass aber Sie alle schon wieder hier sind?«

»Wieder?«, lachte man. »Noch –!« und Josef Werndl hob ihm sein Glas entgegen. »Prosit! Auf dass wir noch oft zu gründlichem Feiern Anlass haben.«

Wieder einmal versuchte Josef Werndl die »Repetiergewehrbarriere« zu durchbrechen, kehrte aber nach einer selbst ihn, den Herkules, äußerst strapazierenden Reise in fast sämtliche Hauptstädte Europas ergebnislos zurück. Kein Staat wagte sich an dieses Goldmilliardenprojekt.

Erschrocken sah Kutscher Mandl, wie müde und gebeugt sein Herr diesmal herankam, der sonst, wenn er nach längerer Reise wieder Heimatluft atmete, stets mit langen, federnden Schritten zum Wagen gekommen war. Früher hatte er des Öfteren auch, statt sich ins Petzengütl zu begeben, schnell noch das eine oder andere Objekt inspiziert.

Am nächsten Morgen weinte Leni beinahe bei seinem Anblick, denn nur halb angekleidet hockte er auf dem Bettrand, bleich und eingefallen. Erschrocken und leise fragte sie: »Soll ich den Doktor holen, Herr Josef?«

Er nickte nur vage: »Wenn du meinst …«

Clessin berief Doktor Spängier zur Assistenz, beide wünschten noch eine Kapazität aus Wien – und der Erkrankte erhob keinen Widerspruch. Willig ließ er sich untersuchen. »Schwere Nervendepressionen«, konstatierte man einstimmig und empfahl dem Patienten: »Ruhe, Ruhe! Mit aller Tätigkeit sofort aussetzen.«

»So setz ich eben aus«, murmelte Werndl willenlos.

Ob er von einer seiner Töchter oder in Kammerhub gepflegt sein wolle?

»Nein!«, erwiderte er wieder lebhafter. »So ein lahmer Kerl muss sich irgendwo verstecken, wo ihn niemand kennt und er niemandem lästig wird.«

Es gelang ihm. Weder Freund noch Feind, auch nicht seine Gunst Suchende wussten ihn zu erreichen. So erfuhr er manches nicht, was seine Genesung verhindert oder doch gehemmt hätte.

In diesen Wochen korrespondierte er nur mit den Ärzten und mit seinem Sohn in Ägypten. Dessen Briefe wurden mählich hoffnungsvoller, während die Schreiben des Primarius auf das unabwendbar gewordene Ende vorbereiteten.

Unvermittelt, wie Josef Werndl in dem allem Verkehr entlegenen Dorf aufgetaucht war, verließ er es wieder und reiste heim.

Überall wurde er dort mit Freude begrüßt.

Am nächsten Morgen schon hielt er zur gewohnten Stunde in der »Morgenandacht« den Vorsitz. Doktor Hochhauser und

Holub stockten während ihrer Berichte, da sie die vielen abgewanderten Werksleute, die in seiner Abwesenheit von ausländischen Agenten angeworben worden waren, nicht erwähnen wollten, aber Herr Josef wusste schon davon: »Wo das Menschenmögliche endet, beginnt oft das Sinnlose. Ich finde es schandbar traurig, dass so viele meiner besten Leute nun ihr Glück in der Fremde suchen müssen. Deswegen brauchen wir uns aber keine Vorwürfe zu machen. Es war unmöglich, Bestellungen einzubringen. Ich wünsche herzlich, dass die Leute wenigstens halbwegs ein Auskommen finden. Künftig soll aber alles geschehen, dass wir keine weiteren Einbußen an unserem Kostbarsten, unseren Fachleuten, erleiden. Die Wiederbelebung des Waffengeschäftes liegt in der von uns nicht zu bestimmenden Zukunft. Deshalb kann unser Weiterwirken nur zur Elektrizität führen. Und diese Abteilung soll daher mit allen Kräften gefördert werden.«

Mit dem gleichen Eifer wie einst bei dem Hinterladerproblem widmete er sich nun den vielfältigen Möglichkeiten der Elektrizität. Es imponierte ihm, was während seiner Abwesenheit in dieser Abteilung geleistet worden war. Nach den vor seiner Erkrankung schon entwickelten Plänen waren die Produktionsstätten für Glühlampen, Bogenlampen und Dynamos ziemlich vollständig eingerichtet, der ebenerdige Hauptraum des Objektes VI aber zu praktischen Proben der Erzeugung von elektrischem Strom aus eigenen Dynamomaschinen vorbereitet. Allen in der neuen Elektroabteilung leitend Tätigen war bekannt, dass man Wasserkräfte zur Erzeugung von elektrischem Strom mit Wasserrädern nur für Probezwecke nützen konnte, denn der Gang der Turbinen, der nur unbeholfen reguliert werden konnte, ließ durch plötzlich veränderten Umlauf die Stromerzeugung zusammenbrechen oder setzte durch Stromstöße die Maschinen und Lampen der Zerstörung aus.

Man musste versuchen, den Umlauf des trägen Wasserrades auf die für die hochtourige Dynamomaschine nötigen Drehzahlen zu bringen, denn ein Wasserrad kreiste höchstens an die sechzig Male in der Minute, während eine Dynamomaschine Hunderte Umdrehungen brauchte.

Allen war es klar, dass dieses sehr ungünstige Übersetzungsverhältnis eine stete Quelle von Betriebsstörungen der verschiedensten Art sein würde und es daher nur für Versuchszwecke dienlich erschien.

Man löste das Problem durch ein Zahnrad und zwei Seilradübersetzungen und hoffte so, dem Schuckert-Gleichstromdynamo zum nötigen Umlauf zu verhelfen.

Der Motor Josef Werndl lief wieder auf Hochtouren und trieb Erfinder und Arbeiter zu immer rascherem Handeln und kühneren Ideen an und scheuten sich die Männer bisweilen – der Kosten wegen –, einen Versuch zu riskieren, so ermunterte Herr Josef: »Was aufgewendet werden darf, ist meine Sache. Für das Ziel, dass in Wien neben unseren Lampen alle anderen wie Nachtlichter wirken, scheint mir kein Betrag zu hoch.«

Endlich war alles getan. Man musste nur das Wasserrad anlaufen lassen und die wuchtigen Schalthebel schließen, um zu prüfen, ob die Praxis die Theorie bestätigte. Zur Feierabendzeit rief Herr Josef: »Heute bleiben wir noch da, probieren erst die vom Anzengruberwirt geschickten Würste und sein Bier – nachher das andere.«

»Heute noch?«

»Freilich. Nachts sieht man besser, was es wert ist.«

Froh und einträchtig hockte man beisammen, Generaldirektor, Ingenieure und Werksleute, und erwartete plaudernd das Dunkel.

Dann aber scholl Herrn Josefs Stimme: »Jetzt, Molterer, zum Wasserrad! Schuckert zum Dynamo! Pietta zu den Schaltern! Krizik zu den Instrumenten! Puluj überwacht die Bogenlampen!«

Es nahte der große Augenblick.

»Molterer! Jetzt das Wasserrad!«

Man hörte das leise Kreischen, mit dem die Zahnräder der Fluder in ihre Zahnstangen griffen, und, wie von Geistermächten getrieben, begannen Seile und Räder zu laufen.

»Ist der Dynamo auf Touren, Schuckert?!«
»Hat siebenhundertachtzig! In Ordnung!«
»Krizik, haben wir Strom?«
»Haben wir!«
»Was sagen die Instrumente?«
»Schwankend, aber – ich glaube, es geht.«
»Pietta, die Stromkreise einschalten!«

Josef Werndl stand am Hauptschalter und rief: »Achtung! Auf drei schalte ich ein. Ich zähle: Eins – zwei – drei!«

Und nun leuchtete das stille, gelbe Licht in den Bambusglühlampen. Zischend und zündelnd suchte in den Bogenlampen der Strom den Sprung von Pol zu Pol, von Kohle zu Kohle. Die Lampen leuchteten stärker und die Leuchthelle schwankte mit dem Umlauf der Dynamomaschine. Manche der Glühlampen zerbarsten mit leisem Gezirpe, andere erloschen lautlos. Doch das Licht blieb, das Licht – gewonnen aus dem geheimnisvollen elektrischen Strom.

Die erste Bogenlampe flammte auf, grell, die Augen schmerzend – die zweite, dritte, sechste.

In Tageshelle lag der weite Saal. Herr Josef nahm den steifen Hut vom Kopf und sagte ergriffen: »Leute, prägt euch den 27. Juni 1883 ins Gedächtnis! Es sind wohl schon vier Jahre vergangen, seit Edison die erste elektrische Lampe leuchten ließ. Man hat auch zu Paris und München das Elektrische schon in Ausstellungen gezeigt. Bei uns in Österreich ist hier in Steyr heute zum ersten Mal ein großer Raum elektrisch beleuchtet … Ich danke für die getreue Mitarbeit! Es soll auch jedem, der mitgetan hat, eine Extraprämie zukommen.«

Alle standen, stumm um sich blickend, erschauernd vor den Rätseln gebändigter Urkraft.

Das Außerordentliche ließ sich nicht mehr verheimlichen, Menschen, die im Abendfrieden über die Sieringerstraße spazierten, erschraken über das plötzlich aus den Fenstern des Objektes VI flammende Leuchten.

Brannte die Papiermühle? – Aufgeregt und hilfsbereit eilte man die Direktionsstraße hinab, sah aber ein kaum weniger erregendes Schauspiel als einen Brand: Statt des vertrauten rötlichen Scheins der Gasbrenner gleißte eine blendendweiße Lichtflut aus den Bogenlampen im Werksaal der ehemaligen Papiermühle.

»Das Elektrische …!«, japste einer fast atemlos.

»Das Elektrische …!«, raunte man staunend ringsum.

Geheimnisvoll still, wie es aufgeflammt war, erlosch das grelle Leuchten und wie zuvor schimmerten die Fenster wieder in mattrötlichem Schein.

Der Werksgruppe Elektrizität blieb nicht Zeit zu rasten. Am Tag nach der Beleuchtungsprobe schon war in Wien die Besprechung wegen der Gestaltung des Kiosk der Waffenfabrik-Aktiengesellschaft angesetzt. Am Ort der künftigen Ausstellung wurde in Gegenwart Josef Werndls von den Ingenieuren und Fachmännern der Elektro- und Werbeabteilung die Ausführung des Kiosk bis in die letzten Details beraten. Leitidee war, eine aus frischen Südlandpflanzen im Vordergrund und naturalistischen Prospekten und Gemälden im Hintergrund zusammengestellte Südlandschaft mit dem ins Zentrum gefügten Lieblingsschloss der Kaiserin, Miramare, mit verdeckten Lichtquellen und als »Sonne« wirkenden Reflektoren möglichst naturgetreu zu gestalten. Orientalische Teppiche und kostbare Gobelins schmückten die Wände des Vorraumes, über den sich tiefblau eine Südhimmelsglocke wölbte, von der, statt Sternen, mehrere hundert Glühlampen die Initialen des Kaisers herabstrahlten.

Alles wurde sorgfältigst erprobt; doch als der Kaiser, geleitet von Kronprinz Rudolf und von dem der Suite als Experte zugeordneten hochkritischen Fachmann Dozent Dr. Krämer, dem Kiosk zuschritt, über dessen Eingang kleine verschiedenfarbige elektrische Lampen zierlich den Titel »Österreichische Waffenfabrik-Aktiengesellschaft Steyr« bildeten, da fühlte selbst der mit Schuckert und Puluj auf den Herrscher wartende Josef Werndl sein Herz stärker schlagen.

Der Monarch reichte Werndl die Hand und bemerkte: »Wir freuen uns auf das von Ihnen Gebotene. Denn wo Sie mitgestalten, entsteht gewiss nur ganz Exquisites.«

Tief verbeugte sich Josef Werndl und erwiderte: »Man kann nur Menschliches leisten, Majestät. Ich bitte also, Dero Erwartungen nicht zu überspannen.«

Man ließ die Portieren vom Vorsaal zurückwallen. Kaiser und Kronprinz blieben überrascht stehen, das Gefolge reckte die Hälse. Vom Anblick begeistert, sprach Kronprinz Rudolf: »Das ist wie ein Märchen, ein Wunder! Diese bisher nur als vernichtend gefürchtete Naturkraft so dem menschlichen Willen unterstellt! Möge, was uns jetzt nur in solchen Ausstellungen überwältigt, bald der ganzen Menschheit friedlich dienen, ihren Alltag erhellen, verschönen. Ja, dies Meer von Licht möge strahlen in aller Welt!«

Als dann Monarch und Suite den Miramarehauptraum betraten, wandte sich der sonst gemessen-zurückhaltende Kaiser spontan Josef Werndl zu: »Mit diesem Einfall haben Sie meiner Gemahlin und mir besonderes Vergnügen bereitet. Ich werde ihr noch heute berichten. Die Kaiserin wird nicht versäumen, diesen Zauberraum zu besuchen.«

Josef Werndl stellte alle an dieser Ausstellung maßgeblich Mitwirkenden dem Herrscher vor und dieser ließ durch vielerlei Fragen sein waches Interesse auch an Einzelheiten erkennen und erfreute alle durch Lob und Anerkennung.

Johann Siegmund Schuckert hatte die Funktionsweise seiner Dynamomaschine, ihre Verbindung mit der als Kraftquelle dienenden Dampflokomobile und abschließend auch die Notwendigkeit der die Umdrehungen vervielfachenden Seiltriebvorgelegte eingehend erklärt. Die Herren der Suite taten einen Schritt dem Ausgang zu, hielten jedoch ein, als der Kaiser noch immer unverwandt auf den funkensprühenden Rotor der Dynamomaschine blickte.

Den Kronprinzen wie Josef Werndl und Schuckert drängte es schon, zu fragen, was wohl den Kaiser noch so besonders interessiere, als dieser, sich Schuckert zuwendend, fragte: »Könnte man diese Dynamomaschine nicht auch durch Wasserkraft antreiben?«

Die Frage überraschte Schuckert und den sonst schlagfertigen Josef Werndl, sodass beide nicht gleich Worte fanden.

Da verneigte sich der technische Referent des Ausstellungskomitees, Dozent Ingenieur Krämer, vor dem Kaiser und gab Auskunft: »Leider, Eure Majestät, erscheint dies nach dem derzeitigen Stand der Technik unmöglich, wie außerordentlich kostspielige Versuche in Amerika, England und Frankreich bewiesen. Es liegt dies an dem viel zu stark und unberechenbar schwankenden Umlauf der Wasserturbinen. Die hierdurch hervorgerufenen Spannungsschwankungen des Stromes machen es leider illusorisch, diese an und für sich hochwillkommene Energiequelle derart zu nützen.«

Aller Blicke wandten sich dem Sprecher zu. Flüsternd gab man die Frage des Kaisers, den Ausspruch des Dozenten englisch, französisch, slawisch, italienisch weiter und alle hier vereinten internationalen Kapazitäten schüttelten verneinend die Köpfe.

»Schade«, bedauerte der Kaiser, »Wasserkräfte wären genug im Lande.« Er schritt dem Ausgang zu.

Josef Werndl hätte sich der Suite anschließen sollen, war aber gedankenverloren stehen geblieben.

»Hat es Ärger gegeben?«, wunderte sich Schuckert.

»Nichts als Anerkennung und Huld. Aber, Schuckert – was der Kaiser da angeregt hat, will mir, obwohl es Krämer für unmöglich hält, nicht aus dem Kopf. Zum Teufel, warum sollte man eine durch Wasserkraft bewegte Turbine nicht so genau regulieren können, dass eine durch sie betriebene Dynamomaschine brauchbaren Strom erzeugt?«

Da verschloss sich auch Schuckerts Gesicht grüblerisch: Ja … warum sollte das nicht doch gelingen?

22. Kapitel

DER ZWISCHENAKT

In den nächsten Wochen erlaubte sich Josef Werndl nicht einmal eine Fahrt in die Kammerhub. Emma Moser hatte »Heimaturlaub«, denn auch sonntags widmete sich Josef nur der einen Aufgabe. Die Erfahrung mit dem Hinterladerverschluss hatte ihn gelehrt, dass man durch Fleiß und Zeitopfer zwar vieles erzwingen konnte, niemals aber einen zündenden Gedankenblitz. Wie hatten sich damals Holub und er die Hirne zermartert und ein unbewusster, ungefährer Blick auf das Tabernakel hatte das Rätsel gelöst.

Durfte man es aber auf den Zufall allein ankommen lassen? Ein Memorandum wurde ausgearbeitet, mit der Anweisung »Streng vertraulich« versehen und allen maßgeblich in der Waffenfabrik technisch Wirkenden überreicht. Sinngemäß kündigte es an: Für den Sommer 1884 sei eine elektrische Ausstellung in Steyr geplant, die aber nur dann ihre Berechtigung habe, wenn gegenüber der diesjährigen Wiener Elektroschau bestimmte Fortschritte erzielt würden, nämlich Ersatz der bisherigen Dampfmaschinenkraftquelle durch Wasserkraftturbinen.

Die diesbezüglich in verschiedenen Ländern gemachten, viel Geld verschlingenden Versuche seien negativ verlaufen. Das Verfahren, den Turbinenlauf durch Heben oder Senken der Frei- und Werksfluder zu regulieren, habe seiner Umständlichkeit wegen versagt. Grundsätzlich müsse man eine einfache Vorrichtung ersinnen, die durch wenige Handgriffe den Wasserlauf zu den Turbinen ordne, auch eine selbsttätige Vorrichtung, welche die Notwendigkeit einer Regelung anzeige und eventuell automatisch vornehme.

Hierauf wurden, wie einst bei den Hinterladerverschlüssen, auch eine große Anzahl von Lösungsversuchen ausgearbeitet und Josef Werndl, Schuckert, Puluj und Holub zur Prüfung auf ihre Durchführbarkeit vorgelegt. Von mancher Konstruktion wurde ein Kleinmodell ausgearbeitet und erprobt – immer wieder ohne positives Ergebnis. Sie wussten bald selber nicht mehr, ob der eben vorgelegte Gedanke schon dagewesen war oder neu.

Nachdem sie wieder einmal ununterbrochen einen ganzen Tag vergeblich über diesem Problem gebrütet hatten, verlegten sie die Sitzung in ein Nebenlokal des »Hotel Crammer«, um vorerst, wie sich Josef Werndl ausdrückte, die qualmenden Schädel etwas abzukühlen, das laute Magenknurren zu bändigen und die Gehirnganglien zu schmieren. Kein Wort sollte man an diesem Abend noch über die leidige Turbinenregelungsangelegenheit verlieren, in der man sich anscheinend rettungslos verrannt hatte.

Eine Zeitlang hielt man sich an diesen Vorsatz, war aber dann, ehe man es sich bewusst wurde, doch wieder mitten in einer Turbinendebatte. Da sprang Josef Werndl plötzlich auf, voll Zorn wegen seiner und der anderen Unzulänglichkeit in der fraglichen Sache, und schalt: »Wir sitzen hier wie ein Kleinkinderverein vor einem Vexierbild. Leiden schon alle an Gedankendürre. – Schluss!«, bedeutete er dem Kellner, der nach Werndls leerem Glas greifen wollte, und stülpte seinen »Halbkrach« über das Gefäß. »Kein Tropfen kommt da mehr hinein!«

Er stutzte, rückte jäh wieder auf seinen Stuhl, sodass der Tisch wackelte, und Holub rief: »Nu, Josef, haste was gefunden?«

»Halt! Ruhe! Silentium!«, gebot dieser.

Alle sahen verwundert, wie Josef Werndl seinen Hut über dem Glas langsam hochhob und wieder zurücksenkte und dann das scheinbar kindische Tun mehrmals wiederholte.

»Ja, Herrschaften«, sprach er in die Stille, »ich glaube, es hat gefunkt.« Er hob den Hut auf, deutete auf den Weinstutzen und erklärte: »Das stellt jetzt den Turbinenabsaugstutzen dar. Wenn ich einen Zylinder darüberstülpe, kann kein Wasser aus der Turbinenkammer durch das Laufrad ausrinnen. Hebe ich ihn, so kann das Wasser fließen, das Rad dreht sich langsamer oder schneller – wie ich den Zylinder senke oder hebe …« Er sprang auf. »Eine nackte Idee vorerst, aber vielleicht … Ins Werk, meine Herren! Hoffentlich finden wir zu meinem Einfall noch die nötigen Gedanken zur Ausführung.«

Wem war es gelungen, aus der »nackten Idee« eine technisch brauchbare Konstruktion zu entwickeln? Jeder von ihnen hatte seinen Text dazugegeben, alle hatten sie gemeinsam das Resultat ersonnen.

Keiner, der dabei war in dieser Nacht, spürte das mindeste Schlafbedürfnis und am Morgen schon waren etliche Skizzen so weit fixiert, dass nach ihnen ein regelrechtes Modell angefertigt werden konnte. Noch am selben Nachmittag fuhr man in die Pufferau, um am Plautzenwehr den ersten Versuch zu praktizieren. Er gelang! – Und hiernach waren der würdevolle Generaldirektor einer weltbedeutenden Industrie und sein engster Mitarbeiterstab nur noch große Jungen, die sich daran ergötzten, dass das von ihnen erdachte Spielzeug so funktionierte, wie sie es gewollt hatten.

Auch wurde das Ereignis, zum Entzücken Herrn Crammers, bis zum anderen Tag gefeiert, und zwar nur mit Sekt! Diesmal machten auch die Ingenieure der Elektroabteilung bis zum Schluss der Sitzung mit.

Während einer Besprechung am nächsten Tag erklärte Josef Werndl: »Dank einer freundlichen Fügung sitzen wir diesmal nicht, wie einst wegen des Hinterladers, auf einer Nervenfolterbank, sondern dürfen das Prinzip der Hydroturbinenumlaufregelung im Wesentlichen als gelöst betrachten, wenn auch vor der vollen praktischen Lösung sicherlich noch mehr oder weniger große Widerstände zu überwinden sein werden. Ich weiß, es bedeutet ein enormes Risiko, wenn ich schon jetzt, in diesem primitivsten Versuchsstadium, für kommendes Jahr in Steyr eine Elektrizitätsausstellung ansetze.« Er hob abwehrend die Hände, als man ihm entgegnen wollte, und in seiner Stimme war jener metallische Klang, der große Entscheidungen andeutete: »Meine Herren! Die Verantwortung trage ich! Und riskiere dabei meinen Namen, den anzuschwärzen gewissen Leuten eine Wonne wäre. Ich ersehne, wie Sie wissen, den Repetiergewehrauftrag, doch für unsere junge Elektroabteilung ist er eine ausgesprochene Bedrohung. Sie muss vorher so fundiert sein, dass auch die dividendenhungrigsten Aktionäre sie nicht mehr negieren können. Der Repetiergewehrauftrag muss zwangsläufig eine in Steyr noch nie erlebte Hausse bringen, die mehrere Jahre anhalten wird! Dann ist es aber aus mit der Waffenkonjunktur! Dann kann nur die vorgesehene Umstellung auf eine neue Produktion unser Werk und Steyr retten. Elektrizität heißt unser Zukunftspfad! Ich habe daher entschieden: Die Turbinen-Dynamoanlage wird in der Heindlmühle installiert. Voglsang als Zentralausstellungsgebäude eingerichtet.«

»Ihr Schloss?«, staunte Pietta.

»Eine verkrachte Riesenbude. Als Volksfestterrain die Gründe im Dreieck Redtenbachergasse – Neulust – Teufelsbach. Gegen den Quenghof hin eine neue Ausstellungshalle für andere Firmen und in Betrieb vorzuführende Werkzeugmaschinen.«

»Da müssten neue Straßen her!«

»Selbstverständlich …«

»Die elektrischen Leitungen von der Heindlmühle bis Voglsang … Mindestens eine Meile …«, wandte Puluj zögernd ein.

»Richtig! Richtig! Es wird ungeahnte Schwierigkeiten geben. Das ist klar. Klar ist aber auch, dass man sie alle überwinden muss.«

Mitten in diese schwerwiegenden Besprechungen erhielt er eines Tages ein Telegramm aus Meran. Seine Blicke überflogen die Zeilen und schwer sank seine Hand auf den Tisch.

Betroffen sahen es die Anwesenden, auf den Fußspitzen schlich der Bote zur Tür hinaus.

Josef Werndl stand vorgeneigt, beide Hände auf die Tischplatte gestützt. »Mein Sohn hat ausgelitten. Ich habe diese Nachricht erwartet – und doch ...« Stumm nickte er den Anwesenden zu und verließ rasch den Raum.

Er trat ins Kontor seines Sekretärs. »Biazzi, der gewisse Fall ist eingetreten.« Und heiseren Tones ordnete er an: »Bereiten Sie alles, wie schon besprochen, wegen der Überführung vor. Ich fahre jetzt ins Petzengütl. Und halten Sie mir die Leute vom Leib. Sie meinen es gut, aber ...«

Ins Palmenhaus des Schlosses Voglsang, am anderen Parkende gelegen, wurde, wie Josef Werndl es geboten hatte, zur Nachtzeit die schwere Metalltruhe gebracht. Am Parktor harrte der Vater seines toten Sohnes und allein schritt er hinter dem Wagen her.

Acht Männer trugen den silbrigschimmernden Schrein, hoben ihn auf den inmitten eines Grünhaines ragenden, von flackernden Kerzen überhöhten Katafalk.

Die ganze Nacht blieb Herr Josef im Palmenhaus, hielt stumme Zwiesprache mit dem Verblichenen, wollte ergründen, welchen Teil der Schuld an diesem frühen, kläglichen Hinscheiden des einst so kraftvollen Sohnes er sich selber auflasten musste.

Es ward ihm keine Antwort. Im grauenden Morgen wanderte er gebeugt und müde den Wiesenhang hinab zum Petzengütl.

Wieder wallte ein prunkvoll-düsterer Trauerzug quer durch die Stadt, über die Steyrbrücke und hinauf zum Gottesacker am Tabor. Alle waren gekommen zur ernsten Feier, Bruder Franz samt seiner ernst-neugierigen Kinderschar, die Brüder Ludwig und Eduard, die Schwäger Gschaider und Fischer mit ihren Frauen und Kindern, die den verblichenen Bruder beweinenden Schwestern mit ihren Eheherren, von den »Werndlern« eine Abordnung.

Bei Gschaiders fand sich hernach die gesamte Verwandtschaft ein – und hier fühlte Josef einen neuen Schmerz, denn auf Roserls, der jüngsten, geliebten Schwester Wangen zeigten sich verräterisch hellrote Flecken. Er wollte es erst nicht wahrhaben, doch ein leises, nur mühsam unterdrücktes Hüsteln Roserls bestätigte es. Wie er sie kannte, diese untrüglichen Merkmale innerer Zerstörung – vom Sohn her! Er sah Schwager Gustls kummervolle Augen, der die Lider senkte und leise erklärte: »Ich war in Wien mit ihr, bei den ersten Professoren. Sie haben das Kochsche Verfahren angewandt. – Es war positiv.« Ergeben zuckte er die Achseln.

»Weiß sie es?«

»Vielleicht. Ich sag ihr nur Liebes.«

»Sag es ihr, Gustl! Sag es ihr, nur Liebes – und sei fröhlich vor ihr.«

Auf der Heimfahrt dachte Josef wehmütig, wie weder er als mächtiger Generaldirektor noch Gustl als Großkaufmann, Vizebürgermeister und Vorsitzender der Sparkassendirektion gegen die Grausamkeiten des Geschicks mehr gefeit war als irgendein armer Löhner.

Mit größter Sorgfalt wurde alles vorbereitet, um in der nahenden Generalversammlung die Aktionäre in der gewünschten Richtung zu beeindrucken.

Nach intensiver Beratung mit Josef Werndl prallte als Erster im Parlament zu Wien der Reichsratsabgeordnete Franz Wickhoff vor, der wohl wusste, wie unbeliebt er sich bei den Geldmagnaten machte, wenn er den ersten Rammbock im Kampfe Josef Werndls zum Nutzen der Heimat und deren arbeitenden Söhnen abgab. »Ich brauche Ihnen nicht zu sagen«, führte er aus, »wie notdürftig sich im Allgemeinen die Lebensumstände in meiner Vaterstadt Steyr gestalten, seit die Waffenfabrik gezwungen ist, ihre Leute bis auf eine kleine Stammgruppe zu entlassen. Sie wissen wohl auch, wohin sich die Besten der Entlassenen wenden – ins Ausland. Vielleicht ist Ihnen aber nicht klar, dass der österreichische Arbeiter auch Not erdulden würde und lieber in der Heimat bliebe, wenn sie sein Fortkommen fördern und seine Leistungsfähigkeit anerkennen würde. All dies erhofft er – in Amerika. Meine Herren Reichsratsabgeordneten! Es wird für Österreich der Tag kommen, an dem man das Geschehene tief bedauert, den Verlust der kraftvollsten Intelligenz aber nie mehr gutmachen kann!«

Unschätzbare Dienste leistete Herrn Josef die »Berliner Politische Wochenschau« mit ihrer aus Pariser Regierungskreisen bezogenen Meldung, Frankreich könne nicht daran denken, hundertzwanzig Millionen Goldfranken auszugeben, jene Summe, die die Einführung des Repetiergewehrs erfordern würde. Ähnlich lauteten auch die Nachrichten der deutschen Regierung. Österreich aber hatte kein Interesse, für Waffen mehr Kapital als unabweisbar nötig auszugeben, denn für dieses hatte es bessere Verwendungszwecke: Zivilisierung der vom türkischen Joch befreiten Völker des Balkans.

Ungewohnt harmonisch verlief die Generalversammlung im Herbst 1883. Baron Wodianer beantragte, die Elektrizitätsausstellung zu Steyr großzügigst zu unterstützen, indes Baron Epstein vorschlug, ein Komitee zu ernennen, das gemeinsam mit der Länderbank eine »Elektrische Gesellschaft« mit dem Gründungskapital von einer Million Gulden entrieren sollte.

Auch die Ausführungen Generaldirektor Werndls über die unabweisbar notwendige Erweiterung der Fabrikobjekte und über die weitere Anschaffung von Werkzeugmaschinen fanden offene Ohren. Man musste für den Repetiergewehrauftrag voll gerüstet und bestrebt sein, hier die Spitzenstellung zu wahren, da ja auch die Konkurrenzindustrien, besonders in Deutschland, unentwegt ausgebaut und modernisiert wurden.

Es war wieder ein Millionenprojekt! Doch einstimmig wurde es bewilligt und man sprach dem Herrn Generaldirektor besondere Anerkennung für seine rastlose Tätigkeit und Vorsorge aus.

Josef Werndl gab zur Erreichung seines Zieles alles her, was er wirtschaftlich, physisch und psychisch zu geben hatte. Von seinem Beispiel angespornt, leisteten auch seine Mitarbeiter kaum Überbietbares. So erzwang Werndl zäh und planvoll den Aufbau der Elektroabteilung.

Ingenieur J. Krämer, der Fachmann Österreichs auf dem Elektrogebiet, hatte bald nach der Wiener Ausstellung geschrieben: Weder den Franzosen mit ihren hervorragenden technischen Einrichtungen und ihrer Intelligenz noch den Engländern mit ihren reichen Mitteln und ihrer Erfahrung ist es gelungen, das Problem der Hydroelektrizität zu lösen. Wie sollte dies mit den bescheidenen Mitteln Österreichs glücken?

Jetzt äußerte er, ebenfalls in der »Neuen Freien Presse«: Noch 1884 werden in Philadelphia, Turin und Steyr die neuesten Wunder der Elektrizität ausgestellt. In Steyr will man sich unterfangen, Elektrizität mittels Wasserkraft auf unverhältnismäßig billigere Weise als bisher zu erzeugen. Es gilt abzuwarten, ob sich diese Wünsche und Hoffnungen realisieren. Sicherlich würde es sich angesichts unserer großen heimischen Wasserkraft um ein Projekt von ungeheurer wirtschaftlicher Bedeutung handeln.

Josef Werndl reiste nach Paris, Berlin, Bukarest, Sofia, Konstantinopel, Athen, um auch die kleinste Chance im Waffengeschäft zu wahren, der Hauptteil seines Denkens und Tuns aber war der Elektrizität gewidmet.

Das Gewehrgeschäft lag nach wie vor danieder, doch von keiner Fahrt kehrte er ohne Aufträge für das »Elektrowerk« heim. Die Glühlampenfabrikation erhöhte sich ständig, auch die der Dynamos, ebenso die Massenerzeugung von Bestandteilen elektrischer Maschinen. Schuckert, Puluj, Pietta und Krizik gerieten in einen wahren Schaffenstaumel, dem sich auch Ingenieur Mariotti und die Monteure nicht entziehen konnten und wollten.

Allen, die das Elektrowunder noch ablehnten, suchte man es durch Abendkurse vertraut zu machen. Zu diesen meldeten sich so viele Personen, dass man sie für Lehrlinge und Schüler der Eisenindustriegewerbeschule gesondert abhalten musste.

In einer von vielen Hunderten besuchten Versammlung suchte Doktor Hochhauser in Steyr das Begeisterungsfeuer anzufachen: »Von jeher hat der schöne Steyrfluss seinen Anrainern vielfach genützt. Bald soll nun dank seiner schnellen Wasser selbst, dem ärmsten Einwohner der Stadt das herrliche elektrische Licht in seiner Kammer leuchten, unsere Werkssäle taghell durchstrahlen und in Zukunft, weit hinausgeleitet ins Land, in Tälern und auf Höhen, die einsamsten und finstersten Bauernstuben wohltuend erhellen. Nicht aber nur das, auch Maschinen wird dieser jüngste Untertan des Menschengeistes antreiben, sodass sich der Mensch um vieles weniger wird plagen müssen. Mittels dünner Drähte vermag man die Elementarkraft überall hinzuleiten. Ungeheure Werte bedeuten nach dieser Erkenntnis die Wasser, die von unseren Gebirgen zu Tal rauschen. Der kleinste Mühlbach wie der mächtigste Strom soll künftig Elektrizität erzeugen helfen und so der Menschheit in noch unvorstellbarem Maße nützen. Herr Generaldirektor Werndl hat mich ermächtigt, Ihnen Folgendes mitzuteilen: Es bleibt nicht nur dabei, durch Beleuchtung von Räumen und Antrieb von Maschinen die weltweite Bedeutung der neuesten Menschheitsdienerin darzutun, es wird außerdem in der Heindlmühle erzeugter elektrischer Strom zum Schloss Voglsang hinaufgeleitet und elektrische Bogenlampen sollen auch unseren Stadtplatz, die Straßen von Steyr und die Kais beleuchten. Vorbei also«, Doktor Hochhauser sprach es lächelnd, »das nächtliche Heimtappen im Finsteren, im dürftigen Gasfunzelschein. Wollen Sie, liebe Mitbürger, diese phänomenale Sache richtig erfassen! Zum ersten Mal in der Geschichte der Menschheit wird eine Stadt bei Nacht taghell erleuchtet sein …«

Solche Darlegungen feuerten nicht nur die Aktionäre an, sondern auch die Bürger von Steyr. Sie griffen bereitwillig tief in die Geldsäckel und schon im folgenden Winter erstrahlten im VI. Objekt der Waffenfabrik die Bogenlampen. Die hier gewonnene Gewissheit überzeugte selbst die Misstrauischesten. Freilich hatten sich Ingenieure und Monteure noch unaufhörlich mit den nicht geringen Gebresten des Novums zu plagen.

Im Schutze der Schlossparkmauern schuf fieberhafter Fleiß vieles, was der Welt von Geist, Wagemut und Fleiß der alten Eisenstadt Steyr künden sollte.

Nicht zu verbergen waren die Vorgänge auf der von Josef Werndl für das Volksfest vorgesehenen Landfläche, dem Erzherzog-Karl-Ludwig-Platz. Kaum war dort die Erde so weit aufgetaut, dass Spitzhacke und Schaufel eindringen konnten, wurde es jenseits der Redtenbachergasse und der Neuluststraße betriebsam, und zwar im Josef-Werndl-Tempo. Die Planung war bald ersichtlich: Es erstanden die Carl-Ludwig-Straße und von ihr abzweigende Wege, und auf dem der Stadt abgewandten Teil des Platzes erwuchs in größerem Flächenausmaß als Schloss Voglsang der Hauptbau des Ausstellungsgeländes, die Maschinenhalle.

23. Kapitel

DAS WUNDER ZU STEYR

Die Heindlmühle aber wurde »Sperrgebiet«, in das nur von Josef Werndl unterschriebene Ausweise den Zutritt ermöglichten. Von den Monteuren, die sich schon in Objekt VI bewährt hatten, wählte Herr Josef einige aus und erklärte ihnen: »Ihr sollt den Vorzug haben, an einer Sache mitzuwirken, die für die ganze Menschheit von eminenter Bedeutung sein wird. Das sind nicht etwa nur große Worte von mir, die ich, das wisst ihr, nicht liebe. Höchst wichtig ist ein reibungsloser Arbeitsablauf, der mir nur sicher scheint, wenn nicht herumgeredet und unnutzer Staub aufgewirbelt wird. Bedenkt, wir müssen die Aufgabe, Elektrizität durch Wasserkraftturbinen zu gewinnen, bis zum kommenden Sommer lösen. Ich habe mit meinem Namen dafür gebürgt! Ihr nennt euch gerne Werndler. So zeigt, dass ihr das auch innerlich seid, indem ihr überall zugreift, wo es der Werndl will, und dass ihr über alles schweigt, was hier vorgeht.«

Oft legte er selber mit Hand an, stieg in den beiden Turbinenschachten umher, beobachtete in den strenge abgesonderten Fabrikräumen kritisch die Fortschritte in der Gestaltung der neuen Turbinen. Es war ein Neues, für das es nirgends eine Anleitung gab, keine Formel, nach der man Maße und Materialstärken berechnen konnte. Alles musste aus dem Handgelenk heraus konstruiert werden und manches fiel im Anfang ziemlich klobig aus. Man konnte nicht nach Eleganz trachten, denn vor allem musste jedes Stück auch unvorhergesehenen Beanspruchungen standhalten. Ein Ganzes ist ja immer nur so stark wie sein schwächster Teil.

Trotzdem musste man eine Turbine mit annähernd einhundertdreißig Umdrehungen je Minute schaffen, denn nur dann war ein entsprechend günstiges Übersetzungsverhältnis zu erzielen, das für die Praxis einwandfreie Leistungen erhoffen ließ.

Als einziges Vorbild diente das am Plautzenwehr erprobte Modell.

Der Berechnung nach sollte eine Turbine hundert, die andere fünfzig Pferdekräfte erzeugen. Zwei Dynamomaschinen waren vorgesehen. Auf diese Art hoffte man, Stromstöße, welche die empfindlichen Bambuskohlenfadenlampen zerstören konnten, zu vermeiden und gleichmäßigeren Strom zu gewinnen.

Mariotti war damit betraut worden, herauszufinden, wie man elektrischen Strom durch die Enge Gasse über den Stadtplatz und die Pfarrgasse hinauf bis zum Erzherzog-Carl-Ludwig-Platz lenken könnte. Weit ins Land hinaus sollte von diesem Höhenrücken zwischen Enns und Steyr nachts das Lichtwunder erstrahlen, eine lockende Fata Morgana.

Eine Lichtstraße, raffiniert unterbrochen durch die noch mit gewöhnlichen Gasschnittbrennern versehene Enge Gasse und die Pfarrgasse, sollte vom Bahnhof bis zum Ausstellungsplatz hinaufführen, wo schon viele Holzmasten aufragten, künftige Träger der Bogenlampen, von Spöttern »Werndls Riesenzahnstocher« genannt.

Unermüdlich ging oder fuhr Josef zwischen diesen auseinanderliegenden Arbeitsplätzen hin und her. Da nur er allein alles überblickte, vermochte er da wie dort manchen guten Rat zu geben; oft sah man ihn auch hoch oben auf einer Leiter einem Monteur behilflich sein.

Misstrauisch betrachteten die Hausbesitzer eigenartige, zum Teil spiralförmig gekrümmte Stahlstangen, die man in Hausfronten verankerte, damit sie später Bogenlampen trügen. Über den Carl-Ludwig-Platz spannte sich bald von Holzmast zu Holzmast ein seltsames Drahtgewirr, als webten sagenhafte Riesenspinnen kunstvolle Netze.

Endlich war der Tag da, an dem Herr Josef sagen konnte: »Und nun, meine Herren, probieren wir halt, was wir gebaut haben.«

Mancherlei war zum Erstersonnenen noch dazugekommen, so auch der im Objekt VI praktisch schon erprobte Kugelregler. Man hatte dort von der Antriebswelle her über ein Kegelräderpaar eine mitrotierende Achse angetrieben, an der an einem Scherengelenk zwei Kugeln angebracht waren, die bei normalem Lauf ruhig umschwangen; wurden aber die Umdrehungen störend beschleunigt oder verlangsamt, schlugen Hämmer an eine Glocke und meldeten so jede Unregelmäßigkeit.

In der Heindlmühle hatte man die Überwurfglocke an vier Seilen mit dranhängenden Gegengewichten so befestigt, dass sie höhergekurbelt oder gesenkt werden konnte; dadurch erhoffte man, den zur Stromerzeugung benötigten gleichmäßigen Lauf zu erzielen.

Schon die erste Probe brachte den gewünschten Erfolg. Zwar mussten zwei Männer beim Heben und Senken der Glocke die Kurbeln bedienen, doch ihre Funktion bewährte sich und als man die richtige Durchflussgeschwindigkeit eingependelt hatte, galt es nur noch die Freifluder entsprechend einzustellen, damit ein konstanter Wasserdurchfluss erreicht und weder Hoch- noch Niederwasser hervorgerufen wurde. Auch die Anlage der Doppelturbinen und -dynamos bewährte sich und man erzielte die errechneten hundertfünfzig Pferdekräfte.

Josef Werndl lud hiernach wieder alle am Gelingen Beteiligten zu festlichem Mahl und Trunk, doch verließ er diesmal als Erster die Runde.

»Der Herr Generaldirektor«, erklärte Johann Siegmund Schuckert, »lässt sich durch mich bei Ihnen allen entschuldigen. Seine Schwester, Frau Gschaider, liegt schwer krank danieder. Er wünscht aber, dass wir seinen und unseren Erfolg als seine Gäste unbehindert und fröhlich feiern, solange es uns freut.«

Es graute schon, als die Letzten das »Hotel Crammer« verließen, doch sie waren alle einer Meinung: »Ohne ihn ist es doch nicht das Richtige.«

Turbinen und Dynamos liefen eine Woche lang Tag und Nacht, um die gewünschte Kontinuität zu prüfen. Denn auch während der Festzeit sollte der elektrische Strom jederzeit zur Verfügung stehen.

Das gebändigte Element und die Materie ließen keinen Zweifel an ihren Urkräften zu, denn sie suchten wiederholt aus den ihnen vorgezeichneten Bahnen auszubreiten. Sicherungen schmolzen, aus vermeintlich zuverlässigen Leitungen schossen jähe Flammenbündel. Und eines Vormittags hörten alle, die sich im Werk aufhielten, ein dumpfes Geräusch, als stürze etwas Schweres in Wassermassen. Ehe es sich jemand erklären konnte, hallte es vom Turbinenhaus her: »Die Glocke ist heruntergefallen!«

Die hingeeilten Fachleute berieten noch, wie der Schaden zu beheben sei, da gab es neuen Alarm: »Zieht die Freifluder! Sonst säuft das Werk ab!«

Hätte es noch eines Beweises bedurft, dass die Glocke den Wasserdurchfluss sperren konnte, so war er in peinlich unerwünschter Weise erbracht. Denn bevor es gelang, die Freifluder entsprechend hochzuziehen, dass die Wassermassen hätten abströmen können, begann sich der Boden des Turbinenhauses zu heben. Das nasse Element überflutete den Raum, ehe es durch die offenen Freifluder abströmte.

Ein anderer Seilriss hätte Josef Werndl fast schwer verletzt. Er stand über die Dynamomaschine gebeugt. Da – ein dumpfer Knall, ein Sausen –, instinktiv tat er einen Sprung vorwärts. Knallend peitschte hinter seinem Rücken das gerissene Seil wie eine rasende Riesenschlange umher. Fenster splitterten und weithin scholl der Peitschenknall.

»Abstellen!«

Man musste die Freifluder ziehen, die Glocke senken und warten, bis das ganze Werk zum Stillstand kam. Dann wechselte man alle Seile gegen stärkere und besser verspleißte aus. –

Mittlerweile hatte man am Carl-Ludwig-Platz gassenlang Bretterhütten, Wirtstische und Bänke sowie Buden, in denen man »Weltsensationen« produzieren oder zur Schau stellen wollte, aufgestellt. Karussells, Kasperltheater, Schießstände, Bräuer und Weinhändler überboten einander mit grellfarbigen Schildern. Wer aber das Publikum besonders anziehen wollte, hatte sich »das Elektrische« zuleiten lassen … Und hoch über allem spannte sich ein Drahttau für den Seiltänzer!

Das weltweit klingende Namensduett Werndl-Steyr hatte so viele Aussteller angelockt, dass die großzügig vorgesehenen Ausstellungsflächen nicht genügten. Gerade als das Komitee beriet, welchen Ausstellern man absagen müsse, kam Herr Josef hinzu. »Absagen«, dröhnte es, »kommt nicht in Frage.«

»Aber«, hielt man ihm entgegen, »in den paar Wochen etwa noch einen Neubau hinhexen?«

»Die Bürgerschule, beispielsweise, steht im Sommer leer und langt es auch dann noch nicht, so rede ich mit dem Lamberg, dass er den unterstandslosen Rest ins Schloss Steyr nimmt.«

Schule und Teile des Schlosses erhielt man zugesagt und überdies errichtete man auf dem Carl-Ludwig-Platz noch einige provisorische Pavillons, um alle Aussteller unterzubringen.

In den letzten Nächten vor der Eröffnung der Ausstellung kam Herr Josef höchstens zu zwei, drei Stunden Schlaf. Von Tag zu Tag hatte sich der Wirbel verstärkt und selbst ihm, dem Riesen, alle Kräfte abgefordert. Dazu kam noch, dass seine Lieblingsschwester Roserl gestorben war, deren Tod ihm sehr naheging.

Am Tag vor der Eröffnung der Ausstellung erreichte dies alles die Grenze des Erträglichen. Während alle übrigen Stadtbewohner längst friedlich dem großen Tag entgegenschliefen, hasteten die Verantwortlichen und ihre Helfer von einem neuralgischen Punkt zum anderen, erprobten die Beleuchtung der Einzelstrecken und schalteten auch kurz die Totalbeleuchtung ein. Mancher biedere Bürger, dem durch einen Spalt der Fenstervorhänge jäh greller Lichtschein ins schlaftrunkene Auge zuckte, brummte grämlich: »Was, es blitzt? Und kein Donner? Ach so, die elektrischen Narren! Na, nach der Ausstellung wird es nachts wieder gemütlich dunkel. Gottlob!«

Als Erzherzog Carl Ludwig am 1. August 1884 die Elektrische Ausstellung eröffnete, gab es einen gewaltigen Andrang. Der Schlosspark von Voglsang war über und über voll von Menschen. Vergebens versuchten die Polizisten das Durcheinander der Massen zu regulieren.

Herr Josef führte den Erzherzog und dessen Gemahlin, ebenso auch die Bürgermeister Wimhölzl von Linz und Pointner von Steyr. Er stellte ihnen seine genialen Mitarbeiter Schuckert, Puluj, Krizik, Pietta und Mariotti vor, überließ es diesen aber, ihre Erfindungen sowie die Erzeugnisse der Elektroabteilung den hohen Gästen zu erklären.

Im Schloss Voglsang hatte man nur Erzeugnisse eigener Produktion zur Schau gestellt: Dynamomaschinen, Bogen- und Glühlampen, Schalter und Isolatoren in allen Erzeugungsstadien und in verschiedensten Ausführungen.

Ratlos und überwältigt standen die Besucher vor allen diesen Wundern einer neuen Zeit.

Schuckert drehte eine Kurbel, wonach eine Glocke heftig surrte, hob dann ein seltsames Ding von einem Haken, hielt es gegen sein Ohr und sprach in den an einem Brett befestigten Trichter hinein.

»Das ist ein Telephon, auch eine elektrische Einrichtung«, erklärte er. »Man kann da mit jemandem sprechen, der weit weg ist, wie ich es eben mit jemandem in der Heindlmühle getan habe.«

»Jetzt gehst aber!«, empörte sich einer. »Die halten uns für dumm!«

»Darf unsereins auch hören«, fragte ein anderer, »was sich da drinnen rührt?«

»Natürlich.«

Da verließ den Frager der Mut. »Ach, ich lass es lieber. Könnte mir vom Teufelsdraht ein Funke ins Ohr springen. Ich will gesund bleiben.«

Schuckert fasste ihn am Rockärmel und fragte den Verdutzten: »Glauben Sie, ich nicht? Da –«, er hielt dem Mann die

Hörmuschel ans Ohr, drehte die Kurbel – und plötzlich schaute der andere so verblüfft drein, dass alle Zuschauer laut lachten.

»Nun«, fragte Schuckert, »was haben Sie gehört?«

»Hallo! Hallo! hat's getan. Aber so foppen Sie keinen Steyrer.« Und so recht durchtrieben pfiffig schaute er drein, als er versicherte: »Ich denk mir leicht, wie das geht.«

Schuckert blieb ernsthaft: »Und wie also?«

Der Mann fasste den Erfinder vertraulich am Rockärmel: »Hinter der Wand steht der Halloschreier. Es tat ja die ganze Heindlmühle zerreißen, wenn einer so brüllt, dass man es bis hierher hört. Erzählen Sie Ihren Schwindel Dümmeren ...«

In den weiten Sälen der Maschinenhalle, in den Räumen der Hauptschule und des Steyrer Schlosses stellten alle in- und ausländischen Firmen ihre elektrotechnischen Erzeugnisse aus. Die Besucher lasen wohl die Bezeichnungen von den Schildern ab, ließen sich manches erklären, blieben aber nur ängstlich zurückhaltend. Stand doch überall in greller Rotschrift: Drähte nicht berühren! Vorsicht! Lebensgefahr!

Wohl niemals hatte man zu Steyr so den Abend, die Nacht ersehnt wie an diesem 1. August Anno 1884. Jeden Nerv gespannt, fühlten alle, die den Beweis zu erbringen hatten, dass die Wunderkraft sich nicht darauf beschränken würde, vereinzelte Lampen leuchten und Maschinenteile rotieren zu lassen, sondern dass vielmehr Hunderte Bogen- und Tausende Glühlampen zugleich aufleuchten würden, und dies stunden-, tage-, wochen- und jahrelang, in aller Zukunft dunkelste Nacht in Tageshelle verwandelnd.

Lange ehe es dämmerte, hielt sich jeder der »Elektrischen« an der ihm zugewiesenen Stelle bereit. Josef Werndl telephonierte und hörte: »Alles in Ordnung!«

Turbinen hoben zu kreisen an. Dynamos wurden eingeschaltet. Kontrollampen leuchteten auf. Unbeherrschten Nervenbündeln gleich zuckten die Zeiger der Messinstrumente über die Skalen, um, sich einpendelnd, beruhigend konstante Werte anzuzeigen. Die Turbinen rotierten hundertdreißig Mal in der Minute, die Dynamos siebenhundertachtzig Mal, wie man es berechnet hatte. Gleich günstig reagierten die Volt- und Amperemeter.

Präzise Anweisungen tönten aus den Telephonen: »Stadtplatz einschalten! – Bahnhof Straße! – Festplatz! – Schloss Voglsang! – Den Park! – Das Palmenhaus! – Den Ennskai! – Den Ortskai! – Die Scheinwerfer!«

Niemand zu Steyr wollte diese historische Stunde versäumen. Kranke ließen sich zu den Fenstern führen oder tragen und Mütter hielten ihre Säuglinge dem wundersamen Schein zugewendet, damit er dem jungen Leben Segen bringe.

Ein »Aahh!« des Entzückens rauschte vom Bahnhof her über die Ennsbrücke, den Stadtplatz, über Festanger und Park, durch Schloss und Palmenhaus. Aufwärts gehoben jedes Antlitz, stand man überall Kopf an Kopf, Körper an Körper gepresst, überwältigt, verzückt. Frenetisch brauste eine Jubelwoge auf zum nächtlichen Firmament und weit hinaus ins nachtverhangene Land.

Auf den Brücken wurde das Gedränge lebensgefährlich. Am Ennskai, hinter dem Stadtplatz und vom Zusammenfluss der Enns und Steyr den Ortskai hinab – eine Kette von Bogenlampen, die sich in den leise rauschenden Gewässern als tief in die Flut sinkende Lichtsäulen spiegelten. Von ferne gesehen, schien ein schimmerndes Goldnetz über den Fluss gebreitet.

Zwischen den von Bogenlicht übersonnten Straßen und Plätzen hatte man, wohlbedacht, die Enge Gasse und die Pfarrgasse im trüben Schein der Schnittgasbrenner belassen und schon wurde gemeckert: »Hier ist's polizeiwidrig finster!« – »Hoppla, man erstößt sich ja!« – »Auf die paar Lampen hätte es ihm auch noch gereicht, dem noblen Tausendsassa Werndl!«

Wissende, die es hörten, schmunzelten: »Hat recht gehabt, der Josef, mit seinen Nachtverliesen. So merken sie den Unterschied erst richtig.«

Ein neues, langgezogenes »Aahh!« Vom Strahl eines Scheinwerfers getroffen, wie dem Nichts entsprossen, ragte plötzlich hell und seltsam verklärt der Turm der Pfarrkirche in den nächtlichen Himmel. Das ihn gleich wieder verhüllende Dunkel quittierte ein »Oohh!« der Enttäuschung, dem wiederum ein »Aahh!« des Wohlgefallens folgte, als nun das Margarethentürmchen vom Licht umstrahlt erschien. Bis über den Ennsfluss reichte der unirdische Schein, entriss Gestalten, Gesichter, Bäume, Büsche dem Dunkel, ehe er weitergleitend wieder der Nacht ihr Recht vergönnte. Tausende bestaunten mit großen Augen das ihnen Unerklärliche und Feinsinnige fühlten ergriffen das Offenbarwerden eines großen Naturgeheimnisses.

Hoch über dem Fensterplatz tanzte und sprang ein glitzerndes Wesen – Brunner, der Seilkünstler. Strahlenbündel überfluteten phantastisch den Artisten, wiederholten ihr Spiel mit Türmen und Dächern und der Ennsleite, zielten hinab ins Josefs- und ins Karolinental, verschwebten in den Grünweiten des Landes. Viele fragten, welcher Zauber dies Wunderspiel bewirke. – »Scheinwerfer!«, gab man ihnen zur Antwort. »Die neueste Errungenschaft im Reiche der Elektrizität.«

Im Schlosspark stauten sich die Menschenmassen. »Wollt ihr euch erdrücken, Leute?«, dröhnte Herrn Josefs Stimme. Im Petzengütl, seiner stillen Zuflucht, hatte er bleiben wollen. Doch da widerhallte plötzlich die Schweizergasse vom Schrei hunderter Kehlen, dazwischen hörte man schneidige Klänge einer Musikbande. »Josef Werndl!« – »Herunterkommen!« – »Heraus!« ,schrie man immer wieder.

Nun trieb er im Park inmitten der Menge dahin und all der Jubel und Trubel, mancher herzwarme Zuruf, viele ihm entgegengestreckte Hände verscheuchten seine trübe Stimmung. Es tat ihm zutiefst wohl. Die lichtverklärten Gewächse im Palmenhaus sähen wie Märchen aus Tausendundeiner Nacht aus, rühmte man ihm begeistert. Er aber mied das Palmenhaus und wollte sich nie mehr darin aufhalten, es sei denn, man trüge auch ihn leblos hinein.

Um den Goldfischteich war ein lebhaftes Geschiebe von Jung und Alt und wer sich bis ans Wasserbecken gequetscht, geschwindelt, gepufft hatte, wollte von dort gutwillig nicht mehr weichen, um das Traumbild nicht aus den Augen zu verlieren. Goldfische schwebten durch ein glasklares Lichtmeer, das ständig seine Farben wechselte.

Da rief ein Schrei, dem ein heftiges Aufklatschen folgte, Herrn Josef herbei. Als er sah, was geschehen war, griff er herzhaft zu und hob ein tropfnasses Bürschlein aus dem Wasser, das nach dem ersten Luftjapser mörderlich zu flennen begann.

»He, wem gehört dieser Wasserfloh?«, fragte der Retter und hob den noch schluchzenden Knaben in die Höhe: »War es gar so schlimm?«

»Nur nass.«

Da lachte Herr Josef ein wenig, klapste den Buben auf die Rückseite und empfahl ihm: »Sag deiner Mutter, sie soll dich schleunigst ins Bett stecken und dir morgen dafür was zum Schlecken kaufen.« Mit diesen Worten drückte er ein Silberstück in die nasse Hand des Buben.

»Geht weiter, Leute!«, forderte nachdrücklich Werndl. »Andere möchten auch etwas sehen.«

Selbst wer sonst früh wie die Hühner zu Bette ging, war heute mindestens bis Mitternacht unterwegs, vom Zauberlicht magisch zurückgehalten. Halbwüchsige Kinder, mit Zwang und Schelten von ihren Eltern endlich heimgebracht, konnten vor Aufregung nicht einschlafen.

Sogar ihr Stammgasthaus fanden nicht wenige versperrt, denn auch Wirt und Wirtin stapften staunend durch die Straßen und ließen sich vergnügt in einer gastlichen Stätte des Ausstellungsparkes bedienen.

So manches verliebte Pärchen aber huschte, wenn es sich unbeachtet fand, ins Dunkle und mancher Jüngling flüsterte der Liebsten ins Ohr: »Ein Glück, dass der Werndl nicht überall Bogenlampen hingehängt hat …«

Am Abend des zweiten Samstags nach dem Ausstellungsbeginn waren alle, die in der Elektrizitätsabteilung wirkten, Herrn Josefs Gäste und seine hoffnungsvoll in die Zukunft weisende Rede erwärmte aller Gemüt: »... und wie ihr euch gerne ›Werndler‹ nennt, so werde ich weiterhin versuchen, euch anständigen Verdienst zu sichern. Die soeben erst sich unserer Macht unterordnende Elektrizität ist noch nicht so weit gezähmt, um, wie das Waffengeschäft, Tausenden eine sichere Erwerbsquelle zu sein, aber ich glaube mehr denn je an ihre schnellen Entwicklungsmöglichkeiten. Wollen wir mit ihr so vorankommen wie mit den Waffen, so brauche ich in der jungen Elektroabteilung kluge und getreue Mitarbeiter, wie ich sie bei den Waffen insbesondere in meinem Freund Holub fand. Deshalb wünsche ich mir für mein ganzes ferneres Leben mit den Herren Schuckert, Puluj, Krizik, Pietta und Mariotti – um nur die mir Wichtigsten zu nennen – ein ähnlich fruchtbares Zusammenwirken. Was mich betrifft, ist bei mir der beste Wille dazu vorhanden und das vollste Vertrauen, falls die Herren bereit sind, gemeinsam mit mir in die große Zukunft der Elektrizität zu gehen.« –

Die Steyrer waren an das neue Licht bald so gewöhnt, dass man die alte Beleuchtung in der Engen Gasse und in der Pfarrgasse immer wieder bemäkelte. Doch gefiel es allen, dass besonders aus der Reichshauptstadt Wien scharenweise die Leute kamen und dass nicht wenige auch aus ferner und fernster Fremde, aus Paris, London, dem Balkan oder Russland, nach Steyr reisten, begierig, das in allen Zeitungen gepriesene Zauberlicht zu schauen.

Am 19. August zog es alle Steyrer unwiderstehlich aus den Häusern in den sonnenhellen, reich von Fahnen durchwogten, von festlicher Musik belebten Tag.

Menschenmassen umgaben den Bahnhof, wo Bürgergarde und Musik in Reih und Glied standen; dichte Spaliere von Neugierigen säumten die Straßen zum Ausstellungsgelände, die Brücken und Plätze. Mit den Stadtvätern, dem Kreisregierungsrat

Schmelzing und anderen Beamten warteten Josef Werndl, seine Töchter Anna und Karoline und deren Gatten, leitende Herren der Waffenfabrik, der von Linz hergereiste Bischof Rudigier und Landeshauptmann Aigner auf den Kaiser.

Endlich pfauchte die Lokomotive heran und feierlich erklang die Haydnhymne: »Gott erhalte ...«

Seltsam war es den Männern der Bürgergarde, als ihre Augen dem klaren Blick des Herrschers begegneten.

Der Kutscher lenkte die Equipage, in welcher der Kaiser Platz genommen hatte, durch das Spalier jubelnder Menschen, wehender Hüte und Tücher, über von Kindern gestreute Blumen.

Vor dem Schlossberg rollte der Wagen Josef Werndls aus der Reihe, die Steile hinauf und eilig die Promenade entlang, sodass Herr Josef sich vor dem Kaiser, als dieser vor den zum Schloss führenden Stufen der Equipage entstieg, verneigen konnte.

Lächelnd reichte ihm der Monarch die Hand: »Es ist mir eine rechte Freude, wieder etwas Neues von Ihnen –«, einen Moment, von den Umstehenden kaum wahrgenommen, blickten sich der Kaiser und Josef Werndl in die Augen, »– von Ihnen, Herr von Werndl, zu hören und zu sehen.«

»Eure Majestät hier begrüßen zu dürfen, bedeutet mir allerhöchste Ehre.«

Werndl führte den Kaiser durch die Ausstellungsräume und machte ihn auf die maßgeblichsten Fachleute aufmerksam. »Den bedeutungsvollsten Eindruck wird Eurer Majestät der Abend bringen, das Licht.«

»Und die Wasserkraft?«

»Eure Majestät haben heute schon so manchen höchst ehrend wegen des Erfolges seiner geistigen Arbeit beglückwünscht. Ich aber darf Eurer Majestät in unserer aller Namen danken, da Steyr diesen Tag nur infolge einer Frage feiern kann, von Eurer Majestät vor einem Jahr ausgesprochen und wert, mit Goldschrift ins Buch der Technik geschrieben zu werden: ›Könnte man den Dynamo nicht auch durch Wasserkraft antreiben?‹ – Ich darf diese Frage heute mit der Vollzugsmeldung beantworten: Jawohl, Wasserkraft kann Dynamos antreiben. Alle diese Maschinen arbeiten, alle diese Lampen leuchten durch die Kräfte unseres Steyrflusses. Das Problem der Hydroelektrizität ist gelöst!«

Kaiser Franz Josef besichtigte hernach eingehend die Turbinen und Dynamos und ließ sich deren Wirkungsweise erklären. Überaus beeindruckt ging er zum Schloss zurück.

Vom Diner und den feierlichen Ansprachen wusste später Josef Werndl nur wenig. Immer hatte er denken müssen: Die junge, blühende Frau, die Tischdame des Kaisers, ist meine Tochter. Zur anderen Seite des Gebieters über so viele Völker und Länder sitzt mein Schwiegersohn, ein Reichsgraf und ein Prachtbursch. Nur sollten nicht am Tabor oben mein Bub liegen – und das Linerl … Man möchte seine Gedanken jemandem sagen können, wenn man heimkommt – oder das heute von der hohen Ehre: Der Schlosser von Steyr, den man einen Narren geheißen hat, tafelt mit dem Kaiser von Österreich …

24. Kapitel

DIE GENERALVERSAMMLUNG

Mit einer Liebenswürdigkeit, die ihn befremdete, wurde diesmal Josef Werndl zu Beginn der Generalversammlung der Waffenfabrik-Aktiengesellschaft begrüßt. Auch er hatte schließlich gelernt, sich angenehm zu machen, Gefühle und Denken jeweils abzuschirmen, damit nicht etwa eines verweigerten Händedrucks wegen ihm und seinen Werksleuten vielleicht Nachteile erwüchsen.

Keine Silbe heute von schlechtem Geschäftsgang oder von verminderten Dividenden durch Zahlungen an Unbeschäftigte. »Niemand«, so rühmte ihn ein Redner, »kann unserem hochverehrten Herrn Generaldirektor genug danken für die Umsicht, mit welcher er die beinahe katastrophalen Zeitläufe überbrückt hat. Bewundernd, wie er weise vorsorgend das Mannlicher-Repetiergewehr so weit entwickelte, dass man im kaiserlichköniglichen Kriegsministerium schon fünftausend Stück dieser Type bestellt hat. Man kann es daher als gewiss annehmen, dass es der unübertrefflichen Verhandlungstaktik des hochverehrten Herrn Generaldirektors gelingen wird, die Waffenfabrik wieder zur früheren Blüte zu bringen, diese eventuell zu übersteigern.«

Ihm zunächst Sitzende bemerkten, wie Josef Werndl säuberlich in Zehnerkolonnen Zahlen notierte. Was hat er nun wieder? dachten sie.

Ein anderer Redner pries in langer Suada die weltweit interessierenden Erfolge der Steyrer Elektrizitätsausstellung. Je länger dieser Vortrag währte, desto tiefer senkte Herr Josef den Kopf, schoss nur dann und wann einen funkelnden Blick zum Sprechenden, der jetzt nach einem Papierblatt griff, das vor ihm auf dem Tisch lag. »Und so kann ich«, sprach der Redner weiter, »dem Jahresschlussbericht entnehmen: Wir haben Wasserkräfte zu elektrischer Beleuchtung und Kraftgewinnung mit Vorteil angewendet und hiergegen umlaufende Bedenken sind als nichtig erwiesen. Wir sind aber an Hand der bisher durchgeführten Einrichtungen zu Steyr zu der Überzeugung gekommen, dass wegen so mancher Veränderungen, der diese junge Industrie in ihrer Weiterentwicklung unterworfen sein wird, die Rentabilität eines eigenen Aktienunternehmens nicht mit Sicherheit zu erwarten ist. Deshalb sehen wir vorläufig von der Gründung einer selbständigen Elektrischen Installationsgesellschaft ab und wollen diesen Industriezweig vorerst mit unseren eigenen Mitteln zu entwickeln trachten.«

Vom Vorsitzenden gebührend bedankt, setzte sich der Redner. Eine Stille entstand, während aller Augen auf den »hochverehrten Herrn Generaldirektor« sahen, der anscheinend in ein schwieriges Rechenexempel vertieft war. Endlich erhob er sich, beantwortete jede Frage der Redner, klärte manche Unrichtigkeit geschäftlich knapp und kühl, besprach auch die Aussichten bezüglich des Mannlicher-Repetiergewehres. Die Gesellschafter begannen sich behaglich zu fühlen. Wenn Generaldirektor Werndl die Sache so günstig sah, würden wohl die nächsten Jahre die Verdienstverluste der vergangenen Jahre vielfach hereinbringen.

Doch abrupt schwieg Herr Josef und hob den Notizblock vor die Augen.

»Na, ich bin gespannt!«, flüsterte Baron Königswarter seinem Nachbarn zu, »jetzt kommen Zahlen.«

Josef Werndl überflog noch einmal genau seine Notizen. »Es stimmt«, verkündete er dann. »Siebenundneunzig Mal, werte Herren, siebenundneunzig Mal – wurde ich heute von den geehrten Herren Rednern hochverehrter Herr Generaldirektor tituliert, wofür ich nur danken kann, indem auch ich Ihnen allen meine hohe Verehrung zum Ausdruck bringe. – Zwischen sich so hochachtenden Partnern darf es jedoch nicht den Schein eines Missverständnisses geben.« Er reckte sich, stand hoch und breit und während er weitersprach, hatte seine Stimme jenen metallenen Unterton, der Kampf ansagte: »Lässt man aber alles Verbrämen beiseite, so scheinen Sie entschlossen, die Elektrizitätsabteilung nebenbei quasi vegetieren zu lassen, und stellen eines Tages höchst bedauernd fest, dass die Waffenproduktion sie erdrückt hat.«

»Ein Missverständnis!«, rief man ihm zu. »Keine Rede davon!« – »Verdrehung der Tatsachen!« – »Das ist bewusst falsch ausgelegt!« Minutenlang ließ der Präsident die Sitzungsglocke schrillen. Doch die kämpferisch grollende Stimme Josef Werndls überdröhnte alles: »Immerhin hat man gemeinsame Interessen. An mir soll es nicht liegen, diese zu beeinträchtigen. Deshalb will ich Ihnen sagen, wie ich die Lage sehe: Ihr Interesse geht dahin, raschest höchstmögliche Dividenden zu erzielen. Das ist nur denkbar via Gewehrabteilung – und ist auch eine sichere Sache, denn die Einführung des Repetiergewehrs ist unumgänglich geworden. Dies voraussehend, ließ ich die Objekte I bis IV elektrifizieren und lasse auch noch weitere Dynamos aufstellen, um so unsere Kapazität zu erhöhen.« Stärker betonte er: »Aber auch dieser Hochflut wird Ebbe folgen. Sie freilich haben sich hinter Ihrem Dividendenwall jahrelang ausreichend verschanzt und placieren Ihr Geld dann eben woanders. Für unsere bewährten Arbeiter habe ich inzwischen ein wenig vorgesorgt und zusätzlich eine Invaliden- und Alterskasse eingerichtet, um sie zumindest vor blanker Not zu sichern. Doch die bewährtesten Werksmänner werden weiterhin nach Amerika und Deutschland auswandern, wenn sie in Österreich nirgends Verdienst finden. Ganz Steyr kann aber nicht auswandern, denn die Sesshaften sind auch auf Gedeih und Verderb mit unserer Fabrik verbunden. An diese heißt es also vordringlich denken. Nur die Ausweitung der Elektroabteilung sichert in Werkstatt und Kontor steten Verdienst, der Stadt sozusagen das Leben. Vielleicht trägt es den Aktionären in den nächsten Jahren um den Teil eines Prozents weniger, wenn man der elektrischen Abteilung den nötigen Raum lässt, sie zu vervollkommnen sucht, damit, wenn die Waffenhausse vorbei ist, nicht wieder die Werksplätze verwaisen.«

Die Stille im Saal hielt an, während Josef Werndl rundum blickte. »Ich bin bereit«, schloss er seine Ausführungen, »wie seit sechzehn Jahren auch künftig meine ganze Kraft unserem gemeinsamen Werk zu widmen. Doch sollte ich merken, dass Sie den heute angedeuteten Kurs beibehalten, so trennen sich unsere Wege – und ich würde eine Elektroindustrie aufziehen mit einer ebenso weltweiten Geltung wie jetzt unser Waffenwerk. Wie hier Holub und Mannlicher, um nur zwei Namen zu nennen, habe ich dort – ich nenne ebenfalls nur zwei – Schuckert und Puluj als ausgezeichnet bewährte Köpfe zu Hilfe, die gewillt sind, mir stets Partner zu sein. Mag dann wer immer Ihr ›hochverehrter Herr Generaldirektor‹ sein. Ich jedenfalls würde eine Firma gründen, die wieder Werndl hieße, eventuell auch Werndl und Schuckert. Und der Sitz dieses Werkes – wäre Steyr. Stets vorausdenkend, um von Ihnen nicht vielleicht peinlich überrascht zu werden, habe ich Vorverträge auf Wasserrechte für mich privat getätigt. Sie hören, ich spiele mit offenen Karten. So offen, dass ich Ihnen schon jetzt prophezeie, dass Sie sich, wenn auf unabsehbare Sicht hinaus die endgültige Waffenbaisse kommt, bittend an den dann wieder ›hochverehrten Herrn von Werndl‹ wenden werden, damit er Ihnen Ihre dann nur noch als Rattentanzplätze fungierenden Objekte abkaufe. Nun, ich kann Ihnen schon heute die angenehme Zusicherung geben, dass ich diese – entsprechend preisgünstig natürlich – übernehmen würde.«

25. Kapitel

REVOLTE

Kurz darauf kam die Nachricht: Deutschland hat geheim seine private und staatliche Waffenindustrie auf Repetiergewehre umgestellt. Seine Waffenwerke laufen schon auf vollen Touren. Auch Frankreich und Italien haben sich zur Einführung des neuen Gewehrs entschlossen …

Da erteilte das österreichische Kriegsministerium der Waffenfabrik zu Steyr den ersten Großauftrag auf zweihundertachtundvierzigtausend Repetiergewehre.

Wie es bei einem Schiff »Alle Mann auf Deck!« heißt, so hieß es nun zu Steyr: »Jeder Mann an seinen Platz!«

Zum anderen Male bewährte sich die Voraussicht Josef Werndls. Nur durch die neuen Objekte und die zusätzlich eingestellten Maschinen war es möglich, den ersten Bestellungsansturm aufzufangen. Sofort wurden noch achthundert neue Werkzeugmaschinen in Auftrag gegeben. Sprungartig stieg die Zahl der Beschäftigten von wenigen hundert auf fünftausend. Der vorhandene und zu erwartende Maschinenpark umfasste viertausendfünfhundertachtzig Stück.

Zu dem österreichischen Auftrag gesellte sich ein solcher aus Portugal und die Aktionäre vermerkten das Jahr 1886 mit goldenen Krayons rot in ihrem Kalender.

Der Aufsichtsrat drängte auf Einschränkung der Elektroabteilung.

»Müsste ich nur einen Quadratmeter abgeben«, drohte Werndl, »so trete ich zurück!«

Stattdessen benötigte die Elektroabteilung stets mehr Raum, denn nicht nur der eigene Bedarf stieg an. Es wurden immer mehr fremde Objekte mit elektrischer Beleuchtung, ja auch mit elektrischem Antrieb ausgestattet. Auch Auslandsaufträge liefen zahlreicher ein und es wurde dringlichst um kürzere Lieferfristen gefeilscht.

Nach langem Zögern begann man, außerhalb von Steyr die Gewinnung elektrischen Stromes mittels Wasserkraft zu wagen und Hydroelektrowerke einzurichten. Deren Erstes erstand auf dem Linzer Stadtgebiet in dem der Kleinmünchner Spinnerei eigenen Zizlauer Betrieb, bald danach auch eines in der Papierfabrik zu Steyrermühl, wo man zuerst nur die Höfe und Holzablageplätze elektrisch beleuchtete, nicht aber die Innenräume.

Herr Josef nahm einen neuen Gewehrgroßauftrag fast mit Missbehagen zur Kenntnis, mit Genugtuung dagegen jede seiner Elektroabteilung zukommende Bestellung.

Er schritt wie ehedem durch die Werkstätten. Sobald er aber Ermüdung, Unlust fühlte vom unablässigen Hasten, entfloh er nach dem stillen Kammerhub, nach Dorf an der Enns oder nach Trautenfels. In Kammerhub war er erst zufrieden, wenn er, sobald er durchs Parktor gefahren war, dieses gleich selber verschlossen hatte. »Der Mensch muss dann und wann auch ein Mensch sein dürfen!«, meinte er und bat, außer seinen Familienangehörigen niemanden zu ihm zu lassen.

In Dorf an der Enns freute er sich am gesund heranwachsenden Nachwuchs der Imhofs und verbrachte mit Tochter und Schwiegersohn manche erquickliche Stunde.

Den Trautenfelsern hatte er, in gemütlicher Abendstunde neben dem schummrigen Kamin sitzend, so nebenbei die Schenkungsurkunde der ausgedehnten, an den Lambergschen Besitz grenzenden Donnersbacher Waldungen überreicht, wobei er sich nur ausbedingte: »Der schönste Hirsch in jedem Jahr gehört mir.«

»Was hast du denn ausgefressen?« Mit diesen Worten hielt einer der Werkmeister einen Arbeiter an. »Sollst sofort zu Herrn Werndl kommen.«

Josefs Blick überflog den Eintretenden. »Sie sind von Wiener Anarchisten zu mir geschickt worden?«

Die Mienen des Mannes verhärteten sich. Er gab sich einen Ruck und antwortete: »Ja«.

»Schön, dass Sie's zugeben.« Herr Josef nahm ein Schriftstück zur Hand. »Da hat mir nämlich die Wiener Polizeidirektion geschrieben, Sie wären ein ganz gefährlicher Unterminierer. Jetzt frage ich Sie: Haben Sie oder ein anderer sich über den Stunden- oder Akkordlohn zu beschweren?«

»Soviel ich weiß, nicht.« Es klang gepresst.

»Wissen Sie einen zweiten Betrieb, wo Leuten, die mehr als sechs Jahre ordentlich gearbeitet haben und die man – leider – entlassen muss, geldliche Unterstützung gegeben wird?«

Das Blut schoss dem Gefragten zu Kopf. »Nein!«, gab er zurück. »Aber in Ihrem Wolfsegger Kohlenwerk, dort stinkt's.«

»Sie stochern also auch dort herum ...«

»Herr Generaldirektor!«

»Ich heiße Werndl!«

»Muss ich Ihnen sagen, Herr Werndl, wie man die Arbeiter sonst ausbeutet, wie sie – hilf- und rechtlos – zum Betteln verdammt sind, wenn sie krank oder alt werden? In Steyr, schön, da gibt es sogar eine Invaliden- und Alterskasse, da ist alles weit besser.«

»Und in Wolfsegg können Sie heute schon nachfragen. Die dort so hübsch zu ihrem Vorteil wogen, habe ich mir schon vorgeknöpft. Verlassen Sie sich darauf, ich habe nicht einen Knopf vergessen. Die Wolfsegger Waage wiegt wieder richtig und was Rechtens ist, wird nachbezahlt.« Dröhnend wurde seine Stimme: »Beruflich ist gegen Sie keine Klage und der Schrieb da kümmert mich nicht. Geht es unrecht zu in einem unserer Steyrer Betriebe, so steht meine Tür jedem Kläger offen. Das sage ich Ihnen aber: Zünden Sie mir in Steyr das kleinste Feuerl an, so mache ich eins, dass Ihnen Hören und Sehen vergeht. Ich habe und brauche ordentliche Arbeitsleute, keine Hetzer ... Und jetzt gehen Sie wieder an Ihren Platz!«

»He, machst alle verrückt«, rügte am nächsten Tag diesen Mann ein Kollege, »und kommst nicht zur Versammlung?«

Da knurrte der andere nur: »Solange hier der Werndl regiert, unternehme ich nichts gegen die Fabrik. Nachher wird man ja sehen.«

Kaum noch zu bewältigende Arbeit toste Tag und Nacht durch die alte Eisenstadt. Der Bescheid hieß nicht mehr: »Ungelernte kann man hier nicht brauchen«, sondern: »Greifen Sie halt erst beim Ziegelschupfen oder Karrenschieben zu. Sind Sie geschickt, dann kommen Sie, im Akkord, an eine Maschine.«

Den Akkord bestimmte Herr Josef nach sorgfältigster Berechnung so, dass der Tüchtige auch ein tüchtiges Quantum Geld verdiente. Wenn jemand klagte: »Herr Werndl, dieser Akkord ist zu niedrig«, stellte sich Josef selber an die Maschine, ergriff das Werkzeug, zeigte und lehrte: »Schaut, wie ich es mache. Hexen kannst weder du noch ich. Wer aber tagtäglich da schafft, muss mindestens das Gleiche zusammenbringen wie ich, wenn er nicht verschlafen ist.« Stellte es sich aber heraus, dass die Klage berechtigt war, so wurde der Tarif entsprechend erhöht. –

Einzeln oder in kleinen Gruppen, blass oder rotglühend die Gesichter, verließen diesmal die Aktionäre die Generalversammlung.

Josef Werndl war vor allen anderen die Treppe hinabgestürmt und eilends in seine Kalesche gesprungen. »Zum Westbahnhof – was das Zeug hält!«

Knapp vor der Abfahrt des Extrazuges kam Sekretär Biazzi noch keuchend auf den Bahnsteig gelaufen, von großer Besorgnis gejagt. »Hab ihn so noch nie gesehen. Wenn ihm nur nichts unterwegs zustößt.«

Man hatte die Elektrizitätsabteilung aus der Fabrik hinausdrücken wollen und ihm bedeutet: »Sie vergessen, Herr Generaldirektor, dass Sie nicht Alleinherrscher sind. Wir geben das Geld, bestimmen also auch, was erzeugt – und wer Generaldirektor wird!«

»Und Sie verwechseln Prozente mit Menschen«, hatte daraufhin der so krass Herausgeforderte gedonnert. »Es könnte aber passieren, meine Herren Schikaneure, dass diese Menschen eigenen Willen haben und es dann durchaus nicht gleichgültig ist, wer diesen entfesselten Willen wieder in gewünschte Bahnen lenkt. Brutalität, ja, die schafft fürs Erste vielleicht Ruhe; doch wundere sich keiner, der sich am nächsten Tag im Mülleimer findet. In Steyr ist schon verdammt viel heiß gelaufen. Ein Wunder, dass noch keine Explosion erfolgt ist. Kann aber jeden Tag kommen! So zum Beispiel sind die Zustände bezüglich der Unterkünfte schon jenseits des Erträglichen. Richtig, Sie bestimmen den Generaldirektor! Es könnte jedoch in nicht allzu ferner Zeit sein, dass Sie nach einem Ihnen nicht ganz Unbekannten rufen, der sich mittlerweile irgendwo eins pfeift und – höchstens zuschaut. Ist er einmal gegangen, so kommt er nicht wieder, auch nicht, wenn die letzte Maschine zerschmettert, das letzte Tor eingeschlagen ist und der rote Hahn von den Dächern kräht. Es würde ihn dann nur eine Zeitungsmeldung interessieren, die Aufschluss darüber gibt, welche Dividenden noch ausgeschüttet werden und wie dann Ihr Verdienst aussieht. Ein Quadratmeter nur weg von der Elektrizitätsabteilung – und Sie arbeiten weiter – ohne mich!«

Wenige Stunden später, noch während derselben Tagung, hatte ein Diener Herrn Josef ein Telegramm überreicht. Beim Lesen waren seine Lippen schmal geworden. Ohne den Abschluss einer Rede abzuwarten, hatte er gerufen: »Ich muss leider unterbrechen. Sie gestatten, dass ich vorlese: Infolge einer delogierung unruhen in steyr stop polizei und bürgergarde machtlos stop der bürgermeister forderte von linz militär stop erbitten deine sofortige rückkehr holub.«

Er hatte um sich gesehen und gefragt: »Fahren lieber Sie und erzählen Sie dort vom Schaden, den die Leute Ihnen zufügen? Vielleicht ein Zehntel Prozent weniger Dividende? Oder soll Militär hin? Sollen Steyrer Gewehre auf Steyrer Werksleute schießen?« Scheinbar gelassen hatte er sich gesetzt.

»Fahren Sie!« – »Nur er kann das ordnen!« – »Fahren Sie!« – »Fahren Sie!« – »Fahren Sie!«

»So empfehle ich mich, empfehle aber auch, meine Abwesenheit nicht zu gewissen Beschlüssen zu nützen! Hochhauser, du bleibst da; und sollte man hier doch Lust haben, über die Elektroabteilung anders zu verfügen, so telegraphiere. Adresse: Steyrer Bahnhofskanzlei. Ich brauche dann nicht erst Feuerwehr zu spielen.«

Kaum hatte er die Saaltür von außen zugeklinkt, verließ ihn alle zur Schau getragene Gelassenheit. »Den Westbahnhof anrufen!«, gebot er seinem Sekretär Biazzi. »Man soll sofort meinen Sonderzug zur Abfahrt bereitstellen.«

Als Herr Josef in die Bahnhofskanzlei stürmte, entrüstete sich der Fahrdienstleiter: »Aber, Herr von Werndl! Den ganzen Fahrplan umwerfen? Einen Sonderzug einschalten.– So plötzlich? Selbst der Hof meldet ...«

»Revolten meldet man nicht vorher an!« Werndls Stimme war so laut, dass die Leute draußen auf dem Bahnsteig den Schritt verhielten: »Zehntausend Arbeiter sind in Steyr. Vielleicht ist das Unheil noch zu dämpfen, vielleicht aber ist eine Minute später die Katastrophe da. Es geht nicht nur um Millionenwerte, sondern um Menschenleben, vielleicht um ganz Steyr! Mein Zug fährt binnen zwanzig Minuten – und müssten Sie einem fahrbereiten Train die Lokomotive ausspannen!«

Noch vor der verlangten Zeit brauste die nur einen Waggon ziehende Lokomotive aus der Halle. Mit aufgerissenen Augen starrte der Lokomotivführer auf die Geleise und Signale, unsicher schaufelte der Heizer Kohlen in die Feuerung.

Hinter ihnen stand breitbeinig Josef Werndl. »Fürchtet keine Unannehmlichkeiten, Leute. Das Fahrtempo verantworte ich! Diesmal kann wahrhaftig eine Minute Verzug sehr viel bedeuten.«

In Steyr begrüßte ihn der Bahnvorstand Handstanger: »Gottlob, dass Sie da sind! Hören Sie es?«

Bis zum Bahnhof herüber scholl ein Wutgebrüll.

»Ist der Mandl da?«

»Ja.«

»Herunter, Mandl! Das ist nichts für dich!«

»Tun Sie mir so eine Schand net an«, bat der Alte feuchten Blicks.

»Erschlagen sie mich, so nehmen sie dich mit. Los – in den Fond!« Josef sprang auf den Bock, der Wagen rasselte die Bahnhofstraße hinab, schleuderte um die Kurve, preschte über Brücken, ratterte die Kirchengasse hinauf. Lauter wurde das Getöse. Das Gefährt rollte vorüber am Gschaidergeschäft, dessen Läden geschlossen waren wie die der gegenüberliegenden Apotheke. Beim Einbiegen in die Sierningerstraße – zerschlagene Fensterscheiben, geplünderte Auslagen, grölende Männer und Weiber.

Entschlossen lenkte Herr Josef seine Rosse etwas langsamer vorwärts. Was sich da plündernd und kreischend herumtrieb, waren nicht seine bewährten Leute, nicht »Werndler«, war Mob, von irgendwo hergeschwemmt. Fäuste hoben sich dem Heranfahrenden entgegen, sanken nieder. Der Riese am Kutschbock überdröhnte gewaltig den Lärm: »Hallo! Platz gemacht! Zurück!«

Mit Mühe nur ließen sich die Rosse zügeln, gell wiehernd schufen sie der Kalesche eine Gasse mitten durch den Hexensabbat bis in die Nähe der Bruderhauskirche.

Wo die Gabelung Sierningerstraße und Mittere Gasse sich zum Kleinen Platz weitet, war das Zentrum der Revolte. Zerschlagene Schränke, zerfetzte Betten zwischen kleineren Trümmern, ein Haus, dem Türen und Fenster fehlten.

»Delogieren!«, grölte es. »Arme Arbeitsleute delogieren!«

Inmitten des Wirbels hielt Josef Werndl, stand der Hüne über dem in summendes Brodeln verebbenden Lärm. Dann dröhnte metallen seine Stimme, dass auch der Entfernteste sie verstand. Die meisten drängten sich näher an den Werksherrn heran, immer mehr aber verdrückten sich ins nächste Gässchen.

»Ist es die Art anständiger Arbeiter, zu tun wie Tollhäusler? Wird die Unterkunftsnot behoben, wenn man Möbel und Häuser demoliert? Ist einem von euch Unrecht geschehen, so soll er sich ans Gericht wenden – oder an mich. Häuser kann keiner herhexen. Die Raumnot ist altbekannt zu Steyr. Doch bisher redete oder zankte man sich ohne Gewalt zurecht. Früher konnte man seine Werksleute auswählen, jetzt muss man nehmen, was hergelaufen kommt. Kann mir denken, wer so etwas anzettelt: die am wenigsten können und arbeiten, die ihr Geld versaufen und es mit elenden Weibern verludern. Man revoltiert aus Not: Ist aber einer von euch verdienstlos und im Elend, der fleißig ist und ordentlich? Ordentliche Leute wirft kein Hauswirt so mir nichts, dir nichts auf die Straße. Man soll sich die Delogierten gut anschauen! Oder irre ich mich?«

Ringsum blieb es mäuschenstill.

»Aha –«, rief Josef, und seine Stimme wurde scharf und zornig, »jetzt Rede zu stehen, sind die Schnäbel verleimt. Wo war bloß euer Hirn, als ihr da zusammengelaufen seid, ihr Dummköpfe?! Lasst euch von faulem Gesindel aufwiegeln?! Wer in einer Stunde nicht an seiner Werkstelle ist, soll sich sein Geld holen im Kontor. Ich habe über mein Leben geschrieben: Arbeit ehrt! Eine Schande euch und mir, wenn es in aller Welt heißt: Zu Steyr wird revoltiert, statt dass man sich über die guten Verdienstmöglichkeiten freut …«

Vereinzeltes Murren wurde niedergezischt. »Bravo, bravo!«, umbrauste es das Gefährt. »Recht hat er!« – »Falotten waren's, die man hinausgeschmissen hat!« – »Oh, ich damischer Tölpel!« – »Sakra, der red't deutlich!« und dergleichen mehr. »Herr Josef!« – »Josef Werndl!«, scholl es schließlich ohne Unterlass aus vollen Lungen.

Nun war es gut, den Mandl mitzuhaben, denn es half kein Wehren – vier, sechs, zehn sehnige Arme hoben Werndl vom Kutschbock auf ihre Schultern und tragen ihn unter tosendem Beifall in Richtung Direktionsstraße – und das alles dort, wo vor Kurzem noch randaliert, worden war und vielleicht nur ein böses Wort gefehlt hatte, um einen Brand zu entfachen!

Eine Zeit lang ließ sich das Herr Josef gefallen, dann aber

rief er wieder gut gelaunt: »Lasst mich herunter, Leute, von der Sänfte! Und Schluss mit dem Spektakel! Mandl, her mit dem Wagen! Ich hab nicht Zeit wie ihr – ich muss in den Betrieb!«

26. Kapitel

DAS SCHLAFHAUS AM TABOR

Wehmutsvoll blickte Josef Werndl in die gähnende Kirchhofsgruft, in die man soeben, eingeschlossen in der Totentruhe, seinen Schwager Gustav Gschaider versenkt hatte. »Mir scheint, ich bin bald zuständig hier oben«, murmelte er und gedachte all der Teuren, hinter deren Sarg er schon zum Tabor hinaufgeschritten war – in vorderster Reihe. Er gedachte der Ahnen, der Eltern, der Gattin, des Sohnes Josef, dem er einst sein Lebenswerk hatte übergeben wollen, seiner Schwester Roserl, der Tochter Maria, der anderen Kinder, die, kaum geboren, dahingestorben waren, und aller jener, die auch den Namen Werndl getragen hatten oder aus seiner näheren oder ferneren Sippe stammten. Aber auch der Freunde und engsten Mitarbeiter gedachte er. ›Es sind bald mehr unter der Erde als über ihr‹, kam es ihm in den Sinn. Doch bald straffte er sich wieder: ›Nur die Lebenden regiert das Leben.‹

Wieder einmal betrat er das Gschaiderhaus, das einstens viel Frohsinn und Lachen durchhallt hatte und in dem es nun so still geworden war. Er strich der Nichte Finerl, einem jetzt schon hoch und schlank gewachsenen Fräulein, über das Haar und fragte:

»Machen sie dir viel zu schaffen, die zwei?« Er meinte die Jüngsten im Gschaiderhaus, den lang aufgeschossenen Julius und die lebhafte Ella.

»Sie sind brav«, wurde ihm versichert. »Es muss sich nur wer ihrer annehmen; und seit die Mitzl ihren Kutschera geheiratet hat …«

»Übst du dich hier sozusagen als Hausfrau. Brav, Finerl! Na«, er hob des Mädchens Kinn und sah das sonst blasse Antlitz in Glut getaucht.

»Lässt dich der Titel ›Hausfrau‹ so erröten?«, scherzte er, ein Lächeln in den Mundwinkeln, zog die Nichte näher zu sich heran und raunte ihr ins Ohr: »Wie heißt er denn? Mir kannst du's sagen. Ich verrate es nicht.«

Da senkte das Mädchen wieder den Kopf und flüsterte: »Narbeshuber heißt er.«

»So. Und sein Vorname? Was ist er? Wo steckt er?«

»Max! Kaufmann ist er – in Gmunden.«

»Ah – der!«, erwiderte Onkel Josef und lächelte. »Da kommst du in eine noble Gegend. Musst dir halt den Vormundsegen besorgen. – Wenn du ihn wieder siehst, deinen Max, so grüße ihn von mir. Macht er dich glücklich, so darf er sich von mir anschauen lassen. Wenn nicht, so kriegt er es mit mir zu tun.« –

Selten fand Herr Josef noch eine Stunde zu privater Tätigkeit. Kam er in eine Gaststätte, so sprang er nach kurzer Rast wieder auf und hastete seiner Wege. ›Ja‹, erwog er nachdenklich, ›ich konnte zuvor nicht genug kurbeln, um das Werk in Schwung zu bringen – und komme jetzt fast dem Schwung nicht mehr nach.‹

Unbedeutend schien der Ertrag der Elektroabteilung im Vergleich zu dem der Gewehrabteilung, in der nun Aufträge auf achthunderttausend Mannlicher-Repetiergewehre einliefen. Dennoch beriet sich Herr Josef mit den Elektroexperten Schuckert und Puluj viel öfter als mit Holub und Schönauer und manches Mal seufzte er vor den Ingenieuren des Elektrowerks: »Hätte mir jemals jemand gesagt, dass ich noch als Bremser fungieren würde, ich hätte den einen Dummkopf geheißen. Doch mehr Raum ist derzeit nicht zu haben. Ich muss euch deswegen um Einsicht bitten. Als das Waffengeschäft anfing, war es bis zur Großfirma noch weit. Ein steiler und verteufelt steiniger Pfad. Möchte ihn kein zweites Mal erklimmen; und hätte nicht der Kaiser so wahrhaft kaiserlich entschieden – ausspucken tat heute jeder Steyrer, wenn jemand meinen Namen nennt; und meine ganze Familie säße im Elend mit mir. – Jetzt kann ich es fast ausrechnen, wie lange die Repetiergewehrsache anhält. Nicht länger als bis alle Armeen damit ausgestattet sind. Nehme ich die Herstellung von Kugelspritzen dazu – so um die tausend Mann kann man damit wohl noch beschäftigen. Aus! In drei, vier Jahren aber ist es vorbei mit den Handwaffengroßaufträgen. Dann, Schuckert, Puluj, muss hier alles so weit sein, dass man ein Objekt um das andere mit elektrischem Betrieb belegen kann; während der nächsten zwei, drei Jahre müssten halt die Schuckert-, Puluj-, Krizik-, Pietta-, Mariotti-Patente nur so herauswirbeln. Also nützt die Jahre, je mehr, je besser. Ein Unheilsgeschäft, das mit den Gewehren, kein solider Betrieb. Ein solcher wäre mir tausend Mal lieber. Deshalb, meine Herren, bin ich willens, die Elektroabteilung im gleichen Maße, wie das Waffengeschäft absinkt, zu vergrößern. Ganz gleichgültig, ob wir dann unter der ›Waffenfabriksflagge‹ segeln oder uns ehrlich als Elektrofirma deklarieren. Ich glaube, die Namen Werndl und Steyr garantieren auch dann ein weltweites Geschäft.«

Seinem genialen Mitarbeiter Schuckert bedeutete er vertraulich: »Schuckert, ich bin bereit, meinen Namen mit dem Ihren zu verknüpfen. Was meinen Sie von einer Firma Werndl und Schuckert?«

Der Gefragte strich nachdenklich seinen Spitzbart, während sein Gesicht wie von innen erhellt aufleuchtete: »Es wäre mein schönster Tag, Herr Werndl.« Fest umfingen sich ihre Hände.

Herr Josef brauchte sich längst nicht mehr um Aufträge zu bemühen. Bevollmächtigte aus allen Ländern Europas, aus Afrika, Asien und Amerika kamen nach Steyr und jeder drängte nach möglichst kurzem Liefertermin. Beim »Crammer« sah man wieder so viele Ausländer, dass es mit solchen schon eine besondere Bewandtnis haben musste, um noch das Interesse der Steyrer zu wecken. Nur nach Wien musste Josef Werndl immer wieder reisen; doch fuhr er gerne dorthin, denn die Gespräche mit dem Erzherzog und Hauptmann Kropatschek belebten ihn; da konnte er ungeschminkt sein eigenstes Wesen auftun, Offenheit zeigen gegen Offenheit.

»Mandl, geschwind nach Letten!«

»Ich zieh nur schnell den Landauer aus der Remise«, wagte der Kutscher einzuwenden, »bei diesem Wetter – und kein Dach …«

»Bin ich aus Marzipan? Wir sind schon bei schlimmeren Wettern gefahren. Für subtile Faxen hab ich keine Zeit. Los!«

Mandl lenkte also den offenen Wagen lettenwärts. Die Pferde aber kamen gegen den zunehmenden Regensturm nur langsam voran.

»Du mein Himmel, der Herr Werndl!«, rief in Letten der Werkmeister. »Bei solchem Wetter, ohne schützendes Dach! Sie sind ganz durchnässt. Darf ich Ihnen …?«

»Durch das Werk dürfen Sie mich führen. Und damit auch Sie recht haben, bestellen Sie mir Glühwein. Mundwarm aber, damit ich ihn rasch hinunterschlucken kann. Ich muss zu Mittag wieder in Steyr sein.« –

Doch als man Letten wieder verlassen wollte, zögerte selbst er und schalt: »Teufel! So ein Wolkenbruch!«

»So bleiben Herr Werndl lieber noch da.«

»Nein, der fährt. Oder glaubst du, Mandl, den Rössern schadet es?«

»Könnte ich Ihnen wenigstens einen trockenen Anzug leihen?«, fragte der Werkmeister.

»Mit Hosen, die mir nur bis zum Knie reichen. Da würde ich noch nässer.« Er sprang in den Wagen und gebot: »Los, Mandl! Der Wind bläst uns jetzt vorwärts. Lass die Rappen laufen!«

Die Rappen liefen …

Mandl erreichte es aber doch, dass sich sein Herr ins Petzengütl zum Umkleiden fahren ließ: »Ich führe einstweilen die Rösser in den Stall und hole den Landauer.«

»Ich weiß bald nimmer«, seufzte Josef Werndl, »bist du der Werndl oder ich. Na, in Gottes Namen. Die Tiere brauchen den Stall. Aber du fährst mich heute nicht mehr, Alter! Schäl dich aus dem Nassen, trink Glühwein und geh ins Bett! Da, kauf dir genug von der heißen Medizin! Schick mir den Michl oder sonst wen.«

»Ein Goldstück?« – Kutscher Mandl bekam einen feuerroten Kopf.

»Ade, Rapperln, und bleibt mir schön gesund!« Herr Josef hielt jedem der Tiere eine Handvoll Zucker vor das rosige Maul und koste mit der flachen Hand ihre Flanken. Mandl schwang sich auf den Kutschbock; im dicht niederstürzenden Regen verschwand das Gefährt.

Diesen, den nächsten und übernächsten Tag war Herr Josef, wie gewöhnlich, tatenfroh von früh bis tief in die Nacht. Plötzlich aber, als er sich eben mit Schuckert und Puluj besprach, durchlief den starken Mann ein heftiges Schütteln, und je mehr er es verbergen wollte, umso mehr schlotterte sein mächtiger Leib.

Erschrocken fragte man nach seinem Befinden.

»Ach was«, bagatellisierte er. »Bin wohl etwas verkühlt von der Lettner Fahrt. Da hat es ganz nett geduscht.« Doch als er sich vom Sitz erheben wollte, taumelte er und hielt sich mit jähem Griff am Tisch fest. »Das ist sonderbar«, kam es bebend von seinen Lippen. »Es dreht sich – doch nicht – das Zimmer?«

Schuckert und Puluj griffen ihm unter die Arme, ihn zu stützen, doch er wehrte ihnen: »Was treibt ihr denn? Ich bin doch – es hat – alles dreht sich – dreht sich.« Er griff sich an die Stirne. »Wie mir der Kopf glüht!«

Pietta eilte hinaus vor das Gebäude. »Mandl, Herr Josef ist sehr krank. Sehen Sie zu, dass er heimfährt.«

Sie erschraken, als der Riese, gestützt auf Schlickert und Puluj, zum Wagen wankte, sich fast hineinheben ließ. »Adieu«, stammelte er, »und redet mir nichts herum. Bin morgen wieder da. Auf Wiedersehen.«

Sein Leben lang vergaß es Mandl nicht, wie er vor dem Petzengütl seinem Herrn aus dem Wagen geholfen, wie der große Mann sich taumelnd und nur mit größter Anstrengung auf den Beinen gehalten hatte.

»Ich weiß nicht, was das ist. Nur – hinauf – muss ich. Lass! Lassen!« Ein gekeuchter Wutschrei, von jähem Husten unterbrochen, und Josef Werndl spie Blut in den Schneebrei … Richtete sich dann auf, keuchte, wankte – und stürzte wie ein gefällter Baum der sich öffnenden Tür nach in den Flur.

Mandl wollte helfen.

»Nicht! Nicht!«, ächzte der Kranke, tastete sich die Flurwand entlang, sah die schmale Treppe hinauf, biss die Zähne zusammen und knirschte: »Muss! Muss!« Er zog und stemmte sich von Stufe zu Stufe, keuchend, hustend.

Im Stockwerk oben stand in der offenen Tür die Leni und verbiss einen Schrei. An ihr vorbei torkelte Werndl in sein Schlafzimmer. Dort fiel er schwer aufs Bett.

Man schickte nach Doktor Clessin, der eilends kam und mit Hilfe des Kutschers und der Haushälterin den halb Bewusstlosen entkleidete und ihn untersuchte. Sich umblickend, sah er den Kutscher im Türwinkel. »Wer steht ihm am nächsten?«

»Seine Töchter halt, die Gräfin Lamberg auf Trautenfels und die Frau Baronin Imhof in Dorf an der Enns. Seine Brüder, Herr Ludwig in Steinbach und Herr Franz in Unterhimmel.«

»Verständigen Sie sofort die Frau Baronin und sagen Sie, ich fürchte, Herr von Werndl hat eine Lungenentzündung. Ich lasse um Weisung bitten, welche Kollegen ich beiziehen soll.«

In der Stadt, in der Fabrik raunte man einander zu: »Herr Josef ist krank.« – »Die Lettenfahrt neulich …«

»Was redest du von einer Lettenfahrt?«, forschte ein Graukopf. »In Letten hat sich auch sein Vater den Tod geholt.«

»Auch? Mal nicht den Teufel an die Wand!«

Hunderte umdrängten die Anschlagtafeln in den Werken. »Laut lesen!«, forderte man.

So vernahmen die Leute: »Herr Generaldirektor Werndl ist heftig erkältet. Er hofft, die Krankheit in kurzer Zeit überwunden zu haben.«

»Wollen's wünschen!«, murmelte man.

Das Fieber ließ etwas nach, auch die stechenden Schmerzen, der quälende Husten. Die Doktoren erlaubten den Töchtern des Patienten, diesen zu besuchen.

Zum ersten Mal sahen die Schwestern den Vater krank. Geschlossenen Auges lag er, die gelblichen Wangen hektisch rot gefleckt, hechelnd atmend. Er öffnete die Augen. Die Seinen erkennend, glitt ein Lächeln über sein Gesicht. Er wollte sich aufrichten, sanft hinderten es die Töchter. »Bitte bleib, lieber Vater«, flehte Anna, »bleib liegen. Die Ärzte ...«

»Wegen dem bisserl Husten?! Wer hat sie mir denn aufgehalst?«

»Ich, Vater«, gestand Karoline, »wir waren so erschrocken.«

»Ein Steyrer Bader – in Gottes Namen. Aber gleich zwei – und ein Professor aus Wien! Wenn das meine Leute erfahren, lachen sie mich aus und ...« Krampfartiger Husten unterbrach seine Rede.

»Lieber Vater«, beschworen ihn die Schwestern. »Das Sprechen reizt zum Husten. Darf ich dir Arznei geben?«

»Ja. Die Tropfen dort. Erzählt nun aber.«

In Dorf sei alles gesund, in Trautenfels auch. Nur die Kinder würden immer wilder.

»Freut mich. Dann sind sie in Ordnung. Und jetzt«, er lächelte verschmitzt, »nehmt drei Gläser her und die Flasche dort im Kübel ...«

»Sekt, Vater?!«

»Von den Doktoren verordnet. Na, muss ich selber ...?«

Der Wein perlte in den Kelchen. Herr Josef hielt den Töchtern sein Glas entgegen.

»Dass du bald wieder bei Kräften bist!«

»Muss ich ja! Schuckert und Puluj – die brauchen mich. Bleibt nur recht wohl, ihr alle.«

Am anderen Vormittag kamen die Schwiegersöhne. Doch der vor dem Krankenraum wachende Assistenzarzt bedeutete ihnen: »Zu Herrn von Werndl darf heute niemand.«

»Aber gestern waren doch unsere Frauen …«

»Leider. Das Fieber hat sich wieder erhöht.«

In den Abendstunden des 28. April hasteten Boten ins Schloss Lamberg und zu allen, die Herrn Josef nahestanden.

Da kamen Töchter und Schwiegersöhne, Brüder und Schwägerinnen, Verwandte und Freunde. Gespenstisch stumm huschten die Dunkelgekleideten auf den Fußspitzen in den Raum, wo auf weißem Linnen ein allen teures Haupt lag. Der kurze Atem und das dürre Hüsteln bezeugten, dass noch Leben pulste in diesem Leib, dessen Seele schon zwischen Hüben und Drüben zu schweben schien. Unausgesetzt bemühten sich die Doktoren um den Leidenden, trockneten ihm den Schweiß von der Stirne, fühlten den zittrigen Puls, flößten ihm Medizin in den Mund …

Der Priester waltete seines Amtes und stand leise betend am Fußende des Bettes.

29. April 1889.

Im Morgengrauen strebten wie immer die Werksleute der Fabrik zu, doch unterwegs drängte es viele in eines der bergigen Gässchen oder Straßen hinauf zur Schweizergasse. Eine Karawane »Werndler« zog daher, bange fragten sie: »Wenn er wirklich sterben sollte! Was würde mit der Fabrik, was mit uns? Keiner ist da, der sich unser wieder so annimmt! – Aber vielleicht übersteht er's doch, der riesige Mann!«

Schweigend waren die Gesichter aufwärts gerichtet, den Fenstern zu, hinter denen Herr Josef in seinem schwersten und bittersten Kampf lag.

Als aber aus einer Dachluke des Petzengütls eine Stange geschoben wurde und ein schwarzes Fahnentuch niedersank, wusszten alle: Der kühne Anwalt und Pionier seiner Vaterstadt war tot.

Starr standen die Leute, viele mit tränenüberströmten Gesichtern. So mancher muskulöse Werksmann schluchzte auf.

Windschnell durchflog die Kunde Steyr.

Kein Meister achtete viel auf seine Arbeit an diesem trauervollen 29. April. Nur wenige Maschinen liefen, vereinzelt hallten Hammerschläge. Überall in Fabrik und Stadt standen Gruppen oder Grüppchen von Menschen. Niemand hatte es angeordnet, jedoch es gab kein Haus zu Steyr, von dem nicht wenigstens ein Streifen schwarzen Stoffes niederhing, und am Mittag war nirgends mehr schwarzes Tuch oder Band zu kaufen.

Im Palmenhaus, das er seit dem Tode seines Sohnes gemieden hatte, lag nun auch er aufgebahrt. Von schwarzen Schleiern gedämpft, strahlten elektrische Reflektoren im Raum. Aus grünem Rahmen, von rötlichem Kerzenschein überflackert, leuchtete Herrn Josefs nun wächsernfahlgelbes Antlitz.

Wie während der Ausstellung wogte wieder ein Menschenstrom durch den Park des Schlosses Voglsang, doch schweigend jetzt und trauervoll. Die »Werndler« defilierten an dem Toten vorüber. Zu Seiten des Schreines hielten Feuerwehr und Bürgergarde Ehrenwache.

Im Rathaus wurde eine kurze Sitzung abgehalten. Stehend hörten die Gemeinderäte den Nachruf, den Bürgermeister Berger dem verstorbenen Ehrenbürger von Steyr, Herrn Josef von Werndl, widmete. Ohne Gegenrede stimmten alle Anwesenden zu, dass die Stadt Steyr dem Verdienstvollen auf der Promenade, die gleichfalls durch seine Initiative entstanden war, ein Ehrenmal errichte.

Der Deckel der Totentruhe sank über den Leichnam, der Sarg wurde hinausgetragen ins Tageslicht. Alle Glocken von Steyr begannen zu läuten. Die Pfarrgasse hinab wallte der Trauerzug, über den Stadtplatz, die Kirchengasse hinauf, schwenkte hier ab, zog durch die Mittlere Gasse, über das Wieserfeld, wo Herr

Josef als Kind geträumt, als Knabe die Jugendzeit vertollt, die Jahre jungen Eheglücks mit seinem Linerl verlebt hatte.

Zum Tabor hinauf zog man, zum großen Schlafhaus von Steyr.

Von Voglsang bis zum Friedhof – ein stiller Menschensaum, zuvorderst die »Werndler«. Der schwarzsilberne Wagen wurde von Herrn Josefs Rappen gezogen. Nicht sein geliebtes »Elektrisches« überfloss strahlend seinen letzten Weg – aus florumhangenen Gaskandelabern flackerten düsterrötliche Flammen.

Nacht sank über das weite hügelige Land, in dessen grünem Schoß, von zwei leisraunenden Flussbändern durchsilbert, die alte Eisenstadt Steyr schlummerte. Unter mit Blumenkränzen reich überdecktem Hügel ruhte im großen Schlafhaus am Tabor in erster grabeinsamer Nacht das tote Herz von Steyr, seiner Mitarbeiter väterlicher Herr

Josef Werndl

Sein Werk aber lebt nach mancherlei Geschicken und Fährnissen bis zum heutigen Tag weiter – seine Leistung als Pionier der Technik ist unsterblich.

QUELLENANGABEN

Hans Dopplers gesamtes biographisches Werk über Josef Werndl. (Durch Vertrag vom 21.6.1954 mit seinen Erben hat der Autor das Alleinnutzungsrecht erworben). – Julius Gschaider, Altbürgermeister von Steyr. Aus seinen Erinnerungen an Josef Werndl und aus den in seinem Besitz befindlichen Kopierbüchern Josef Werndls. – Steyrer Geschäfts- und Unterhaltungskalender. – Steyrer Zeitung. – Prof. Anton Rolleder, „Heimatkunde von Steyr“. – Originalkorrespondenz von Josef Werndl, Carl Holub und Dr. Hans Hochhauser.

ZEITTAFEL*

1797	Leopold Werndl geboren
1821	Leopold Werndl nimmt die Waffenteileerzeugung auf
29. Jänner 1830	Karl Holub in Strakonitz, ehem. Kronland Böhmen, geboren
26. Februar 1831	Josef Werndl in Steyr geboren
Dezember 1855	Leopold Werndl gestorben
1856	Josef Werndl übernimmt die Leitung des Familienbetriebs
16. April 1864	Gründung der Firma „Josef und Franz Werndl & Comp., Waffenfabrik und Sägemühle in Oberletten“
13. August 1864	Eintragung der Firma in das am 1. Juli 1863 beim k. k. Kreisgericht in Steyr neu eröffnete Handelsregister
28. Juli 1867	Genehmigung der Einführung des von Josef Werndl und Karl Holub entwickelten Hinterladergewehres in die österreichische Armee
1. August 1869	Umwandlung des Unternehmens in eine Aktiengesellschaft mit dem Wortlaut „Österreichische Waffenfabriks Gesellschaft“
25. Februar 1881	Josef Werndl wird durch kaiserliches Handschreiben in den Adelsstand erhoben
1883	Einführung der elektrischen Beleuchtung in den Räumen des Werndl'schen Unternehmens

* Quelle: 100 Jahre Steyr-Daimler-Puch A.G. 1864–1964, Hrsgg. von der Steyr-Daimler-Puch A.G., Wien, Copyright © by Verlag W. J. Verwüster, Graz, Seite 86

1. August 1884	Eröffnung der „Elektrischen Landes-Industrie-, Forst- und kulturhistorischen Ausstellung“ in Steyr
29. April 1889	Josef Werndl gestorben
1894	Aufnahme der Fahrraderzeugung, „Steyr-Waffen-Rad“
10. November 1894	Enthüllung des „Leopold-Werndl-Denkmales“ auf der Promenade in Steyr
1894	Aufnahme der Erzeugung von Flugmotoren
23. Mai 1903	Karl Holub gestorben
1916	Beschluss zur Errichtung einer Automobilfabrik
September 1917	Dr. techn.h.c. Ing. Hans Ledwinka geht als Chefkonstrukteur der Automobilabteilung nach Steyr
1920	Produktion des ersten Steyr-Automobils, des „Waffenautos“, Type II, mit 12/40 PS, Sechszylinder-Motor, Kardanantrieb, nach den Konstruktionsplänen Ledwinkas
1921	Dr. techn.h.c. Ing. Hans Ledwinka kehrt nach Nesselsdorf zurück
9. Februar 1926	Eintragung der nunmehrigen Firmenbezeichnung „Steyr-Werke A.G.“ im Handelsregister Wien gemäß Beschluss der Generalversammlung aus dem Jahre 1925
4. Jänner 1929	Dr. techn. h.c. Ing. Ferdinand Porsche wird Vorstandsmitglied und Chefkonstrukteur der „Steyr-Werke A.G.“
23. April 1930	Porsche verlässt Steyr
12. Oktober 1934	Beschluss der Generalversammlung der Aktionäre zur Fusion mit der „Austro Daimler-Puchwerke Aktiengesellschaft“